EL MARQUÉS DE SANTILLANA

ALMUDENA DE ARTEAGA

EL MARQUÉS DE SANTILLANA

Cualquier forma de reproducción, distribución, comunicación pública o transformación de esta obra solo puede ser realizada con la autorización de sus titulares, salvo excepción prevista por la ley.
Diríjase a CEDRO si necesita reproducir algún fragmento de esta obra.
www.conlicencia.com - Tels.: 91 702 19 70 / 93 272 04 47

Editado por HarperCollins Ibérica, S. A.
Avenida de Burgos, 8B - Planta 18
28036 Madrid

El marqués de Santillana
© Almudena de Arteaga, 2010, 2022
© 2022, para esta edición HarperCollins Ibérica, S. A.

Todos los derechos están reservados, incluidos los de reproducción total o parcial en cualquier formato o soporte.
Esta edición ha sido publicada con autorización de HarperCollins Ibérica, S. A.
Esta es una obra de ficción. Nombres, caracteres, lugares y situaciones son producto de la imaginación del autor o son utilizados ficticiamente, y cualquier parecido con personas, vivas o muertas, establecimientos comerciales, hechos o situaciones son pura coincidencia.

Diseño de cubierta: CalderónSTUDIO®
Imágenes de cubierta: Ilustración del fondo a partir de la copia de 1878 que hizo Gabriel Maureta del Retablo de los Gozos de Santa María de Jorge Inglés de 1455 y Shutterstock

ISBN: 978-84-18623-62-2
Depósito legal: M-15875-2022

A mi hija Almudena, la XXI marquesa de Santillana

La mujer le sirvió para forjar una armadura de tinta indeleble al dolor, la intriga y la ambición de un extinto medievo y un incipiente Renacimiento.

La ciencia no embota el hierro de la lanza ni hace floja la espada en la mano del caballero.

PRÓLOGO

Desde tiempo inmemorial los moradores de la península ibérica solo albergaban recuerdos de constantes reyertas.

A finales del siglo XIV, la cruzada que hacía siglos mantenían contra los invasores musulmanes, las contiendas entre hermanos de un mismo reino o en contra de los reinos cristianos limítrofes los traían de cabeza. Castellanos, aragoneses, navarros y portugueses ya no tenían más ambición que el oscuro sueño de una eterna contienda enquistada en sus corazones por un odio ancestral, como el legado perverso de sus mayores.

La palabra paz parecía no existir; nadie la pronunciaba ya o, al menos, resultaba imposible encontrar a un muchacho que apenas cumplidos los catorce años no hubiese empuñado una lanza, una espada o una guadaña, según su condición, al menos una vez en su todavía corta vida.

La mayoría solo ansiaban la orden de sus personeros, abades, señores o reyes para acudir a la guerra. No era de extrañar, porque, con una probable victoria, los plebeyos podrían llenar sus escuálidas bolsas; los nobles, adquirir las mayores mercedes de sus reyes y los monjes-soldados podrían tener la oportunidad de afianzarse en sus extensos dominios.

Los señoríos de realengo, behetría o abadengo, según quien ostentase la posesión de estos, solían nacer, crecer o desaparecer dependiendo de las victorias acumuladas por la pujanza de sus dueños.

Las mujeres, a menudo, solían consumirse en la espera del incierto retorno de los suyos, con la difícil encomienda de mantener sus hogares, rezar para vivir el triunfal regreso de sus hombres y criar a unos niños que, al crecer, irremisiblemente seguirían a sus progenitores. Nunca llegarían a acostumbrarse a despedir a padres, maridos, hijos y hermanos en los zaguanetes de sus moradas, pero no les quedaba otra alternativa.

Las intrigas cortesanas a menudo destrozaban a unos para beneficiar a otros. Sobre todo después de un medievo cuajado de precipitadas minorías donde los niños-reyes se convertían en títeres de feria fácilmente manejados al antojo de los mismos hombres que un día les juraron fidelidad.

Poco antes del nacimiento de los protagonistas de esta historia, Castilla se había dividido en dos bandos fratricidas.

De un lado, Enrique de Trastámara, el hijo bastardo que Alfonso XI tuvo con su amante Leonor de Guzmán. Del otro, su hermanastro, el legítimo Pedro el Cruel o el Justo, según la posición del hombre que le mentase.

Después de dos décadas regando los campos con la sangre de los soldados y las lágrimas de sus mujeres, la única muerte que pareció prevalecer en la historia fue la de don Pedro cuando, a traición, una daga le segó la vida en el campamento de su hermanastro en los campos de Montiel.

Muerto don Pedro, fue don Enrique quien reinó durante toda una década, eso sí, afrontando las muchas dificultades que le proporcionó el clamor de los súbditos de don Pedro que, aun muerto, revindicaban la legítima posición de sus sucesores.

Así las cosas, la concordia entre ambos bandos no llegaría hasta veinte años después con el Tratado de Bayona. Allí se acordó que el nieto del triunfador, el futuro Enrique III de Castilla, que a la sazón contaba tan solo con nueve años, contraería matrimonio con Catalina de Lancaster, nieta de Pedro I el Cruel. Así, uniendo definitivamente a los hijos de la rama bastarda de Alfonso XI con la legítima, creyeron alcanzar la paz. Pero estaban muy equivocados.

A pesar de este enlace, la armonía no quiso irrumpir en el granero de lujuria guerrera que tan entretenidas había tenido a varias generaciones, quizá porque a estas alturas de la historia ya no recordaban cómo dedicarse a otros menesteres más calmos y, sin duda, porque en aquel mundo de ignorancia la fuerza bruta parecía haber ganado definitivamente la guerra al raciocinio.

En aquel momento eran muy pocos los privilegiados que habían conseguido dejar a un lado la lanza para empuñar la pluma. Acaso la cultura podría haber sido en aquel momento una alternativa, pero las letras las escribían y las leían tan solo en algunos monasterios y en contados aposentos.

Los libros eran tesoros miniados que descansaban en recónditas bibliotecas reservados para deleite exclusivo de quienes hubieran tenido la oportunidad y la dicha de aprender a leer.

Fueron muy pocos quienes vaticinaron que la paz no vendría de mano de la espada, sino de la diplomacia y la pluma. Y de entre esos pocos destacaron dos mujeres.

Mencía de Cisneros y Leonor de la Vega tuvieron la oportunidad de educar y criar a un niño según esas convicciones; un niño que, gracias a las enseñanzas de su madre y su abuela, vería la vida de otra manera. «Dios e Vos» sería su lema, y «Vos», sin duda, tenía semblante de mujer, porque de ellas bebió desde su más tierna infancia.

I

GUADALAJARA, 1458

UN ILUSTRE CADÁVER

Ama e serás amado,
e podrás
fazer lo que non farás
desamado.

MARQUÉS DE SANTILLANA
Proverbio I

Como un mandamiento de Dios, aquellas palabras que tantas veces pronunció y escribió tintineaban ahora en mi cabeza.

El llanto de mis hermanas, cual plañideras a sueldo, delataba su verdadero estado de dolor, a pesar de la paz que reflejaban sus rostros. Yo lo contuve, me lo tragué una y otra vez hasta llenarme la boca de una tristeza salada que apenas podía contener. En más de una ocasión había oído a mi padre prohibir llorar a los varones de la casa y yo, a pesar de no serlo, quería seguir su consejo, su ruego.

Aquel hombre que ahora yacía aparentemente dormido estaba muerto. El alma le había abandonado en el momento de máximo sosiego, ese en el que uno sabe que se aleja definitivamente del mundo habiendo dejado sembrada la cosecha que con el tiempo habría de dar sus frutos;

esos años, lustros por venir en los que todos los hombres y mujeres de su sangre le recordaríamos sin el más mínimo ánimo de vanidad.

Yo, como su hija mayor, podría haber sentido en ese preciso momento que mi vínculo paterno-filial se había terminado, pero no fue así. Era verdad que mi hermano Diego le sucedería en todo lo grandioso que él había iniciado, pero también lo era que había dejado sembradas demasiadas hileras de olivos como para que un solo hombre pudiese varearlas a solas.

Desde mi discreta posición, me propuse ser como uno de esos manantiales subterráneos que sin emerger de la tierra llegan a nutrir las raíces de los acebuches. A escondidas, regaría el imaginario olivar de mi padre y procuraría su prosperidad a pesar de que nadie me hubiese dado vela en ese entierro. Lucharía encarnizadamente contra los tiempos de sequías. Prevendría a mi hermano mayor de cualquier plaga traicionera y le alertaría contra la presencia de cualquier alimaña, gusano o polilla que ansiase hacerse con él.

Miré su cadáver con añoranza. Aquellos arrugados párpados ya nunca más dejarían asomar esa mirada penetrante que, tatuada por las vivencias, había sabido transmitir seguridad o temor. Su pronunciado y pequeño mentón ahora parecía sobresalir más. Sus finos labios habían perdido el color como si quisieran rechazar para siempre cualquier beso de mujer. Y su tez grisácea se suavizaba ahora por la paz que su expresión imponía y por el reflejo de las velas que le iluminaban.

Tumbado en su catafalco, iluminado por cientos de cirios, asía una cruz entre sus dedos agarrotados. Era la cruz de San Andrés, la misma que su padre le dejó y que antes de enterrarle me la quedaría yo por su propia voluntad; la misma que siempre llevó pendida de su cuello junto al corazón aguardando el recuerdo de su último latido.

El inicio repentino del canto de un tedeum acentuó mi angustiosa congoja. Tuve que tragarme ese mar de desvalida tristeza. Las voces angelicales del coro de San Francisco manaban como gloria bendita de lo más alto del firmamento para filtrarse por las grietas del artesonado y, a traición, penetrar en nuestros oídos como dagas de melancolía.

De nuevo, ese almizcle de añoranza y desconsuelo que tanto intentaba eludir me invadió. Añoranza porque sabía con certeza por mi fe y mis creencias que la muerte solo es un puente que hay que cruzar hacia el esencial final de nuestra existencia; un pasadizo solo de ida que nos deja a la espera de un futuro y certero reencuentro. Hasta entonces, echaría de menos sus consejos, presencia y consuelo. Desconsuelo por la inseguridad que se tiene a lo desconocido, a pesar del frustrado intento de adquirir una fe sin dudas ni fallas.

Sin pronunciar palabra, le hablé con el pensamiento: «Demasiado alto, padre; has dejado el pabellón demasiado alto y no sé si podré igualarte. Te juro que lo intentaré con todas mis fuerzas».

Desde ese preciso momento, en mayor o menor medida, todos sus hijos tendríamos que responsabilizarnos de lo que nos tocara, procurando siempre engrandecerlo. Así, bruñiríamos el eslabón de la cadena del linaje que nos había tocado vivir hasta que reluciera con más fuerza.

«¡No te defraudaré! Sé que Nuestra Señora me guiará y así tu hija, Mencía de Mendoza, llevará tu apellido con el honor que se merece, porque, aunque pases a la historia con tu título, has vivido más años como Íñigo López de

Mendoza que como marqués de Santillana, y así te recordaremos los que tuvimos la dicha de conocerte».

De rodillas como estaba, alcé la vista para escrutar a cada uno de mis hermanos.

Diego Hurtado de Mendoza, el mayor, delante de todos y arrodillado en un reclinatorio, mantenía desde hacía horas los ojos cerrados y la frente apoyada sobre sus finas manos en actitud orante. Sin duda, se encomendaba a todos nuestros santos para que le ayudasen a cumplir con el cometido que desde aquel día pesaba sobre sus hombros. La responsabilidad le aplastaba inexorablemente.

El siguiente en edad era mi hermano Íñigo López de Mendoza. Le pusieron ese nombre en honor a nuestro padre. Tenía su misma mirada, pero su mano derecha, en vez de pasar páginas o afilar plumas, andaba siempre sobre el mango de su espada. Aquel era un gesto que recordaba más a nuestros antepasados guerreros que a mi padre, pues sus inquietudes bélicas siempre quedaban relegadas a segundo término.

A su lado, Lorenzo Suárez de Figueroa conservaba su porte y la forma de su cabeza. Entre ambos había un hueco que debía de haber ocupado mi hermano Pedro Laso de la Vega. Era como si, inconscientemente, le hubiesen dejado aquel espacio a pesar de que había muerto antes que mi padre.

Si por edad fuese, la siguiente debería haber sido yo, pero las mujeres velábamos en un lugar separado de los hombres. Ahí estaba Pedro González de Mendoza con sus ropas cardenalicias, que resaltaban en la estancia entre las negras y blancas habituales del luto.

Sonreí para mis adentros al recordar la discusión que mantuvieron mi padre y mi madre al nacer Pedro. Mi madre se había empeñado en bautizarlo con el mismo nombre que su hermano mayor, hoy desaparecido, y sin duda lo consiguió. Por entonces yo era aún una niña, pero nunca olvidaría el ímpetu con el que consiguió convencer a mi padre. Cerré los ojos y la memoria me trajo aquel recuerdo:

—Solo os pido que hagáis realidad mi sueño. Es nuestra Señora la Virgen María la que en reiteradas ocasiones me ha dicho en sueños que pariría un hijo príncipe de la Iglesia y que debería llamarse Pedro. No es un capricho sino un ruego fundado en una predicción celestial.

Sin embargo, ante la duda de mi padre, ella insistió:

—Dejadme cumplir con esta obsesión. Mirad al niño; ahora está sano, pero quién nos puede asegurar que llegue a convertirse en un hombre fuerte. Son demasiados los pequeños que se entierran a diario como para no asegurar este empeño.

Su testarudez y el miedo a perdernos prematuramente consiguieron imponerse. Y así fue como este Pedro no sería el último de mis hermanos en tener este nombre. Aunque, corriendo el tiempo, otro Pedro se cruzaría en mi camino y sería mi marido.

En fin, mi padre cedió a su antojo, aunque, a decir verdad, con ello de paso hacía honor a nuestro bisabuelo, el héroe de la batalla de Aljubarrota.

Abrí de nuevo los ojos y aparté mis pensamientos del pasado. Ahí estaba la sala con mi padre de cuerpo presente. Seguí la fila.

Al lado de Pedro González de Mendoza estaba mi hermano Juan Hurtado de Mendoza, que había recibido ese nombre en honor al tío de mi padre, su antiguo tutor. Junto a él, mi tercer hermano Pedro, Pedro Hurtado de Mendoza, que, como he dicho, mi madre fue persistente en amarrar las cosas y es que las mujeres de mi familia somos tenaces en nuestras resoluciones, más si estas vienen de la mano de una profecía soñada.

Este lío de Pedros habría inducido a la confusión a muchos si no fuese porque fuera de casa se los diferenciaba por el apellido y, dentro, por los apodos que durante nuestra infancia les dimos. Así, los tres Pedros se quedaron en el Grande, el Mediano y el Chico. Ahora, en este preciso instante de tristeza, los distinguía desde la segunda fila por la forma de sus nucas desnudas y la manera de llevar cortado el pelo en línea recta sobre las orejas, como era el uso.

A mi lado estaban mis dos hermanas, María y Leonor, que ya tenían ahogados los pañuelos de enjugar lágrimas desconsoladamente.

En tercera fila, tras nuestro tío el conde de Alba y los cuñados, sobrinos, hijos y maridos, estaba nuestra hermana bastarda. Era la otra Leonor, que, como había nacido hija de la bastardía, estuvo recluida en varios monasterios desde su nacimiento. Era la mayor de todos nosotros y por primera vez en su vida había pedido permiso para romper la clausura y acudir a despedir a su padre, al que no conocía.

Enfundada en sus hábitos, observaba a su difunto padre y rezaba entre susurros. Parecía no expresar demasiado dolor. Al verla ahora allí, supuse que su curiosidad además estaría aderezada por la más que probable posibilidad de que nuestro difunto padre hubiese dejado un generoso legado a su convento.

Después de algunos años en el convento de Santa Clara, hubo de mudarse al de Las Huelgas, en Burgos, así que hicimos el viaje de Burgos a Guadalajara juntas. Ella me agradeció que no la dejara hacer sola aquel camino. Además, siempre repetía que, aparte de sus hermanas del convento, yo era su única familia. Lo cierto es que la visitaba con relativa frecuencia, sobre todo desde que mi padre, ya anciano, quizá arrepentido por su dejadez para con ella, me informó de su existencia y me pidió en secreto que la visitase para informarla de cómo se encontraba. Quedó satisfecho al saber que era una mujer culta, devota y tan capaz de llegar a lo más alto como el resto de sus hijos. Sabía que mi hermano el cardenal estaba pensando en proponerla como madre abadesa de Las Huelgas en cuanto quedase una vacante, pero no quise decirle nada por no alimentar falsas esperanzas, no fuese a truncarse el intento.

Por alguna razón que desconozco, se llamaba igual que mi abuela y mi hermana pequeña, de modo que, además de tres Pedros, teníamos dos Leonores en la familia. Con ella éramos once los hijos que perpetuaríamos la memoria de mi padre.

Tomando impulso, me levanté. Tenía las rodillas entumecidas y necesitaba un descanso. Sabía que el desasosiego de su abandono me impediría conciliar el sueño, pero necesitaba pensar y eso tenía que hacerlo en otro lugar menos mustio. Crucé un arco gótico del patio y me asomé a su centro. Me apoyé cansinamente en una de las columnas y tomé una bocanada de aire; quería limpiarme del olor a incienso que había en aquella estancia donde se velaba su cadáver.

Ahí afuera, lloviznaba, de modo que me guarecí en el soportal. Alcé la vista y me detuve a contemplar los pequeños escudos que coronaban los capiteles de cada una de las columnas. Eran las armas de Lasso de la Vega y Mendoza labradas en la piedra de Tamajón. A pesar de tener derecho a una corona de marqués o de conde, los escudos no lucían ninguna. Hay que mostrar humildad, solía decir. Y lo cierto es que su nobleza no necesitaba de coronas que lo avalasen porque a través de los siglos todos le recordarían por sus hazañas y creaciones.

El silencio me abrigaba. Otros días, a esa misma hora, un tumulto de ruidos de martillazos y cinceles robaba la paz al patio, pero ese día los canteros y maestros albañiles no trabajaban, en señal de luto. Inmersa en aquel sosiego, dirigí mi imaginación hacia cada uno de los hogares que mi padre había mandado construir.

Como a uno de sus halcones, me despojé de la caperuza y alcé el vuelo, dejando atrás el patio de sus casas mayores de Guadalajara. Sobrevolé la iglesia de San Francisco, donde muy pronto descansaría eternamente, rocé los tejados de su hospital de Buitrago y, dando un quiebro, me dirigí a la fortaleza de Hita, pero antes me posé a descansar en el campanario del monasterio de Lupiana. Recuperado el resuello, me dirigí a La Pedriza. Desde el aire, perfilé a las faldas de la sierra el dibujo de la planta del castillo de Manzanares que mi hermano Diego concluiría. Después, subí alto, muy alto, por encima de las nubes, para divisar los valles de la Asturias de Santillana y la torre de Potes en la que pasó su infancia.

Recorridos sus dominios, mi altivo sueño regresó al patio de casa. Las grandes construcciones solo eran minucias imperdurables de su creación. Miré a mi alrededor. Aquellas casas eran las que realmente habían albergado nuestra infancia en Guadalajara. Diego pensaba convertirlas en un palacio parecido al que yo me proponía construir en Burgos junto a mi marido, el conde de Haro, a pesar de que por aquel entonces solo teníamos pensado el nombre. Se llamaría la Casa del Cordón y las armas de los Velasco y la de los Mendoza, como en aquel patio, quedarían esculpidas para siempre, rememorando un presente que pronto sería pasado.

La fina lluvia había cesado. Las gárgolas ya apenas vomitaban un hilillo de agua cuando me dispuse a cruzar el patio en dirección a la biblioteca. Los escarpines se me empaparon al pisar un charco sin darme cuenta. Las medias de lana merina no me salvaron de sentir las plantas de los pies mojadas. A pesar de ello, me alcé el bajo sayo y continué mi camino.

Atravesé la sala donde exponía su colección de armaduras, ballestas, lanzas y espadas, aquellas que en alguna contienda empuñó. Allí, colgadas del muro, protegían la entrada de su aposento preferido. Era el templo de sus ideas, donde guardaba todo lo que él algún día había escrito y leído. Abrí sin dudar las pesadas puertas de su mayor tesoro. En esa biblioteca sentiría, más que en ningún otro lugar, su verdadera presencia.

La chimenea estaba encendida. Me apoyé en su cerco, me descalcé y me quité las medias para colocarlas en las bolas de hierro de los morillos y que se secaran lo más rápido posible sin deformarlas. Mis pies descalzos agradecieron el calor y el cosquilleo que me producían las lanas de la alfombra.

De inmediato, me dirigí al muro norte de la estancia. La luz grisácea de la extinta tormenta penetraba a través del alabastro de la ventana y se reflejaba en los lomos de los libros. Sabía que aquellos estantes mostraban su oculta identidad. En susurros me pareció escuchar su voz grave:

—Los libros de un hombre dicen mucho más de él de lo que se pueda imaginar.

Pasé mis manos por los lomos de las principales obras que él había adquirido. En un estante descansaban las de los poetas aragoneses, provenzales y toscanos que tanto le guiaron para escribir sus versos. Más abajo, la *Crónica de España*, una Biblia latina, un Boccaccio, dos de Petrarca, otra de Homero, de Virgilio, unas *Confesiones* de san Agustín, un Platón y un Mateo Palmieri, y otros tantos libros en latín de diversa índole que llenaron sus horas de lectura aprendiendo de cada uno de ellos.

En el ángulo de la primera página de todos ellos, como exlibris, había mandado miniar a los monjes de Lupiana su tan secreto lema *Dios e Vos*. ¿Quién era Vos? Sonreí al recordar cómo consiguió guardar el secreto hasta el mismo día de su muerte. Lo cierto es que todas sus mujeres ansiamos ser las dueñas de ese simple y enigmático nombre.

Hacía tan solo unas horas que nos lo había revelado. Fue en su último suspiro. Y es que, cuando se hacía un voto a sí mismo, jamás rompía el juramento. Así fue como, además de custodiar celosamente sus secretos, nos enseñó a respetar el valor de la palabra dada.

De ese estante me fui al de enfrente. Allí estaban las obras que yo más apreciaba, no por su valor material, sino por el sentimental, porque eran los escritos que habían brotado de su pluma. Un simple esqueje en crecimiento en el que las raíces eran sus palabras, las ramas sus pensamientos y los capullos en flor, sus versos.

Los originales y varias copias de sus cuarenta y dos sonetos hechos al modo italiano eran los primeros, seguidos de los proverbios que escribió por encargo del rey don Juan para la educación del entonces príncipe Enrique. Sus decires, canciones galaico-portuguesas y los refranes, que llamábamos familiarmente «de las viejas tras el fuego», se hacinaban describiendo el folclore de nuestro tiempo.

El desorden era evidente porque mi padre, como tantos otros genios, una vez creada una obra, perdía el interés por ella y se concentraba en pergeñar la siguiente.

Pasando legajos, encontré la *Querella de amor*. La leí lentamente y me recordó a mi madre azuzando la tristeza en mi interior. Para eludirla, decidí buscar otra más burlesca. La *Comedieta de Ponza*, la alegoría sobre «el infierno de los enamorados», el diálogo de «Bías contra Fortuna» y alguna que otra serranilla en la que reflejara su sentimiento hacia mujeres desconocidas, que yo siempre sospeché reales, me servirían para animarme.

No fue así porque en el trasiego de papeles se me cayó al suelo su *Doctrinal de los privados*. Al agacharme a recogerlo, me sorprendí. El azar siempre es caprichoso y esta vez quiso que el volumen quedase abierto justo donde hacía su particular crítica al condestable don Álvaro de Luna. Durante aquel raudo recorrido por entre sus creaciones, me di cuenta de que, mientras que en su juventud había escrito sobre temas alegres, como canciones y serranillas, según cumplía años, los asuntos se hacían más graves.

Aquella biblioteca era como su santuario; allí había pasado un millón de horas de su vida. En aquel recóndito lugar de la casa, se aislaba del mundo y gozaba con ello. Siempre que ansiaba soledad, se encerraba entre sus muros y perdía incluso la noción del tiempo.

De alguna manera indescriptible, sentí su presencia como si un rescoldo de su espíritu hubiese quedado plasmado en cada palabra, en cada verso, en cada párrafo, en cada libro escrito que reflejaba un pedazo de su alma. No sabía cuántos había. Él ni siquiera se había molestado en catalogarlos, ni siquiera en contarlos. La cantidad no le importaba, solo su contenido.

Sobre un atril junto a la mesa tenía abierto un libro de canciones y villancicos en el que aparecían los que me dedicó de niña, donde loaba mi hermosura y la de mis hermanas. Me veía con los cabellos enjoyados, las manos finas y los pechos pequeños. Entonces, recordé una de las muchas cosas que en sus últimos días me dijo:

—Un día fuisteis mi musa, Mencía, por eso, cuando yo falte, si tenéis dudas sobre cómo actuar, buscad, Mencía, buscad. Buscad entre mis obras y allí encontraréis todo lo que la vida me regaló para escribirlas. Todo lo que amamantó a este poeta-soldado que es vuestro padre, porque no solo de la leche materna se alimentan el ingenio y el proceder de un hombre en su existencia. Buscad, Mencía y, cuando lo halléis, leedlo con detenimiento. Interpretadlo entre líneas. Sé que vuestro camino será otro, pero siempre podréis encontrar similitudes entre las fuentes que con su manar dirigieron la corriente de mi vida y las que en un futuro dirigirán vuestro cauce.

Siempre con metáforas. ¿A qué se refería? Debía de llevar más de dos horas encerrada en su tabernáculo recordando su vida, leyendo cada una de sus palabras. ¡Qué pena no tener sus prosaicas memorias escritas! Si no fuese pecado de vanidad escribirlas, quizá lo hubiese hecho. ¿Por qué hasta para recordarle con más profundidad había de estrujarme la sesera?

Pensaba en él, al tiempo que me sentaba a su escritorio. Estaba agotada y mis piernas se resentían de tanto tiempo de pie hojeando libros. Ya oscurecía y encendí la palmatoria que había sobre la mesa. Por un segundo la llama flameó a punto de apagarse.

Aquella silla me cobijó en su sosiego. El cuero de su respaldo estaba dado de sí por tanto tiempo como aguantó el peso de su cuerpo allí sentado. Era como amoldarme a su huella imperturbable. En el suelo, había un montón de pieles de diferentes colores y texturas. Zahones, zurrones, odres o viejos botos que, como su silla de montar, estaban marcadas por el tinte del sudor de su corcel y la punta de su flecha.

Eran sus borradores, aquellos que le sirvieron, en cualquier momento o lugar, para tomar notas sobre el nacimiento de una idea.

Cerrando los ojos, pasé los dedos sobre la que más a mano tenía sobre la mesa. Era el tapete que le servía de apoyo al papel. Fue entonces cuando sentí en las yemas la huella de algunas de sus palabras. Estaban tan claras que parecían grabadas a fuego por el hierro de ganadero. Lentamente fui perfilando cada una de las letras. Y, al unirlas, tuve las palabras y con ellas una sola frase: *Vida y semblanza del marqués de Santillana*.

No era posible, se había atrevido. Íñigo López de Mendoza había escrito sus sinceras memorias. Pero ¿dónde estaban?

Después de pensar y pensar, me indigné tanto que no pude contener la rabia y pegué una palmada tan fuerte a la mesa que su tapa saltó por los aires. Al mirar el destrozo, me quedé perpleja. ¡Cómo podía conocerme tan bien! Era como si supiese y hubiese calculado cada uno de mis movimientos. En un cajón oculto bajo aquel tablero había un montón de legajos asidos por una cinta de color verde y vino y sellados por el escudo de armas de la familia. En la primera página leí: *Romped el lacre. Es solo para vos*.

Como siempre, no especificaba quién era vos. Era como con su lema «Dios e Vos». Su garganta muda quiso desvelar esa incógnita, pero otras muchas habían quedado sin esclarecer. Sin dudarlo un momento, rompí el lacre.

Dependiendo del alcance del hallazgo, pensé, lo compartiría o me desharía de él para no perturbar su honor.

Me recliné sobre el respaldo, inspiré hondo y apoyé el grueso legajo sobre el atril. Con cierto temblor, deshice los lazos que lo sujetaban. Abrí la tapa de piel de cerdo curtida y comencé a leer la carta que precedía al grueso manuscrito.

Cada vez tengo más frío; es la muerte que me acosa. Hoy la vitalidad se me escapa por cada una de las fisuras de mi cuerpo, ese cuerpo tatuado de cicatrices que tan pronto abandonaré.

Tengo el cráneo hundido por los golpes de las contiendas, el dedo encallecido de tanto escribir y los ojos demasiado nublados como para seguir leyendo. He tenido la suerte de que Dios me preparase poco a poco para este tránsito.

Ya solo pienso en dejaros a todos bien dotados. Tanto a los hijos de mi sangre, como a los de mi tinta. Porque, así como los primeros lleváis mi abolengo encarnado, los segundos forman parte del tornasol oscuro que un día fluyó por mis manos y mi mente.

En esta mi postrera obra dejo la cuenca profunda de mi anciana existencia que ha manado más vertiginosamente que nunca para derramarse en este río de narración.

Es mi particular crónica. No soy rey, pero tampoco quiero desaparecer sin dejarla plasmada. Dios me perdone por la vanidad que esto pueda significar. Confío en vos y en vuestra prudente diligencia. Sé que cumpliréis con creces engrandeciendo este yugo de responsabilidad que hoy, Mencía, cuelgo de vuestro cuello.

Vuestro padre que os quiere

Solo al saber que aquel documento estaba dirigido a mí, sentí los pies helados. Ansiosa por continuar, sacudí los dedos, pero el movimiento no calentó su desnudez.

Contrariada por tener que levantarme, me acerqué al hogar. Tomé las medias y los escarpines y me los calcé.

Entonces, sentí cómo el ardor de mis pies me subía hasta el corazón. De algún modo extraño, aquella calentura atizó las brasas de mi curiosidad.

Adapté de nuevo mi cuerpo al asiento y me froté los ojos dispuesta a buscar sin descanso respuesta a todas las preguntas que se agolpaban en mi mente, a todas aquellas incógnitas que por ser demasiado personales nunca me hubiese atrevido a plantear.

II

CARRIÓN DE LOS CONDES, 1403

DOS MUJERES CONTRA LA ADVERSIDAD

> *Acuérdome, [...], siendo niño yo en hedad no provecta, mas asaz pequeño moço, en poder de mi avuela doña Mençía de Çisneros, entre otros libros, aver visto un grand volumen de cantigas, serranas e dezires portugueses e gallegos [...], cuyas obras, aquellos que las leían loavan de invençiones sotiles e de graçiosas y dulçes palabras.*
>
> MARQUÉS DE SANTILLANA
> *Prohemio e carta al Condestable de Portugal*

Los primeros recuerdos me llevan a los albores del siglo XV. Debía tener unos cinco años y andaba rezagado por una de esas calles embarradas de Carrión de los Condes en pos de mi hermano García, mi madre y mi abuela Mencía rumbo a la herrería. Entre las dos llevaban asido de las manos a mi hermano mayor y lo balanceaban en el aire cada dos pasos.

A mí también me hubiera gustado aquel balanceo, pero antes de salir de casa mi abuela se había encargado de explicarme el porqué de esas diferencias con mi hermano.

García tenía una salud frágil y constantes enfermedades que le debilitaban. No era la primera vez que escuchaba aquello, así que comencé a comprender por qué le prestaban más atención que a mí; además, en ese momento se juntaba con la celebración de su cumpleaños. Francamente, jamás sentí envidia ni celos.

Aquel día cumplía ocho años y, por alguna razón que entonces yo no alcanzaba a entender, merecía celebrarlo como si fuese a ser el último. El mejor regalo había sido el de santa Ana, porque le había dado las fuerzas suficientes para levantarse de la cama aquel amanecer.

Recuerdo que la noche anterior nos había despertado a todos con sus angustiosos espasmos y toses. Se produjeron con tal violencia que parecía obcecarse en escupir aquel tumor que le carcomía las entrañas. O al menos así lo entendí yo, porque cada vez que aparecían los vómitos, disimuladamente, yo revolvía entre esas inmundicias esperando encontrar un atisbo de aquel oculto mal.

De pronto, entre un columpiar y otro entre las dos mujeres, regresó el rubor a sus mejillas. Sin embargo, una carcajada brotó de repente. Las dos mujeres se miraron a hurtadillas y se sonrieron. Parecía como si mi hermano, a pesar de su debilidad, les hubiera contagiado su alegría. Pero lo cierto era que, después de una noche en vela, ambas se esforzaban en mantenerlo el máximo tiempo en volandas.

Mi primo Fernán Álvarez de Toledo caminaba a mi lado dando patadas a una piedra que yo recuperaba para pasársela de nuevo a él. Aquel debió de ser el primer juego que compartimos o el aperitivo de toda una vida de andanzas en común. Detrás, mis hermanas en brazos de sus amas de cría ponían fin al grupo.

A lo lejos, el tintineo del herrero golpeando el hierro

nos hizo aligerar el paso. García no lo sabía, pero íbamos a recoger el mejor regalo que mi madre podía haberle hecho a su edad; su primera armadura.

Al descorrer la gruesa tela que cubría la entrada de la fragua, todos quedamos perplejos. Un tronco de olivo toscamente tallado imitaba la imagen de un hombre pequeño. Sobre su pecho había un peto y cubriendo sus peanas, las perneras y los patucos. Los guanteletes estaban asidos por alambres a las mangas de malla y sobre el yunque, el yelmo. A pocos metros, el herrero daba forma a la visera, todavía incandescente, que protegería su vista en el campo de batalla.

Mis hermanas Elvira y Teresa, ajenas al espectáculo, prefirieron quedarse fuera correteando en pos de unas gallinas que cacareaban asustadas por la amenaza de su presencia.

La mujer del herrero, al vernos entrar, se apresuró a ofrecer una silla a mi abuela. Ella la rechazó, pero la oronda mujer, que se deshacía en halagos, insistió.

—A sus pies, mi señora doña Mencía de Cisneros. No tengo más asiento que ofrecer a vuestra familia, pero sabe Dios que en mi casa la señora de Guardo y Carrión de los Condes no ha de estar ni un minuto de pie.

La mujer situó la silla cerca de la puerta abierta de la herrería donde el calor de la fragua era menos intenso. Mi abuela, con una leve inclinación de cabeza, agradeció el gesto y, sin discutir más, tomó asiento y aprovechó para entresacar de sus ropas un pequeño libro que colocó en su regazo. No sabíamos si lo abriría o no, pero lo cierto es que siempre llevaba alguno encima. Mi madre sonrió.

—Madre, hoy no venimos a leer sino a admirar a este pequeño caballero vestido ya como un hombre.

Ella, abriendo el libro, contestó de inmediato:

—Paciencia, hija mía, o solo conseguiréis marcarle a fuego la cara al chiquillo. Esperaremos a que la visera se enfríe y mientras matemos el tiempo leyendo. ¡Un libro es lo que deberíais haberle regalado en vez de cargarle con tanto peso!

Para ella cualquier momento o lugar era perfecto para leer, además sentía un profundo deseo de inculcarnos el afán por la lectura. Siempre decía que su sueño era haber engendrado un hombre de letras que aborreciese las armas. Quizá fuese porque todos los varones de su casa habían muerto víctimas de ellas y, de todos los hijos que había parido, solo le quedaba viva mi madre. No sé, pero lo cierto es que en mí consiguió hacer realidad sus deseos. Antes de comenzar, hizo hincapié en sus reproches.

—¡Qué cansada estoy, Leonor, de deciros que estos niños deberían dedicar más tiempo al estudio! Bien podrías saber que el conocimiento no se adquiere sin trabajar y que ciertamente el privilegio se lo merece solo quien se provee de doctrina y de prudencia.

Mi madre suspiró cansinamente y continuó el proverbio como recitándolo por infinitésima vez:

—Quien comienza a obrar bien en su juventud, no ha de errar en su senectud.

Mi abuela frunció el ceño, incómoda por la interrupción, e inquirió:

—¡Pues aplicaos el cuento, ya que tan bien lo sabéis, que aún no soy una vieja que me repito!

Mi madre se encogió de hombros y no quiso discutir más. Para entonces, mi hermano García, mi primo Fernán y yo ya estábamos sentados sobre un montón de paja frente a ella dispuestos a escuchar la historia que aquellas páginas escondían en su interior. Se sintió orgullosa de nuestra atención.

—¿Recordáis que ayer os hablé de las luchas que el infante don Fernando de Aragón mantenía en contra de los sarracenos?

Los tres asentimos. Lo cierto era que últimamente y por motivo de la enfermedad de García, que le obligaba al reposo, mi abuela había tenido la posibilidad de leernos muchas de aquellas historias que tanto nos gustaban.

—Pues bien, hoy viajaremos al pasado de la mano de Pero González de Mendoza. Sabed, niños, que con él comenzó una estirpe de grandes guerreros. Atendedme —dijo la abuela con cierto ímpetu, al tiempo que extendía el dedo índice y nos señalaba—, sois vosotros quienes debéis continuarla. —Guiñó un ojo antes de proseguir—: No olvidéis que todo esto que os voy a contar lo sabemos gracias a los cronistas. Debéis leerlos, porque ellos son los únicos que nos revelan el pasado.

Nosotros asentimos, anhelosos de que comenzase de una vez. Aún recuerdo que mi curiosidad infantil no pudo contener la pregunta que los niños ávidos de información siempre pronuncian:

—Y ¿por qué, abuela?

Ella alzó la vista y se sonrió.

—¿Por qué, qué?

Me desesperé suponiendo que mi pregunta era clara.

—¿Por qué es el primero de nuestra estirpe?

Entonces, me tomó en sus rodillas, me miró a los ojos con una sonrisa que aún hoy no sé si era de burla, de complicidad o de dicha y continuó narrando con una voz medio impostada y muy seria:

—Niños, no penséis que lo que os voy a contar es un cuento. No, qué va, no lo es, aunque yo os lo cuente como si lo fuera. Lo que os voy a contar es una historia verídica, real, una historia de la que os debéis sentir siempre orgullosos porque forma parte del pasado de un gran hombre. Aunque, claro, no lo conocisteis, ¡cómo lo ibais a conocer! Pero fue vuestro abuelo. Escuchadme bien y no lo olvidéis nunca: quien alardea de su linaje sin conocer las glorias de sus antepasados y sin haber aprendido de sus virtudes y de sus errores es un necio.

Impaciente, le tiré de la manga.

—Dejaos de rodeos y comenzad, abuela. Vamos, contadnos todo lo que las constantes ausencias de nuestro padre nos niegan.

Pese a los desvelos de mis mujeres mayores, porque su falta pasara inadvertida, lo cierto es que a mis cinco años echaba demasiado de menos su presencia. Y ahora me daba cuenta de que si la historia que nos iba a contar mi abuela era la de mi abuelo, la del padre de mi padre, parecía lógico que hubiera sido él quien nos la narrase, pero lo cierto es que apenas le veíamos y cuando lo hacíamos era fugazmente, como a alguien que llega y se va con tanta rapidez como la de una ráfaga de cierzo veloz cuando atraviesa el umbral de un hogar.

Mi abuela asumía todo aquello como un disgusto impuesto al que de algún modo debía poner remedio. Y así fue como, conducida tal vez por cierto resentimiento y por una celosa obligación, se comprometió consigo misma a enseñarnos todo aquello que atañía al pasado de nuestro linaje. De repente, se recompuso en la silla, asió con fuerza el libro que tenía en su regazo, tomó aire y comenzó:

—Esto que os voy a contar os puede parecer lejano, pero sucedió solo trece años antes de que vos, Íñigo, nacierais. Por aquel entonces vuestro padre tenía tan solo veinte años… Acaso fue por eso por lo que no fue consciente de la hazaña de su padre —dijo con los ojos nublados y como mirando al fondo de la herrería, a un infinito que se perdía más allá de su propia consciencia.

Lo cierto era que, a pesar de su conducta para con mi madre y para con nosotros, mi abuela Mencía siempre parecía tener una palabra agradable para excusarle, aunque a ella no le gustara su comportamiento. Algunos años después comprendí que, a pesar de tener un millón de razones para menospreciarle, nunca lo hizo ante nosotros. Sabía muy bien que vejándole solo hubiese conseguido hacernos daño. Para un niño, un padre, aunque apenas lo conociese, era único y debía sentirse orgulloso de él, debió pensar en más de una ocasión. Meneó la cabeza y nos miró a todos con los ojos muy abiertos. Luego, prosiguió:

—Prestad atención. Por aquel entonces reinaba Juan I y estábamos en guerra con Portugal. Uno de los primeros en acudir al llamamiento del rey fue vuestro abuelo. La contienda fue larga, tanto que las batallas se sucedían de tal modo que hastiaron las fuerzas de las huestes, que cada vez contaban con menos hombres. Cansados y hambrientos, a los guerreros ya solo les quedaba el sueño de una victoria definitiva que, por otra parte, parecía cercana, después de haber quemado los arrabales de Coímbra, de haber tomado el castillo de Cellorico y de haberse enterado de que una devastadora epidemia de peste había asolado Lisboa y había acabado con los mejores generales portugueses.

»Nuestros guerreros andaban en Alcazaba, una villa a tan solo una legua de Aljubarrota, cuando supieron que allí mismo un ejército de treinta mil portugueses los esperaban dispuestos a librar la batalla final. Vuestro abuelo intentó, por todos los medios posibles, que el ánimo no decayese, pero fue la inesperada aparición del rey, aún convaleciente de una enfermedad, la que disipó los temores de los castellanos que quedaban en disposición de luchar.

»A primera hora de la mañana siguiente, la presencia del monarca en la cabecera del contingente azuzó como por arte de magia los latidos de aquellos valientes y les inyectó un huracán de valor. De tal manera fue que a mediodía los campos de Aljubarrota se convirtieron en un inmenso cementerio de almas combativas. A todo esto, el rey, a sabiendas de que su rendición sería el final, aguantó tambaleante sobre su mula hasta que el animal cayó muerto al suelo. Apenas tuvo fuerzas para esquivar el peso de la bestia, que de haberle caído encima lo hubiese aplastado».

Los niños la escuchábamos extasiados, abstraídos por el tono de voz que sonaba melodioso y parecía transportarnos al lugar de los acontecimientos. De nuevo la interrumpí.

—¿Tanto pesa una mula, abuela?

—Ya lo creo, tanto y más que un caballo. Además, dicen los cronistas que el rey estaba tan débil que, tumbado, apenas pudo moverse por el peso de su armadura. Buscó a su escudero para que le ayudase, pero pronto se dio cuenta de que yacía inerte a su lado entre otros tantos de sus caballeros muertos. El padre de vuestra hermana Alfonsa y primer marido de vuestra madre fue otro de los que pereció allí.

Sin pensarlo dos veces, salté del regazo de mi abuela, me dirigí al tronco de madera vestido con la armadura de mi hermano, tomé el peto y lo sopesé. Era cierto, aquella pieza pesaba como un yunque. A punto estuvo de caérseme al suelo cuando la oronda mujer del herrero me la arrebató indignada.

—¡A ver si la abolláis antes de estrenada!

Todos rieron y yo regresé a cobijarme en el regazo de mi abuela.

—¿Lo habéis visto, Íñigo? ¡Y eso que solo era el peto! ¡Figuraos si a eso le añadís el peso de la cota, el de la guardarropía y el de las armas!

—Sí, pero cuéntanos qué pasó con el rey.

Se rio con una de esas medias sonrisas que delatan satisfacción. Me desordenó el pelo y prosiguió con el relato:

—El rey don Juan, tumbado en el campo, debió de sentirse muy perdido, hasta que vuestro abuelo apareció de entre el polvo, la sangre y la muchedumbre y le salvó la vida. —Calló un instante, respiró profundamente como para dar más tensión al relato, nos miró a todos con ojos escrutadores y continuó—: Ahí estaba vuestro abuelo. Se bajó deprisa de su corcel y le tendió las manos al rey para ayudar a levantarle. No era solo un buen hombre, era sobre todo un buen vasallo. Se anudó las manos una con otra y se las ofreció para ayudarle a montar. Nuestro rey puso su pie en ellas y se subió al caballo.

—¿Es que tenía otro caballo el rey? —pregunté al caer en la cuenta que la mula que le llevaba había caído muerta.

Mi abuela negó con la cabeza.

—¡Qué imaginación, Dios mío! No, era el caballo de vuestro abuelo. ¿No os dais cuenta? Le entregó el suyo —dijo con voz enérgica—. Fijaos lo que hacía, no solo salvaba la vida del rey, sino que ponía en peligro la suya. El rey, entonces, le hizo señas para que subiera a la grupa y salvarse juntos, pero don Pedro, vuestro valeroso abuelo, dio un azote al animal para que galopase hacia un lugar más seguro. —De nuevo hizo un silencio cargado de intriga. Luego, me dejó a un lado y con cierta solemnidad se levantó de la silla y declamó—: «¡No quiera Dios que las mujeres de Guadalajara digan que quedan aquí muertos sus hijos y maridos y yo regreso vivo!». —Luego bajó el tono de voz y volvió a sentarse—. Esas fueron las últimas palabras de vuestro abuelo —dijo con cierto tono melancólico que la embargaba siempre en esas tesituras—. Después, un profundo tajo del enemigo a traición le cortó la voz. Y la vida. Dicen que al día siguiente el rey, al encontrarlo muerto sobre el campo de batalla, recordó esas últimas palabras que había pronunciado a sus espaldas cuando ya se alejaba al galope y parece que las repitió con cierto orgullo y mucha tristeza: «¡No quiera Dios que las mujeres de Guadalajara digan que quedan aquí muertos sus hijos y maridos y yo regreso vivo!».

Luego, calló, miró hacia el libro que aún mantenía cogido con su mano y, muy despacio, con mimo, casi como si temiera romperlo, lo abrió. A aquella hora del día, la luz del sol se filtraba en la penumbra de la herrería, de modo que fue a iluminar, como un foco oportuno y certero, las coloridas miniaturas que dibujaban el contorno de sus páginas.

Mi abuela Mencía, que no debería andar muy bien de la vista ya a sus años, debió sentirse reconfortada por aquella luz. Sin embargo, apenas si leyó unas pocas palabras. Cerró de nuevo el libro y se quedó mirando fijamente a la penumbra de la estancia. De pronto, casi como por sorpresa, comenzó a recitar los versos de un romance que hacía alusión a aquella historia que nos acababa de contar. El tintineo del mazo sobre el yunque de la herrería parecía acompañar a su voz temblorosa como la música a la de un juglar.

Si el caballo vos han muerto
sobid, Rey, en mi caballo;

y si no podéis sobir
llegad, subiros he en brazos.
Poned un pie en el estribo
y el otro sobre mis manos;
mirad que carga el gentío;
aunque yo muera librad vos.

Se detuvo, miró al frente con los ojos perdidos en un abismo de héroes, apretó con fuerza los puños, tragó saliva y continuó esta vez con una voz tan potente, que Dios sabe de dónde la sacaba, con esa impostación propia de los comediantes de las plazas públicas.

A su rey el buen vasallo
y si es deuda que os la debo
no dirán que no la pago,
ni las dueñas de mi tierra
que a sus maridos hidalgos
los dejé en el campo muertos
y vivo del campo salgo.
Dijo el valiente Alavés,
señor de Hita y Buitrago
al Rey Don Juan el primero
y entrose a morir lidiando.

—Es precioso, abuela. Lo quiero aprender de memoria. ¿Me lo enseñaréis?

—Lo hizo un poeta de Guadalajara en agradecimiento a vuestro abuelo. Desde luego que os lo enseñaré. ¡Qué alegría me dais, Íñigo! —dijo Mencía con una enorme sonrisa de satisfacción—. Os lo grabaré en vuestra memoria el día que os lleve a ver su enterramiento en la iglesia de San Francisco, porque hoy toca otro cantar.

Recuerdo que, entonces, saber que la sangre de un hombre tan generoso y valiente corría por mis propias venas me sobrecogió. Desde luego, la abuela Mencía había elegido la mejor de las historias de caballeros para hacernos entender la grandeza de mi abuelo, una grandeza que mi padre jamás se preocupó de transmitirnos. Seguramente ella hubiera preferido escoger en aquel preciso momento otra lectura, pero optó por captar nuestra atención sobre nuestro pasado de gloria en vez de recrearse en alguna de sus lecturas preferidas.

Al acabar su narración, hizo un silencio profundo y extraño que, he de confesar, me sobrecogió. Ella deseaba que, después del recitado, divagáramos sobre lo que habíamos escuchado, sobre aquella historia de don Pedro, su muerte en Aljubarrota y su disposición para que el rey se pusiera a buen resguardo.

La observé en aquel silencio que parecía romperse contra la penumbra de la herrería. Por un momento me detuve en la sombra alargada que su figura, digna y ligeramente encorvada, proyectaba contra el suelo, al contraluz que se derramaba desde la entrada de la estancia. Seguí su silueta con la mirada, como queriendo rastrear ese hilo oscuro, extraño y misterioso, que llegaba justo hasta la punta de su toca, como si esta fuera parte también de la sombra que se extendía por el suelo y que ahora parecía acariciar los pies de mi hermano García, que hacía un rato se había levantado para calzarse los patucos y admirar cómo el artesano doblegaba a fuerza de tenaza la visera de su yelmo.

Los últimos retoques sobre el yunque le tenían tan extasiado que ni siquiera sentía sobre el jubón las chispas incandescentes que le quemaban. Fuera, mis hermanas continuaban corriendo tras las gallinas, hasta que la pequeña patizamba tropezó en la misma puerta y la algarabía se hizo silencio. Teresa, incapaz de llorar, miraba hacia atrás como si hubiese visto al mismo diablo cuando la gallina, cual pelota de trapo, irrumpió rodando en la estancia. Luego, tras de sí apareció la punta del escarpín de mi hermanastra. Como siempre, traía el ceño fruncido. Mi madre la reprendió.

—¿Cómo he de deciros que no peguéis a los animales?

Entonces, ella se sacudió las plumas de la seda de los zapatos y contestó malhumorada:

—Madre, llevo horas buscándoos.

Alfonsa era la única hija que a mi madre le quedaba de su primer matrimonio y no veíamos el momento de que se desposase para perderla de vista. Tenía una rara cualidad que consistía en terminar con la paz de la familia con su mera presencia. Era como si viera una amenaza en todos nosotros, a pesar de ser mucho más pequeños que ella. Por lo general, se la oía venir gruñendo por los corredores. Entonces, aun sin pensarlo, de forma inconsciente la evitábamos. En aquel momento, nuestra madre procuró calmarse.

—Alfonsa, venid aquí. Mirad a vuestro hermano, está a punto de probarse su primera armadura —dijo en tono conciliador.

Su monstruosa carcajada hizo que un escalofrío recorriera nuestra espalda. García la miró con un viso de miedo al sentir su risa y cómo le observaba.

—¿De verdad pensáis enfundar a vuestro escuálido hijo en esa armadura, madre? Miradlo bien; ha adelgazado tanto durante su enfermedad que podrá bailar en su interior.

Alfonsa hablaba de nosotros como si no tuviésemos nada en común con ella. García enrojeció, se tragó la rabia y comenzó a toser de nuevo. La abuela lo calmó con una limonada mientras mi madre intentaba a empellones sacar a Alfonsa de la herrería. Incapaz de ello, en el mismo quicio le asestó una bofetada.

—¡Os lo he dicho una y mil veces! Ya tenéis más de veinte años. No es edad para que los celos os carcoman las entrañas cada vez que acaricio o muestro cualquier afecto a vuestros hermanos pequeños.

En ese momento, Marina González de Obeso, la nodriza de casa, llegó como alma que lleva el diablo llevando a mis hermanas en jarras y huyendo de la desagradable escena.

—Madre, os aconsejo que disfrutéis de los últimos días en que tenéis mi tutoría, porque en cuanto me case... —Alfonsa estaba prometida con don García Fernández de Manrique, conde de Castañeda—, él me hará justicia. Sabéis muy bien, pero os lo recuerdo por si se os ha olvidado, que Juan Téllez de Castilla, vuestro anterior marido, fue también mi padre. Cuando murió en Aljubarrota, heredé. No podéis despojarme de mis derechos, de lo que es mío. ¡No podéis! —le gritó a su madre, ahora en un estado de mucha irritación—, no podéis... No podéis beneficiar a vuestros hijos pequeños con lo que es mío. Son unos malcriados, unos... ¿Acaso olvidáis que soy nieta del rey Enrique II de Castilla y bisnieta de Alfonso XI? ¡Tengo sangre real! —volvió a gritar enérgica—. Vos sabéis... —Calló unos segundos y miró a su alrededor—. ¿Con qué habéis pagado la armadura? —le espetó—. ¡Os aseguro que nadie, ni siquiera vos, me va a arrebatar lo que me pertenece! ¡Y esos, mucho menos!

Estaba muy enfadada. Se le había congestionado la cara con los gritos y parecía que los ojos se le salieran de las órbitas. Sabía que era así, pero no hasta ese punto.

Ciertamente, mis hermanos y yo le teníamos pánico. Lejos de entenderla, sentí como si su dedo inquisidor fuese una cerbatana a punto de dispararnos un dardo envenenado. Mi madre respiró hondo, la observó de arriba abajo y procuró calmarse.

—Esos, como los llamáis, son vuestros hermanos y, dado que aún no tienen edad para discutiros nada, lo haré por ellos. Siempre, entendedlo bien, siempre lo haré yo por ellos —repitió elevando el tono agrio—. Y os aseguro, Alfonsa, que, por mucho que insistáis en ello, por mucho que mostréis esa enorme desconfianza hacia mí, no he utilizado ni una sola moneda vuestra para mantenerlos. Estáis muy equivocada, Alfonsa, muy equivocada. —Leonor respiró hondo y trató de tranquilizarse—. Además, por si lo habéis olvidado, os recuerdo que vuestra abuela Mencía es señora de las casas de la Vega, Cisneros y Manzanedo y de los nueve valles de las Asturias de Santillana y que algún día lo seré yo. ¿Podéis acaso comparar nuestra bolsa con la vuestra? Por algo nos llaman las ricashembras. ¿Para qué iba yo a coger de lo vuestro? Si fueseis inteligente, enmendaríais vuestro comportamiento, porque solo así, el día que yo falte, sacaréis provecho de mis bienes. Ahora decidme, Alfonsa, ¿qué es una armadura en un mar de bienes?

Luego, con esfuerzo y aprovechando su aparente calma, le acarició la toca y la atrajo hacia el interior de la herrería. Una vez dentro, le habló entre susurros:

—Ahora, por favor, no pequéis de celosa sin venir a cuento. Comprended que estos pequeños, aunque sean hijos de otro padre, lo son también míos. Soy su madre. Alfonsa, estad segura de que los protegeré siempre. Sobre todo al más débil. ¿Tan difícil es de entender? Sabéis que el barbero dice que García está enfermo y cualquier alegría es buena para mejorar su estado. Hacedme un favor y no frustréis su ilusión.

Mi hermanastra masculló algo entre dientes y se dejó llevar por la situación.

—No los temo a ellos, sino a vos, mi señora, porque, a pesar de ser mi madre, os creo muy capaz de robarme para beneficiarlos a ellos. Madre, reconocedlo, nunca habéis tenido claro lo que es de cada cual. —De repente, Alfonsa estiró el cuello, se irguió toda ella en una postura que manifestaba insolencia, abrió mucho los ojos y de la boca dejó salir toda una sarta de exabruptos—. Decís que García está muy mal, pues bien, si es así, ¿dónde anda el almirante de Castilla, su padre? Al fin y al cabo es su primogénito —dijo con soberbia— y no parece que le importe demasiado su salud. Madre, no os engañéis. Está claro que vuestro querido esposo prefiere seguir junto a su barragana y la hija de su primer matrimonio, en Guadalajara, que junto a vos y a vuestros hijos. ¿O acaso no es verdad que solo viene de tarde en tarde? Sí, no pongáis esa cara, madre; no os estoy diciendo algo que no sepa todo el mundo. De vez en cuando llega, cumple con su deber conyugal, os deja preñada y desaparece durante meses sin preocuparse ni de vos ni de sus hijos. Os apuesto a que, a pesar de la enfermedad de García, no viene. ¡Claro que no! ¡Si lo sabré yo! ¡Estos niños son como los hijos de las perras que se crían en el arroyo sin conocer a su padre!

Leonor no daba crédito a sus oídos. La crueldad de su hija mayor había llegado demasiado lejos.

—¡Alfonsa! —Al grito de irritación de Leonor le siguió una segunda bofetada que la tiró al suelo.

Con la mano en la mejilla, lejos de intimidarse, miró con rencor a la madre y prosiguió sarcásticamente con sus improperios.

—El dolor de la verdad siempre hiere más profundamente, ¿verdad?

El lugar fue adquiriendo una densidad tórrida. Las miradas crispadas iban de un cuerpo a otro con la sórdida violencia de los reproches. Entonces, se empezó a escuchar un batallón de toses broncas y crispadas que provenían de García.

El niño se fue congestionando, la garganta se le abotargó, la cara comenzó a enrojecerse y por la boca comenzó a descolgársele un hilillo de sangre cuando perdió el sentido y quedó inerte sobre el regazo de mi abuela. Mi madre se abalanzó alarmada sobre él y olvidó de pronto los sórdidos reproches a su hija mayor.

La abuela, presa del pánico, zarandeó a García buscando que recobrara el sentido, al tiempo que, con una delicadeza no exenta de miedo, le fue limpiando la sangre de la boca con un pañuelo. Mi madre, que parecía guardar una extraña y remota serenidad, le secó el sudor de la frente. Después, en un impulso ciego, arrebató a su hijo de los brazos de la abuela Mencía y salió despavorida de la herrería. Casi a la carrera, la seguimos todos. Atrás quedaba Alfonsa, todavía en el suelo junto a la puerta. La esquivamos todos sin prestarle atención. A la carrera, delante de todos, mi madre jadeaba por la angustia. Iba fuera de sí, sin dejar que nadie se le acercara ni tan siquiera para ayudarla.

Al pasar frente al hospital de la Herrada, dos peregrinos que bebían del pozo la observaron y gritaron:

—¡Señora, por él rogaremos a Santiago!

El hospital de la Herrada fue, desde que lo fundara Gonzalo Ruiz de Girón, parada casi obligada de los caminantes jacobeos.

Mi madre, sin tan siquiera pararse, les contestó:

—¡Hacedlo y, además, pedid a los mudéjares que acudan de inmediato a mi casa!

A falta de barbero en Carrión y a pesar de la prohibición de la reina Catalina de Lancaster de servirnos los cristianos de moros y judíos para sanar, no era un secreto que ellos siguiesen ejerciendo como médicos, naturalmente a escondidas, porque no cabía duda de que eran los mejores sanadores.

Al pasar frente a la iglesia de San Francisco, se detuvo un segundo, alzó la vista al cielo, apretó las mandíbulas y continuó. Seguramente le hubiese gustado entrar a rezar ante el pantocrátor, o al menos eso creí yo entonces, pero sabía que no tenía tiempo, porque ahora lo más urgente era tumbar a García en su cama. El silencio era sepulcral, los patucos de su armadura tintineaban al golpearse uno con el otro desde sus piernas inertes.

Solo al cruzar el umbral de nuestra casa, García entornó los párpados con cierta dificultad, sonrió a mi madre y desfalleció de nuevo.

Mi madre le postró en el lecho y corrió las cortinas de su dosel para que descansara tranquilo. Después, se sentó, respiró hondo y trató de recuperar el resuello. Se fijó en las caras pasmadas de los sirvientes, que parecían asustados. Hizo llamar a los mensajeros y les ordenó que partiesen de inmediato, con caballos de refresco y un buen saco de monedas, en busca de los mejores médicos. El primero tardaría en llegar como mínimo dos días desde Palencia. Después lo haría el de Burgos, seguido del de Valladolid. Cuando los mensajeros hubieron salido, se acercó de nuevo al lecho de su hijo, entreabrió las cortinas del dosel, lo observó con tristeza y un enorme desasosiego y dijo como para sí, aunque la escuchó todo el mundo:

—¡Dios quiera que lleguen a tiempo!

Luego, se arrodilló a la cabecera de la cama y miró fijamente a García. De pronto, apareció el matrimonio mudéjar. No les hacían falta presentaciones. La mujer llevaba bordada una luneta sobre su vestimenta y el hombre una caperuza verdosa, además de su correspondiente luneta azul cosida en el hombro derecho. Entonces, sentí cómo la angustia de mi madre se apaciguó por su presencia, a falta de otros sanadores más expertos.

Lo primero que se descartó fue que aquella enfermedad fuera peste. Ya más tranquilos todos por la presencia de los sanadores moriscos, me acerqué a García y le cogí la mano.

—¡Peste, cómo iba a ser peste! —dijo la abuela Mencía—. ¡Siempre pensando en lo peor! ¡Si hace cincuenta años que esa plaga no nos atenaza!

Al tocarla, sentí su mano helada, a pesar de tener el cuerpo ardiendo. Entonces, García, al notar mi presencia, entreabrió los ojos. Aquella fue la última vez que los vería abiertos. Su postrera mirada, antes de perder la conciencia definitivamente, se me quedaría grabada para siempre. En ese momento, ni siquiera pronunció palabra. Sospecho que el miedo a un nuevo ataque de tos le haría desistir de hablar. Sus ojos abiertos brillaban como un lucero seco del alba porque no derramaron una sola gota del dulce rocío nocturno. Yo me sumergí entonces en un dolor extraño y remoto que me sería difícil de describir. En ese instante solo fui capaz de susurrarle cuatro palabras al oído:

—No me dejes, García.

Con sumo esfuerzo, él me dedicó un apretón de manos. Ni un solo gemido, ni un llanto; nada, solo ese apretón de manos que ha quedado como marca indeleble sobre mi conciencia.

Hoy, cuando escribo estas palabras, sé que, ante las repetidas ausencias de mi padre, García era el espejo en que mirarme. Era el hermano mayor al que admiraba e imitaba. Todo sucedió en un instante infinito. De pronto, cerró los ojos. La mecha de su vela se consumió y una sombra de luz se paseó por la estancia silente. García me había dejado rodeado de mujeres a las que consolar y en las que cobijarme.

III

EL NIÑO INSEPULTO

Aved ya de mí dolor,
que los dolores de muerte
me çercan en derredor,
e me fazen guerra fuerte.

MARQUÉS DE SANTILLANA
Canción a la Princesa Doña Blanca de Navarra

Llevábamos más de una semana esperando a que mi padre se dignase a aparecer para darle sepultura, pero no llegaba. La espera se hacía eterna. García empezaba a pudrirse y, a pesar del constante vaivén de los incensarios, el olor impregnaba de muerte todas nuestras ropas y la casa entera.

El cuerpo seco y verduzco de mi hermano mayor me tenía absorto. Ya no rezaba, sino que le hablaba con el pensamiento, porque, aunque sabía que aquel cadáver ya no era él, era consciente de que, estuviese donde estuviese, me escucharía.

Ya al atardecer, sentí que la mano de mi madre tiraba de mí y me levantaba del reclinatorio. Sin mediar palabra, me condujo a una estancia en la que había dispuestos diversos manjares.

No recordaba cuánto tiempo debía llevar sin comer, pero olfatear el asado me despertó el apetito. Arranqué una pata a una perdiz escabechada y me la llevé a la boca con ansiedad.

Al ver el reflejo de mi rostro deformado sobre la bandeja de plata, mi semblante me recordó al de mi hermano. Llevaba días llorando sin llorar su muerte. Mi madre ya me lo había advertido, cuando amortajábamos a García y sintió mi debilidad.

—Íñigo, un hombre no debe llorar jamás. ¿Habéis visto a García que ni moribundo ha permitido que el llanto le hiciera débil?

Su mandato estaba claro, pero no lo pude resistir y tuve que bajar los ojos.

La voz de mi madre sonó a mis espaldas.

—¿A qué sabe una lagrima, Íñigo?

No lo dudé un minuto.

—A sal.

Antes de darme la vuelta, me limpié rápidamente los ojos.

—¿Cómo lo sabes si un hombre jamás llora?

Me agarré a ella con fuerza y ahogué mis sollozos en su regazo. Era como si en ese instante nos estuviese abrazando a sus dos hijos a la vez; al que ahora le faltaba y al que aún le quedaba. Separé mi cabeza de su pecho y la miré a los ojos.

—Madre, solo quiero una cosa suya; ¿me daréis su armadura?

Me contestó con solemnidad.

—Veo que aún no comprendéis que ya ocupáis su lugar. Íñigo, por Dios, debéis saber que, desde el mismo momento en que murió vuestro hermano, todo lo que le pertenecía es ahora vuestro. El diecinueve de agosto del año que viene, que es vuestro aniversario, iremos a que os la amolden.

Al oír entrar a mi abuela, me separé de mi madre y me prometí que nunca más volvería a llorar. Mi abuela miró de rondón todo a su alrededor, se acercó a la mesa donde estaba dispuesta la comida, la miró con cierto desdén, arrancó la otra pata de la perdiz, la olisqueó con gesto de desagrado y la dejó de nuevo en la bandeja.

—Leonor, tenemos que enterrarlo.

Mi madre frunció el ceño, molesta.

—Vendrá, madre; sé que vendrá.

Mi abuela pegó un golpe a la mesa. El cuchillo saltó por los aires y cayó estrepitosamente al suelo.

—Llevo días mordiéndome la lengua y ya no puedo contenerme más, Leonor. ¡Si algo me concede la edad, y mi condición de señora de esta casa, claro está, es deciros lo que pienso y, como mi hija que sois, habréis de escucharlo, os guste o no os guste!

A sabiendas de lo que iba a ocurrir, mi madre hizo una señal a su dueña para que apartase la bandeja y nos rogó que saliésemos de inmediato.

Mi curiosidad hizo que aprovechara un descuido y, en vez de salir, me escondí tras el tapiz que pendía junto a la puerta. La voz temblorosa y crispada de mi abuela inundó la estancia.

—¡Vuestro deber como madre es darle cristiana sepultura a vuestro hijo, esté el desalmado de su padre junto a él o no! Si sabré yo por vieja cómo es el señor en cuestión. Vendrá tarde e inoportunamente, y solo demostrará su dolor intentando preñaros de nuevo, porque no es un secreto que Íñigo solo no es garantía de su sucesión masculina. Sé que vos, como mujer, deberéis tragaros el orgullo, hacer de tripas corazón y yacer en silencio con él. ¿O no es esa vuestra obligación para garantizar la sucesión de nuestra estirpe?

Sin hacer ruido, me asomé un momento para ver la expresión de mi madre. Como si fuera una niña, se tapaba los oídos para no escuchar aquellas bárbaras palabras que le dirigía la abuela, unas palabras que a mí me sonaron entonces como ruidos del infierno. En ese preciso instante, lo recuerdo muy bien, se oyeron los cascos de los caballos retumbar en el patio. En la sala se hizo el silencio. Mi madre, nerviosa aún por aquellas bruscas palabras, abrió los ojos y se quitó las manos de los oídos para escuchar, seguramente como música celestial, la llegada de las caballerías. Afinó el oído para cerciorarse y se precipitó al hueco de la ventana. Al instante, su rostro cambió la expresión.

Doña Mencía no necesitó confirmar lo que ya sabía. Acarició la toca a su hija Leonor y continuó con más calma:

—Diego no vendrá, Leonor. Desgraciadamente el almirante de Castilla está demasiado sujeto a Guadalajara, a su amante y a la hija que tuvo de su primer matrimonio como para recordar a su mujer legítima y los hijos que tiene con ella. Si no, ¿por qué vivís desde hace años conmigo en vez de con él?

Mi madre la escuchaba cabizbaja, como escondiendo los ojos entre las baldosas del suelo. La cogió entonces de ambos carrillos y le levantó el rostro para obligarla a que la mirase a los ojos.

—Hija mía, enterrad a vuestro hijo. Su padre ya vendrá cuando no tenga nada mejor que hacer.

A mi madre se le rasgó la voz en un tono de melancolía.

—Simplemente, madre, me cuesta aceptar que el mismo hombre que hace años se hacía a la mar dispuesto a todo ahora se muestre incapaz de dar el último adiós a su hijo.

Mi abuela la interrumpió.

—Recordad que fue en la mar precisamente donde vengó la muerte de su padre, de su cuñado y de otros tantos castellanos. Podría haberse conformado con hundir sus barcos, pero no, para don Diego aquello no era suficiente. Tuvo que ahogar a cuatrocientos portugueses, y de paso a unos cuantos piratas berberiscos, para vengar la muerte de los suyos en Aljubarrota. Pero, Leonor, ¿¡cómo podéis esperar que semejante despiadado se vuelva un hombre tierno y sensible!?

Mi madre, a pesar de todo, siguió defendiéndole ciegamente.

—¡No juzguéis de ese modo al padre de vuestros nietos!

Una repentina ráfaga de viento bamboleó el tapiz sobre el muro.

En ese momento, cómo no, siempre tan oportuna, mi hermana Alfonsa irrumpió en la estancia y se sentó en uno de los almohadones que había junto a ellas, con la intención de intervenir en la discusión, y no precisamente con el afán de tranquilizar los ánimos.

—Madre, la abuela tiene razón. Enterrad de una vez por todas a García e id pensando en cómo plantearéis a don Diego la necesaria distribución de sus bienes, porque ya son muchos los que aseguran que está dispuesto a dejarle todo a su hija Aldonza y a su puta. ¿Es que vos no lo habéis pensado?, porque, por el interés que demuestra hacia vos y hacia estos niños, creo que las habladurías no andan descaminadas.

Mi madre ni siquiera la miró. Fue mi abuela Mencía la que, a pesar de su edad, se levantó la bocamanga y la arrastró a la salida.

—Alfonsa, de qué estáis hecha que solo pensáis en las riquezas. No os permitiré que hoy engroséis el dolor de vuestra madre con ignominias. No depende de vos lo que don Diego quiera hacer con lo suyo.

Con un quiebro, se deshizo de su abuela.

—Estáis muy equivocada, abuela, porque, si él desthereda a mis hermanastros, tanto ella como vos haréis uso de lo mío para beneficiarlos.

La abuela extendió la mano y le dio un cachete.

—¡Qué niña, madre mía!, siempre pensando en los cuartos. No tenéis edad para ello y parecéis olvidar que todavía nada es vuestro. Relajaos porque los celos y la envidia os terminarán corroyendo.

Cuando la estancia se hubo quedado en silencio, salí de mi escondite. Allí, en medio de la sala, estaba mi madre inmóvil, como ida pensando en lo que acababa de suceder y en las palabras que mi abuela le había dirigido. Corrí hacia ella y me abalancé sobre su regazo para abrazarla. Cinco minutos después, salimos juntos de la estancia unidos por un silencioso dolor. Ella sacudió la cabeza como queriendo desprender de su sesera los oscuros pensamientos que la tenían embotada. Un pronunciado suspiro fue el único signo que nos reveló su decisión. Por fin había decidido terminar con aquel calvario.

Al atardecer, enterramos a García. Recuerdo el crujir de la losa de mármol sobre el suelo para tapar la fosa e, inmediatamente, el tintineo de unas espuelas y el ruido sordo de unos pasos.

Mi madre no se dio la vuelta, solo se santiguó, dio gracias a Dios y dejó un hueco al recién llegado. A mi padre ya nadie lo esperaba.

Ingenuo de mí, pensé que quizá en esa ocasión, dado nuestro desconsuelo, podríamos retenerlo a nuestro lado un tiempo. Nada más lejos de la realidad.

Esa misma noche, a la hora de la cena, comprendí

que no tenía intención de quedarse en casa ni un minuto más de lo debido. Y muy pronto supe también que, si estaba en Carrión, era solo porque necesitaba que le acompañáramos a Torrelavega para doblegar a los partidarios de los Manrique, entre ellos el futuro marido de Alfonsa, que de nuevo se habían alzado contra su señora en los valles de las Asturias. Sobre todo en Liébana, Pernía, Campoo y Potes.

Mientras comíamos, observé que él lo hacía con gula y desaliño. Como un heliogábalo no cesó hasta dejar mondos los huesos del cochinillo. Luego, al terminar con estos, cogió la jarra del vino y bebió directamente de ella con cierta avidez, sin miedo a emborracharse. Se limpió las barbas de forma tosca con el borde del mantel y eructó largo y a gusto. Durante toda la comida, me di cuenta de que no hubo ni un solo gesto de cariño hacia mi madre, ni un beso ni una simple palabra de aliento. Parecía un hombre embebido en sus propios deseos, en unos anhelos que, sin duda, empecé a percibir que estaban muy lejos de nuestra casa. Es más, de haberlo hecho, de haber dedicado algún gesto cariñoso a mi madre, hubiera sonado a falso, a hipócrita, porque de su actitud no se podía esperar más que lo que en ese momento se nos ofrecía. Terminado el eructo, levantó la cabeza con soberbia y dijo:

—El asunto es grave. Si no fuera porque os necesito en el norte como señora de la Vega, os aseguro que no hubiese venido. Pero así son las cosas… Quizá podríamos llevar a Íñigo —dijo dirigiendo la mirada hacia mí—; así vuestros vasallos sabrán que es un hombre el que os sucederá. Tal vez así apaciguaremos sus ánimos.

Es cierto que en ese momento me sentí halagado al ver que me consideraban como a un hombre. Sin embargo, no reparé en que sus palabras escondían un velado desprecio hacia mi madre. Pero, sobre todo, estaban aquellas palabras rudas y algo bestiales con las que había dejado claro que la muerte de su hijo, de mi hermano García, no había sido el motivo de su presencia. Además de la humillación que había hecho a mi madre haciéndo ver que era él el salvador de los valles de las Asturias.

Aquella noche, mi madre, incapaz de yacer con él, la pasó en vela organizando la partida.

Al ver por primera vez aquellos valles, comprendí el orgullo que esa propiedad significaba para mis mayores. Aquellas tierras verdes, regadas por un sinfín de meandros, eran un paraíso comparadas con la seca meseta castellana.

Era finales de octubre. Nos hospedamos en la torre-fuerte de Potes. Nada más llegar, mi padre se dispuso a despachar con los hombres de su confianza. Me acerqué a la mesa en la que trabajaba en aquel momento. Firmaba la cesión de una escribanía a los valles de Cabuérniga y Ucieda. Me detuve ante él y lo analicé con detenimiento. Me pareció como si no existiese otro hombre similar sobre la faz de la tierra. Me fijé en sus manos al escribir, en el recorrido de su mirada al leer y en la característica forma de su cabeza. Llevaba el pelo a la usanza, completamente rasurado en línea recta desde lo alto de sus orejas a la nuca. Aquel corte requería muchos cuidados y el viaje no se los pudo proporcionar, por lo que la parte trasera de su cabeza se teñía de una sombra de incipientes pelillos pinchudos. Tentado estuve de pasarle la palma de mi mano por ellos para sentir su cosquilleo, pero el respeto me lo impidió.

Su barba desordenada y su prieta delgadez reflejaban el recuerdo de tiempos de luchas y el mal comer que debió de vivir a bordo de sus barcos. Mi madre estaba sentada a su lado y leía de soslayo todo cuanto él iba firmando, porque, al contrario que otras señoras, quería enterarse de todo lo que concernía a sus tierras.

Cansado de tanto silencio, subí las angostas escaleras de la torre hasta llegar a la azotea. Arriba, dos hombres de armas montaban guardia. Acaricié los muros de mampostería y me alcé de puntillas para alcanzar a ver entre las almenas. Acostumbrado a la altura, quise subir un poco más y me dirigí al pequeño arco apuntado que conducía a uno de los cuatro torreones que coronaban la torre-fuerte y me asomé a uno de los angostos huecos almenados tan propios de un edificio defensivo.

Una vez allí, me sentí dueño de aquellos verdes valles que, como alfombras infinitas, cubrían la tierra desde las profundas riberas de los ríos hasta la cima de las altas montañas. Y es que las Asturias de Santillana algún día serían mías.

Sin sentir el vértigo ni el peligro de los adultos, miré hacia abajo. Allí estaba mi madre, mirando en lontananza desde una pequeña balconada. Parecía pensativa, ida en unos pensamientos quebradizos que sabía de dónde venían pero no sabía adónde la llevaban. A decir verdad, había estado así desde que salimos de Carrión. Durante el viaje no pronunció palabra y ahora permanecía en un silencio extraño que parecía de enfado o, acaso, doloroso. La suave brisa que se había levantado agitaba su toca y dejaba al descubierto una expresión compungida.

Bajé las escaleras y corrí en su busca. Quería pedirle que me llevase a conocer el mar. Por el hueco de la escalera escuché su voz. Me detuve en seco. Tenía un tono grave que, sin duda, el hueco acentuaba.

—¡Qué bien administráis mis bienes, señor! Tomáis de cada una de vuestras mujeres lo que más os conviene sin deteneros a pensar en sus sentimientos. Decidme, Diego, ¿solo me queréis por lo que tengo?

—¿Acaso nos desposamos por otro motivo? Por algo os llaman la ricahembra. Recordad que fue doña Mencía, vuestra querida madre —dijo con retintín—, la que ansiaba unir nuestras fortunas.

—He de deciros que, en ocasiones, envidio a los pobres y plebeyos. Ellos se casan por amor, a pesar de las penurias. ¡Quizá la felicidad no se cuente con monedas!

—Os aseguro que así es, Leonor. Pero una bolsa cargada de monedas ayuda a encontrar mejor la solución a un fracaso y brinda una segunda oportunidad al que desperdició la primera. ¿Creéis si no que a vuestros veinte años siendo pobre, viuda y madre de dos hijos, antes de que perdieseis al mayor, alguien se hubiera querido casar con vos existiendo, como existen, jóvenes vírgenes y sin bocas a las que alimentar? —Calló y se quedó mirando fijamente a mi madre—. No, Leonor, no os engañéis, siendo una mujer humilde solo hubierais podido buscar la felicidad en un convento de clausura. Junto a la única hija que os quedó viva —añadió—. Si solo fuisteis viuda dos años antes de desposaros conmigo, fue porque teníais una dote digna de sopesar.

—¡Seguramente, Diego, pero podríais disimular! Las lenguas se desatan y los rumores vuelan de aquí para allá y alimentan la mordacidad de las gentes. Una cosa es que vivamos separados, y tape mis ojos ante vuestros devaneos, y otra muy diferente es que me hayáis faltado al respeto de semejante manera. —Ahora mi madre, tibiamente, se envalentonó—. No me importa que holguéis más asiduamente con vuestra sobrina que con vuestra propia esposa, pero ya son demasiados los que dicen que esa barragana se pasea por Guadalajara como si fuera vuestra legítima esposa. Temo el día en que me presente allí con vuestros hijos, porque tengo la seguridad de que nos considerarán extranjeros.

De repente, sonó un terrible golpe, como de algo que se hubiera caído al suelo o, por la violencia, que lo hubiera arrojado él.

—No os quejéis tanto, Leonor. Cada vez que nos vemos, os doy un hijo. Esa es nuestra única obligación. Procrear, Leonor, multiplicarnos para que nuestros sucesores continúen lo que nosotros comenzamos. El resto..., en fin, ya sabéis..., son sueños. No creáis tanto en ellos, Leonor, y dejaréis de torturaros.

Entré despacio, como haciéndome el despistado, con la esperanza de que mi presencia calmase los ánimos. Al ver que mi madre se acariciaba el vientre, supe que esperaba otro hijo. Ella trató de calmarse.

—Tened por seguro que yo criaré a nuestros hijos en vuestra ausencia, pero prometedme al menos que no favoreceréis a vuestra hija Aldonza en vuestra última voluntad. Sé que hicisteis un testamento instituyendo el mayorazgo en nuestro hijo García y, ahora que él no está, ¿le dejaréis lo mismo a Íñigo?

—¿Lo dudáis?

—¿No creéis que es para desconfiar? Vivís con esa... mujer, le prestáis todas las atenciones y, en cambio, a mis hijos apenas si los conocéis. Las malas lenguas dicen que sois demasiado generoso con quien no se lo merece. ¿Acaso olvidáis aquel amor de juventud? A la que agasajasteis nada menos que con las villas de Barajas y Alameda. Y ahora... no quiero pensar en lo que seríais capaz de quitar a nuestros hijos para dárselo a esa...

Al percatarse de mi presencia, reprimió el insulto. Mi padre suspiró, cansado de represalias, y me tomó de la mano.

—Os juro que Íñigo heredará como el varón mayor de mis hijos y que Aldonza no tendrá nada que no le pertenezca.

Mi madre asintió satisfecha porque, a pesar de todo, mi padre nunca había faltado a su palabra. Sin embargo, a pesar de la palabra de mi padre, estaban mis dos medio hermanas, Alfonsa y Aldonza, que harían lo posible por impedir ese propósito.

A los pocos días, regresamos a Carrión de los Condes donde la abuela Mencía nos recibió con los brazos abiertos. Mi padre descansó lo necesario y regresó de inmediato a Guadalajara. Al despedirle, mi madre tan solo recibió un recatado beso en la mejilla. De nuevo nos había dejado; a mi abuela, refunfuñando; a mi madre, con un nuevo embarazo, y a nosotros, huérfanos otra vez.

—¿Vendréis al bautizo? ¿Estaréis aquí antes de que ande?

El almirante de Castilla alzó la mirada al cielo como implorando paciencia, apretó las espuelas y salió de Carrión al galope, esquivando a un peregrino jacobeo que iba camino del hospital. A lo lejos, se le veía ligeramente encorvado hacia delante. Al cabalgar, apretaba las rodillas contra la silla disimulando con dificultad su evidente deterioro físico.

Durante un instante que tal vez fuera eterno, permanecí absorto mirando el camino por donde se perdía la figura de mi padre entre el polvo que levantaba el caballo. Es curioso, pero en ese instante no sentí por su partida el más leve desasosiego. Me di cuenta entonces de que no echaba de menos a mi padre, sino al hombre que en mis sueños ocupaba su lugar.

Cuando el jinete desapareció a lo lejos, giré la cabeza hacia mi madre. Tenía los ojos vidriosos, como de hielo.

Sacudió la cabeza como para intentar ahuyentar los malos pensamientos y unos recuerdos torcidos. No dijo nada, absolutamente nada. Se agachó y me apretó con fuerza contra ella en un abrazo que era de desolación.

Era dura como una roca, pensé. Y sentí de golpe, mientras escuchaba sus latidos, que de ahora en adelante debería llenar su vacío. En ese momento únicamente dijo:

—Solo le pido a Dios que viva lo suficiente para dejar las cosas bien atadas.

IV

PUJANZAS TESTAMENTARIAS

El triste que se despide,
de plazer e de folgura
se despide;
pues que su triste ventura
lo despide
de vos, linda criatura.

MARQUÉS DE SANTILLANA
Canción, 17

Como ya se temía desde el primer momento, mi madre dio a luz a un hermano sin que estuviera presente un padre que lo abrazase. Y lo reconociese. Menos mal que la honestidad de aquella mujer hizo que nadie dudara de la veracidad de la paternidad.

Sin embargo, y a pesar de lo que mi madre ya suponía, jamás perdió la esperanza de que mi padre apareciera. Raro era el día que no se asomaba al oír cualquier caballo irrumpir en las callejas de Carrión. Como cuando enterramos a García, mi abuela insistió en que se bautizara al niño sin esperar la improbable llegada del padre.

Gonzalo era ahora el segundo varón de la descendencia, lo cual ofrecía ciertas garantías si a mí me pasaba algo. Además, era un niño sano que venía a ocupar el hueco que había dejado García en todos nuestros corazones.

Sola y hastiada, mi madre decidió que amamantaría ella sola a su hijo. Algo que no había hecho con sus hijos mayores. De esta manera, además de la satisfacción oculta que en ello sentía, disminuía la posibilidad de quedarse de nuevo embarazada. No sabíamos por qué, ella intuía que Gonzalo sería su último hijo; así que el amamantarlo le ofrecía una cercanía con su recién nacido que lo compensaba todo.

Un mediodía, con un calor insoportable, salimos todos a despedir a Mariana González de Obeso, nuestra ama de cría, que desde hacía muchos años mi madre había conservado a su lado, a pesar de que con Gonzalo, que para entonces ya había cumplido ocho meses, no hizo falta. La veíamos partir recostada en un carro de heno cuando, a lo lejos, mi madre adivinó la llegada de un jinete que se cruzaba en el camino con la nodriza. La cara de mi madre se iluminó, porque aún no había perdido la esperanza de que mi padre llegara antes de que Gonzalo diera sus primeros pasos.

Pero al instante la decepción la ganó. El caballero no era mi padre, sino Gonzalo Fernández de la Puente, su apoderado. El hombre venía sudoroso y cabizbajo. Se acercó a mi madre y le besó las manos. Recuerdo que mantuvo la mirada fija en sus botas.

—¡Hace meses que os esperamos! ¿¡Dónde está vuestro señor!?

El hombre tragó saliva.

—Don Diego falleció hace unos días en Guadalajara —dijo el hombre con la cabeza baja—. Os esperan para dar lectura al testamento que dictó el cinco de mayo pasado al encontrarse enfermo.

Aquel mensaje, más que dolor, le causó indignación.

—Si estaba enfermo, ¿por qué no me avisasteis antes?

¿Por qué esperasteis a su muerte? ¿Por un casual esas arpías os lo prohibieron?

Si el apoderado en algún momento tuvo la intención de contestarle, su impulso se acalló por la exasperación de mi madre.

—¿Acaso la cobardía os comió la lengua? Yo os lo diré; si esas dos malnacidas no me han llamado, solo puede ser por la ambición que las corroe. —Al instante, se dio la vuelta y comenzó a dar órdenes a los sirvientes—. ¡Preparad todo para mi partida! ¡Lo mínimo necesario y el corcel más veloz de las cuadras enjaezadlo ya!

De improviso, la voz de mi abuela sonó a sus espaldas con cierto sosiego.

—Pensad, Leonor, antes de precipitaros.

Sin escucharla, me miró a los ojos.

—Íñigo, vuestro padre ha muerto. Ahora vos debéis ocupar su lugar. Hace demasiado calor para vestiros con la armadura de García, pero ya es vuestra. Calzaos sus espuelas, aligerad vuestras ropas y haceos con unos guantes, porque ahora debéis asiros con todas vuestras fuerzas a mi cintura. Cabalgaréis sobre la grupa. —Calló un instante y, luego, dijo con el semblante sereno—: Tendremos que luchar juntos.

No hubo tiempo para que las campanas tañesen a difunto. Fue un viaje agotador. El caballo galopaba frenético. Yo me aferraba a mi madre con tanta fuerza que mis dedos a punto estuvieron de gangrenarse. Pensaba en el viaje, en ella…, jamás en mi padre; ninguno de sus hijos, por sorprendente que parezca, derramamos una sola lágrima por él.

Apenas llegamos a la primera posada, caí rendido sobre su regazo. Me abrazó, no dijo nada, pero yo sabía que por sus pensamientos bullía la inquietud de nuestra llegada a Guadalajara, porque ella intuía que no seríamos bien recibidos.

Al despertar a la mañana siguiente, la encontré leyendo un libro que mi abuela le había dado antes de salir. Era sobre la vida de María de Molina, una mujer que luchó con todas sus fuerzas para proteger las minorías de su hijo Fernando y de su nieto el rey Alfonso XI. Sin duda, mi abuela le había ofrecido un libro lleno de similitudes con la historia de mi madre, porque así, supondría, podía guiarla.

Poco después, al entrar en la villa junto al apoderado de mi padre, una multitud salió, más que a recibirnos, a analizarnos. Sabían a lo que veníamos, sabían quiénes éramos y, sin duda, desconfiaban, porque, aunque la ciudad no fuese un señorío, era bien sabido que sus procuradores confiaban en mi padre como si fuese su señor.

¿Quién nombraría ahora a los que cubrirían las vacantes del concejo? ¿Acaso a un niño pequeño a quien ni siquiera conocían? Su reticencia parecía lógica; al fin y al cabo a mi padre le habían elegido ellos. Aquel malentendido fue el primero que mi madre tuvo que encargarse de desmentir.

—No temas, Íñigo, ten en cuenta que ellos solo ven en ti a un niño indefenso regentado por una madre para ellos desconocida. En cambio, a las mujeres que ahora verás, las consideran vecinas. Piensa que llevan muchos años paseando por sus calles, comprando en sus mercados, dándoles trabajo asiduamente. Ya sabes, más vale lo malo conocido que lo bueno por conocer. Agarraos a mí, que yo seré desde hoy como una leona velando por su cachorro.

Lo dijo sin pensar, pero mucho tiempo después el destino quiso que la apodaran la Leona de Castilla.

Al llegar a la casa de mi padre, la encontramos cerrada. Descabalgamos y mi madre golpeó la aldaba con todas sus fuerzas una y otra vez.

—¡Abrid la puerta a la señora de esta casa! —gritaba furiosa.

Nadie respondió. Sin embargo, sentimos todas las miradas de las gentes clavadas en nuestro cuello.

De arriba salió una mujer joven que, al vernos, pretendió corregirla:

—¡La señora de esta casa está dentro!

No sabía quién era, pero al instante supuse que podría ser mi hermanastra Aldonza, la que tenía el nombre tan parecido al de mi otra hermanastra, Alfonsa. Mi madre apretó los puños y las mandíbulas en un rictus de ira, pero contuvo su furia.

—¡El apoderado de vuestro padre me ha pedido que viniese a la lectura de las últimas voluntades de don Diego y, si no me abrís, tendré que recurrir a los alguaciles para que tiren la puerta abajo! —dijo mi madre sumamente exacerbada.

El silencio que siguió era desolador. Mi madre miró a don Gonzalo Fernández de la Puente solicitando su apoyo. Él hizo un gesto a los alguaciles que estaban tras nosotros y estos se dispusieron a derribar la puerta. Media hora tardaron en conseguir su propósito. Los sirvientes esperaban nuestra entrada agazapados en una esquina del zaguán. Mi madre, tan impaciente como estaba, nada más ver a los sirvientes, les espetó:

—¿¡Dónde está esa puta!?

Una voz de mujer tartamudeó entre susurros.

—Se fue cargadita de oro.

No escuchó más. Miró de nuevo al apoderado y le ordenó:

—Llevadnos ante el escribano y el notario. Quiero saber cuanto antes qué es lo que contiene ese testamento. Aunque, por lo que puedo apreciar, esa ladrona no ha dejado ni una mísera silla donde sentarse.

La sirvienta no tardo en replicar:

—¡Si supiera vuestra señora! Solo cinco días han tardado en desvalijar la casa y apenas queda un saco de harina en las despensas.

Por primera vez, mi madre quiso que esa mujer contara más. Buscó entre el grupo de sirvientes hasta que dio con ella. Era la mujer de más edad del grupo. La joven que estaba a su lado la excusó:

—No le hagáis caso, señora; la vejez le suelta la sesera y la lengua se le dispara con demasiada facilidad.

—Precisamente por eso la quiero. Adelántate —le dijo— y guíanos por la casa.

El aspecto resultaba desolador. En las paredes solo quedaban las alcayatas de las que alguna vez colgaron los tapices. En el suelo no había ni una sola alfombra. En las alacenas solo se dibujaban las marcas de polvo donde un día estuvieron las vajillas.

Habían desaparecido las cortinas y las arcas estaban completamente vacías. Ni una cama, ni una sola seda en las telas de los doseles, que parecían haber sido arrancados de sus argollas. Todo, absolutamente todo, se lo habían llevado

Allí estábamos, en medio de esa casa desolada, sintiendo la impotencia cuando, a nuestras espaldas, oímos unos pasos. Era el escribano de mi padre que se acercaba con unos documentos bajo el brazo. Mi madre se abalanzó contra él para hacerse con ellos, pero él dio un paso atrás.

—Señora, no podemos leerlo hasta que estén presentes todos. Habéis de hacer llamar al resto de vuestros hijos, cuñados, hijastra y…

Entre dientes musitó un ininteligible nombre; ininteligible para cualquiera menos para mi madre, que enrojeció de furia.

—¡No! Me niego a que esa barragana esté presente. Mirad a vuestro alrededor. ¿Acaso no se ha cobrado ya con creces sus servicios?

El hombre se encogió de hombros.

—Señora, yo solo cumplo con mi deber de notario y escribano. No puedo continuar sin la presencia de los aquí mencionados o sus representantes.

Mi madre contuvo su ira. Mandó llamar a un servidor y le ordenó que avisara en Carrión a mi abuela Mencía para que acudiese lo antes posible a Guadalajara y que trajese con ella a mis hermanos.

En el tiempo que duró la espera, mi madre hizo de aquella casa desolada un hogar lo más acogedor posible. Todas las mañanas acudíamos al mercado a comprar todo lo que hiciera falta. Este asunto, lejos de entristecer a mi madre, le levantó el ánimo y le hizo sobreponerse con cierto orgullo de lo que estaba haciendo.

Verdaderamente, en el mercado sentíamos las miradas inquisitorias de todo el mundo, pero ella, por la cuenta que nos traía, se había propuesto limar las asperezas y se dedicó a charlar con unos y con otros para desmentir los bulos que sobre nosotros se habían ido difundiendo. Cuando les hizo comprender que solo veníamos a tomar posesión de lo nuestro, unos nos aceptaron bien, pero otros prefirieron tomar partido por mi hermanastra Aldonza.

Mientras, pasaba el tiempo y, poco a poco, fueron llegando todos. Mi abuela, mis hermanos, mis tíos, que tendrían la complicada misión de albaceas testamentarios, el canciller Pero López de Ayala y mi tío, el prestamero mayor de Vizcaya, Juan Hurtado de Mendoza.

Mi madre desconfiaba de don Pero, por ser nada más y menos que el padre de la mujer que había ocupado el lecho de mi padre durante sus últimos días. Era un hombre bien conocido de todos por predicar normas morales que nunca aplicaba a sí mismo. Lo había demostrado con creces en más de una ocasión, además, parecía ilógico que fuera a luchar por mis intereses en contra de los de su hija. ¿Cómo pudo hacernos esto mi padre?

La última en llegar fue la sobrina y amante de mi padre. Llegó del brazo de su prima Aldonza. Ambas venían protegidas por cinco hombres. ¿A qué tenían tanto miedo? ¿A una indefensa mujer y a sus cuatro hijos pequeños? ¿Al castigo de la justicia por el expolio a que nos habían sometido? ¿Por qué acudían de tal modo si, según aseguraban, solo tomaron lo que era suyo?

Por si acaso y durante la espera, sin que nadie lo supiera, mi madre me llevó a que conociera mis futuros señoríos. El 3 de noviembre tomé posesión del Real de Manzanares. Mi madre quiso que conociese y que me conociesen en estas tierras, precisamente porque eran las más conflictivas. Ella sabía que mi hermanastra Aldonza las pretendía, como también pretendía su propia hija mi futuro señorío de la Vega en las Asturias con sus nueve valles.

Durante esos días, desde Manzanares cruzamos la sierra hacia Hita y Buitrago. El concejo y los procuradores de estas dos plazas nos recibieron reconociéndome como su legítimo señor, a cambio de que prometiese defender sus usos y costumbres contra los atentados que contra ellos pudiesen cometer mis propios albaceas. Mi madre lo juró en mi nombre y se implicó, si fuese necesario, a dotar estas tierras con su propio patrimonio. Y es que, a pesar de ser grandes señoríos, tenían pocos réditos.

A finales de noviembre, nos despidieron con vítores y regalos, de los que apenas si me dejó disfrutar mi madre, porque decía que debía alejar de mí cualquier sentimiento de vanidad. Además, enseguida nos encaminamos a Guadalajara, porque quería que, antes de la Navidad, se abriera el tan temido testamento.

La noche que precedió al 2 de diciembre la pasé en vela, arrodillado junto a mi madre, y rogando a Dios que colmara de justicia la casa. Cuando al día siguiente la campana de San Francisco tañó la duodécima campanada del mediodía, el escribano tomó asiento y se dispuso a desenrollar los legajos que tenía desde hacía tantos meses bajo su custodia.

El escribano comenzó a leer pausadamente. A su derecha estábamos mi madre y todos mis hermanos. A la izquierda, mi hermanastra Aldonza junto a su marido, don Fadrique de Castro, conde de Trastámara, y su prima, la amante de mi padre, además de algún que otro consanguíneo mencionado en el testamento. Frente al lector estaban mis tíos, los dos albaceas.

De pronto, apareció mi otra hermanastra Alfonsa y, sin saber por qué, se puso al lado de nuestros rivales. Al principio no comprendí qué hacía allí, pero a mi madre no pareció extrañarle su presencia y la posición que adoptó, a pesar de ser también su hija.

El notario carraspeó y movió los papeles de modo que me resultó inquietante. Nosotros tratábamos de no mirar a nuestros adversarios, sin embargo, surgieron un par de suspiros que sonaron, sobre todo, a profunda inquietud.

—A Íñigo López de Mendoza, mi único hijo varón, le dejo los señoríos de Hita, Buitrago y Manzanares el Real con todos sus territorios, villas y vasallos. Para él y sus sucesores constituyo el mayorazgo en tierras de Guadalajara, con los pueblos y villas de Azuqueca, El Tejar, Aldeanuela, Valconete, El Pozo, Pioz, Santorcaz.

La voz del notario, a medida que avanzaba en la lectura del documento, se iba tornando en casi inaudible. Todos aquellos bienes, de acuerdo con mi madre, aumentarían por sus propiedades en las Asturias de Santillana.

Terminada la lectura, la hija mayor de mi madre, a pesar de ser la última vela de ese entierro, fue la primera en protestar.

—Lo impugnaré —dijo con voz altisonante—. El testamento dispone de lo que no es suyo. ¿O es que todos habéis olvidado que mi abuelo don Tello, como hijo de Alfonso XI, fue quien recibió los realengos de las merindades de Liébana y de Aguilar? Él se lo dejó a mi padre y, al morir mi hermano Juan, quedé yo como su única heredera. Esas propiedades son mías, a pesar de que vos, madre, siempre lo hayáis negado para beneficiar a vuestro hijo Íñigo. Sería una grave injusticia que lo mío pasara a él. La muerte de mi padre en Aljubarrota no os da derecho a truncar sus deseos.

Entonces, mi madre se levantó indignada. Acababa de percatarse de que era precisamente aquello lo que había tenido tan alterada a Alfonsa durante tanto tiempo. De pie, enérgica y firme, pero con la mayor diplomacia, intentó sacarla de su error.

—Vos lo habéis dicho. Esas tierras fueron donadas por el rey don Enrique como parte de un mayorazgo y vos, como mujer, no podéis heredarlo. ¿Quizá habéis olvidado que, al morir vuestro padre sin hijos varones, su propiedad pasó de nuevo a manos del rey? Fue precisamente vuestro primo segundo, el rey Enrique III, el que, por un privilegio, hace nueve años le concedió a don Diego Liébana, Pernía y Campoo de Suso. Eso le da derecho a vuestro hermano Íñigo a heredarlo. No sé si lo habéis comprendido bien; no es por mi parte, sino por la de su padre. Dadme tiempo, hija, y os mostraré el documento.

Alfonsa enarboló las cejas mostrando su clara disconformidad.

—¡Capaz sois, madre, de haberlo falsificado! —dijo en un tono displicente—. Y aun si fuera real, me daría igual, porque ¿creéis que no sé que en el último viaje a esos valles don Diego firmó como señor de esas tierras con vuestro beneplácito? No os hagáis ahora la ingenua. Os habéis aprovechado de mi juventud y de mi ignorancia para despojarme veladamente de lo que me pertenece. Lo urdisteis con triquiñuelas innobles a mis espaldas. Bien lo sé, madre, lo sé y ahora me dispongo a que lo sepa todo el mundo. ¡Si vos siendo mujer os hacéis titular Leonor de la Vega! —gritó enfurecida—, ¿por qué no he de ser yo señora de esas tierras a vuestra muerte? No me echéis en cara mi condición de mujer, porque lo soy tanto como vos. No busquéis excusas, porque no las tenéis. Me quitáis lo mío por propia voluntad.

Mi madre, con cierta calma, cerró los ojos, seguramente para controlar su arrebato. Luego, exhaló aire profundamente y los volvió a abrir. Entonces, prorrumpió con un grito desaforado:

—¡Vos os lo habéis buscado con vuestro proceder de hija desagradecida!

Alfonsa, ahora con la voz muy baja y, en apariencia, comedida, le espetó:

—Os juro que mi futuro marido, García Fernández

de Manrique, luchará para que me devolváis lo que es mío. Con las armas, si es preciso —puntualizó.

Después de aquella discusión, salió de la sala sumamente enfadada. Fue entonces cuando Aldonza, mi otra hermanastra, se levantó de forma impetuosa y continuó el desafió contra mi señora madre.

—Señora, yo no amenazo, sino que ejecuto. Sobre todo, porque a vos no me liga ese vínculo filial que tanto le duele a Alfonsa. Sabed, señora, que la toma de posesión del señorío del Real de Manzanares de este niño —y me señaló con la barbilla de forma despectiva— se ha hecho sin el debido derecho y, por lo tanto, es nula. Ese señorío me pertenece. El rey lo sabe. Tened en cuenta, señora, que no me limitaré a recuperar lo mío. Solicitaré, además, una compensación por vuestra osadía. Recordad —dijo con cierto retintín— que mi madre era doña María de Castilla, hija natural del rey don Juan I. ¡Soy miembro —le gritó enfurecida— de la rama bastarda del rey y como tal reclamo lo mío! Mi marido, que como sabéis es el conde de Trastámara, luchará por ello. Soy dama predilecta de la reina Catalina y con su ayuda lo conseguiré.

Harta, mi madre la miró con desprecio.

—¡Siempre utilizando a la reina de acicate! No tengo nada que deciros salvo que, os guste o no, vuestro hermano Íñigo es el señor de Manzanares el Real. Y no hay más que hablar. Guardaos los celos y emplead esa energía en otros menesteres, que os iría mejor si estuvierais a bien con él.

Aldonza frunció, díscola, los labios.

—Pleitearé.

La respuesta de mi madre fue inmediata, mientras con su dedo iba señalando inquisitivamente a muchos de los presentes.

—Hacedlo, no os temo. Solo sois una más de las alimañas que nos rodean. Mi propia hija quiere los señoríos de Liébana, Campoo y Pernía; vos el Real de Manzanares. Vuestro tío Íñigo, el hermano de vuestro padre, aquí presente, se ha apropiado de algunas casas que no son suyas, aquí, en Guadalajara. Quién sabe, quizá quiera emular a esta puta ladrona que tenéis por prima y pretende heredar lo que no es suyo. ¡Si hasta he de aceptar la presencia de su interesado padre como albacea de este mal trazado testamento y soportarle a mi lado como tutor de mi propio hijo por imposición! —Observó los ceños fruncidos de los aludidos y tomó aire para poder continuar—. Pleitead. ¡Ya recibiréis vuestro merecido! Como la mayoría de nuestras mujeres, os andáis escudando en vuestros maridos. Los tentáis con riquezas vanas e inalcanzables, los convencéis de vuestro derecho sobre ellas y, finalmente, los utilizáis de parapeto para materializar vuestras más viles ambiciones. —Mi madre estaba realmente excitada, pero trató de serenarse. Suspiró—. Tenéis suerte, Alfonsa y Aldonza, a las dos me dirijo, de que ellos luchen por vosotras. Yo, en cambio, lo haré sola por vuestro hermano Íñigo. Os guste o no, la viudedad para mí no es soledad desvalida, ni mucho menos. Desde hace demasiado tiempo, estoy desguarnecida de hombre. Exactamente desde que esa mujer me robó a mi marido.

Desafiante, Mencía de Ayala, la amante de mi padre, señaló con el dedo extendido a mi madre, pero no fue capaz más que de apretar los puños con rabia y escupir ante mi madre con desprecio. Sin embargo, mi otra hermana, Aldonza, la hija de mi padre, salió inmediatamente en su defensa.

—Mi prima ni es una puta ni os devolverá nada de lo que tomó —le gritó alterada—. ¿Entendéis?, nada, absolutamente nada. Mal que os pese, fue mi padre, vuestro querido esposo —dijo con intención—, quien se lo regaló.

Entonces, Aldonza, fuera ya de sí, salió de entre los suyos y se dirigió donde estábamos nosotros. Nos rodeó por detrás y me asió por los hombros con tanta fuerza que sentí sus dedos clavándoseme en la carne.

—Mirad a vuestro hijo Iñigo; ni siquiera tiene edad para enterarse de lo que sucede y vos le buscáis enemigos hasta debajo de las piedras. ¿De verdad creéis estar haciéndole un favor?

Al ver mi expresión de dolor, mi madre no dudó en liberarme de sus garras. Me froté en el lugar dolorido, pero no dije nada. Entonces, mi madre me cogió de la mano y me llevó hacia ella.

—Haced lo que queráis, pero sabed que lucharé por él hasta derramar la última gota de mi sangre antes de ver algo suyo en vuestras manos —dijo con cierto tono de serenidad, pero con el semblante contraído por la ira—. Gracias al Señor, no me pillasteis desprevenida. Hace tiempo que intuía vuestro acoso. A partir de ahora, si queréis hablar del señorío de Manzanares el Real, las casas que me han sido arrebatadas en esta ciudad de Guadalajara o cualquier otra cosa que a mi hijo pertenezca y esté en entredicho, hacedlo con mis doctores en leyes don Francisco García de Villapando y Juan Fernández de Toro, porque yo no he de perder más tiempo en discutir esta cuestión. —Se contuvo un momento y, luego, miró hacia los albaceas—. Debéis saber, señores míos, que no os considero válidos para ser albaceas de este testamento, ya que para ello deberíais ser ajenos a lo que se otorga ¡Y no lo sois en absoluto! —volvió a gritar.

La voz de Aldonza sonó a nuestras espaldas.

—¡Cuánta prisa os dais que ya tenéis abogados! Eso

demuestra vuestro temor al peligro que tiene este niño de perder el Real.

Mi madre se detuvo a mirarla fijamente a los ojos y le dijo con lentitud:

—Eso, incauta, solo demuestra que no os considero como igual en esta contienda y por eso delego en mis abogados. Los diez florines de oro de cuño de Aragón que cobraron por ello están bien invertidos, porque, tened por seguro que os proporcionarán más de un quebradero de cabeza. —Calló un segundo, dio un paso adelante y se detuvo de nuevo—. ¡Y no oséis ni siquiera allanar el señorío que pretendéis, porque os aseguro que sufriréis las consecuencias!

Entonces, mi madre, que ya creía haber dicho todo lo que tenía que decir, le dedicó una última mirada de desprecio, me apretó la mano y salimos de la estancia. Yo solo quería desaparecer de aquel lugar, perder de vista a toda aquella gente y no volver a oír aquellas palabras de odio. Acaricié la cruz que el escribano había colgado de mi cuello poco antes de comenzar. Era el único recuerdo tangible de mi padre que yo poseía en ese momento.

Tal había sido el alboroto que aquellas dos mujeres habían organizado en torno al Real de Manzanares que, veintidós días después, el propio rey don Enrique, cansado de tantas súplicas de un lado y de otro, se reservó el pleito para juzgarlo él mismo.

V

1406

DOS LEONAS EN CASTILLA

A quien pueda corregir
e aconsejar
o te pueda amonestar
deves seguir;
piensa mucho en elegir
tal amistad
que te recuerde honestad
e bien vivir.

MARQUÉS DE SANTILLANA
Proverbios, 87

Poco a poco, las cosas se fueron calmando. Los ciudadanos de Guadalajara comenzaron a acostumbrarse a nuestra presencia y nosotros, poco a poco también, empezamos a sentirnos más cómodos en aquella casa que, a pesar de habernos recibido tan inhóspita, se fue tornando en un lugar acogedor.

Mi madre no perdía una oportunidad de recuperar los enseres y muebles que nos habían expoliado, muchos de ellos en el mercado, gracias a aquella vieja sirvienta a la que, a pesar de la edad, no se le escapaba una.

Tanto era el afán de doña Leonor por que me adapta-se lo antes posible a Guadalajara que, incluso, me obligó a participar en las celebraciones que la villa había organizado para conmemorar el nacimiento del príncipe Juan en el Real Monasterio de San Ildefonso de Toro.

¿Quién iba a suponer que la reina y madre del sucesor de la corona, Catalina de Lancaster, muy pronto se vería viuda y regente de Castilla? Y es que, tan solo año y medio después, el día de la Natividad de Nuestro Señor, moría el rey Enrique el Doliente en Toledo a los veintisiete años.

Nada más tener conocimiento de ello, mi madre se empeñó en que la acompañara a dar el pésame.

Estaba ilusionado porque, al fin, podría conocer al príncipe, ahora rey, y a la reina Catalina.

Aún recuerdo sus palabras:

—Algo me dice, hijo mío, que la reina debe sentirse, en cierto modo, como me he sentido yo. De golpe y porrazo, se encuentra sola para defender a su hijo. A partir de ahora tendrá que enfrentarse a una cuadrilla de ambiciosos.

Mi madre no paraba de hablar y de referirme que, para defender los intereses del infante don Juan, solo contaba con la más que dudosa ayuda de los que compartirían con ella la tutela. Me dijo que, sin duda, la reina debería de saber que su cuñado, Fernando de Aragón, «como mis tíos y tutores», sin duda querría sacar partida del reino de su tutelado.

Yo sonreí.

—Así, madre, que ahora en Castilla no hay una sola leona, sino dos, que velan por sus cachorros.

Ella se sintió halagada.

—Íñigo, no me compares con la reina.

—Habéis sido vos, madre, quien lo ha hecho. Además, ¿no es cierto que los reyes también sufren lo mismo que nosotros? Pues no pequéis de humildad.

Movió la cabeza con alguna sonrisa que se le deslizaba de los labios y asintió.

—Os lo reconozco, hijo mío. Tal y como andan las cosas, no es un secreto que los intereses de Aragón, en muy poco tiempo, chocarán contra los de Castilla. Las preocupaciones de la reina por su hijo el rey, que, fíjate, aún no ha cumplido los dos años, serán tan duraderas, o más, que las mías.

En aquel momento, comprender que, en cierto modo, el pequeño rey tenía una vida paralela a la mía me consoló. Él aún era demasiado pequeño y no podría entenderlo, pero yo ya confiaba en que nuestras madres siempre estarían frente a quienes nos acosasen. La reina doña Catalina de Lancaster, por su hijo; mi madre, por mí.

Aunque nos dimos toda la prisa del mundo, no conseguimos llegar a tiempo al entierro en la Capilla de Reyes, pero sí a los lutos posteriores al sepelio. Allí me presentó a los hombres más influyentes de la corte y, además, ella aprovechó la oportunidad para procurar una sentencia favorable al pleito que mantenía, desde la apertura del testamento, contra mi hermana Aldonza por la propiedad del Real de Manzanares.

Cruzamos la puerta de Toledo montados en sendas mulas. Las callejas bullían en ese momento por el gentío que apresuradamente había acudido al conocer la noticia de la sepultura y coronación del rey. Muchos arribaban esperanzados en que el rey difunto hubiese dispuesto en su testamento, o para celebraciones por la coronación de su hijo, el reparto de limosnas a los pobres. Así que, al paso de la comitiva, extendían la mano pidiendo limosna. Y, lo que son las cosas, mi madre se apiadaba especialmente de las madres que llevaban un niño en brazos; sin duda, porque esa situación, de algún modo muy profundo, también le concernía a ella. De manera que ella alargaba la mano, le entregaba una moneda y le deseaba fortaleza para criar al niño.

Cuando el escudero tomó las riendas para ayudarla a desmontar, ella quedó en silencio. Sus pensamientos debían andar volando por territorios ajenos y extraños. ¿Quién sabe dónde? Sin embargo, no me soltó de la mano en ningún momento.

Habíamos llegado a ver a la familia real y me sentí nervioso porque ignoraba cuál sería el protocolo. Sabía, sí, que cada palabra que pronunciase ante ellos debería estar bien medida. Mis palabras la devolvieron de nuevo al mundo.

—Madre, ¿creéis que la reina al conocerme me querrá como paje del rey?

—No, Íñigo, vuestro padrino, el obispo Gutierre, tiene otro destino para vos. Ya lo sabréis a su tiempo.

A esas alturas ya sabía que intentar sonsacarle algo no serviría de nada. Ella solía guardar secretos para estimular mi curiosidad y, sin duda, lo conseguía.

Cruzamos varios patios hasta entrar en los aposentos de la reina. Al hacerlo, me quedé rezagado. Cuando doña Catalina vio a mi madre, se apresuró a saludarla eludiendo a un montón de dueñas y la abrazó, al tiempo que ella la reverenciaba. La toca blanca del luto de la reina la hacía aún más regia y luminosa.

—A mis brazos, Leonor, que con vos tenía ganas de hablar.

Una de sus damas, al oír su nombre, se dio la vuelta sorprendida y pudimos descubrir que la sobrina amante de mi padre, al quedarse sin protector, había decidido medrar en la corte. Al darse cuenta la reina del cruce de miradas entre ambas, ordenó a aquella que se retirase. Ya solas, continuó:

—Leonor, sé, por el pleito de Manzanares, que desde hace años no hacéis otra cosa que luchar a ultranza por vuestro hijo. Decidme, ¿cuál es la fórmula que seguís para vencer? Confiadme vuestro modo de hacerlo, vuestros secretos. Compartid conmigo, Leonor, los entresijos de esta lucha que se me viene encima y, creedme, apenas soy capaz de mantener.

Por debajo del velo percibí una leve sonrisa de mi madre. Al lado de la reina, el pequeño rey Juan, sentado sobre una alfombra, jugueteaba con los faldones del sayo de su madre.

—Majestad, es sencillo. Prevenid todo lo que pueda afectar a vuestro hijo.

—Espero, Leonor, que vos me ayudéis a advertir cualquier amenaza.

Mi madre hizo una reverencia y asintió.

—Será un placer, majestad.

Entonces, la reina comenzó a buscar con la mirada entre todos los que allí estábamos sin detenerse en ninguno.

—¿Dónde está el vuestro?

Antes de que mi madre me requiriese, corrí a situarme entre ellas. Entonces, el pequeño Juan dejó la saya de su madre y, embelesado por el reflejo del metal de la armadura, quiso trepar por mi pernera. Yo me agaché a sostenerle, pero el niño perdió pie y cayó al suelo, eso sí, amortiguado por el montón de gasas que cubrían su trasero.

La reina sonrió, lo tomó en brazos y me dijo:

—Parece que le gustáis. Íñigo, ¿os gustaría vivir en palacio?

El que supiese mi nombre me produjo una gran satisfacción. Sin atreverme a contestar, miré a mi madre. Ella, a pesar de sus pesares y aunque me hubiese ocultado sus proyectos para mi futuro, ahora tendría que contestar.

—Señora, mi hijo tiene una facilidad asombrosa para las letras y he decidido que aprenda todo lo que pueda de ellas, tanto en nuestro reino como en los vecinos.

—Bien…, bien…, Leonor. Por vecinos, sin duda, os referís a los déspotas de Aragón, que suelen llamarnos incultos.

La verdad es que en ese momento mi madre se puso colorada. Seguramente no sabía dónde meterse, qué hacer, qué responder. La reina continuó, mientras agitaba mi pelo con sus dedos.

—De acuerdo, de acuerdo —dijo de forma contemplativa—, desde luego, resulta ingenuo negar la realidad. Es cierto que Italia comparte con ellos las novedosas artes y que Castilla anda rezagada en este tipo de sabiduría. Id, Íñigo, aprendedlo todo de nuestro vecino Aragón, que nunca más puedan tildarnos de analfabetos. Pero, luego, regresad y compartid vuestros conocimientos con el rey. Al fin y al cabo aún es demasiado pequeño para aprender.

—Así lo hará, mi señora —contestó mi madre—, porque, si las estrellas no se equivocaron en sus vaticinios el día que nació, llegará a ser un hombre de ciencia.

Sin embargo, la reina insistió para que fuese yo el que contestase.

—Si eso es cierto, ¿compartiréis ese buen agüero que os acompaña con vuestro rey?

Entonces, me arrodillé ante aquel niño patizambo y contesté:

—Eso y más, mi señora doña Catalina, porque soy su vasallo y le juro fidelidad eterna.

La reina rio a carcajadas.

—Íñigo, ¿no sois aún demasiado pequeño para la jura de un pleito homenaje?

—Señora, yo solo actúo como mi madre me ha enseñado —contesté desconcertado.

—Y bien que lo hizo vuestra madre. Sois el más pequeño de los nobles de este niño y habéis sido el primero en jurarle como rey.

Aún de rodillas y todavía desconcertado, miré de reojo a mi madre para comprobar si asentía. Mientras, el pequeño rey había aprovechado mi posición e intentaba de nuevo trepar por mi cuerpo. Ahora su objetivo era alcanzar la cruz que pendía de mi cuello. Dios sabe que se la hubiese regalado, si no fuese porque antes había pertenecido a mi padre.

La reina llamó a su ama para que lo recogiese del suelo y se inclinó para ayudarme a que me levantara. Se lo agradecí sinceramente, porque, armado como estaba, el primer impulso era el que costaba más. Ya de pie, la reverencié. Entonces, un quejido del ama nos distrajo. El niño rey se había fijado en uno de sus pendientes y, asido a él como un poseso, tiraba sin piedad de la joya. La mujer, ya fuese por respeto o por temor, no se atrevía a zafarse de aquella pequeña mano y fue mi madre la que con delicadeza impidió que el niño siguiese tirando y rasgara el lóbulo de la oreja de la sumisa sirvienta. La mujer lo agradeció encarecidamente con una enorme sonrisa y palabras de gratitud.

Fue entonces cuando mi madre y la reina doña Catalina se dirigieron a uno de los balconcillos cubiertos y allí se sentaron a platicar. Intenté acercarme, pero mi madre con la palma alzada me indicó que no lo hiciera; sin embargo, algo pude escuchar.

—Leonor, cuando me casé con mi primo Enrique, nunca pensé que le sobreviviría. Era quince años mayor que él y, sin embargo, el destino lo ha querido… En fin…

—dijo la reina en una actitud ausente y pensativa—. Solo espero que Dios me dé fuerzas para dirigir esta larga regencia que me queda por delante.

—Así será, mi señora, porque vuestra majestad trajo consigo el sosiego. Permitidme que os recuerde que por vos Castilla hizo la paz con Inglaterra. Por vuestro matrimonio, una Castilla dividida entre la rama bastarda y legitimista de los Trastámara ha quedado definitivamente unificada en la sangre de este niño. Por vos, ya no lucharán hermanos contra hermanos nunca más.

—Dios os oiga, Leonor —dijo poco convencida mientras bajaba la mirada—. Ahora solo queda que mi cuñado el de Antequera, que, como sabéis, es también regente, no se inmiscuya demasiado en determinados asuntos. Es importante que los ánimos que ahora están apaciguados sigan así y no se alcen contra Aragón.

—Es lógico vuestro temor —dijo mi madre con cierta determinación—. Pensad que está alimentado por la incertidumbre de las acciones que se puedan llegar a realizar en un futuro. Pero no temáis antes de tiempo. Debemos confiar en que en esta empresa don Fernando de Aragón siga siendo un hombre cauto, sensible y culto. Si así es, podéis estar segura de que procurará que nada enturbie las buenas relaciones entre los dos reinos.

Catalina de Lancaster demostró su desconfianza.

—Una cosa es lo que él procure y otra muy distinta lo que sus intereses le dicten —dijo la reina—. Vos sabéis mejor que nadie que la ambición no tiene límites.

—Mejor que nadie lo sé, mi señora. —Mi madre aprovechó la ocasión para dirigir la conversación hacia los problemas que nos acuciaban—. Yo, como vuestra majestad, hace ya dos años que me veo obligada por esta desdichada viudedad a lidiar por lo que a mi hijo Íñigo le pertenece con los más cercanos parientes. —La reina la escuchaba con atención—. El rey no solo ha dejado inconclusa la campaña que preparaba contra el reino de Granada; a vos, viuda y al pequeño rey, huérfano. Hay mil casos más que también dejó a medias. Majestad, en lo que a nosotros se refiere, dejó sin fallar los diversos pleitos que Íñigo mantiene en contra de sus dos hermanastras, la hija de mi primer matrimonio y la del primer matrimonio de don Diego. Majestad, perdonadme la intromisión, pero sé, por sus reiteradas amenazas, que sus maridos os acosan asiduamente para procurarse vuestro favor. Aldonza, la primera hija de don Diego, al saber de la muerte del rey vuestro esposo sé que se ha sentido liberada de su decisión y ha tomado por la fuerza el Real de Manzanares junto a su marido el conde de Trastámara. —Mi madre tragó saliva temerosa de estar excediéndose en sus rogativas. Al ver que la reina se mantenía expectante, decidió seguir con su exposición—. Sé del cariño que le profesáis a la hija de mi marido. Ella fue vuestra menina en la corte y, sobre todo por eso, me siento desvalida ante la influencia que pueda ejercer sobre vuestra majestad. De todos modos, sé también de vuestro justo proceder y por eso me permito la osadía de solicitaros lo mismo.

—¡Qué pena, Leonor, siempre los intereses particulares acaban por hastiar una buena conversación! Si sé de ese tema es, como sospecháis, por la insistencia de las hermanas de Íñigo para una pronta resolución que, os aseguro, no he de tomar ahora. Hacerlo implicaría una premura que en nada ayudaría a la verdadera justicia. Dejadme pensarlo detenidamente.

—Siento, majestad, importunaros. Solo os pido humildemente que decidáis lo que estiméis pertinente y que, antes de fallar, recordéis que el débil de este embrollo es mi hijo Íñigo. Pensad, mi reina, que en mil circunstancias parecidas se encontrará el rey don Juan.

—No habléis en futuro, Leonor —la reina exhaló melancólicamente—, porque, aunque el cuerpo de su padre aún conserve una brizna de su postrera calentura, ya sufre las embestidas de varios aprovechados.

—Entonces, me entendéis mejor que nadie —insistió mi madre.

—Tal vez tengáis razón, Leonor. —La reina la miró a los ojos asintiendo de nuevo—. Reconozco que somos almas gemelas en nuestros desvelos. Está bien, escribiré a mi cuñado, don Fernando de Aragón, para que junto a mi firma y sello, como tutor del rey, os firme una cédula exhortando a Aldonza y a su marido a abandonar de inmediato el señorío de Manzanares el Real. Hecho esto, dictaminaré el secuestro de esos territorios por un periodo de cinco meses hasta que la sentencia arbitral decida sobre su legítima posesión y vuestro común amigo y pariente el obispo de Sigüenza quedará comisionado para servir de árbitro en el pleito.

Mi madre asintió solo con la cabeza, pero contenta por lo que había logrado. No era mucho, pero al menos de momento libraba a mi señorío de invasores. Después de aquello, mi madre decidió que no debía cansarla más, de modo que se levantó lentamente e hizo una reverencia para despedirse. Entonces, la reina la tomó por los hombros y la abrazó como queriendo cobijarse en su aliento y en su fortaleza.

Al salir de los aposentos reales, pude intuir un caminar alegre en los chapines de mi madre. Yo, en cambio, solo pensaba en que no quería ser paje de aquel pequeño. Prefería seguir junto a ella y a mis hermanos.

—Íñigo —me dijo llena de un oculto alborozo—, ahora la reina ya sabe a lo que me enfrento y estoy segura de que lo mira con otros ojos.

—Madre, no quiero ser paje real ni ahora ni cuando regrese de Aragón.

Parecía que a mi madre aquello le hizo gracia. Sonrió y me miró con ojos divertidos.

—Os lleváis casi siete años con el rey. Son muchos en unos niños, pero ya verás cómo la distancia se va acortando cuando vayáis creciendo. Íñigo, desde hoy mismo debéis pensar en vuestra unión, porque, lo queráis o no, desde tiempo inmemorial los nobles caminan por la historia al lado o frente a sus reyes. Cuanto antes os conozcáis, mejor. Sobre todo para decidir qué sendero debéis tomar cuando este se bifurque. Además, una cosa ha quedado clara en esta entrevista; tanto la reina Catalina como yo procuraremos que así sea.

Ahora me daba cuenta de que por primera vez mi madre me planteaba una posible dicotomía. Acababa de aprender que medrar en la corte dependía de una elección determinante, la de estar a favor o en contra del rey. Muchos años después, supe que durante toda mi infancia me estuve alimentando del amor y del rencor que surgía de algunas mujeres de mi familia. Entonces no podía darme cuenta porque era todavía demasiado pequeño, pero con el tiempo he comprendido que fueron aquellas luchas intestinas en mi familia las que condujeron y determinaron mi ambición.

La solución que la reina nos dio entonces para Manzanares no fue demasiado fructuosa, sobre todo porque mi hermana Aldonza, la hija de mi padre, hizo oídos sordos a los mandatos reales. Cuando el obispo de Sigüenza nos citó para decidir sobre el laudo arbitral al respecto de la propiedad de ese señorío, no se presentó. Ni siquiera se molestó en alegar una causa para ausentarse. Ni tampoco respetó el secuestro real de Manzanares que la reina Catalina había ordenado hasta que hubiese una resolución definitiva. Aldonza siguió en aquellas tierras. Además, no solo las había invadido, sino que, supimos después, había mandado asesinar a todos los serranos y vasallos que había en ellas y que se habían negado a aceptarla como señora.

Los días pasaron y mi madre, aunque intentaba disimular su preocupación, ya no lo lograba. El día que la vi suplicando ayuda a mis tíos y tutores comprendí que tenía que estar realmente desesperada. Ellos la miraron con displicencia; parecía que se regodearan en su necesidad.

—Os lo suplico; tengo hombres de armas, pero no a un general que pueda dirigirlos para defender lo mío. Mis hijos son demasiado pequeños para hacerlo y bien sabéis que me necesitan. Si no, no dudaría en alzar mi brazo armado. Solo necesito a alguien de la familia en quien confiar. No os pido que los mandéis a Manzanares, porque la cuestión está en entredicho, pero sí a mis señoríos. Mi hija Alfonsa, como Aldonza, también ha hecho realidad sus amenazas. Ha imitado a la otra y, con la ayuda de su marido don García Fernández de Manrique, ha invadido los señoríos de la Vega hasta los valles de Potes. Dicen que en Liébana, Pernía y Campo de Suso ha quemado aldeas enteras sin importarle lo más mínimo sus habitantes. Y eso por no escuchar los billetes que aseguran que la quema ha sido masacre —recuerdo que la vi juntar las manos en actitud de oración, o suplicante, que me dio francamente rabia—. Por ellos, por mis vasallos, por esos hombres, mujeres y niños que trabajan los campos a cambio de mi protección y seguridad. No quiero defraudarles. ¡Os doy mis huestes sin pediros nada más que vuestro mando y autoridad!

Mi tío Íñigo fue el único que, al verla tan angustiada, cedió ligeramente.

—Yo lo haré, Leonor —dijo.

La expresión de duda de mi madre no le debió incomodar en absoluto.

—No espero que me lo agradezcáis. Muy angustiada debéis estar para pedirnos justo a nosotros el favor. Yo estoy dispuesto a hacéroslo, Leonor.

Mi madre permaneció callada. Y extrañada. Tal vez no se fiaba lo suficiente. Aquel hombre, que a la muerte de mi padre no se diferenciaba en mucho del resto de los que me robaron, ahora se mostraba sumiso, comprensivo y sobre todo conciliador. Desde hacía un mes parecía estar enmendándose. No solo parecía estar dispuesto a devolvernos las casas que nos había robado, aquellas que lindaban con San Francisco, sino que, además, se había comprometido en escritura pública a pagar dos mil maravedíes por el perjuicio que su abuso de confianza pudiese habernos ocasionado y en concepto de renta mientras siguiese residiendo en ellas junto a su mujer. Y, encima, ahora se ofrecía a mandar nuestras huestes. Tanta bondad repentina nos hacía desconfiar.

A mi madre le costó aceptar su ofrecimiento, pero, dadas las circunstancias, no tuvo mas remedio. Muy pronto, salió mi tutor de Guadalajara rumbo a las Asturias, cuando en el camino se cruzó con su primo el arcediano de Guadalajara. Don Gutierre venía a recogerme y arrancarme definitivamente de los brazos de mi madre y de mi abuela. Fue precisamente doña Mencía quien había decidido mi partida. Sin embargo, al saberlo, me negué en rotundo, aun a sabiendas de que no había nada que hacer.

Un día, charlando frente a la luz de la lumbre, me convencieron y me dijeron que mi primo Fernán Álvarez de

Toledo vendría conmigo. Como siempre, la imperativa orden vino acompañada de mil razonamientos prácticamente imposibles de rebatir.

—Seréis dos los que iréis a Ocaña y así no os sentiréis solos. Además, comprended que necesitáis ampliar horizontes, porque aquí ya no podéis aprender nada más. Allí, en las casas de don Gutierre ya os esperan los mejores maestros del reino para dedicarse por entero a la docencia de vuestras mercedes. Sánchez del Castillo, Alfonso Fernández de Valladolid y Pedro Alfonso de Sevilla procurarán convertiros en los hombres más cultos de este reino.

VI

GUADALAJARA, 1408

SECRETO DESCUBIERTO EN CORTES

*Si tuvieres tu secreto
escondido,
piensa que serás havido
por discreto;
yo me soy visto subjeto
por hablar,
e nunca por el callar
fui correbto.*

MARQUÉS DE SANTILLANA
Proverbios, 89

Sabía que me esperaban afuera y, aun así, me costó levantarme. Era uno de esos días en que la lectura me tenía atrapado; mil dudas habían dejado entornada la puerta de mi curiosidad y necesitaba seguir pasando páginas para conocer las respuestas. Todas ellas. ¡Si mi abuela Mencía me viese! Durante tantos años ella había luchado para que yo dejara mi desidia infantil, para inculcarme el amor por la lectura, y ahora aquello se había convertido en un vicio.

Los pasos de mi tutor don Gutierre resonaban por el corredor del claustro y se hacían más fuertes según avanzaba. Venía por mí. Mi primo Fernán hacía tiempo que me había dejado solo para cumplir su mandato. Había sido taxativo aquel día mientras desayunábamos:

—Salimos a las once en punto. Allí os quiero ver puntuales, pues si no no conseguiremos llegar antes que la reina Catalina a Guadalajara.

Sus deseos eran órdenes y la disciplina a la que nos tenía sometidos, indiscutible; pero aquel día fue diferente, porque, a pesar del respeto y la obediencia que le tenía, el tiempo se me pasó volando.

Era como si me faltasen minutos para terminar con el libro y, sin embargo, al acabarlo, sentí como si necesitase páginas para seguir deleitándome en su apasionante historia. Ni siquiera el deseo de ver de nuevo a mi madre y mi abuela era más fuerte que mis ansias de lectura. A mi alrededor, los libros se amontonaban y es que, sin darme cuenta, estos se habían convertido en los maravillosos culpables de mis desvelos.

La puerta se abrió de golpe. No quise ni levantar la vista por miedo a enfrentarme a esa furiosa mirada inyectada en sangre.

Imaginarla me produjo un escalofrío. Solo al sentir su pescozón, cambié de posición; no para levantarme, sino para continuar asido a las tapas de mi particular viaje de ensoñación.

—Los caballos están ensillados desde hace media hora. ¿Qué os he dicho al amanecer?

El crujir del papel en el suelo me preocupó.

—¡Cuidado con vuestros chapines! ¡Lo que estáis pisando son las *Heroidas* de Ovidio!

Se agachó y tomó uno de los pliegos para dejarlo sobre la mesa. Al verle leer, le di una explicación.

—La he traducido del latín a lengua vulgar.

No hizo ningún comentario, solo apartó la silla de mi trasero.

—Muy bien por el intento, pero siento deciros que aún no domináis la lengua de Lacio para hacer este encomiable trabajo.

Aquel doloroso puntapié a mi orgullo vino acompañado de otro crujir de papel. Se agachó de nuevo enfurecido, recogió otro pliego y me gritó:

—¡Lo veis! Esto no pasaría, Íñigo, si tuvieseis más orden. ¡Salid ahora mismo u os dejaré aquí solo! No parece que tengáis muchas ganas de regresar a vuestra casa.

Ya de pie, mi mirada corría desaforadamente por entre las líneas de la *Summa theologiae* de santo Tomás. Al lado tenía abierta la *Divina comedia* de Dante.

A pesar de su enfado, impedí que cerrase el libro poniendo la mano en medio para dejar marcado el punto de mi lectura con una pequeña tablilla alargada. En el fondo sabía que, tras esa máscara, solo existía un buen hombre incapaz de hacer daño a nadie.

El arcediano, impaciente, me agarró de la mano con tanta fuerza que el dibujo de su sello, puesto del revés en su dedo, se me marcó en la piel.

Allí quedaban abiertos y solitarios los culpables de mi extasiar. Mi inconsciente me hacía escuchar su llamada desconsolada, pero yo no podía acudir a ellos porque mi tutor, precisamente el mismo hombre que me los había entregado para estudiarlos, ahora me arrastraba hacia la puerta. Su terquedad me decidió a ponerle en un compromiso solicitándole las respuestas que no me había dejado leer.

—¿Creéis que son ciertas, don Gutierre, las predicciones de esos profetas? ¿De verdad que la Santa Sede se trasladará a Jerusalén? ¿Cómo se hará la conversión del cristianismo en comunas y repúblicas? ¿Sabéis cuándo vendrá el anticristo? ¿Qué sabéis de los sueños del conde de Rivagorza sobre la conveniencia de obedecer a los papas de Roma?

Repentinamente, la prisa se detuvo y los pies se le pegaron al suelo.

—No sé si estáis preparado para esas lecturas —dijo con cara de extrañeza—. Por Dios, ¿no tenéis límite? ¿Cómo podéis dar tantas vueltas a todo lo que leéis?

—No os comprendo, tutor. ¿Para qué me dais tantos libros si no es para profundizar en ellos?

Como casi siempre cuando se quedaba sin respuestas, cambió de tema para distraer mi atención.

—¡Vuestra madre, abuela y hermanos os esperan en Guadalajara! Son las primeras Cortes que viviréis. Ahora solo debéis pensar en eso. Por primera vez sabréis lo que es la política en vivo y no entre líneas.

Definitivamente, consiguió que replantease las preguntas y las llevase a su terreno.

—¿Quién las dirigirá? ¿Quién vota las resoluciones? ¿Quién las plantea? ¿Vale lo mismo el voto de un noble que el de un personero?

Mis preguntas surgían en cascada y le apabullaron. Alzó la vista al cielo y montó en su cabalgadura.

—Calmaos, Íñigo —dijo—. A ver si sois capaz por una vez de encontrar las respuestas en silencio y solo.

—Siempre me decís que os pregunte lo que ignoro y, ahora que lo hago, me evitáis.

Suspiró con hartazgo.

—Al regresar, y después de las Cortes, me planteáis las dudas que aún os queden y procuraré ayudaros. No queráis saber demasiado antes de tiempo.

Nada más cruzar el puente que daba paso a Guadalajara, sentí una añoranza terrible por mi madre y mi abuela Mencía, una añoranza que la distancia y los libros me habían estado velando durante todo ese tiempo. Y es que muy pronto aprendí a no echar en falta a quienes no podían estar conmigo. Eso sí, sin olvidarlos nunca.

A lo lejos, los tambores y clarines anunciaban nuestra llegada y mi madre salió a recibirme. No quedaba en la villa un balcón sin engalanar. Era la segunda vez en dos décadas que las Cortes se celebraban en Guadalajara y esta vez acudirían todos los tutores del pequeño rey. Mi madre esperaba ansiosa a la reina Catalina de Lancaster para ayudarla en su enfrentamiento con Fernando de Aragón.

No había terminado de abrazarla cuando los clarines y trompetas de las puertas de la ciudad comenzaron a sonar de nuevo, esta vez acompañados por el repicar de las campanas. Era la reina. Con ella llegaban el rey don Juan, el tío y tutor de su hijo don Fernando de Aragón, acompañado por dos de sus hijos, los infantes. A estos fue precisamente a los primeros que conocí.

Alfonso era su primogénito y Juan, el segundo. Venían desde Sevilla, después de combatir a los moros en Setenil y, a pesar de que no habían conseguido vencerlos, estaban contentos porque, al parecer, los habían debilitado lo suficiente como para derrotarlos en la siguiente campaña. Ambos ponían tanta pasión contando sus avatares que mi primo Fernán, siempre más dado a las armas que yo, los escuchaba entusiasmado.

Desde una posición discreta, analicé a los diferentes grupos de personajes ilustres que andaban diseminados por la sala del trono. A un lado, los alegres colores de las vestiduras arzobispales y cardenalicias se aunaban. Estaban los arzobispos de Santiago y Toledo y los obispos de

Burgos, Segovia, Palencia y Cuenca, que discutían entre susurros sobre las causas que importaban al clero. Los dorados de sus capelos tapaban sus tonsuras y solo había junto a ellos un joven de unos dieciocho años que desentonaba.

Aquel intruso no vestía sotana, ni siquiera una casulla o alba de monaguillo, pero a ninguno de aquellos hombres de la Iglesia parecía importarles que el entrometido escuchase sus problemas desde tan cerca.

Más allá, el resto de mis parientes; mi tío Íñigo charlaba con el almirante Enríquez, su cuñado. El condestable de Castilla formaba otro grupo. Con él, el justicia mayor y los adelantados mayores de Castilla, Andalucía y León. Los doctores del consejo real, oidores de audiencia y procuradores de diversas villas y ciudades discutían con vehemencia.

Afuera, multitud de caballeros, escuderos y servidores de otros altos dignatarios esperaban una orden de sus señores para ponerse en marcha. Una voz a mi espalda me sacó de mi ensimismamiento. Al darme la vuelta, reconocí al joven que momentos antes andaba rondando a los hombres de Dios. Se presentó tendiéndome la mano.

—Álvaro de Luna, el sobrino del arzobispo de Toledo —dijo cortésmente.

Sus ojos oscuros escondían algo, nunca supe el qué, pero ya entonces sentí como si me escudriñaran por dentro. Era como si estuviese desnudando mis pensamientos. Titubeé.

—Yo... —Me interrumpió.

—Sé quién sois y, como vos, soy todo ojos y oídos. Mi tío, como vuestra madre, quiere presentarme a todos los hombres influyentes de los reinos de Castilla y Aragón en estas Cortes y haré lo posible para no defraudarle.

Asentí, ligeramente disconforme ante la comparación, porque, por lo poco que sabía, él no era más que el hijo bastardo de un noble y yo, en cambio, el legítimo sucesor de una de las familias más influyentes. Pero ¿qué culpa tenía él de los pecados de sus padres? Trató de agradarme con una sonrisa y, conocedor de mis gustos, encauzó la conversación.

—Me han dicho que disfrutáis leyendo a los clásicos y que escribís versos. Yo también lo hago, aunque, para seros sincero, prefiero recitároslos.

No supe qué contestar.

—Estas Cortes prometen ser largas. Si es así, ¿aceptáis que un día nos reunamos para bailar, cantar y recitar al son de la música?

Solo pude asentir de nuevo cuando aquel joven de finos labios los frunció desviando su atención para mirar más allá de donde estábamos. Sus cinco sentidos se clavaron en otro asistente que claramente estimó más digno de su interés que yo. Sin dedicarme una sola mirada, se despidió y comenzó a perderse entre la multitud.

—Os avisaré —dijo en voz bastante alta y alejándose.

De puntillas para ver sobre las cabezas, pude seguir su camino hasta el mismo lugar donde estaba el rey don Juan. El pequeño estaba vigilado por sus amas mientras su madre andaba de aquí para allá conversando con todos. Desde lejos, vi cómo Álvaro de Luna se acercó al pequeño y comenzó a hacerle muecas y carantoñas. El rey, confiado enseguida con sus arrumacos, le tendió la mano y comenzó a reírse a carcajadas con aquel joven espontáneo que quería hacerse el bufón.

Fue entonces cuando mi madre, que parecía observarme desde lejos, se acercó a interesarse por mi curiosidad.

—¿Os lo han presentado?

—No, fue él mismo quien acudió a mí. Parece agradable, culto y avispado.

—Tanto que no se le escapa ni una. ¿Qué le habéis dicho?

—Nada. En realidad, solo habló él.

—Mejor. Tened cuidado. Os aseguro que es un encantador de víboras. Una semana en la corte y la reina Catalina ya le ha nombrado paje del rey. ¿A qué os suena, Íñigo? No me fío y vosotros tampoco debéis fiaros de él. Supongo que es obra de su tío el arzobispo, pero intuyo una enorme ambición. Se ve a la legua. Íñigo, desconfiad de él. Tened cuidado cuando intente intimar, que este no es pájaro de buen agüero.

Me había puesto en guardia, pero no me había dicho nada de él, de quién era, qué hacía, cuáles eran sus intereses, solo que había entrado inmediatamente en la corte. Decidí entonces enterarme por mi cuenta, porque las conjeturas valen para poco y las sospechas ya estaban puestas sobre el tapete. Fue mi primo Fernán quien me puso en antecedentes.

Según me explicó, era hijo del señor de Juvera, un copero del difunto rey Enrique, y de una bella mujer de Cañete, llamada María, con la que estuvo amancebado. Se había criado en Cañete junto a dos hermanos mayores que ni siquiera eran hijos del mismo padre. Al morir este, solo le dejó ochocientos florines de herencia y el padre, por vergüenza, ni siquiera se atrevió a mencionar su existencia en el testamento. Muerto el padre, su tío el arzobispo había decidido apadrinarlo, con lo que le libró de la miseria y le dio la oportunidad de una somera educación, porque, según su benefactor, el chico era demasiado inteligente como para desperdiciarlo. Los otros dos hermanos también hicieron carrera. El primero, Juan, como obispo de Osma y el otro, un tal Pedro, como teniente.

Al día siguiente pude verle sentado en la primera sesión de las Cortes. Escuchaba muy atento la exposición de don Fernando de Aragón, que explicaba cómo se había visto obligado a aplazar la guerra contra el infiel en Andalucía por falta de medios. Razonó la necesidad de continuarla y terminó solicitando a las Cortes sesenta millones de maravedíes. En ese instante, se alzó un enorme rumor de queja. Eran los procuradores, molestos porque aseguraban no tener peculio por la escasa recaudación del año anterior. Hubo muchas discusiones que parecían no llevar a ninguna parte hasta que, al final, después de muchas idas y venidas, la cantidad quedó fijada en cincuenta millones, que podrían ser ampliados a diez más, siempre que se firmase una tregua con los granadinos de ocho meses que sirviese para recuperarse económicamente. Y para armarse, claro está. Cuando los acuerdos quedaron firmados, nos retiramos a almorzar.

Nos condujeron a un comedor con un aspecto imponente. En la sala había diez mesas largas dispuestas en cuadrado. Los manteles que las cubrían eran de la misma seda adamascada que los almohadones de los bancales. Ante un gran tapiz, tres sillas a modo de tronos presidían el conjunto. Eran para el rey niño, su madre y su tutor. Todos esperamos de pie hasta que entraron. Cuando ellos se sentaron, lo hicimos los demás. Entonces, se empezaron a suceder las bandejas de cordero, capones y cochinillos con ciruelas, cebollas y otras por el estilo. Al final, para acabar, pestiños y otros dulces de miel.

Durante toda la comida, unas mujeres mudéjares bailaban en el centro contoneando sinuosamente sus ombligos desnudos entre velos y castañuelas de metal.

El vino manaba de las jarras a tal velocidad que los sirvientes no daban abasto. Las mejillas de los comensales empezaron a enrojecer, sus miradas se fueron volviendo vidriosas y su discernimiento, turbio. Varios, incluso, aprovecharon lo amplio de los tapetes para con disimulo dejarse caer todo lo largos que eran bajo la mesa. Estaban tan borrachos que ni siquiera notaban los pisotones del resto de los invitados, los picotazos de las gallinas o los lametones de los perros que andaban por allí.

Hubo un momento en que, entre un espectáculo de bufonadas y el cantar de un trovador, cinco veladores aprovecharon el que el centro de la estancia se quedó vacío para bajar la inmensa lámpara y cambiar los cirios. Entonces, amparados en la momentánea penumbra, mis cuñados, los maridos de mis dos hermanastras, se levantaron discretamente, se acercaron a don Fernando de Aragón, le hicieron levantar de su sitial y se lo llevaron a una esquina. Pero estaban tan obcecados en su quehacer que no se dieron cuenta de que se situaban muy cerca de mí. Miré a ambos lados y comprobé que los comensales cercanos estaban bastante ebrios. Entonces, me dejé escurrir bajo la mesa. Gateé sobre una alfombra esquivando vómitos y llegué justo a la cabecera para escuchar lo que tramaban. Sin respeto ni delicadeza, empujaron al inconsciente que dormía sobre el mantel, nada menos que el obispo de Toledo, lo que, francamente, pareció importarles poco, para sentar en su sitio al de Aragón. Ambos se arrodillaron junto al regente, uno a cada lado.

Yo me eché hacia atrás para no chocarme con las rodillas de don Fernando y tiré del mantel para abajo con la esperanza de no ser descubierto.

Ni el conde de Trastámara ni García Fernández Manrique podrían estar tramando nada bueno para nosotros y supuse que, habiendo agotado ya sus recursos con la reina Catalina, ahora intentarían forzar la voluntad de don Fernando. Al fin y al cabo, él también era el tutor del rey y este podría influir en el litigio que manteníamos sobre la propiedad de los señoríos de Manzanares y de los valles de las Asturias. El Trastámara era, sin duda, el más tenaz.

—Señor, tened cuidado. Hemos sabido que en estas Cortes hay alborotadores contratados por la reina Catalina que fingirán un altercado callejero en el que fortuitamente caeréis.

El de Aragón dejó escapar una carcajada.

—Os agradezco vuestros desvelos, pero os recuerdo que vengo de la guerra. ¡La reina necesitará algo más que a unos vulgares asesinos para quitarme la vida!

Percibí la tensión de los dos al apretar una rodilla contra la otra. El marido de Alfonsa, la hija de mi madre, fue el que habló en esta ocasión.

—Cuidad vuestro tono, señor, que no somos los únicos sobrios.

El de Aragón debió de darle un empujón, porque se dio de bruces con la mesa.

—¡Qué manía con aguarme la fiesta! Hoy he conseguido llenar las arcas para continuar con la Reconquista y eso es lo importante. Dejadme con vuestras intrigas. ¿Qué creéis, que sois los únicos? No hay día en que alguien no me amenace de muerte. Ahora, eso sí, os aseguro que suelen ser más originales.

Aquellos idiotas habían elegido el momento menos oportuno. El de Aragón también había bebido lo suyo y no estaba para bromas. Aun así, no se dieron por vencidos.

—Dejadnos al menos velar por vos durante vuestra conflictiva estancia en Guadalajara. Cuidaremos de vuestra seguridad y dirigiremos las escaramuzas contra vuestros conspiradores.

—Haced lo que queráis. Nunca está de más tener dos ángeles custodios —dijo mientras se retiraba tambaleante.

Me santigüé. Aquellos dos eran muy capaces de organizar ellos mismos el fingido asesinato de don Fernando y luego colgarse las medallas de su salvación.

Corrí al encuentro de mi madre.

Le conté lo que había oído y no tardó ni un segundo en dirigirse hacia donde estaba la reina Catalina y contarle lo sucedido.

—Majestad —dijo con cierto apresuramiento y el rostro desencajado—, ha llegado a mis oídos que, esta misma noche, mi yerno y el marido de Aldonza, la hija de don Diego, mi marido, tienen dispuesto entrar en las habitaciones de Juan de Velasco, el camarero mayor del rey, y de Diego López de Estúñiga, su copero, con la intención de apresarlos para conjurar contra la vida de don Fernando de Aragón.

—¿Y quién se supone que les manda matar al de Aragón? —preguntó la reina.

La respuesta de mi madre se reflejó en su abrir de ojos. Doña Catalina de Lancaster se indignó.

—¡Se supone que soy yo! ¡Es increíble inventar guerras donde no las hay para crear recelos!

—Majestad, si os parece conveniente, creo que es mejor no levantar demasiada polvareda con el asunto. Tal vez podríamos avisarlos a ambos y que se refugiaran durante unos días en Hita, en el castillo de mi hijo Íñigo. Al menos hasta que las aguas se calmen.

La reina asintió.

—Gracias, Leonor. Lo bueno siempre nos puede coger desprevenidos, pero para lo malo siempre hay que estar preparado. ¿Qué queréis a cambio?

—Nada, señora. Solo velo por vuestra seguridad.

—Os reitero mi agradecimiento, Leonor. Lo cierto es que las diferencias que me separan con Fernando de Aragón cada vez son más evidentes y muchos intentan aprovecharse de ello. Por eso, vuestro desinterés me desconcierta.

Mi madre, al reverenciarla, le contestó:

—Hacéis bien en desconfiar de todos, pero recordad siempre que el mal existe porque también hay bien y ambos están más cerca de lo que creemos. Si os he avisado es por la fidelidad que os debo y porque no me gustaría que estas Cortes en Guadalajara se recordasen en un futuro por la muerte de alguien.

Al retirarnos, la reina salió precipitadamente de sus estancias y se dirigió al aposento de su cuñado. Su discusión fue tan acalorada que los gritos resonaron en el patio del alcázar y su eco en cada recoveco de la ciudad.

No había salido la reina Catalina de las estancias del de Aragón cuando los ánimos ya enardecidos por los intrigantes se dispararon provocando reyertas en varias callejas. Unos, al mando de los maridos de mis hermanastras, y los otros, capitaneados por Diego Pérez de Sarmiento, un castellano de pro dispuesto a defender el honor de la reina Catalina con su vida, hasta tal punto que acabó herido en el cuello por una daga y la trifulca se saldó con ocho muertos.

A la mañana siguiente, los dos contrincantes principales, la reina Catalina y el de Aragón, se reunieron en público para fingir su cordial relación. Ni siquiera eso sirvió para apagar del todo las brasas incandescentes que la noche anterior la brisa había encendido.

El deseo inicial de mi madre de no ver muertos en aquellas Cortes no se cumplió, pero una cosa había quedado clara: si sus yernos se pegaban a la vera de don Fernando, ella lo haría a la de la reina y, así, al menos la mitad de nuestros bienes estarían salvaguardados hasta la mayoría de edad del rey don Juan.

VII

OCAÑA, 1410-1412

LA MALDICIÓN

Yo fui priçipïado
en las liberales artes,
e sentí todas sus partes
e después de grado en grado
oí de philosophía
natural,
e la ética moral,
qu'es duquesa que nos guía.

MARQUÉS DE SANTILLANA
Bías contra Fortuna, 126

Durante los dos años siguientes, seguí ampliando conocimientos en Ocaña junto a mi primo Fernán y bajo la tutoría de don Gutierre.

Desde que conocimos a los jóvenes infantes de Aragón, nuestro interés por la guerra se incrementó, sobre todo el de Fernán. Hacía tiempo que la tregua firmada por el rey sultán de Granada había vencido y nuestra particular cruzada continuaba.

Don Fernando de Aragón aquel verano estratégicamente había cercado Antequera y nuestro maestro don Gutierre nos había dejado por un tiempo a cargo de sus aprendices de maestro para acudir al llamamiento del rey en esta contienda. Pero… ¿por qué don Gutierre quería ayudar al enemigo de la reina Catalina de Lancaster? Antes de partir, se vio obligado a darnos una explicación.

—Sí, ya sé que somos castellanos y cada día sufrimos más el intrusismo de Aragón. Sin embargo, una cosa debemos tener clara y es que, contra el infiel, no hay más bando que el cristiano. Además, debéis saber que, en parte, lo hago por vosotros. Así siempre tendréis abiertas las puertas de los dos reinos.

Hasta mucho tiempo después, no entendimos muy bien a qué se refería. Además, su ausencia se nos hizo eterna, porque nadie como él nos enseñó tanto. Por otra parte, sus discípulos, en la mayoría de las ocasiones, no supieron enseñarnos suficientemente bien.

El triunfo de la toma de Antequera, como predijo don Gutierre, le dio la oportunidad de acercarse a Aragón y el tío del pequeño rey castellano pasó a apodarse desde entonces don Fernando de Antequera.

Al saber de la victoria, mi madre y mi abuela decidieron venir a Ocaña a dar la bienvenida a don Gutierre. Cuando llegó, estábamos mi primo Fernán y yo practicando con las espadas, trucadas para no herirnos. Al entrar en el salón, dejamos las armas para recibirle, ofrecerle un jugo de frutas y sentarnos a escuchar las nuevas de sus propios labios.

El arcediano, en vez de hablarnos como en otras ocasiones de lo acontecido en el campo de batalla, adoptó un aire más solemne.

—Mientras estábamos en el cerco supimos que el rey de Aragón, Martín el Humano, había muerto sin sucesión legítima. Desde entonces, a don Fernando de Antequera la idea de suceder a su tío le dio más brío y los días siguientes luchó como si su propósito dependiese de la victoria.

—¿Cómo el rey de Aragón podría ser valedor del de Castilla? —interrumpió mi madre—. Espero que tenga la integridad de renunciar a la tutoría de su sobrino si al fin es coronado.

Don Gutierre parecía haberlo pensado antes.

—No hará falta si la reina Catalina y el de Antequera salvan las distancias que los separan. —Don Gutierre parecía tener muy pensado este pormenor—. Aunque... —dudó— quizá estemos adelantando acontecimientos, porque también corre el rumor de que el Humano ha dejado heredero de sus bienes a su nieto natural Fadrique de Luna. ¿Podría este sucederle?

—¡Qué absurdo! —se indignó mi abuela Mencía—. Parece mentira que no sepan que la descendencia ilegítima del Humano no gusta a sus súbditos. Sea lo que haya de ser, se resolverá en las Cortes convocadas en Caspe.

De repente, sin saber por qué, sentí que todos me miraban. Era como si la misma idea los hubiese asaltado a los tres a la vez.

—Allí deberíais estar los dos primos —dijo mi madre—. Íñigo y Fernán, ya tenéis edad de acudir a esas Cortes, de ver y ser vistos. Pensad que han pasado dos años desde las de Guadalajara y parece que se hace necesario que aparezcáis cuanto antes para que todos os recuerden. ¿No lo veis así? Ahora solo sé que, si Fernando de Antequera es coronado rey de Aragón, tendrá que nombrar a otros que cumplan su cometido como tutor y eso, estoy segura, avivará las envidias entre los más interesados. Me temo que, de ser las cosas así, la inseguridad retornará a Castilla. Para entonces tenemos que tener claras nuestras posiciones. —Se detuvo un momento, suspiró, me tomó de las manos como hacía tiempo que no lo hacía y me miró a los ojos de un modo que me sobrecogió—. Íñigo, seguramente no será fácil. Quizá las Cortes se prolonguen más de lo debido. Acaso pase el tiempo y, cuando regreses, estés ya hecho todo un hombre.

Entonces, mi madre, con cierta melancolía que se le dejaba ver en lo vidriado de los ojos, en la voz por momentos quebradiza, fue relatando, casi como una letanía, todas aquellas cosas que suponía iría perdiendo en la medida en que yo las ganaba. Que pronto me cambiaría la voz, que la barba me crecería, que si esto y lo otro; en fin, que volvería con un cuerpo que no era el que en ese momento tenía.

—Acaso ya no esté yo para verlo —dijo con cierta pesadumbre.

Aquellas palabras he de reconocer que me desconcertaron. No tenía miedo a lo desconocido, a lo que me pudiera pasar, pero en aquella forma de hablar de mi madre había algo extraño e inquietante que se me escapaba.

—¿No resultará extraño que estemos en Aragón y, tan solo hace dos años, nos hayamos decantado por el rey Juan de Castilla?

—No —dijo don Gutierre—, porque las cosas cambian y ahora, Íñigo, sois copero mayor de don Fernando de Antequera.

—¿Desde cuándo? —pregunté sorprendido.

—Desde que tu tío y maestro decidió acompañar a don Fernando a la victoria contra el sarraceno —dijo mi madre—. Como veréis, no es mucho lo que le pedí. Íñigo, tened en cuenta que esa era la única manera que hemos encontrado de introduciros en su corte. Y ¿para qué?, preguntaréis. Para desde allí observar en la sombra. Conoceréis a todos los caballeros que no conocisteis en Guadalajara y retendréis en la memoria a todos los que aún no os presentaron. No os limitéis solo a memorizar sus caras y sus nombres, profundizad en ellos hasta saber de sus gustos, sus cualidades, sus ambiciones y sus debilidades. Con muchos de ellos habréis de lidiar en un futuro y es la manera más segura de que, pasado el tiempo, decidáis acertadamente en qué bando quedáis definitivamente. Así elegiréis con conocimiento de causa.

No sabía qué decir. Lo cierto era que todo aquello me tenía verdaderamente desconcertado. De buenas a primeras me tenía que ir hasta Caspe a las Cortes de Aragón y, en un abrir y cerrar de ojos, me había enterado de que era copero mayor del rey Fernando. Asentí. Ella me abrazó con orgullo. Luego, cambió de tema.

—Creo, Íñigo, que antes de partir debéis saber algo más sobre nosotros —dijo mi madre con esa seguridad de quien conoce un asunto, pero con el miedo de quien lo lleva escondiendo demasiado tiempo—. Quiero que os enteréis de ello por mí y no por cualquiera de los que allí os encontréis.

He de confesar que, en ese momento, las palabras de mi madre me produjeron cierta turbación o, mejor sería decir, ¿inquietud? No sé si tenía miedo a sus revelaciones o ansiedad por conocer lo que se pudiera esconder. Me dispuse a escucharla con atención.

—Serán muchos los que os preguntarán de quién sois hijo, nieto o a qué linaje pertenecéis. Creo que todo eso lo sabéis bien, pero hay algo que no os he contado. —Mi madre calló un instante, miró al suelo y luego me miró a mí—. Algo, Íñigo, que prefiero llamar casualidad antes que maldición.

La observé atento, quizá con impaciencia. Los silencios sucesivos, aquellas miradas suyas a la profundidad de los ojos, como queriendo ver las entrañas, los pensamientos, la conciencia misma de lo que me sucedía, o yo mirándola a ella para saber lo que se le pasaba por la cabeza; de esos pecados ocultos y extraños de los que hasta ahora no me había enterado y que, a mi madre, parecían trastornarla, o mejor sería decir que la torturaba tener que contármelos a mí entonces.

—Es algo que viene sucediendo desde que el señorío de las Asturias de Santillana se constituyó —dijo con voz entre severa y condescendiente—. La posesión de esta heredad en cada generación se cobra con una vida en la familia. Es como si con ella pagásemos el tributo debido a semejante honor.

—¿Cómo es eso, madre? ¿Un estigma? No entiendo…

—Atiende, Íñigo —me cortó—. Hasta donde me alcanza la memoria, hace más o menos un siglo ha sido así. El primer señor de los valles fue vuestro bisabuelo Garcí Lasso de la Vega el Viejo, que fue adelantado mayor y merino mayor de Castilla. Con ello consiguió vasallos en más de quince pueblos y otras aldeas de las Asturias. Fue precisamente él quien fundó Torrelavega en tiempos de Alfonso XI. Poco después, murió brutalmente asesinado en Soria. —Se calló, inspiró fuerte y alzó el índice. Se la notaba nerviosa, pero prosiguió—. A Garcí Lasso de la Vega el Joven, su hijo, esto es, mi padre y abuelo vuestro, que se había casado con vuestra abuela Mencía, le pasó lo mismo. De nada le sirvió su entrega en la batalla del Salado ni el haber sucedido a su padre en los altos cargos que ejercía. Un buen día apareció muerto cruelmente a manos de un privado del rey al que él servía, Pedro I. No sé si entendéis, Íñigo, lo que trato de explicaros. Sí, ya sé que… —Parecía excitarse por momentos—. Después de aquello, la maldición volvió a caer sobre el tercer señor de los valles de las Asturias, Garcí Lasso de la Vega el Niño, mi único hermano. Vuestra abuela os lo ha contado mil veces. Fue una muerte absurda. En la batalla de Nájera. Vuestra abuela le despidió en el zaguán de la puerta. Estaba desesperada. Intentó retenerle con mil y una artimañas, pero todo fue en vano. Su juventud le impulsaba a un arrojo inconsciente por la muerte de su padre. Había algo de vengativo. Y ¿qué mejor manera para ello que alistarse en las huestes del hermanastro bastardo de Pedro I, don Enrique de Trastámara? ¿Os dais cuenta, Íñigo? —Alzó de nuevo el dedo en un gesto que no me gustó y la voz se le tornó aún más trémula—. Hoy soy yo la señora de la Vega y de las Asturias de Santillana. No temo por mi vida, os lo aseguro. Don Enrique el Nigromántico sostiene que la muerte ya se cobró la deuda en mi generación con la vida de mi hermano. Pero, no sé, temo por vos; sois el siguiente eslabón de esta cadena.

Estaba como ida, perturbada; la vista perdida en la profundidad de mis ojos, o en una nada que se iba más allá del tiempo y el espacio en que estábamos. La sentí frágil, casi como una niña, ella que ya no lo era ni mucho menos, extraviada en un mar de dudas y de miedos. La abracé con fuerza.

—No lo hagáis, madre, no temáis por mí. Creo que mi hermano García, al igual que el vuestro, ya saldó la deuda.

Negó bruscamente con la cabeza, como queriendo ahuyentar al tiempo los malos presagios.

—No, Íñigo, no. No es una maldición solo. Son dos, Íñigo, dos tremendas maldiciones, entiéndelo, dos maldiciones —decía como enloquecida, gritando casi, pero con la voz tan quejumbrosa que me producía una enorme pena—. La de perder a los hijos primogénitos y la que nos mata a nuestros señores. Hemos cumplido con la primera —dijo ya un poco más calmada—, pero ¿y la segunda, eh? Solo sueño con eso, Íñigo, con romper esa segunda maldición, porque, créeme, hijo, ni las manos de un justiciero ni Aljubarrota ni Nájera, ni mil batallas merecen un muerto más en la familia. Las armas no nos defienden, Íñigo, jamás nos han defendido. Utilizad la palabra, la escritura para defenderos, pero nunca más las armas, por Dios os lo pido.

Me dio pena, una tremenda pena dejarla así, con ese dolor, con esa incertidumbre que, pensé, la iba a matar a ella también. La acaricié por encima de la toca.

—Madre, creo que solo es cuestión de elegir el bando adecuado.

Sonrió con una melancolía que denotaba incredulidad.

—Mucha fe tenéis en vuestro porvenir, hijo.

He de confesar que en ese momento aquellas palabras suyas me llenaron de cierto y lejano orgullo.

—No es fe, sino experiencia —le dije—. Vos me habéis enseñado a diferenciar el bien del mal, a acercarme al hombro más provechoso sin levantar sospechas y a discernir qué es lo más conveniente en cada momento. Ahora que lo sé, estoy resuelto a llevarlo a cabo.

Pegó su mejilla a la mía con un gesto que entendí como de no querer separarse de mí.

—Íñigo, a veces las cosas no son tan sencillas como puedan parecer. Os puedo asegurar que en más de una ocasión os encontraréis ante dos caminos sin posibilidad de otra alternativa.

—Creedme, nunca me dejaré vencer por la duda. Es posible que se presente, pero en ese caso esperaré. Esperaré a que las aguas regresen a su cauce después del desbordamiento. Sé que así las riberas del río de mi vida, a la postre, se harán más fértiles. —Ella me miraba sorprendida—. Paciencia, madre, paciencia es lo que la abuela Mencía me ha enseñado. No temáis. Pienso seguirlo a pies juntillas.

Por un segundo la olvidada alegría retornó a su semblante y sonrió.

—¡Me alegra saber que seguís nuestros consejos!

—Os prometo que romperé esta maldición —intenté animarla—. Y os prometo también que velaré por mi primer hijo como vos lo habéis hecho por mí. Os juro que mi primogénito llegará a lo más alto, que nadie le segará la vida antes de tiempo. Os lo prometo, madre.

Ella pareció tranquilizarse. Cerró los ojos despacio.

—Hijo, no prometáis lo que no está en vuestras manos. De la vida nadie dispone en la tierra. Solo Dios. Y quiera Dios daros la razón para que no tardemos mucho en ver la cara de ese niño. —Ahora mi desconcierto fue absoluto. ¿De qué niño me hablaba? Yo entonces iba a cumplir catorce años y aún no se me había pasado por la cabeza la idea de tener un hijo. Y, además, ¿con quién?—. Íñigo, no solo hemos decidido vuestra partida hacia Aragón, también hemos elegido la mujer que ha de acompañaros de por vida. Tenéis que saberlo antes de partir. En Aragón conoceréis a muchas mujeres, os fijaréis en ellas e, incluso, las desearéis. Haced lo que estiméis oportuno, pero recordad que ya estáis prometido. —Aquello me había cogido desprevenido. Por nada del mundo se me hubiera ocurrido pensar en que ya me tenían preparado el compromiso matrimonial. No fui capaz de articular una palabra, no pude interrumpirla. La miré con asombro, pero ella sonrió como una niña maliciosa y llena de encanto al tiempo—. Fue hace cuatro años. Entonces no os dije nada porque erais todavía muy pequeño. Además, a veces, cuando se conciertan los matrimonios tan pronto, se pueden truncar por una muerte prematura. ¡Para qué angustiaros entonces! No lo hubierais comprendido. Ya sois mayor, ahora es distinto. Os aseguro, Íñigo, que ella está cada vez más bella. —No sabía qué decir; estaba estupefacto, ido, como si lo que me estaba diciendo no fuera conmigo, como si se tratara de otro al que yo conocía de forma remota. Como vio que callaba, ella siguió—: Íñigo, parece que no os alegrara la noticia. Confiad en mí, en vuestra madre. No ha sido una decisión tomada a tontas y a locas. Para saber si mi elección era acertada, consulté a don Enrique el Nigromántico. Él os aprecia, os lo aseguro. Además, sabéis que él está muy acostumbrado a leer las vidas en las estrellas. No se puede equivocar. Cómo no iba a consultar con el astrólogo si hasta para poner la primera piedra de la reconstrucción de nuestras casas, murallas y castillos siempre le preguntaba la hora y día más propicios.

Es verdad que mi madre tenía los pies sobre la tierra, pero es verdad también que creía en cosas misteriosas y mágicas, y aseguraba muy convencida que los donceles encantados guardaban el tesoro de Montalbán, que los sortilegios de las viejas curanderas en cuestión de amores y desamores funcionaban y que temía como a la lepra a los vaticinadores de muertes.

—¡Ya podéis salir! —gritó por sorpresa.

En ese preciso momento crujió una pequeña puerta que daba a la torre y apareció aquel hombre despistado. Su aspecto desaliñado y sucio no me sorprendió en absoluto, porque para él los espejos no existían, solo reflejaban la evidencia, algo demasiado aburrido como para detenerse a observarla. Arrastrando los pies, avanzó hacia mí. Era tan pequeño que tuvo que alzar la mirada para verme a través de los cristales que cubrían sus ojos diminutos. Me escrutó como si fuese una estrella en el firmamento.

Como vivía de noche como los búhos, su piel era tan fina y blanca que las venas de su cuerpo se le transparentaban y su cara se había convertido en un haz de venillas.

Al besarle las manos, se retiró ruborizado, y es que andaba tan enclaustrado que casi había olvidado el sentir de una caricia. Muchos decían que sabía más de los asuntos del cielo que de los de la tierra y precisamente por ello mi madre confiaba en él más que en cualquier otro que se dedicara a esos menesteres. He de decir que a mí también me cautivaba por sus dones enigmáticos, su sutil ingenio y el dominio que tenía del latín, que a mí tanto me costaba. Me sonrió y me alargó un libro.

—Os he traído un regalo para que os llenéis el estómago leyendo. Es un tratado sobre la fascinología que seguro que os gustará.

Aquel viejo distraído se rascaba la cabeza sonriente. Contaban las malas lenguas que su mujer, María de Albornoz, había sido amante de tantos hombres que se la podría comparar con Mesalina. Fácil lo debía de tener la mujer, porque él parecía más enamorado del cielo y sus estrellas que de cualquier otra cosa. Además, su desidia y su falta absoluta de ambición le habían llevado a perder todo lo que la cuna donde nació le brindó. Sin importarle un ápice nada, había perdido su envidiado cargo de gran maestre de Calatrava, su título de marqués de Villena y, por qué no decirlo también, su hombría, porque, pasado el tiempo, su mujer, que debía estar bastante cansada de sus «maravillas», consiguió anular el matrimonio alegando impotencia. Y eso que había concebido varios hijos de él. Bien mirado, todas esas eran cosas por las que un hombre de hoy hubiera matado o hubiera dado su vida. Para él, sin embargo, parecían insignificantes, tanto como para otros cortarse el pelo, vestirse cada día o alimentarse adecuadamente.

Miré el libro simulando un leve interés. Lo abrí, lo ojeé rápidamente y lo cerré de nuevo. Sabía que probablemente era uno de sus preferidos y no quería frustrar su ilusión. Por cortesía, naturalmente. Porque lo que en aquel momento ansiaba era saber algo más de mi futura mujer. Dejé el libro sobre la mesita de damas y le pregunté:

—Bien, mi nigromántico, ¿con quién me he de casar? Según mi madre, en vuestro recto juicio está mi destino, porque las estrellas del firmamento apuntan a la más apropiada y solo vos sabéis de quién se trata.

Entre aquella poblada barba se adivinó una sonrisa tan azarada como desdentada, algo que, de inmediato, le disgustó sobremanera por haberse dejado vencer por la vanidad. Para disimular su descuido, el sabio se miró la punta de los chapines y se concentró en hacer en el suelo círculos perfectos con la punta del pie, mientras susurraba como una letanía:

—La vanidad mata al hombre. Mata al hombre. La vanidad mata al hombre devorándolo.

Aquello me recordó al tartamudo emperador Claudio, el marido de Mesalina, que procuraba evitar a toda costa el reconocimiento público de sus méritos. A pesar de sus rarezas, le tenía gran afecto. Ensimismado como estaba, le cogí del antebrazo para conducirle hacia el hogar y sentarle en una mecedora junto a mi taburete. No encontré mejor manera de traerle de nuevo a nosotros que despojarle de sus raídos zapatos, así al menos desviaría la vista hacia otro lado. Entonces, empecé a darle masajes en los pies, a pesar del luto amarillento y quebradizo de sus uñas, que me produjeron un asco indescriptible. Aquello parece que bastó para que regresase de aquel pedazo de muro donde posaba su mirada ausente. Dentro de sus rarezas, le tenía afecto. Sacudió los dedos gordos con satisfacción y, por fin, se centró en el asunto que me tenía en vilo.

—Hay una joven que es tan solo un poco más joven que vos y es tocaya de la reina. Catalina Suárez de Figueroa —pronunció con la lejanía con que hubiera podido pronunciar cualquier otro nombre, cualquier otra cosa.

Al ver que el hombre arrancaba, mi madre pareció sentirse aliviada, contenta incluso, se podría decir. Ufana, pegó un respingo, tomó un gran almohadón, lo tiró junto a mí, se sentó en él y, apoyando su barbilla en mi pierna, le interrumpió.

—Íñigo, solo teníais diez años cuando nuestro futurólogo la señaló como la más idónea. No quise que nadie se me adelantase y firmé vuestras capitulaciones matrimoniales con su padre, don Lorenzo Suárez de Figueroa, en las pasadas Cortes de Guadalajara.

Ahora empezaba a situarme. Recordaba que aquel hombre, al final de las Cortes, no quiso entrar en las tramas que allí se urdieron y utilizó su enfermedad como excusa para irse. Solté el pie del Nigromántico, pero para entonces este, seguramente gracias a mi masaje, se había quedado dormido.

—Madre, si no me equivoco, me habláis del gran maestre de Santiago.

—El mismo —asintió satisfecha—. Es un hombre muy estimado en la corte, de buen proceder, prudente y valeroso, además de rico y, como tal, dotará generosamente a su hija. Hace poco que quedó viudo de doña María de

Orozco. En el lecho de muerte le prometió que casaría bien a sus hijos y lo antes posible.

He de reconocer que en ningún momento dudé de que la elección de mi madre sería la mejor, pero…

—¿Cómo es ella, madre?

Mi madre sonrió. Acaso sabía ya, o intuía, que me empezaban a gustar las mujeres. Hacía meses que escribía versos provocados por la tentación de jóvenes serranas, lavanderas, vaqueras y demás mujeres fáciles que a mi primo Fernán y a mí solían sonrojarnos con sus insinuaciones.

—La conocéis, aunque no sé si la recordáis. Erais aún muy pequeño y ella una niña. Os pasaría desapercibida. Yo sí que recuerdo el día exacto en que la conocí. Enseguida adiviné que sería un buen futuro para vos. Fue en Ocaña, en cierta ocasión que fuimos a visitaros. Era un viernes, diecisiete de agosto para más señas, y hacía un calor insoportable. Vuestros mayores fuimos a almorzar a la casa de Pero López de Orozco, el comendador de Uclés. Vosotros, que aún erais bastante niños, chapoteabais en una alberca.

Era cierto, recordé haberme bañado en aquella alberca, pero no lograba esbozar un leve recuerdo de Catalina. De repente, puse cara a su hermano y me alegré.

—Madre, recuerdo a Gómez Suárez como compañero de juego, pero en ella ni siquiera me fijé.

El Nigromántico, que se había despertado, se carcajeó.

—Lo extraño hubiese sido que lo hicierais con solo diez años. Pero os aseguro que hoy no os pasaría desapercibida. Ella también ha cambiado, mi querido Íñigo.

Arqueé las cejas sorprendido ante la posibilidad de que nuestro astrólogo se fijase en alguna mujer. Mi madre, como soñando, prosiguió:

—Allí mismo, mientras os refrescabais en la alberca,

don Lorenzo Suárez de Figueroa y yo decidimos cambiar nuestro propio matrimonio por el vuestro.

La miré sorprendido. En ese momento dejé de pensar en mí.

—Madre, ¿de verdad os pensabais casar por tercera vez?

—Sí, Íñigo —asintió cabizbaja—, pero ya no puedo tener más hijos y sin ellos la alianza de nuestras familias solo hubiese durado una generación. Por eso decidimos un doble matrimonio. Vos os casaríais con Catalina y Gómez, vuestro amigo de juegos y hermano de vuestra prometida, se casará con vuestra hermana Elvira. Os informo ahora de que las dotes de las novias quedaron fijadas en quince mil florines de oro del cuño de Aragón que vuestros tutores y el padre de Gómez guardamos hasta el momento de la boda. Si el matrimonio no se celebra antes de la edad que exige la Iglesia para matrimoniar porque alguna de las novias haya fallecido, nos veremos obligados a devolver los dineros. —Por unos instantes calló y pareció sopesar algo. Luego, con los ojos perdidos, quizá tristes, dijo—: Aquí tenéis vuestra parte, Íñigo. Os la entrego porque ya tenéis edad para administrarla. Con estos siete mil quinientos florines de oro vuestra futura esposa jura entregaros en un futuro la honra intacta.

Mi madre se acercó a una arqueta de plata y marfil, la abrió y extrajo las monedas. En aquel momento, aquella inmensa cantidad de dinero me turbó.

—¿Le regalamos algo a cambio? —pregunté aturdido ante la situación.

—Naturalmente —sonrió—, todo lo que a una joven le engatusa a su edad: varios vestidos, algunas joyas y un par de paños de tapete colorado con oro de gracia labrado y forrado con pieles de armiño.

De pronto, surgió la voz de mi abuela, que la interrumpió ligeramente incómoda.

—Leonor, por Dios, olvidáis todo lo que añadí yo a vuestra tacañería. Un marco de aljófar mediano, otros paños verdes con pieles grises, un tapete prieto de París para hacer un manto y un capirote, veinte varas de color escarlata para la hechura del manto y el vestido que en la boda se pondrá —dijo de carrerilla, casi sin tomar aire, como una retahíla aprendida de memoria. Paró un instante para tomar aire y prosiguió—. Y, para engalanarlo más, una pieza de cendal bordada con oro para el bajo sayal y un broche de ámbar para sostenerlos.

Me levanté del taburete donde estaba, le tomé sus huesudas manos y se las besé.

—Gracias a vos, abuela, el día de la boda lucirá como la misma reina Catalina.

—Aún no he terminado, hijo, aún no he terminado, o qué te creías… —dijo sonriendo—. Dejadme pensar. —Alzó la vista hacia el artesonado como para seguir recordando—. También le he mandado diez varas de cinta de oro ancha de las sevillanas y un paño de seda morisco para el grial, otro paño de Montreville, una silla riñonera de paño bordado y otras cuarenta varas de cinta de oro de Sevilla tan anchas como este dedo. —Alzó el dedo pulgar—. Desde luego, Leonor, no sé lo que pensarían de tu austeridad, si no fuese por mi generosidad.

He de reconocer que aquel reproche no me gustó, pero las dádivas de la abuela sí. De todos modos, me mantuve callado, porque lo que realmente yo quería era saber algo más de Catalina.

—¿Cuándo la conoceré? —pregunté con cierta inquietud—. No quiero tropezarme con su padre en las Cortes de Caspe y no reconocerlo.

Mi madre bajó la mirada.

—Eso no es posible porque Catalina y Gómez quedaron huérfanos al año de firmar vuestras capitulaciones. Si al menos a esos niños les quedase una madre que luchase por ellos desinteresadamente... Pero, como os he dicho, doña María de Orozco precedió a su esposo en la muerte y eso nos obliga a dialogar con los tutores de vuestra prometida para que el enlace sea definitivo.

—Madre, ¿creéis que pueden mostrar algún tipo de reticencia al respecto?

Negó con la cabeza.

—Todo es posible, pero lo cierto es que, sopesando en una balanza los pros y los contras, los únicos que podríamos echarnos atrás seríamos nosotros. Es evidente que la falta de vuestro suegro, como el gran maestre de Santiago que fue, os deja desvalido de su mecenazgo en la corte.

—Madre —la interrumpí—, ¿acaso no es suficiente tener a don Gutierre como padrino?

—Desde luego que él velará y os defenderá, incluso con su vida, pero hay veces que ni mil ángeles guardianes son suficientes para salvaguardar a un joven poderoso y vos, Íñigo, desde niño, por intereses creados, tenéis demasiados enemigos.

—Bien sabe Dios que no me los he buscado.

—Dios lo sabe, igual que conoce al hombre y las envidias de las que se alimenta, pero no es de eso de lo que hablábamos, sino de la conveniencia de vuestro matrimonio con Catalina.

Asentí sin decir nada. Quería seguir escuchándola, conocer más de aquel asunto que en tanto me iba. En silencio, le tendí mis manos para ayudarla a hacer un ovillo de una madeja que acababa de tomar del cesto de mimbre. Ella dio tres vueltas a la hebra y continuó.

—No podemos dejar de valorar la herencia que Catalina ha recibido a la muerte de su padre. La cantidad supera en mucho lo que pactamos como dote y ese dinero y señoríos os darán más poder.

Sabía que de un modo u otro debía someterme a su decisión y la intriga me asaltó.

—¿Entonces?

Me quitó la lana de entre las manos, terminó el ovillo, lo echó al cesto junto a los demás y sonrió mirándome a los ojos.

—Entonces, os casaréis como estaba previsto. No os comenté todo esto para no preocuparos, pero, durante un tiempo, tanto vuestro enlace como el de vuestra hermana quedaron en vilo. Todo dependía de la decisión de sus tutores. Pero no os preocupéis, Íñigo, ya está arreglado. Ahora solo falta que os caséis antes de partir hacia Caspe.

Me exasperé.

—Madre, siempre lo mismo. Parece como si disfrutaseis alterando mi paz con pesadas inseguridades, para luego, de un golpe, liberarme de sus cargas. ¿Lo hacéis para que valore vuestros desvelos o simplemente para curtirme?

Apartó el cesto tranquilamente.

—Las dos cosas un poco, Íñigo —dijo con serenidad—. Vuestra pregunta me demuestra que ya no sois un niño. Aunque os parezca extraño, más pronto que tarde llegará el momento en que seréis vos quien me esconderá los problemas hasta que los hayáis solucionado —suspiró—. Estoy tan acostumbrada a evitaros preocupaciones que no sé si alguna vez seré capaz de delegar en vos esa pesada labor.

—Ya lo estáis haciendo, madre. Además, vos sabéis,

porque no hace mucho que me lo comentasteis, que la excesiva protección a un ser querido no siempre es beneficiosa. Caerse una y otra vez es la mejor manera de aprender, vos lo sabéis.

En aquel momento, todo aquello, aquellas noticias, aquella forma de obrar de mi madre, de dirigirse a mí como no lo había hecho nunca, me tenían francamente desconcertado. De todos modos, hoy agradezco que no se hubiera precipitado en aquella decisión. ¡Pensar que hay padres que pactan el matrimonio de sus hijos cuando aún permanecen en el vientre de sus madres! ¡Y sin saber siquiera el sexo que tendrán!

—Y aún hubiese esperado más —siguió explicándose mi madre—, pero necesitáis casaros para aumentar vuestro poder. Ya os he dicho que tenéis demasiados adversarios. Tenéis casi catorce años, vuestros tutores y tíos os han reintegrado la posesión absoluta de los bienes que en su día heredasteis y ya tengo firmada la bula pontificia que necesitáis para casaros con vuestra prima que, aunque segunda, es mejor tener el beneplácito del santo padre. Dentro de una semana partiremos hacia Valladolid donde Catalina y Gómez nos esperan.

Los días se sucedieron vertiginosamente hasta aquel 25 de julio en que me recuerdo caminando de la mano de mi hermana Elvira por la calle de San Juan de Valladolid rumbo a las casas de Luis Alfonso, un amigo común de las dos familias que nos brindó su casa para la celebración.

Allí fue donde vimos por fin a nuestros respectivos novios para firmar los desposorios. Al pasar frente al monasterio de San Pablo, oímos a nuestras espaldas los susurros de nuestras respectivas madrinas de sacramento. Mi madre y mi abuela charlaban tan bajo que era imposible entender lo que decían. Aquel secretismo acentuó nuestro nerviosismo, que ya era mucho, de manera que, al encontrarme frente al portón, golpeé con tanto ímpetu la gran aldaba que arranqué el polvo adherido a la madera, que se desprendió formando una nube a nuestro alrededor. Entonces, las bisagras empezaron a crujir y la puerta se abrió. Mi hermana frunció el ceño y entrecerró los ojos para protegerse del polvo. Con esto, toda aquella solemnidad del séquito pareció desplomarse en un instante, de modo que la primera impresión que nuestros novios tuvieron de nosotros debió de ser deplorable. Hoy imagino cómo la extraña mueca de mi hermana parecería como de repulsión hacia su futuro marido. De todos modos, recuerdo que casi de inmediato su doncella comenzó a palmotearle el sayo afanosamente para sacudirle el polvo mientras mi madre me increpaba y mi abuela estornudaba aparatosamente, tapándose la nariz y la boca con un pañuelo amarillento. Elvira, presa del enojo, me hincaba el codo en las costillas.

Solo cuando las alas del portón terminaron de abrirse, dimos tregua a nuestros impulsos. Al otro lado de la nube se adivinaban tres figuras que parecían observarnos impertérritas. Eran Catalina, Gómez y su tutor, el adelantado mayor de León. Cómo no recordar aquel minuto que se me hizo eterno. De pronto, los tres rompieron a reír.

En una esquina del patio, sentados a sendas mesas y armados de pluma y tintero, los dos escribanos, Diego Fernández de Castrovernes y Juan Rodríguez de la Parrilla esperaban para tomar nota de todo cuanto aconteciese. Y así fue, porque en cuanto cruzamos el umbral se pusieron a escribir.

Aquellos estaban ahí porque el Nigromántico auguró que de nuestro matrimonio nacerían grandes hombres y mujeres a los que debíamos dejar el recuerdo por escrito de aquel día.

No me fijé en Elvira y en mi futuro cuñado porque, de pronto, al sentirme frente a Catalina quedé obnubilado. La timidez al verme frente a ella la hizo sonrojarse. Tenía doce años y unos ojos color miel que le proporcionaban una recóndita belleza de mujer escondida tras el cuerpo delgado de una niña. Iba vestida de escarlata. Lo recuerdo bien porque su piel, extremadamente blanca y delicada, contrastaba con las ropas. De improviso, una leve corriente de aire se filtró desde la puerta. El tocado con flores se le levantó y dejó al descubierto su fino pelo rubio.

Cuando nos encontramos a menos de un metro de distancia, las dulzainas comenzaron a sonar. Catalina no se atrevía a mirarme a los ojos, a pesar de sentir que yo sí la observaba. Primero, se acercó a nosotros don Ruy Martínez de las Heras, el prior de Santa María de la Antigua, y nos entregó la bula papal que nos dispensaba del cuarto grado de consanguinidad. Entonces, me fijé en sus manos, en sus dedos largos y delgados como los de un arpista, que apenas eran capaces de sostener los anillos. Después, ante los testigos nos comprometimos a guardar y cumplir con todo lo que en su día habían jurado en Ocaña nuestros padres y tutores.

Los cuatro sabíamos que aquella era solo una ceremonia formal, que hasta dos años después el matrimonio no quedaría consumado. A pesar de todo, las dos novias se sonrojaron cuando oyeron que no se consumaría el matrimonio hasta que ellas alcanzaran las edades oportunas para concebir.

Todo fue una formalidad. Cenamos animadamente y solo unas levísimas caricias en las manos podían hablar del compromiso. Dormimos en habitaciones separadas y, a la mañana siguiente, las novias nos despidieron con un beso en los labios. Ellas quedaban al cuidado de nuestros tutores y nosotros partíamos hacia Zaragoza a la coronación del rey Fernando de Antequera.

VIII

ZARAGOZA, 1414

LA BASTARDA

*De cándidas vestiduras
eran todas arreadas,
en armiños afforradas
con fermosas bordaduras:
charpas e ricas çinturas
sutiles e bien obradas,
de gruessas perlas ornadas
las ruvias cabelladuras.*

MARQUÉS DE SANTILLANA
El sueño, 39

Llevábamos siete meses en Zaragoza y desde entonces no había hecho otra cosa más que observar con suma curiosidad cada movimiento del futuro rey de Aragón. Junto a mi primo Fernán, viví los tres días que pasó en silencio en la Aljafería, recluido para su recogimiento, sus rezos y meditaciones. Sin duda sería un buen rey, pensé entonces. Sus actos me lo habían demostrado con creces.

Después de su retiro, confesó, comulgó, se bañó y veló sus armas. Luego, fue armado caballero de Santiago y ungido con los santos óleos.

Habían sido dos años de debates por la sucesión en

el trono de Aragón. Sobre todo, fue el conde de Urgel quien, con su ambición, puso algún inconveniente, pero al final se consiguió que Fernando de Antequera, sobrino del fallecido rey Martín el Humano, fuese aceptado por la mayoría y jurase como rey de Aragón en las Cortes de Caspe. Así que un domingo 11 de febrero el arzobispo de Tarragona le coronó rey.

A pesar de todo y como temía mi madre, los castellanos vieron con preocupación el hecho de que el tutor y tío de nuestro rey don Juan de Castilla fuese también rey de Aragón.

Con la coronación hubo diez días de festejos y un torneo de equipos blancos y rojos para celebrar el acontecimiento. Fernán consiguió luchar en uno de los bandos, mientras que a mí lo que más me sedujo fue la farsa dramática que representaron en honor del nuevo rey sobre un tablado en la plaza.

Fue allí precisamente donde comprendí aquella obsesión de mi madre y de mi abuela por que me dedicara a la literatura. Sabía, sin embargo, que me quedaba mucho por aprender, mucho más, incluso, de lo que mi abuela o don Gutierre me habían enseñado.

Durante la representación se me había sentado justo al lado don Enrique el Nigromántico, que nos acompañó a las Cortes de Aragón.

Se trataba de una comedia en la que cuatro personajes dialogaban animadamente. De repente, su voz me conmovió.

—Íñigo, apartad por un momento vuestra vista del escenario y mirad a los demás. ¿Qué veis?

Como parecía ser su costumbre, don Enrique prefería atender más a los espectadores que a los actores. Odiaba la evidencia y buscaba lo difícil de dilucidar. Le hice caso y, sorprendido, descubrí que el teatro tenía dos escenarios.

—Cierto, don Enrique —dije tapándome la boca—. La verdad, la justicia, la paz y la misericordia están sobre el escenario. Pero la representación que hay en las gradas parece reflejar con más exactitud la realidad. Ya veo cómo se desenvuelven las miserias y las bondades de esas almas.

—Veo, Íñigo, que eres un buen observador —dijo entre una media sonrisa de satisfacción—. Sin duda, aprendes deprisa a ver más allá de lo evidente.

—Tengo al mejor maestro —dije desviando la mirada.

Pero él no se dio por aludido.

—Mirad ahora al palco real. ¿Qué veis?

He de reconocer que en aquel momento me incomodó saber que algo se me escapaba. Allí, en el palco, estaba el recién coronado rey rodeado de toda su familia.

—¿Una piña fraternal? —pregunté con alguna inseguridad.

Aplaudió durante un segundo y volvió a entrar en éxtasis con la mirada perdida. ¡Qué difícil era mantener una conversación con aquel hombre! A pesar de su sabiduría, era incapaz de fijar su atención en una sola cosa más de cinco minutos. Después, apenas si cruzamos dos palabras hasta el final, pero yo ya había olvidado que en el escenario se estaba representando una obra. Era en las gradas y en el palco donde fijaba mi atención.

Fue entonces cuando descubrí que la alianza entre los de una misma familia era más ventajosa que un buen matrimonio. La rivalidad desde la infancia con mis dos hermanastras había roto para siempre en nosotros esa posibilidad. Así que me propuse que aquello había de conseguirlo con mi descendencia.

La función terminó, pero los festejos continuaron. Entonces, decidí aprovechar la ocasión para entablar relación con los hijos del rey, los infantes de Aragón. No me fue difícil, porque era copero mayor del rey y aquello me facilitaba el acercamiento.

Conocí a Alfonso, el sucesor al trono. Era cuatro años mayor que yo y supe que estaba prometido con doña María de Castilla, la hermana de nuestro rey don Juan. También tuve ocasión de conocer a su hermana, la infanta doña María que, pasados los años, casaría con nuestro rey don Juan. Y al infante don Juan, que tenía mi misma edad. Con él compartí juegos y chismorreos. Me pareció, sin duda, el más inteligente; escuchaba con atención y hacía caso de los consejos de su padre. Con el tiempo se casó con doña Blanca de Navarra y acabó convirtiéndose en rey de allí. Sin embargo, lo que jamás sospeché, y menos en aquel momento en el que le sabía prometido de doña Blanca, fue que sucedería a su hermano Alfonso en el reino de Aragón.

También conseguí entablar relación con don Enrique, dos años menor que yo y sin duda el más inquieto de todos ellos. En aquel momento, quería casarse con doña Catalina de Castilla, la hermana del rey don Juan, pero, al parecer, ella no quería. Sin embargo, más tarde supe que, a pesar de aquella negativa, lo conseguiría.

La última infanta con la que cruzaría unas palabras fue con la pequeña Leonor. Era la más callada, sin embargo, guardo un entrañable recuerdo de aquel momento. Además, años después yo mismo la acompañaría a casarse con don Duarte, el rey de Portugal.

Pero en aquellos festejos de la coronación también anduve con mi primo Fernán y otros amigos, como el hijo del conde de Plasencia, el conde de Haro y otros jóvenes. Lo pasamos francamente bien disfrutando del juego, cantes, poesías de autores aragoneses y valencianos, bailes y, por qué no decirlo, algún que otro escarceo secreto con mujeres con las que pasábamos noches furtivas de amores prohibidos y gozos clandestinos. Había ido a aprender sobre la Corte y los secretos de la política y acabé descubriendo otros secretos que, en tales momentos, me atrajeron más.

Fue por entonces cuando comencé a escribir los primeros versos sobre aquellas «musas» anónimas. Lo cierto es que, para ser sincero, gustaron mucho a mis amigos. He de confesar que, en primera instancia, me hubiera gustado que aquellos versos estuvieran dedicados a Catalina, mi joven esposa, pero fue imposible, porque la realidad me lanzó hacia los brazos de aquellas mujeres que, hoy lo sé, me enseñaron a conocer el cuerpo femenino.

Solo ansiaba vivir el momento y plasmarlo después; recrear los gozos que sentía, el olor de aquellas mujeres en las que mi fragor juvenil hallaba instantes de placer. Después venían los versos en los que dejaba mi experiencia. Sabía que aquello era pecado, pero me justificaba, me juraba una y otra vez que sería la última, que solo era ganar experiencia, que luego, con mi mujer, con Catalina... Ella sería mi gran musa, el origen de todos mis versos, de todas mis dichas.

Pero la vida da muchas vueltas y el ardor requiere de muchas pasiones. Reconozco que aquellas tentaciones amorosas me satisfacían mucho. Después de haber probado el fruto prohibido del amor deseaba a Catalina, volcarme en ella, en su carne y en su alma. Sin embargo, fue Violante, una dueña de la infanta de Aragón de tan solo catorce años, la que me arrastró hacia todos los abismos. De ella nacieron muchos versos con los que deseaba hacer de ese amor fugaz un amor eterno.

*Amor, el qual olvidado
cuidava que me tenía,
me faze bevir penado,
sospirando noche e día.*[1]

La noche que Violante leyó estos versos a la luz de una palmatoria que iluminaba nuestra cama me dijo que estaba embarazada. La boca se me quedó tan seca que apenas si pude articular palabra. Consumido por la preocupación, pasé toda la noche en vela en la habitación de aquella posada camino de Morella. Encima, no podíamos marcharnos de allí, porque el rey de Aragón esperaba al papa Luna, Benedicto XIII, para entrevistarse con él.

Ocultando su estado, esperamos con gran nerviosismo a que la regia entrevista pasara. Escribí a mi madre, pero no le conté toda la verdad o, mejor sería decir, no le conté nada de aquella verdad por miedo a que enfureciese. Sería la primera y única vez que le mentí en mi vida. Luego, viajamos hasta Guadalajara con la esperanza de que doña Leonor, al ver a Violante, me ayudara a solucionar el problema.

Recuerdo que, al preparar el viaje, debimos atender a múltiples cuidados, porque la minoría de nuestro rey don Juan estaba ocasionando graves disturbios en ciudades, villas y, sobre todo, caminos de Castilla. De hecho, la propia reina Catalina había dado órdenes a procuradores, regidores y hombres de buena voluntad para que

---

[1] Comienzo de la *Canción, 12*. Todas las citas del marqués de Santillana están tomadas de: Marqués de Santillana, *Poesías Completas*. Edición de Maxim P. A. M. Kerkhof y Ángel Gómez Moreno. Madrid, Castalia, 2003.

detuviesen a cuantos malhechores se encontrasen y los pusiesen a disposición del consejo de paz, porque lo cierto era que había muchos robando y matando por doquier. Pero la orden de doña Catalina tuvo su contrapartida y, a partir de ella, muchos empezaron a tomarse la justicia por su mano. Así fue como, nada más cruzar la frontera de Aragón con Castilla, fuimos testigos de uno de esos desmanes.

Al borde del camino, seis hombres vestidos con los atributos del consejo de la Mesta apaleaban a un judío que identificamos por la redondela bermeja que llevaba en el hombro. Al oír los cascos de nuestros caballos, ataron al maltrecho a la cola de un equino y lo arrastraron hasta el interior de un bosquecillo cercano. El pobre infeliz se retorcía por el suelo tragando el polvo y su propia sangre, que le bañaba la cara. Atrás quedó su kipá pisoteada por las caballerías. Me hubiera enfrentado a ellos, pero no estaba solo; en el carro viajaba Violante embarazada y no estaba dispuesto a poner en peligro su vida. Me santigüé, doblé el camino y observé al alejarme cómo aquellos hombres arrastraban monte arriba al desdichado, seguro, pensé, para acabar allí la faena. Le atarían a un poste de madera y le acribillarían a saetas. Todo un juego para aquellos desalmados, un juego que consistía en premiar al que le acertase en el corazón y multar al que fallase. Terrible, pero, gracias a Dios, fue el único altercado que vimos en el camino. Por lo demás, el viaje fue tranquilo.

Cuando llegamos a Guadalajara, la cara de mi madre era de un enfado monumental. Al parecer, alguien se nos había anticipado con la noticia. Guardó un profundo y molesto silencio, y se plantó ante mí con un ademán muy envarado. Era de noche cuando llegamos, sin embargo, mi madre no consintió que Violante durmiera bajo el techo de nuestras casas principales un solo día. A partir de ese momento tuve que dejarla sola. Había que cuidarse de las habladurías y, sobre todo, de que el asunto llegara a oídos de mi esposa Catalina.

Fue la misma doña Leonor quien organizó todo; yo solo pude acatar su mandato en silencio y a la espera de que mi primer hijo naciese. Durante todo ese tiempo mi madre acudió a diario al discreto convento de clausura donde había ingresado a Violante negándose en rotundo a que la acompañase. Y allí estuvo mi primera musa hasta el día en que se puso de parto. Fue también mi madre la que la asistió en este fatídico trance que le costó la vida porque murió desangrada. Según la partera, por ser madre tan joven. A pesar del dolor que sentí, ni siquiera me permitieron despedirme de su cadáver. No pude coger a mi pequeña hija en brazos ni enterrarla a ella en el cementerio que había tras esos muros. Solo la velé, en la distancia, frente al altar mayor de la capilla de San Francisco.

Y sobre la niña la cosa no fue mejor. Sin decirme absolutamente nada y sin pensarlo demasiado, mi madre se la entregó a la madre superiora del convento, eso sí, junto a una bolsa bien cargada de monedas. Claro que esto se enredaba aún más al saber que la superiora no era otra que mi hermana bastarda, hija de uno de los amoríos de mi padre. Hasta ese momento, ciertamente, yo no supe nada, lo cual, con sinceridad, me parece más terrible. ¡Aquella casa no era un convento, sino el refugio de nuestras bastardas!, pensé entonces y sigo pensando hoy, después de tantos años.

Aquel día, recuerdo, hacía frío. Yo esperé a mi madre en la puerta del convento tiritando, mientras ella atendía al entierro de Violante. Al encontrarnos a la salida, caminamos juntos en un silencio doloroso e incómodo. De pronto, como de improviso, me dijo a bocajarro:

—Prometedme, Íñigo, que jamás en la vida intentaréis ver a la niña.

Yo callé. No quise contestarle, pero me juré en silencio que, llegado el día, les hablaría a mis hijos de su hermana. Solo, pensé entonces, esperaría a que tuvieran la edad para comprender este asunto tan doloroso. En esas consideraciones estaba cuando mi madre volvió con sus razonamientos.

—Íñigo, comprended, hijo; no es que me alegre, ni mucho menos, pero lo cierto es que la muerte de vuestra amante ha cerrado de golpe una incómoda puerta que, de haberse quedado entornada, os hubiese recordado este desliz de juventud toda la vida. Algo que, creedme, no os conviene en absoluto. —Aquella sinceridad de sus palabras me hirió. Quise responder, aunque no supe bien qué, pero ella de inmediato continuó—: No sois el primer hombre que engendra sin querer, esto, por desdicha, lo sabéis bien. Ha pasado un millón de veces en la vida. Recordad a vuestro padre, que os dio una hermana fuera de sus dos matrimonios. Hacedme caso; lo que os pido es lo más oportuno. A cambio de vuestro olvido os juro que a vuestra hija nunca le faltará nada. Es mejor añorar la ausencia de un padre que sufrirla —dijo ya en un tono de cierta desesperanza—. No la sentirá si no os conoce. Vos sabéis lo que es echar en falta a un padre... ¿O no? —Me encogí de hombros y acepté de mala gana aquel consejo, aunque deseaba profundamente verla—. Hacedme caso; dejad que os idealice e idealizadla vos. La vida es larga, Íñigo. Pronto tendréis más hijos con Catalina y esta niña pasará a ocupar un recóndito lugar en vuestro recuerdo. Es ley de vida. No la hagáis sufrir gratuitamente brindándoos ahora a ella para luego desaparecer.

Asentí y con aquella muda aceptación quedó zanjado entre nosotros el asunto. A partir de ese día ya solo hablamos de los preparativos para mi boda el próximo verano.

Con el tiempo, supe que a mi hija la bautizaron Leonor como a su abuela y, como era de esperar, al cumplir el tiempo de novicia, juró los votos para ingresar de por vida en el mismo convento que la vio nacer.

IX

SALAMANCA, 1414-1419

EL SON DE LA GUERRA

Traía saya apretada
muy bien fecha en la çintura;
a guisa de Estremadura,
çinta e collera labrada.

MARQUÉS DE SANTILLANA
Serranillas, II, «La vaquera de Morana»

El calor en Salamanca aquel 7 de julio se hacía más asfixiante por la impaciencia. Todos me habían hablado de mi señora Catalina, del cambio que había experimentado desde la última vez que nos vimos, de la sorpresa que me llevaría al encontrarme con ella.

Aguardábamos en una estancia en la que los ventanales estaban cubiertos por esteras empapadas en agua por las que se filtraba una tenue luz y una fresca brisa. En el cuarto contiguo se amontonaban los regalos que habíamos recibido, pero tenía que esperar a que mi prometida llegara para abrirlos los dos juntos. Hacía calor, mucho calor, y me desanudé el lazo que ceñía el cuello de mi camisa. Luego, con una toalla húmeda y perfumada me refresqué. Fue entonces cuando, de improviso, se abrió despacio una puerta que daba al patio y por la abertura se coló primero una leve estela de luz y, después, el contraluz de una figura menuda de mujer enmarcada por una larga y lacia cabellera. De ella destacaban sus caderas, aunque no exageradas, y dos broches de oro que brillaban, uno en el cinto, otro en medio del escote. Pero su cara…, su cara era imposible de adivinar.

Durante unos instantes, el silencio lo ganó todo; un silencio que hervía y tiritaba. Ella esperó y yo me acerqué sin decir nada, como si tuviera miedo a romper aquel momento que nos envolvía. Cuando mis ojos se fueron acostumbrando a aquel contraluz, comenzaron a distinguir, más allá del perfil, los rasgos de su figura, de su rostro, con una mezcla de deseo y temblor. ¡Había cambiado tanto! Ya no era la niña que había dejado en Valladolid el día de nuestros esponsales. De pronto, la tiniebla se volvió toda luz y descubrí su enorme belleza. Aún la recuerdo perfectamente, como si estuviese frente a mí en este preciso momento. Creo que pronuncié su nombre, pero sobre todo recorrí con la mirada su cuerpo entero, desde los chapines hasta el tocado. Miré el escote y me detuve en sus prietos pechos. Un poco más arriba, justo en el hoyuelo de su cuello, pendía una gran perla de una cadena.

La adiviné nerviosa, acaso por la vergüenza. Tragó saliva y la perla se movió sobre su garganta. Me tendió la mano y me regaló una sonrisa, enigmática y tímida, que me llenó de dicha. Y entonces yo percibí que también ella me observaba con una mirada vidriosa que me hizo palpitar. Adelantó la mano y, con el pulgar, me acarició y en ese momento agradecí el trabajo del barbero, que con sus pomadas había logrado que mi barba pareciese más poblada. Yo me erguí y saqué pecho para parecer más alto, más fuerte.

Entonces, me guio cual si fuera un niño a la sala donde se guardaban los regalos. La sentí bella, tremendamente bella y segura. Nos lanzamos a abrir arquetas y a descorrer los lienzos que guardaban los regalos, hasta dejar la sala sembrada por el desorden de cada presente. Allí estaban, tirados por el suelo, los tapetes de París color escarlata, las pieles suaves y exquisitas, las telas adamascadas, las cintas de oro de Sevilla, los aljófares, las brochaduras y una vajilla de plata. Todo como un tremendo bazar de ilusión. Cuando creímos haber terminado, mi madre descorrió un tapiz que dividía la sala y ante nosotros aparecieron dos camas con sendos paramentos. Catalina se sonrojo. Yo la tomé de la mano y sentí una pasión y un deseo que desde hacía mucho tiempo no había tenido.

—Elegid. ¿Cuál queréis estrenar esta noche? —ofreció mi madre.

Catalina bajó la mirada ruborizada.

—¿Para qué preguntáis, madre, si las dos son para nosotros? —Y un gallo se escapó de mi garganta. Todos rieron. Catalina también.

Era mi abuela quien nos había regalado las camas y fue ella quien se acercó al dosel y lo abrió, y levantó un gran almohadón de seda que había encima de una colcha que cubría un arca. Despacio, me acerqué para abrirla. De pronto, aparecieron ante nosotros miles de monedas que refulgían como soles. Catalina las miró incrédula. Yo también.

—45 345 maravedíes —dijo mi abuela con gravedad—. Para vuestros gastos. Esta vieja sabe... ¿Es que hay mejor manera de ayudar a la felicidad?

—Abuela... —dije, pero no supe continuar. Me lancé a sus brazos, la abracé, la besé, pero ella me separó con humildad.

—Andad, andad, que bien merecido lo tenéis —intenté responderle, pero me tapó la boca con la mano—. Tomadlo sin rechistar y pensad que, tarde o temprano, pasaría a vuestras manos. Disfruto ahora mucho más viendo cómo disponéis de ello que cuando…, bueno, cuando ya no esté.

Miré a mi madre, pero no dijo nada. Lo cierto era que hacía ya dos días que me había entregado la administración de todos mis bienes; eso sí, con el consentimiento de mis tutores y de la reina.

Así fue como de un día para otro me convertí en un hombre casado, emancipado y rico. Y más aún después del día 15 de septiembre, cuando, en el castillo de Tordehumos de Valladolid, recibí la dote completa de Catalina. Después tomé posesión y juré los señoríos de Tamajón, Serracines, Daganzo, El Fresno, Campillo, Monasterio y Las Rozas, señoríos todos de Álava y Castilla que engrosaban los que ya tenía.

—Íñigo, ante tanta riqueza, ante las posesiones que os pertenecen, tened humildad —me dijo mi madre.

Aquella afirmación la viví mal. Me incomodó su desconfianza. Por un lado, me había otorgado la independencia y, por otro, parecía negarse a soltar definitivamente los hilos que durante tantos años ella había manejado.

—Madre —le dije—, sabéis que no soy vanidoso. Parece que no perdieseis la oportunidad para aconsejarme que eluda ese pecado. ¿Qué queréis con ello?

—Íñigo, por Dios, no os pongáis así. Lo sé, claro que lo sé, pero los bienes son muchos, acaso demasiados para vuestra juventud. Pensad, como he pensado yo, que ello puede haceros sentir superior a los demás. Jamás me cansaré de repetiros que un hombre nunca es mejor por tener más.

—¿Superior? —Fruncí el ceño con extrañeza—. ¿Es que acaso me muestro altivo?

—No, desde luego que no. —Negó con la cabeza—.

Lo sé, claro que sé que no sois altivo; cómo si no... Pero mi deber es repetíroslo hasta la saciedad.

—Por Dios santo, madre, os repetís hasta el hartazgo. Me tenéis cargado con vuestro repicar. Si continuáis así, acabaré por aborrecer vuestros consejos.

—¿Es que no comprendéis, Íñigo? Sois un señor poderoso y aún lo seréis más cuando heredéis mis señoríos en los valles de Cantabria. Eso puede envileceros, haceros perder el sentido. A muchos otros antes que a vos les ha pasado. Pensad por un momento, Íñigo. No quiero que os convirtáis en un vil, en un...

Pero enseguida comprendí. La miré a los ojos y la abracé. Doña Leonor sin duda se sentía desplazada por Catalina. Claro, ya no era mi única mujer y quería captar mi atención.

—Madre, os juro que las posesiones nunca me cautivarán. Perdonadme si me enojo, pero creo tener criterio propio y me enerva que dudéis de mí.

Tenía la cara severa, triste quizá. Me besó en la frente, se dio media vuelta y desapareció. He de confesar que me dejó inquieto. Luego, por la noche, Catalina hubo de calmar mi arrebato. Estaba harto de oír esas recriminaciones, pero mi mujer supo sosegarme. Aquella misma noche, me anunció que estaba embarazada. Ocho meses después nació mi hijo Diego.

Para Diego solo pedí que se rompiera definitivamente la maldición familiar que desde hacía tanto caía sobre el primogénito. Catalina desconocía aquel maleficio, jamás se lo habíamos comentado. Sin embargo, lo que me llenó de contento fue una nota escrita que recibí de mi madre. La reconocí enseguida por su letra. Junto a ella iba la carta astral que Enrique el Nigromante había hecho del pequeño Diego. Era su regalo de bautismo. Nunca nada me hubiera dado tanta alegría. En ella aseguraba que la maldición familiar desaparecería para siempre, que el pequeño Diego no correría jamás esos peligros. Lo aseguraban las estrellas; su vida sería la más larga y próspera de cuantas había habido en la familia y ningún hijo o nieto más sucumbiría a la maldición. La guardé como un talismán junto a mi corazón y allí la conservé hasta que Diego cumplió esa edad en que los niños escapan a los peligros de la muerte. Luego, sin saber cómo, la tinta se borró. Hoy creo que, más que las estrellas, fue la fe la que logró ahuyentar para siempre esos designios perversos y funestos.

Muy pronto, cuando Catalina y el niño estuvieron dispuestos, viajamos a Guadalajara. Aquel nacimiento me había cambiado la vida para siempre y, además, me estimuló las ganas de volver a escribir. Fue entonces cuando ideé un buen número de obras y cuando me dispuse para realizar ciertas mejoras en las casas que antes habían sido de mi padre. Así fue como los días se fueron sucediendo, pacientes y alegres.

Pronto, pasada la cuarentena, Catalina dejó de amamantar al niño y llegó hasta la casa una nodriza que lo criaría en lo sucesivo. Las obras de reforma no paraban y, una mañana en que andaba yo tratando con un maestro de obra sobre cómo debían estar unas columnas y el grosor de sus bases, Catalina apareció y me hizo un leve gesto con la mirada. Me acerqué hasta donde estaba pisando un montón de arena de río. Entonces, con una sonrisa de profunda alegría, me susurró al oído que estaba de nuevo embarazada. Hacía un instante que se lo había asegurado el barbero. La besé con pasión y con un enorme regocijo, entre el repiqueteo de los martillos, cinceles y las mazas de los maestros canteros.

Pero como no hay alegría sin pena, el alborozo duró un instante. Las campanas de San Francisco comenzaron a tañer a muerto. Los obreros pararon su labor y se santiguaron. Al instante vimos aparecer a mi madre bastante alterada.

—¡Don Fernando de Antequera ha muerto en Igualada! —dijo casi en un grito contenido.

La noticia me afectó más de lo esperado. Él no era mi rey, pero había pasado tan buenos momentos junto a los suyos en Aragón que un profundo sentimiento me inundó. Yo era su copero mayor y en sus tierras había vivido mis primeros escarceos amorosos y mis primeras juergas juveniles. Además, temí por la paz entre los dos reinos. Y por la mía propia.

—¿Cómo se lo han tomado en la corte de Castilla? —pregunté a mi madre con alguna preocupación.

—¡Cómo se lo van a tomar! Con recelo, hijo, con muchísimo recelo. —Ella bajó la mirada al suelo y contuvo el llanto—. Esto azuzará los intereses que todos sus hijos tienen en Castilla. —Intenté consolarla—. ¿Cómo quieres que me lo tome? Además, Íñigo, recuerda que también yo soy madre… En fin, no sé cómo estarán sus hijos, su esposa Leonor…

—Recordad, madre, que doña Leonor siempre dijo que, cuando enviudase, regresaría a su tierra. —Tenía mis dudas, pero aventuré—: Seguro que en breve decide recluirse en un convento de su vieja Castilla. ¿No creéis, madre?

—¿Quién sabe? Pienso que en realidad solo buscará un refugio, un lugar donde desaparecer para no ser testigo de la guerra fratricida que acaso se avecina. Es muy doloroso, hijo, asistir a la lucha que, sospecho, enfrentará a sus hijos. Íñigo, créeme, sé de lo que hablo.

Sin querer, se echó la mano al pecho. La noté triste, cabizbaja, acechada por un dolor remoto y antiguo que parecía no dejarla vivir. Mi hermanastra Alfonsa, su propia hija, hacía años que no le dirigía la palabra. ¡Qué dolor tan grande por tan poca culpa! Solo había defendido mis derechos sobre los valles de Santillana del Mar frente a sus desmesuradas pretensiones.

Muchos años después recordé todos aquellos avatares en los que se debatieron nuestros reinos, y me vinieron a la memoria aquellos parentescos y aquellos egoísmos que dominaron nuestro tiempo. Doña Leonor de Alburquerque era la reina viuda de Aragón y tenía siete hijos, los infantes de Aragón.

Alfonso, el mayor, fue el heredero de la corona de su marido. Juan, el tercero, se comprometió con Blanca de Navarra y fue rey consorte. María, la segunda, se casó muy poco después con nuestro rey don Juan y se convirtió en reina de Castilla. Leonor, la quinta en la descendencia, se casó con el rey de Portugal. Pedro y Enrique también tuvieron sus intereses en Castilla, es más, Enrique pretendía la mano de la hermana de nuestro rey.

Muchos intereses y bien diferentes. Era muy difícil mantenerlos unidos bajo un mismo destino como sí había logrado el de Antequera. Pero, con el tiempo, su madre vio cómo aquella unión saltaba por los aires. Mi madre se lo temía, porque ella había vivido también aquellas inquinas.

—Madre, ¿iréis a ver a doña Leonor?

—En cuanto sepa qué pretende hacer en el futuro. Sin duda, enclaustrarse, pero ¿dónde? Tendrá todo mi apoyo, no lo dudéis, Íñigo. Acordaos que ya lo hice cuando doña Catalina de Lancaster quedó viuda.

Año y medio después. Leonor de Alburquerque, reina viuda de Fernando de Antequera, vino a recluirse al convento de Medina del Campo cuando supo que el concilio de Constanza había nombrado a Martín V como nuevo papa. Ahí terminaban las luchas intestinas en la Iglesia y era el fin del papado de Aviñón. Pero también acababa la influencia aragonesa sobre el papa de Aviñón Benedicto XIII.

En aquel tiempo fue cuando vino al mundo mi segundo hijo. Se llamó Iñigo. Mi abuela Mencía fue quien atendió a Catalina, quien tomó al niño y lo envolvió en un paño blanco y húmedo para limpiarle las manchas de sangre. Después, emocionada, diría:

—Es el vivo reflejo de su bisabuelo. —Y comenzó a cantarle una nana.

Yo la escuché y la miré de reojo. Seguro que contaría cosas de los viejos tiempos, porque desde hacía algunos años le daba por recordar antiguas historias familiares y olvidaba con frecuencia lo que acababa de suceder apenas hacia unos días o unas horas. El Nigromántico, como siempre presente en cada uno de nuestros nacimientos, dijo:

—Abrazadle, doña Mencía, abrazadle, que será el último descendiente que conoceréis. La vida se abre camino por los senderos que la muerte deja libres.

Inoportuno, pensé, y le di un pisotón. Por fortuna, la sordera de mi abuela la salvó de escuchar aquel oscuro vaticinio.

El Nigromántico frunció el ceño, no sé si dolorido o extrañado.

—Siempre me rogáis sinceridad y ahora me la denegáis. No os entiendo, Iñigo. Os soy sincero, veo a vuestra abuela en brazos de la muerte y creo que lo deberíais saber.

De soslayo, miré a la abuela. Seguía en su mundo, ausente de todo. Untó el trasero del niño con aceite de oliva y le anudó un pañal. Podría haberlo hecho la nodriza, pero ella alardeaba de haber vestido por primera vez a todos sus hijos y sus nietos y no lo iba a consentir, tozuda como era.

—¿No será la reina Catalina la que os confunde? —le susurré al adivino—. Dicen que está muy enferma.

—¡Pero, Íñigo, por Dios, si hace ya días que la reina se refugia en el regazo de la muerte! Es cuestión de días. No, no es a la reina a quien veo, sino a doña Mencía.

Desesperado, chisté para hacerle callar, porque el Nigromántico no cerraba la boca jamás. Decía que había que estar preparado para los buenos y para los malos sucesos.

Pocos días después de aquello, el pregón anunció en la plaza que el 2 de junio la reina Catalina de Lancaster había muerto en Valladolid. Los vaticinios de don Enrique el Nigromántico se habían cumplido. La reina viuda de Enrique III de Castilla había sido confidente de mi madre y dejaba ahora a su hijo Juan II, aún menor de edad, en brazos de la anarquía palaciega y de los intereses de sus primos aragoneses.

No fuimos a sus funerales, pero supimos que en el epitafio de su lápida, en la capilla de los reyes nuevos de Toledo, se la reconocía como la reina que trajo la paz a Castilla.

Fue entonces cuando supimos que el Nigromántico tenía razón. Sus vaticinios se cumplirían. Desde ese mismo día, nos volcamos todos en halagos con la abuela. Todo lo que se le antojaba lo tenía y hasta el más nimio capricho se le concedía.

Fue a mediados de diciembre cuando empezó a encontrarse mal y decidió a pesar de su debilidad dejar Guadalajara para viajar a sus tierras, concretamente, al castillo de Villavega, en Palencia. Llamó al escribano y le dictó un testamento en favor de mi madre y, antes del día de Navidad, murió junto a su única hija, mi madre. Yo, nada más enterarme, cabalgue día y noche hasta llegar a su entierro.

La servidumbre se vistió de luto y encendimos cien cirios de dos libras y media para que luciesen a su alrededor. El ataúd estaba engalanado con cintas de seda blanca que ondearon al viento como estandartes mientras la llevábamos a San Francisco de Carrión a enterrar. Bajo el peso de su cuerpo, en silencio, recordé mil pasajes de mi infancia a su lado. Ella fue la primera que me vistió al nacer, me inculcó el gusto por la lectura y me enseñó cómo viajar a través de mil historias y a un millón de lugares fantásticos y reales. Le agradecí que me dejara en su testamento una copa de plata que siempre pendía de su cinto, en la que estaba grabada la cruz de Santiago.

Cuando la recibí, me la colgué del mío. Un amuleto más junto a la cruz de mi padre y la carta astral de mi hijo Diego. Desde entonces, cada vez que el nerviosismo me acosaba, bruñía la plata de la copa, como siempre había hecho ella, y me sosegaba.

Al poco, como mi madre temía, las malas noticias se sucedieron y los problemas en Castilla se fueron agravando. A los tres meses de la muerte de la reina Catalina, su hijo Juan II, con tan solo catorce años, recibiría la mayoría de edad en una ceremonia que se celebraría en las futuras Cortes de Madrid.

Al enterarse de aquella convocatoria, de inmediato, mi madre me trasmitió la conveniencia de mi presencia allí, especialmente por mostrar ante el joven rey y sus seguidores que mis intenciones políticas estaban con él. Así que me fui a Madrid y le rendí pleitesía. Pero lo cierto era que las aguas andaban demasiado revueltas, sobre todo por las intenciones de los infantes de Aragón y sus seguidores.

Eran dos los partidos que se disputaban el poder en

Castilla; dos primos del propio rey, infantes de Aragón y hermanos entre sí. Pero, con todo, eso no era lo peor, sino que, para conseguir su voluntad y su poder en Castilla, prometían el oro y el moro a los nobles castellanos. Y estos, faltando al mismo juramento que había hecho yo en Madrid, se empezaron a enfrentar a don Juan.

Puedo asegurar que, a partir de ese momento, no había noche ni día que los golpes de martillo sobre el yunque de las herrerías dejasen dormir a un pueblo, una villa o una aldea. Trabajaban a destajo herrando las bestias, afilando espadas y forjando puntas de flechas y lanzas. El son de la guerra había comenzado.

Aquello he de confesar que no me gustaba, pero, quisiese o no yo, como los demás, tarde o temprano me vería obligado a elegir un bando, a pesar de haber jurado fidelidad a don Juan de Castilla. El dilema era ¿a quién unirme?, ¿al infante don Juan de Aragón o a su hermano don Enrique?

Lo cierto era que don Juan de Aragón muy pronto sería rey consorte de Navarra, mientras que su hermano Enrique al fin había conseguido su propósito de casarse muy pronto, con doña Catalina de Castilla, la hermana menor de mi rey. Este hecho me hizo confiar más en él, aunque le conocía desde Caspe y sabía que no era hombre de fiar. No sabía qué hacer, las dudas me ganaban, no tenía claro qué camino seguir.

X

TORDESILLAS, 1420

EL SECUESTRO ENCUBIERTO DEL REY

Non en palabras, los ánimos gentiles,
non en menazas nin semblantes fieros
se muestran altos, fuertes e viriles,
bravos audaçes, duros, temederos.

Sean los actos non punto çiviles,
mas virtüosos e de cavalleros
e dexemos las armas femeniles,
abominables a todos guerreros.

MARQUÉS DE SANTILLANA
Soneto XVII

Dos manos me ayudaron a tomar la decisión final. De un lado, mi tío Juan Hurtado de Mendoza, que era mayordomo mayor del rey, me aseguraba un vuelco inmediato en las decisiones reales. De otro, mi maestro don Gutierre, que dio por hecho que, como siempre había hecho desde niño, me plegaría a sus consejos. Y así fue, efectivamente: me incliné por el partido del infante don Enrique.

No tuve más remedio que agarrarme a esa decisión

sin más dilaciones, ya que mi demora y falta de arrojo comenzaban a afilar las lenguas más viperinas. Nadie supo jamás que lo que más inclinó el peso de la balanza hacia don Enrique fue el simple hecho de que mi odiado cuñado el conde de Trastámara, el marido de mi hermana Aldonza, se hubiese declarado incondicional del infante don Juan de Aragón y le acompañara en esos días a Navarra para casarse con doña Blanca.

A pesar de la inquietud, todo parecía sosegado hasta que una tarde que andaba yo en la casa del talabartero probando una nueva silla de montar, irrumpió repentinamente en la estancia don Gutierre.

—Íñigo, la hora ha llegado y debemos partir de inmediato.

Apenas puse el pie en tierra, su escudero tomó la silla aún caliente del lomo del caballo de madera y la cinchó a los lomos de un famélico animal que traía. Después, se puso a gatas para ofrecerme su espalda a modo de taburete. Al montar, busqué dónde posar mi bota. Al verlo, el guarnicionero se excusó.

—Lo siento, señor, no sabía que hoy mismo se la llevaría. Aún no tiene los estribos y me falta un pedazo de piel para el revés que todavía no me han mandado.

—Es igual —interrumpió don Gutierre—. No hay tiempo que perder y parece terminada. Ya seguiréis con ella cuando podamos traerla.

Agarró mis riendas y tiró de ellas, al tiempo que espoleaba su corcel y salíamos al galope. Francamente, me indigné mucho, pero no tuve más remedio que apretar al máximo la parte interior de mis piernas contra los costados del animal para no perder el equilibrio. Solo esperaba que la cincha estuviese bien amarrada. Aquel hombre me trataba como si yo aún fuese su pupilo.

—¿¡Me queréis decir qué es lo que no puede esperar ni a que me despida de mi mujer y mis hijos!?

Para enervarme más, no me contestó. A la altura del puente, y ya saliendo de Guadalajara, vi a mi primo Fernán, que nos esperaba junto a otros hombres. Por fin, don Gutierre me lanzó las riendas y me contestó:

—¡Vuestro primo, el conde de Alba, os lo dirá!

Nuestro maestro de antaño se alejó al galope y se colocó delante, el primero de la fila, en una posición preferente. Me alegré al ver a Fernán.

—¿A qué tanta prisa? ¿Qué pasa, Fernán?

Miró a un lado y otro, y esperó a que el resto se separase lo suficiente como para no oír nuestra conversación.

—El infante don Enrique de Aragón —me dijo bajando mucho la voz— quiere aprovechar la ausencia de su hermano don Juan para hacerse con el favor de nuestro rey.

—No me parece demasiado limpio, sobre todo teniendo en cuenta las rencillas que existen entre los dos hermanos. ¿Y si por alguna razón nuestro rey le rechaza?

—Para eso vamos —sonrió Fernán.

Abrí los ojos como platos sin comprender demasiado. Fernán, al ver mi expresión, continuó explicándome.

—Si don Juan de Castilla rechaza a su primo, solo será por la indicación del que ya es su conciencia. Dicen las malas lenguas que don Álvaro de Luna duerme a los pies de su cama y es sabido que este no tiene en alta estima a don Enrique, porque ambiciona su capa de gran maestre de Santiago. ¿Recordáis a don Álvaro de Luna?

Cómo iba a olvidarlo. Aquel alfiler ceñudo era difícil de borrar de la mente. Según parecía, desde aquellas lejanas Cortes de Guadalajara había conseguido medrar más que nadie en la voluble confianza del joven rey.

—Lo siento, Fernán. Venga el rechazo de mano del rey o de su valido, ¿qué tenemos nosotros que hacer?

—Está claro —suspiró con exageración, desesperado— que nosotros debemos estar del lado de don Enrique y nuestra función es impedir ese rechazo como sea.

—¿A qué os referís con ese «como sea»? —pregunté nervioso y tragando saliva.

—Quiera o no quiera —me contestó sin titubeos—, recogeremos al rey en Tordesillas y lo llevaremos a Ávila. En el camino le convenceremos de la conveniencia de aliarse con don Enrique y, una vez en el destino, ya veremos cómo actuar.

Un escalofrío me recorrió la espalda.

—Fernán, ¿os dais cuentas de que me estáis hablando de retener al rey contra su voluntad? Podréis disfrazarlo como queráis, pero al fin y al cabo siempre será un secuestro encubierto.

Me miró desconcertado.

—Llamadlo como queráis, Íñigo, pero es nuestro deber cumplir con la palabra dada y no hay más que hablar. ¿O queréis ser acusado por perjuro?

—¡Que yo sepa lo único que he jurado es fidelidad al rey de Castilla! Lo que sus primos aragoneses pretendan es cosa suya.

—Querido primo, mirad a vuestro alrededor. ¿Los veis? Todos los que estamos aquí pensamos del mismo modo. Si vos no, no comprendo qué hacéis aquí. A veces pienso que tenéis agua en las venas.

Enervado, miró al frente y espoleó a su caballo. Yo tiré de mi bocado y dejé que se adelantara. Necesitaba pensar, y tanto lo hice que apenas hablé hasta la noche anterior a nuestra acampada en la ribera del río, a los pies de Tordesillas.

La niebla, en plena noche de luna llena, difuminaba nuestras figuras. Era como si aquella bruma que emergía del Duero se nos hubiese unido voluntariamente para escondernos. Con la silla hice una almohada y me recosté sobre un lecho de hojas secas para dormir al menos un par de horas antes de actuar. Pero ¿qué hacía yo allí? Me habían dado unos razonamientos que no me convencían. ¿Es que no se daban cuenta de que secuestrar al rey podría ser una traición?

Incapaz de dormir, me levanté a beber un poco de agua. Al desatar del cinto la copa de plata de mi abuela me pareció oír su voz. Era como si los sueños del duermevela, azotados por la brisa y el ruido de las hojas, trajesen a mi memoria su máxima de siempre: «Íñigo, lucha con palabras y no con la espada, que la ciencia no embota el hierro de la lanza ni hace floja la espada en la mano del caballero». ¡Cuánta razón tenía! Apenas faltaban unas horas para que secuestrásemos al rey sin ni siquiera haber intentado hablar con él. ¿Cómo, entonces, estaban tan seguros de antemano de que el monarca rechazaría la propuesta de alianza con don Enrique?

Si me unía a su descabellado plan, delinquiría conscientemente en contra de mis creencias, alzando la espada en vez de la oratoria o la pluma en defensa de mis ideales. Pero, una vez allí, no tenía otra alternativa. Aunque a disgusto, una vez más acepté seguir el modo de operar de aquellos hombres.

Pedí perdón de antemano a mi difunta abuela por desoír sus consejos, me agarré a la cruz de mi padre y recé una oración. Rogué a la luna serenidad. Cuando ya estaba amaneciendo, conseguí conciliar el sueño.

Con el día ya abierto del todo, mi primo Fernán me despertó a empellones.

—¡Espabilaos, Íñigo! Vuestro tío, don Juan Hurtado de Mendoza, que está dentro, ha comprado a la guardia de la muralla y tenemos el paso abierto.

Hacía un par de horas no me podía dormir y ahora deseaba por todos los medios no despertar. ¿Cuánto había dormido? ¿Media hora, una hora a lo sumo? Tenía embotada la cabeza y, al contrario que los demás, carecía de motivación. Gateé hacia la orilla, me miré en el reflejo del río y, sin pensarlo dos veces, buceé en esas aguas frías que me helaban la cara.

Aún no se me había secado la pechera cuando entrábamos como verdaderos asesinos en los aposentos del rey. Como era de esperar, a los pies de su cama dormía en un jergón de seda y brocados don Álvaro de Luna. Este, al ver a mi primo Fernán, le increpó:

—Cuando esto pase, no me olvidaré de vos; os lo aseguro.

El joven conde de Alba, para acallar sus amenazas, le apretó con saña una mordaza. Al verlo, don Gutierre temió que la mordaza le resquebrajase las comisuras de los labios y se la aflojó. Las órdenes estaban claras: tenía que separarlo lo bastante del rey como para que no influyera en su ánimo.

El destino fijado era Segovia.

Al salir, nos cruzamos con nuestro tío Juan Hurtado de Mendoza que, como mayordomo mayor del rey, acudía espada en mano a defenderlo fingidamente y según habíamos acordado.

Nada más aparecer, dos de nuestros caballeros, agazapados tras la puerta, le atizaron con una jofaina de madera y soltó el arma. Rápidamente le detuvieron. Para mejor fingir la farsa, tuvieron buen cuidado de hacerlo frente al rey y a don Álvaro. Así, ellos siempre le creerían de su parte y no de la nuestra. Y si algo saliese mal, siempre tendríamos un espía en la corte sin que nadie sospechase de él.

Álvaro de Luna ni siquiera se había fijado en mí, hasta que mi tío y antiguo tutor, ya recuperado el sentido y con los ojos inyectados en sangre, me insultó mientras le inmovilizaban.

—Me avergonzáis, Íñigo. ¿Vos también estáis con estos? Sois una carroña. ¿Es que habéis olvidado que soy hermano de vuestro padre? ¡Soltadme!

Bajé la mirada con cierta vergüenza. Actuaba tan bien que casi me convenció su fingimiento.

Si he de ser sincero, hubiese preferido pasar desapercibido para librarme del escrutinio al que Luna, ya amordazado y maniatado, me sometió en ese breve instante. No sé si fue entonces cuando recordó cómo nos conocimos años atrás en las Cortes de Guadalajara, pero lo que sí sé es que, a partir de ese instante, me respetó, temió y valoró más de lo que hasta el momento me había considerado.

Un grupo al mando de Fernán escoltó a Álvaro de Luna hacia Segovia. Sin embargo, yo, por deseo de don Gutierre, afluí con el otro contingente, el que escoltaba al rey de Castilla a Ávila.

A mitad del trayecto, el infante don Enrique se nos unió para convencer a su joven primo de sus buenas intenciones. Entramos en la ciudad cuando, a los ojos de la mayoría, ya se habían hermanado el rey de Castilla y su primo el infante don Enrique de Aragón.

Lo primero era convencer a los escépticos de la veracidad de aquella alianza y el lugar idóneo para hacerlo público era la catedral. Allí, encaramado en un pequeño púlpito, don Gutierre leyó un mensaje del rey en el que culpaba de todos los fallos que hubiese podido cometer a don Álvaro de Luna, asesorado por los consejos del judío Abraham Bienveniste y mi tío don Juan Hurtado de Mendoza. De este modo, la posición de este último como espía nuestro, por un lado, e incondicional de don Juan de Aragón por el otro, quedaba más asegurada. Todo el plan estaba bien trazado y, después de su fingida detención junto al rey, le dejamos escapar para que él mismo informase al infante don Juan de Aragón sobre lo sucedido. Así sabríamos de primera mano las intenciones de nuestros enemigos. Lo que él no sabía era que el mismo rey de Castilla, al saberlo lejano, le utilizaba como escudo para justificar sus anteriores errores sin posibilidad de réplica.

Los Mendoza hubiésemos querido que este ataque fuese dirigido a don Álvaro de Luna, pero no fue así. Al menos, cuando se refirió a él, le dio una importancia que nosotros no deseábamos. Según se iban pronunciando las palabras, me fijé; las caras de los asistentes denotaban no estar muy convencidas de lo que allí se estaba diciendo a pesar del emotivo discurso. Y tenían razón, dado el calibre de la mentira. Por eso, muchos siguieron desconfiando y huyeron junto a mi tío, para cobijarse con el infante don Juan de Aragón, ahora futuro rey de Navarra por su matrimonio.

Este, nada más enterarse del secuestro del rey de Castilla, abandonó en Pamplona a la recién casada para venir a doblegarnos. Debíamos de estar prevenidos porque, según las noticias de nuestro infiltrado, avanzaba al mando de un ejército más numeroso y bien pertrechado de lo que suponíamos.

Al saber de sus intenciones, su hermano Enrique hizo un llamamiento general en su nombre y en el del rey don Juan. Todos los hombres disponibles debían unirse a nosotros.

Fueron varios los caballeros que en los días sucesivos acudieron desde los puntos más lejanos de Castilla. Los primeros fueron el conde de Niebla, el señor de Marchena y el adelantado de Andalucía. Después fue el arzobispo de Santiago, que venía desde el norte y, casi al final, cuando el enemigo estaba a punto de alcanzarnos, aparecieron dos diablos en los que nunca pude confiar, mis dos cuñados. Tan cobardes como siempre, habían desertado de las filas enemigas para unirse a nosotros.

¿Quién nos aseguraba que su decisión era sincera y no eran espías enemigos? ¿Cómo iba a recibirlos si precisamente el odio que les tenía me había hecho elegir el bando contrario al suyo? Me retiré discretamente y pensé en lo que mi madre me hubiese aconsejado. Después de darle muchas vueltas, lo tuve claro: nunca serían de fiar para nadie y yo me encargaría de desacreditarlos a la mínima oportunidad.

Para ganarse la confianza de todos, se presentaron con una lista de los caballeros castellanos que aún seguían a don Juan de Aragón. De entre todos los nombres que pronunciaron, los más relevantes fueron los del arzobispo de Toledo, el obispo de Cuenca, el adelantado de Galicia y el de Cazorla.

Al final, los bandos estaban tan equilibrados y eran tantos los caballeros amigos en el opuesto que muchos, en vez de luchar, decidieron dialogar. El tedio llegó y las iniciales ansias de guerra comenzaron a decaer. Todos hablaban en reuniones interminables sin llegar a ninguna conclusión. Cansado de tanta verborrea, me retiré discretamente de las interminables pláticas y cabalgué por los campos circundantes.

Fue un momento placentero. Subí a un risco y contemplé la inmensa meseta. Entonces, un verso acudió a mi mente. Saqué una flecha del arcabuz, la mojé en el sudor del caballo y con la punta húmeda marqué en la piel de la silla de montar aquellas palabras para no olvidarlas. Con el tiempo, aquella práctica se convertiría en una costumbre y la silla que un día me hizo el guarnicionero de Guadalajara se convirtió en el borrador de mi memoria. Más tarde copiaba en tinta aquellos versos grabados en la piel.

Con el fin de acelerar la llegada de la paz, el rey de Castilla decidió desposarse con la hermana de los infantes de Aragón, porque así, pensó, podría llegar la tranquilidad entre sus primos. De modo que el 4 de agosto se casó en Ávila.

Para tal fin, la madre de los infantes salió del convento de Medina del Campo para asistir a las bodas de su hija. De Medina del Campo a Ávila fue mi madre quien la acompañó.

Aquel día fue muy emotivo para mí. Allí, en la cena de celebración de las bodas, pude ver de nuevo a las dos Leonores, la de Alburquerque y la de la Vega, que, a pesar de la tristeza de la madre de los infantes, charlaban animadamente. Cuando terminó la cena, me acerqué a hablar con mi madre. Al verme entrar en sus aposentos, me abrazó con cariño.

—Madre, ¿cómo está mi señora? ¿Y vos?

—Catalina os echa mucho de menos, Íñigo. Y vuestros hijos también. Diego ya corretea por la casa e Íñigo gatea sin parar. No os lo ha dicho, pero Catalina está de nuevo embarazada. Íñigo, pensadlo, sé que no le gustaría dar a luz sola. Deberíais volver; aquí no parece que hagáis nada.

—Me gustaría, madre, pero hoy he sabido que el rey se escribe a diario con don Álvaro de Luna. El separarle de él no parece que haya servido para mucho. Madre, tememos por la paz, aunque quizá otro matrimonio entre Aragón y Castilla selle definitivamente este difícil pacto.

Mi madre bajó la cabeza.

—Don Enrique no debería casarse con doña Catalina.

—¿Por qué, madre? Nosotros también hicimos un doble matrimonio y ha ido bien. Hermano y hermana con hermana y hermano de otra familia. Mendozas y Suárez de Figueroa nos unimos así. ¿Por qué no han de doblar el vínculo del mismo modo Aragón y Castilla?

Mi madre me miró preocupada.

—Porque en este caso la infanta de Castilla aborrece al infante de Aragón. ¿O es que no habéis visto con el asco que mira Catalina a don Enrique? Si hasta la reina viuda de Aragón se ha dado cuenta. —Mi madre calló un instante, como meditabunda, y luego dijo—: El único que parece no darse cuenta es el novio. No sé, Íñigo, pero con tal de saciar su ambición, es capaz de todo. De todo —repitió con énfasis.

Francamente, aquella afirmación me sorprendió.

—Es un matrimonio de conveniencia —dije con intención de convencer a mi madre de que aquella cuestión era otra cosa—. Doña Catalina es todavía una niña, madre. ¿Es que creéis que ella es capaz a su edad de discernir sobre las consecuencias que su negativa puede acarrear al reino? Desde luego que no. Tendrá que casarse con don Enrique. Quiera o no quiera.

—¿De verdad creéis, Íñigo, que eso podría acercar definitivamente al rey de Castilla a su primo Enrique? —insistió mi madre.

—No lo sé, madre —dije meditando sobre el asunto—. Ahora empiezo a pensar que quizá el único que podría convencer al rey de que acepte a don Enrique es don Álvaro de Luna.

—¡Es increíble cómo don Juan le echa de menos! Pero, nos guste o no, es así. ¿Sabéis que don Álvaro le escribe a diario? ¿Que lo hace también a don Juan de Aragón? ¿Qué es eso sino...? Entended que será difícil que, después de haberlo maniatado, amordazado y mandado al destierro, quiera cambiarse al bando de don Enrique. Si el rey le defiende, pensadlo bien, solo la muerte puede libraros de su acoso.

—¿Me insinuáis, madre, que quizá debería cambiar de bando?

—No, Íñigo. Según el cariz que han tomado las cosas, creo que ha llegado el momento de que regreséis a Guadalajara. Es lo mejor para vos, hijo. Buscad una excusa, alejaos de la corte y, desde la distancia, observad.

—Madre, sabéis como yo que don Gutierre no me dejará.

—Dejadme a mí —dijo, y sonrió al sentirse de nuevo útil—. Si todo sale como espero, me acompañaréis de vuelta. Además, vuestra señora se alegrará de veros.

La dejé hacer sin preguntarle más. La verdad era que ansiaba regresar a casa y no me importaba el porqué de mi regreso. Si algo me dictaba el corazón era el error de mi participación en aquel secuestro encubierto, pero Dios sabía que, por mucho que lo hubiese intentado, no podría haber eludido esa responsabilidad. A mis veintiún años, sabía que debía estar en algún bando si quería prosperar, pero temía haberme equivocado en la elección.

Cuando el cortejo real salió de Ávila rumbo a Talavera, nosotros regresamos a Guadalajara. Allí supimos que don Enrique de Aragón, al fin, había conseguido su propósito. Se había casado precipitadamente con la infanta Catalina y el rey de Castilla había dotado a su hermana con el goloso condado de Villena y otras villas.

Tanto se habían relajado los ánimos con la seguridad aparente de este doble enlace que, al fin, se le permitió a don Álvaro regresar a la corte. El rey don Juan había insistido mucho y mis ingenuos compañeros pensaron que vendría sosegado y sin ganas de más jaleos. ¡Qué equivocados estaban!

Por aquellos días, el rey empezó a repartir prebendas. Entonces sentí que me había equivocado al irme. Esta vez fue mi propia mujer la que me trajo a la realidad.

—No os engañéis, Íñigo. A don Enrique le ha dado Villena por ser el esposo de su hermana Catalina, pero... ¿qué más mercedes ha repartido? ¿Acaso a don Gutierre le cayó algo en gracia? ¿Acaso a Fernán le ha dado algo? No, Íñigo, no. Solo le ha dado a nuestro cuñado García Fernández Manrique, el marido de Alfonsa, el señorío de Castañeda y a su protegido don Álvaro de Luna el señorío de Santisteban de Gozmar. Creedme, Íñigo, aunque hubieseis estado allí, jamás os hubiese otorgado nada. Esperad como os dice vuestra madre.

La intuición femenina auguraba un cambio drástico en la situación. De manera que hice caso y esperé. Aun así, un día fui a ver al Nigromántico. Don Enrique me observó muy atento, miró las estrellas y sus conjunciones y, al cabo, me aconsejó más o menos lo mismo que Catalina y mi madre, así que, definitivamente, decidí quedarme en Guadalajara con mi familia. Para entonces, el embarazo de Catalina ya estaba avanzado.

Tres meses escasos bastaron para que aquellos augurios se hiciesen realidad. Con razón el rey de Castilla había hecho aquellos repartos. Fue Fernán el que apareció a finales de noviembre en Guadalajara de lo más cansino y abatido. Tiritaba como una hoja y estaba empapado hasta los huesos. Ya desnudo y envuelto en una manta de lana merina, le dimos un buen jarro de vino caliente con miel para que entrase en calor. Catalina, mi madre y yo nos quedamos viendo cómo se servía y observamos que la nuez de su garganta subía y bajaba una y otra vez hasta que colmó su sed, calmó la tiritona y sembró el placer en su rostro. Solo abrió los ojos para tender el vaso a Catalina y que se lo volviera a llenar. De nuevo se lo iba a beber, cuando mi señora se lo apartó de los labios con cierta delicadeza.

—Fernán, estamos intrigados por saber qué nos traes y esto se sube a la cabeza con demasiada facilidad. Contadnos primero y luego embriagaos si queréis.

Sonrió a pesar de su demacrado semblante.

—¡Qué bien hicisteis, Íñigo, marchándoos tan oportunamente! ¿Sabéis por qué el rey dio Santisteban de Gozmar a don Álvaro y Castañeda a vuestro cuñado?

—Lo ignoro, Fernán, pero no sé por qué intuyo que me lo vais a contar vos.

Agarró el vaso entre las dos manos y lo olió.

—Porque a cambio le han dado la libertad. —Nos miramos los unos a los otros sin saber a qué se refería. Fernán, a su vez, nos miró la cara de extrañeza, de no comprender a qué se estaba refiriendo—. Hace cinco días, como tantas otras veces, el rey decidió salir de caza acompañado únicamente por vuestro cuñado, el ahora conde de Castañeda, y sus dos halconeros. Ninguno nos preocupamos de su ausencia hasta el anochecer. Fue solo entonces cuando temimos lo peor. Salimos diez hombres tras su pista hasta que nos topamos con un pastor. —Se detuvo en su narración y dio otro sorbo—. El desagradecido había quedado hacía días con don Álvaro de Luna en un bosquecillo. Allí le esperaba el traidor junto a una numerosa escolta para huir al castillo de Montalbán. Inmediatamente, se dio la voz de alarma y allí mismo, en Talavera, todos acudimos al patio de armas junto a nuestros hombres para participar en su búsqueda. Como fuese teníamos que rescatar al rey de las garras de su primo Juan de Aragón o seguro que habría represalias por nuestra actuación. Pero cuando estábamos a punto de salir, se interpusieron la reina María de Aragón y la infanta Catalina que, como sabéis, es ahora marquesa de Villena desde que se casó con Enrique. Y ¿sabéis qué hicieron las dos damas? Se echaron a llorar suplicándonos que nos quedáramos. Y cuando vieron que su ruego era inútil, nos pidieron que lo hiciésemos con cautela y con cabeza.

—¿Cómo es que el rey dejó atrás a su mujer? —preguntó extrañada mi esposa—. ¿Es que no pensó que quizá la hubieseis podido utilizar como moneda de cambio, que la hubieseis podido secuestrar como a él?

—Eso hubiese sido demasiado evidente —negó Fernán—. Además, ya nada podría excusar nuestro mal proceder. —Fernán calló un instante y se mantuvo pensativo, abrazado a la manta—. Cuando el rey se fue, ya sabía que jamás haríamos daño ni a su mujer ni a la infanta. Al fin y al cabo, las dos mujeres son hermana y esposa de don Enrique. De todas maneras, fue extraño presenciar cómo la reina doña María nos imploraba comprensión para con su marido, cuando este había huido dejándola atrás.

—Pensándolo bien, la verdad es que las dos tienen que sufrir con estos enfrentamientos familiares que parecen no acabar nunca. Deben de sentirse como bolas que pasan de mano en mano.

—Sin duda —asintió mi primo—. Al menos don Enrique intentó tranquilizarlas. Recuerdo muy bien que, al espolear su caballo para esquivarlas y que le siguiésemos los quinientos caballeros presentes, les prometió que ni al marido de una ni al hermano de la otra les sucedería nada. Solo íbamos en busca del rey de Castilla para liberarle de sus secuestradores.

Incapaz de rebatirle, pensé en la facilidad que tienen algunos para dar la vuelta a las cosas cuando les interesa. Hacía apenas cuatro meses que media Castilla acusaba a los partidarios del infante don Enrique del secuestro del rey y ahora era la otra media la que acusaba del mismo delito a los partidarios del infante don Juan. La verdad es que el joven rey parecía un estandarte al socaire de cualquier brisa que quisiese mecerle.

Un rezagado escalofrío pareció recorrer repentinamente el cuerpo de Fernán. Le vimos cómo se estremecía y le castañeteaban los dientes. Se mantuvo pensativo, mirando el fuego, con la vista perdida en no sé sabe dónde.

—El caso es que la estrella que hasta entonces nos había protegido dejó de hacerlo. Fue terrible, no os lo podéis imaginar; sin apenas darnos cuenta caímos en una emboscada de los hombres del infante don Juan de Aragón. Todo fue muy rápido. Así que, cuando nos vimos perdidos, decidí acompañar en una huida desesperada a don Enrique hasta Ocaña. —Calló un instante, cerró los ojos y se abrigó de nuevo con la manta—. Luego, se nos ordenó que nos dispersáramos y que permaneciéramos durante un tiempo perdidos. Por eso he venido, Íñigo, por eso, porque sé que aquí estaré seguro, porque aquí no me buscarán.

Mi esposa se acarició el vientre, que ya tenía bastante abultado, y se encogió de hombros.

—Habéis hecho bien, Fernán; esta es vuestra casa. Por cierto, ya que estáis aquí, ¿queréis apadrinar a este niño cuando nazca? —dijo volviéndose a pasar la mano sobre el avanzado embarazo.

—Será un honor —respondió con los ojos iluminados por primera vez desde que hubo llegado. En aquella mirada se reconocía la dicha por el ofrecimiento.

La única que dejó asomar una brizna de disconformidad en su ceño fue mi madre. Sin embargo, fue incapaz de plantear un solo impedimento para que cobijásemos a Fernán, porque ella quería a mi primo como a uno más de sus hijos, a pesar de no estar de acuerdo con su arriesgado arrojo.

Fue solo dos días después de la llegada de Fernán cuando Catalina se puso de parto. En esta ocasión sí estuve a su lado, lo cual me llenó de alegría. Mi primera hija llegó al mundo aquel invierno de 1421. Ahora sabía que llegaba otra de mis musas, de mis amores de verdad, de mis mujeres. Ellas, mi abuela Mencía, mi madre, mi esposa y ahora mi pequeña eran quienes me hacían volar en los sueños, en los deseos y en los anhelos. De ellas nacerían muchos de mis versos.

Recuerdo ahora muy bien cómo Diego, con sus cuatro escasos años, se asomaba a la cuna. Entonces, la miraba con esa extrañeza con que los niños miran las cosas recientes y nuevas. Íñigo, sin embargo, preso de los celos, aprovechaba cualquier momento de distracción del ama de cría para retorcerle sus diminutos dedos, para pellizcarle las nalgas o tirarle de la fina e incipiente pelusilla que le nacía.

El día del bautizo, Fernán la sostuvo con los ojos llenos de dicha y de agradecimiento por la confianza que en él habíamos depositado. Y claro, como la abuela Mencía había fallecido tan recientemente, decidimos ponerle su nombre. Desde ahora había otra Mencía más en la familia.

Era la niña más hermosa del mundo, la niña de mis ojos. Era fuerte como un roble y, con apenas un mes cumplido, ya demostraba un carácter enérgico que sería para siempre un rasgo muy marcado de su personalidad. Casi desde el primer momento cobró un importante protagonismo en la casa, hasta que naciera su siguiente hermano, Pedro Lasso, el primero de los tres Pedros que tuvimos. Mencía creció jugando con sus hermanos, pero siempre con juegos de chicos. Luchaba, cazaba, corría y cabalgaba como ellos y yo la dejaba, a pesar de los enfados de su madre, a la que no le gustaba que su primera hija no jugase como una niña. Pero ¿por qué no dejarla? La cara de felicidad de la niña lo decía todo. Creo que con una muñeca no hubiera sido feliz; la hubiera ensartado con palillos, le hubiera arrancado los pelos o la hubiera colgado como un pelele en medio del juego de una justa infantil.

Hoy sé que es la única de mis hijos que guarda la fortaleza y el empuje junto con la dulzura femenina. Sé que será la única que sabrá entender los avatares tan distintos de mi vida, por eso deseo ahora que estas semblanzas y recuerdos vayan a sus manos. Ella lo entenderá. Seguro que lo entenderá.

XI

1421-1424

ODIOS FRATERNALES

*Deseo no dessear
y querría no querer;
de mi pesar he plazer
y de mi gozo pesar.*

MARQUÉS DE SANTILLANA
Decires líricos, 4, II

La desazón de mis constantes dudas se volcaba en las palabras que acudían a mi mente.

Las temidas represalias de don Juan de Aragón por la traición que sufrió en su ausencia se empezaron a materializar a través de los susurros viperinos que don Álvaro de Luna derramaba en el voluble oído del rey de Castilla. Las órdenes de detención, encarcelamiento o destierro pronto comenzaron a llegar a las casas de nuestros amigos.

La primera noticia que tuvimos nos llegó de la mano de don Gutierre. Nos escribía desde Roma adonde había llegado de embajador del rey para que el sumo pontífice reconociese los títulos de Villena y gran maestre de Santiago al infante don Enrique de Aragón. A punto estaba de ello cuando recibió un billete ordenándole paralizar las gestiones iniciadas y regresar de inmediato.

Definitivamente, a nuestro protegido el infante de Aragón le despojaban de todas las mercedes que había conseguido de Castilla. Ya poco importaba que se hubiese casado con Catalina, la hermana del rey, porque ni siquiera iba a recibir la dote que en su día le prometieron. El rey don Juan de Castilla no perdonó a su primo, el infante don Enrique, después de su secuestro en Tordesillas.

El rey lo había cogido y apresado en el alcázar de Madrid. Luego, lo llevó al castillo que hay en Mora, en Toledo, y allí lo dejó encerrado. En absoluto le preocupó entonces que estuviese casado con su hermana Catalina que, a resultas del encarcelamiento, hubo de huir asustada a Valencia. Y es que, la verdad, ni siquiera ella confiaba en la benevolencia de su hermano.

Para aquel viaje la escoltó uno de los nuestros, Ruy López Dávalos, que ya no tenía nada que perder porque el rey le había confiscado el señorío de Arjona y todas sus tierras y se las había entregado a mi cuñado más odiado. Así, a partir de entonces, el marido de Aldonza, además de conde de Trastámara era duque de Arjona. Cómo no imaginar que, desde entonces, Aldonza se pavoneara por todo Guadalajara alardeando de que aquello solo era el principio de las múltiples mercedes que el rey de Castilla estaba dispuesto a otorgarles.

Cuando me enteré de todo aquello, me invadió la preocupación porque sabía que detrás de todo eso vendría la sentencia sobre el litigio que manteníamos en su contra. Ya no podía quedarme quieto por más tiempo, porque, si lo hacía, mis cuñados intentarían aprovecharse del favor del rey quitándome los soñados valles de las Asturias el conde de Castañeda y Manzanares el Real el conde de Arjona. Incluso, acaso el rey pensase en desposeerme de todo lo que tenía gracias a la herencia de mi padre y a los desvelos de mi madre. Me enfadé conmigo mismo. ¡Tanto esperar en la retaguardia a elegir un señor y al final elegí al perdedor! Y es que la prudencia de poco servía en un reino que, como lánguido estandarte, se movía al libre arbitrio de la ráfaga de viento que lo balancease. Daba igual, fuese como fuese tendría que capear el temporal y obligarme a mí mismo a seguir de por vida a un rey tan indeciso como sometido. A partir de ese momento, solo sería amigo de mis amigos y si, para ayudarles, tenía que fingir amistad con el infante don Juan de Aragón, lo haría.

Fue entonces cuando mi primo Fernán decidió salir de casa sigilosamente para no implicarnos. Intenté detenerlo, pero me lo impidió.

—Agradezco vuestra generosidad, Íñigo, pero recordad que somos primos. Solo es cuestión de tiempo. Me buscarán en mi casa y, al no hallarme, peinarán los lugares que suelo frecuentar. Tarde o temprano vendrán a buscarme a Guadalajara y no quiero que me encuentren en vuestras casas.

Comprendí que era absurdo persistir. Agaché la cabeza, inundado de cierta tristeza. Él se me acercó, me asió con fuerza de los dos hombros y me obligó a que le mirase a los ojos.

—Primo, cuando me prendan, me seréis más útil fuera de los calabozos. Fuera podréis interceder por mi amnistía y la de todos los demás. Creo que lo entendéis a la perfección, ¿verdad?

Me lancé a él y lo abracé palmoteándole con fuerza la espalda de su armadura.

—Si así es, os juro que no os fallaré, Fernán. Mientras, cuidaos hasta de las sombras.

Se bajó la visera del yelmo y me contestó:

—Creedme, Íñigo, estoy tan prevenido que no consigo conciliar el sueño por las noches. Os aseguro que duermo mal pensando en todo esto. Estoy harto…, tengo cansados ya los dedos de tener agarrado el puño de la espada. ¡Es terrible estar siempre alerta! ¡Estoy agotado de mantener tanta tensión! Sabéis muy bien, Íñigo, que aquí juntos todos corremos peligro. Separados, en cambio, el asunto será de otro modo. Sé que, allá donde me encuentre, mi devenir es incierto, si no nefasto, pero sé, también, que vuestras palabras y vuestros actos me protegerán de las infamias y acusaciones que se puedan pronunciar contra mí. Íñigo, confío en vos y sé sobradamente que la cautela es vuestro mayor aliado.

—¿Adónde tenéis intención de ir?

Se encogió de hombros.

—Ni siquiera lo sé y, si lo supiese, tampoco os lo diría por no implicaros más.

Subió al caballo, puso el patuco sobre el estribo y lo espoleó. De espaldas, alzó la mano al viento. Su escudero y tres hombres más de armas que le cedí le seguían a corta distancia.

No haría una semana que había partido cuando llamó a la puerta un mensajero del rey al que acompañaban dos soldados. Al verlos, temí lo peor. Fue Catalina quien recogió el billete y rompió el lacre. Al poco, irrumpió en la biblioteca henchida de alegría para comunicármelo. Tras ella, entró mi madre.

—¡Íñigo, el rey nos llama a su presencia en Olmedo! ¿Os dais cuenta? Es la prueba de que no recela de nosotros. Menos mal que Fernán se fue.

Fruncí el ceño. Durante el tiempo que Fernán se escondió en casa, no hubo día que no me recordase el peligro que aquello suponía para toda nuestra familia. Aquello me dolió, pero fui incapaz de contradecirla, porque sabía que tenía la razón.

Tomé el billete y lo leí con detenimiento. Por nada del mundo quería desilusionar a mi esposa, pero, francamente, desconfiaba.

—Catalina, no adelantéis acontecimientos. Fijaos, están deteniendo a todos nuestros amigos. Lo más probable es que quieran comprobar de qué pie cojeamos. Catalina, no os miento si os digo que hubiese preferido mantenerme al margen. —Por un instante me quedé pensativo—. ¿Habéis leído bien? Don Álvaro de Luna será el padrino del primer hijo de don Juan de Aragón. Si vive, el príncipe don Carlos niño podría llegar a ser, después de su madre, el futuro rey de Navarra. ¿Os dais cuenta de su poder? ¿Dónde se ha visto a un bastardo hidalgo apadrinando a un futuro rey? El de Luna, al parecer, no solo se contenta con portar las velas de los regios entierros, ahora también quiere sostener a los infantes en sus bautizos.

Catalina, desesperada ante mi reticencia, señaló al documento.

—¡Qué tontería! ¿De verdad creéis que si quisiese detenernos os invitaría a este bautizo? ¡Íñigo, iréis y demostraréis al rey que estáis con él! ¡Qué mejor oportunidad para acallar las lenguas viperinas que nos acusan de traidores!

Por aquel entonces, Catalina era ya una mujer hecha y derecha en la que la vergüenza y el recato inicial empezaban a disiparse. Busqué con la mirada a mi madre esperando encontrar su apoyo. No lo encontré y solo hallé un gesto contundente de aprobación hacia la opinión de Catalina. Hasta ese momento en silencio, por primera vez nos interrumpió.

—Lo siento, hijo. Está claro que el monarca aprovechará esta multitudinaria convocatoria como excusa para dejarnos clara su posición con respecto a la trifulca que sus primos, los infantes de Aragón, han armado en torno a él. No acudir solo os pondrá en un brete. Procurad acercaros al de Luna, aunque para ello tengáis que hacer complicados encajes de bolillos. Tenéis que aprovechar esta visita para dejar claro de qué lado estáis, porque, os guste o no, don Álvaro dirige la voluntad del rey.

Con aquella sentencia de mi madre se acabó todo y no hubo más que hablar. Cuando ellas se empeñaban, acababan dirigiéndome como una marioneta que bailara al son de sus trovas.

Llegado el momento, partí de casa con pereza y seguí los consejos que ellas me habían dado con un arrojo fingido que, en realidad, escondía una profunda desidia y, al cabo, regresé con el sinsabor de haber traicionado a los míos. A Fernán, a mi tutor don Gutierre y a otros tantos amigos con los que por las noches soñaba. Todo se volvía ahora una pesadilla. ¿Era cargo de conciencia? No lo sabía. Lo único cierto fue que el rey me recibió con los brazos abiertos, a pesar de los recelos que el de Luna parecía guardarme.

A mi regreso, les conté a Catalina y a mi madre cómo me había dispuesto en completa sumisión ante el rey y de paso ante su valido Álvaro de Luna. Esto pareció tranquilizar el ánimo de mis mujeres. Además, lo cierto es que mi reticencia mermó cuando me enteré de que se había acordado una tregua de tres años entre los de Aragón y el de Castilla. Después, si el rey de Castilla decidiese unirse al infante don Juan en contra de su hermano Enrique, yo reconsideraría mi elección.

Por otra parte, cuando llegué, me encontré con la grata noticia de un nuevo embarazo de Catalina. Fue una enorme felicidad, pero rogué a Dios que llegara a buen término, porque hacía cinco años que no lo conseguía. Además, en aquel momento, decidí aprovechar la reciente paz para olvidar los asuntos de Estado y usar el tiempo en otros menesteres más gratificantes para el alma. Así es que me ocupé decididamente de la escritura, de la reconstrucción de mis casas y de mi familia.

Y así lo hice y, gracias al Señor, la familia creció. Pronto llegó al mundo mi cuarto hijo, al que llamamos Lorenzo Suárez de Figueroa en honor al linaje de su madre. La alegría de todos fue inmensa. Tanta fue que la pequeña Mencía, ante la sorpresa y el alborozo, olvidó la espada de madera con la que jugaba junto a sus hermanos mayores y se dedicó a su hermano recién nacido. Lorenzo fue para ella el primer muñeco al que cuidar con mimos. Fue entonces cuando descubrimos que, además, Mencía era también una niña muy sensible. Y era lógico, porque era la primera vez que veía a su madre embarazada y por primera vez también había recibido el nacimiento de un hermano. De todos modos, para mí ella seguiría siendo una pluma entre lanzas.

Así fue como aquella mañana, mientras andaba discutiendo con su nodriza por tomar en brazos al niño, alguien llamó a la puerta con cierta contundencia. He de confesar que sospeché quién pudiera ser, porque el tiempo libre me había brindado la posibilidad de idear alguna que otra maldad. Al abrir, el portero se apartó para dejar paso a mi hermana Aldonza, que avanzó como una manada de yeguas desbocadas. Se paró en el centro del patio, frunció el ceño, apretó los puños, tomó aire y gritó como un águila que hubiera divisado una presa:

—¡Alguien ha cortado el caño que da agua a mi morada!

El grito resonó por toda la casa. Tras una contraventana donde me guardaba escondido, sonreí. Hacía años que no nos hablábamos, ni siquiera nos saludábamos al cruzarnos por las callejas de la ciudad. Aún escondido en la penumbra de una de las celosías que salvaguardaban de las miradas indiscretas, grité.

—¡Esta no es la casa de alguien, sino la de Íñigo López de Mendoza! ¿Qué os pasa? ¿Tanto os cuesta pronunciar mi nombre?

Simuló una arcada. El culpable del gélido silencio que nos separaba no era otro que el pleito que desde hacía años manteníamos por el Real de Manzanares. Aquel pedazo de tierra en las faldas de La Pedriza se había convertido en un muro insoslayable para que los dos llegásemos a un buen entendimiento. Pero ahora Aldonza gritaba desaforada, mientras yo la miraba a hurtadillas con cierto despotismo. Su marido, el conde de Trastámara, ya también duque de Arjona, no debía de estar, porque no la acompañaba, pero aquello parece que no la amilanó en absoluto, porque el arrojo de las mujeres de mi familia no la hacía amedrentarse. Desesperada, me buscó hasta que dio con mi sombra.

—¡Salid, cobarde, y dad la cara de una vez! —gritó colérica.

De todos era sabido que el caño más caudaloso de Guadalajara manaba subterráneo y se ramificaba para brotar en cuatro lugares. El primero y más visitado era el de la fuente pública de la plaza. Allí acudían todos los días niños, mujeres y hombres de Guadalajara cargados con botijos, cántaros y pellejos para abastecerse de agua. El segundo, muy cerca del anterior, regaba el abrevadero de la parroquia de Santiago y el lavadero que había adherido a uno de sus costados. Allí, las mujeres se desgastaban los nudillos contra la ropa, sobre todo en invierno, porque había que evitar la humedad que proporcionaba la ribera del río Henares. El tercer brazo del caño llenaba el pozo que había en el centro del patio de mi casa y el cuarto daba a las casas de mi hermana Aldonza.

Esa misma mañana, en casa, los albañiles que estaban remozando el suelo levantaron un par de losetas para cambiarlas cuando descubrieron por casualidad que el caño de Aldonza en realidad no era tal, sino un aliviadero de nuestro pozo. Así que, cansado de sus constantes ataques, decidí vengarme de ella secando su cauce. Pensé que mi castigo sería tan sutil como secreto y doloroso, pero sabe Dios cómo se había enterado. Probablemente, sobornando a alguno de los descubridores.

Allí estaba ahora, pegando saltos sobre las losas de alrededor del patio como si alguna de ellas fuese a saltar por los aires descubriendo el fraude.

Yo solo pude desmentir su suposición.

—¡No sé a qué os referís, Aldonza!

Todavía dio dos golpes más al suelo con una especie de báculo de hierro que traía entre las manos y alzó la vista a donde me encontraba yo.

—Os recuerdo, Íñigo, que tengo el mismo derecho al agua que vos, así que devolvedme lo que es mío de inmediato —dijo con el tono levantisco que tanto la caracterizaba.

—Lo mismo os digo, Aldonza. ¡Cuando vuestro señor, el duque de Arjona, libere los territorios de Manzanares que, sabéis, ha ocupado, yo tornaré el cauce del agua a su lugar! Sabéis a que me refiero, ¿verdad, Aldonza? —dije con cierto tono entre irónico y serio.

Su carcajada sonó como la de una bruja en un aquelarre.

—¡Vais listo! —dijo con alguna sorna—. Yo siempre podré tomar el agua como todos en la plaza, pero vos, después de esto, ateneos a las consecuencias, porque desde ahora no tendrán tan fácil solución.

Descascarilló la cal del pozo golpeándolo con toda la rabia que traía. Tiró el bastón al agua y salió aún más altiva de lo que había entrado.

Francamente, yo no le di ninguna importancia a sus amenazas, hasta que dos días después medio Guadalajara alzó sus gritos contra mí. Eran, naturalmente, la mitad que siempre la había preferido a ella frente a mí, los mismos que me miraron con recelo el día que llegué, siendo aún un niño, de la mano de mi madre para tomar posesión de los bienes de mi padre.

Aquella disputa entre nosotros se nos había ido tanto de las manos que ninguno de los dos calculamos su alcance. Sin querer, habíamos avivado los silenciosos rencores que desde tiempo inmemorial unos vecinos tenían hacia los otros. Cada vez que alguno atentaba contra otro, nos culpaban indirectamente de su desmán, asegurando que la pelea se había fraguado por defendernos a Aldonza o a mí, en vez de reconocer la verdadera causa de su disputa.

Lo supimos la noche de la primera muerte. Fue la de un zapatero al que había asesinado un curtidor al que le debía dinero. El mismo curtidor que nos hacía las monturas. Al defenderse, el asesino alegó haberlo hecho por defender a su señor. Vil excusa, sin duda, para solucionar sus problemas, porque ni yo era su señor, ni nunca me había rendido vasallaje. Exclusivamente trabajaba la piel de mis encargos.

Desgraciadamente, no fue el último que aprovechó la penumbra de los anocheceres para deshacerse de sus molestias a golpe de cuchillo. Tantos fueron los que se unieron a este proceder que las malas noticias volaron a oídos del rey.

Un buen día, un mensajero dejó entregado un documento en mi casa. Al ver su sello, me temí lo peor. Era una real cédula y el pulso me tembló al tomarla entre mis manos. En ese momento no pude olvidar que, al fin y al cabo, mi hermana Aldonza era prima del rey y su marido, su tío. Ese doble vínculo con don Juan de Castilla y los favoritismos que recientemente le habían impulsado a concederle el título de conde de Arjona quizá, pensé, ahora crecieran y les otorgara mi señorío de Manzanares.

Así las cosas y viéndome la cara de susto, mi madre intuyó algún temor en mí.

—No temáis, Íñigo. Recordad cómo la difunta reina Catalina de Lancaster obró cuando vos erais niño y el ahora Arjona tomó el Real de Manzanares por primera vez en nombre de vuestra hermana Aldonza —dijo ella tratando de tranquilizarme.

Pensativo, recordé en voz alta.

—Atendió a nuestras súplicas y le obligó a retirarse de ese señorío hasta que el pleito fuese resuelto. En aquel momento no le importó que Aldonza fuera más pariente del rey que yo. Pero, madre, ¿cuánto tiempo ha pasado desde entonces?

—Casi veinte años —dijo ella contando con los dedos.

La evidencia de los lustros era clara. ¿A qué se debía tanta demora? Pesaroso, tuve que llevarle la contraria.

—Madre, entonces fue el esposo de Aldonza quien provocó el altercado. En cambio ahora somos nosotros. Si esto fuese un privilegio, podría estar tranquilo, pero, francamente, el documento no tiene ese aspecto.

No esperé más y rompí el lacre real. El rey me mandaba poner orden en la ciudad y amenazaba con duras penas y castigos al que persistiese en su posición. Entonces, mi madre se mostró muy aliviada al saber que no se trataba de Manzanares.

—De sabios es rectificar, Íñigo —me dijo—. Este desbarajuste ha durado demasiado. Es menester que pongáis paz antes de que esto transcienda a mayores y todos os odien.

Me encogí de hombros.

—Resulta fácil decirlo, madre, pero me veo incapaz de ello. Si tenéis alguna idea de cómo lograrlo…

—En primer lugar —me interrumpió—, debéis devolver el agua a vuestra hermana Aldonza. En segundo lugar… —de repente su voz se quebró y se hizo el silencio. Era como si las palabras que iba a pronunciar se hubiesen escondido. La miré inquieto. Tragó saliva y continuó—: en segundo lugar, tenemos que terminar con este eterno pleito y no veo otra manera que llegar a un acuerdo. —Se volvió a callar un instante—. Acaso partiendo el señorío de Manzanares el Real en dos.

La miré sorprendido.

—¡No lo puedo creer, madre! ¡Hemos luchado por la propiedad de esas tierras desde que tengo uso de razón y ahora sin más decidís rendiros! ¡No, madre!

Entonces, entornó los ojos y puso su mano ya anciana sobre mi boca.

—Íñigo, esta es vuestra ciudad. Debéis procurar que sus habitantes os quieran como quisieron a vuestro padre. Recordad que, sin ser su señor, lo eligieron por voluntad propia y no por imperativo. Íñigo, por Dios, estas luchas entre Aldonza y vos han de terminar. Además, pensadlo bien, el que Aldonza no haya tenido hijos, y convendréis conmigo en que ya no tiene edad para concebir, nos pone las cosas más fáciles. —Con franqueza he de decir que en aquel momento no comprendí nada. Apartó su mano de mi boca y prosiguió—: Íñigo, dejad a Aldonza parte de lo que desea y a cambio acordad que al morir deje que esas tierras reviertan a vos. Que os las deje en testamento a vos o a vuestros sucesores.

—¿Creéis que aceptará?

—Desde luego. Pensad que es mayor que vos. Además, siempre ha sido su ilusión. Es una posibilidad que jamás le hemos propuesto.

Una vez más me dispuse a seguir las indicaciones de mi madre. Lo cierto fue que estas trajeron la paz a Guadalajara. Me alegré, ya que andaba cansado de salir siempre bajo el yugo de alguna que otra mirada severa.

Un 10 de noviembre de 1422, en Espinosa de Henares, firmé, junto a mi odioso cuñado, un acuerdo con respecto al Real de Manzanares. Acordamos partir en dos el hasta entonces vasto señorío. La mitad, para mi hermana Aldonza, siempre y cuando, al morir, aquellas tierras pasaran a ser de mi posesión. En cuanto el rey recibió la copia del documento, levantó el embargo.

Así fue como, nada más tomar posesión de mi parte, me propuse construir un recio castillo defensivo que recordase para siempre nuestra lucha y victoria. Los pleitos que había mantenido durante décadas por la posesión de este señorío bien merecían que allí erigiéramos una fortaleza. Después de cabalgar de un lado al otro de La Pedriza durante días, de embriagarme con el paisaje y de soñar con la sombra de lo que algún día sería mi castillo, decidí que el lugar más idóneo para erigirlo era la cima de un pequeño cerro que había justo al lado de la villa de Manzanares. Así, pensé, el pueblo crecería a su amparo. Además, los canteros lo tendrían fácil. Allí había, y mucho, granito dorado. Se lo arrancaríamos a La Pedriza y un día las murallas de aquella fortaleza refulgirían al sol como el mismo oro, se fundirían con el entorno como si formaran parte del mismo paisaje. Luego, engalanaría aquella humilde villa de pastores. A su espalda, la sierra con su inmensa solemnidad lo arroparía para siempre.

Podía haber predios con mejores vistas, pero aquel estaba cerca del río, el que le daba nombre. Nunca nos faltaría agua. Cada primavera, las nevadas cumbres del Guadarrama verterían su deshielo hacia aquellos parajes de hierba, de moras, de membrillos y de tantos frutos. No se podía pedir más. ¡Si teníamos hasta una pequeña ermita románica rectangular con su ábside semicircular y todo! La reconstruiríamos y la integraríamos en la fortaleza, así Dios velaría por ella desde el primer instante.

Tan solo dos días después, comenzó la obra. Sentado sobre una de esas grandes piedras que crecían desperdigadas y como escupidas por las mismas entrañas de la tierra, vigilaba cómo algunos hombres aprovechaban los sillares de una ruinosa torre defensiva con habitación para cargarlos sobre los carros y llevarlos al enclave elegido. Los bloques eran tan grandes que las flacas acémilas apenas podían dar el primer paso. Aquellas piedras servirían de base a los nuevos muros. Cuando llegaban en las mulas, los canteros las recibían y les daban forma. Luego, las colocaban sobre el dibujo de la planta del edificio que el arquitecto había trazado sobre el suelo con cal.

Entonces, he de reconocer que me hubiera gustado contar con la presencia de nuestro nigromante para que fijase el día exacto en el que las estrellas marcaban el inicio de la construcción, pero el buen hombre hacía mucho tiempo que vivía encerrado voluntariamente y cada vez era más difícil obtener su consejo. Así que, dada su falta, no quise sentirme supersticioso y continué azuzando a todos.

Sin embargo, la lentitud de cada paso me hizo consciente de que con toda probabilidad la vida no me daría años para ver terminada la obra. No me importaba; mi hijo Diego lo haría.

Una de aquellas mañanas soleadas en que, sentado, observaba los trabajos de canteros y constructores, vi cómo una muchacha serrana se dirigía al caño del lavadero. Lo supe al verla con el cántaro de barro sobre la cabeza. Iba a buscar agua. Aquella imagen me hizo olvidar todo lo demás. Sus caderas se contoneaban al son de un cascabel que pendía de su cinto. Era bella, muy bella, tanto que, apenas desapareció en un recodo del camino, la convertí en una musa, en una de esas efímeras musas mías.

Así que, como había hecho en alguna otra ocasión, tomé la punta de una de mis flechas y busqué a mi caballo, pero esta vez pacía tranquilamente junto a un fresno; su sudor no me servía, así que mojé la punta en un charco de arcilla oscura y escribí las primeras palabras de unos versos sobre aquella serranilla en la piel de mis zahones.

> *Por todos estos pinares*
> *nin en Val de la Gamella*
> *non vi serrana más bella*
> *que Menga de Mançanares.*[2]

Dos días después la esperé en el mismo lugar y a la misma hora. Intenté seducirla. Al tercero, le leí los versos y pareció rendida a mis encantos. El cuarto, ya decidido, la acompañé a su casa. No era el lugar más apetecible, pero, a falta de otro más caliente y agradable, allí gozamos

---

[2] *Serranilla V*, «Menga de Manzanares».

tumbados sobre las lanas de un par de merinas que tenía y que acababa de esquilar. En esas estábamos cuando, entre resuellos de placer, el tañer de las campanas nos alertó de que algo importante había ocurrido. Desde el portón, la voz de mi escudero me lo comunicó.

—¡Señor, señor, la reina de Castilla ha parido un varón! —gritó.

De un salto, me subí el calzón. Besé en los labios a la muchacha y le deslicé unas monedas en su saquillo como agradecimiento. Luego, salí corriendo.

XII

1425-1427

VASALLO DE UN SOLO REY

Por tanto, señora mía,
usad de piadosas leyes,
por estos tres santos Reyes
y por el su santo día.
Por bondad o fidalguía
o por sola humanidad,
vos plega mi libertad,
o por gentil cortesía.

MARQUÉS DE SANTILLANA
Decires, 6, «El aguilando», III

Apenas me detuve en Guadalajara para recoger a mi esposa, mi eterna musa, que no efímera, como la serrana. Catalina aguardaba impaciente mi regreso para acompañarme a Valladolid a conocer al que un día, Dios mediante, sería el futuro rey de Castilla.

En esta ocasión, al no estar embarazada, Catalina prefirió viajar sobre la grupa de mi caballo. Dudé, pero lo cierto era que así, libres de carros que nos siguieran y de la demora que esto producía, podríamos llegar antes. Con una mano asida a mi cintura y otra a la cincha de la cola del animal, Catalina se mantuvo durante horas sin perder ni una sola vez el equilibrio. Solo permitió que su cansancio aflorase cuando divisamos la casa de las Aldabas de la calle de Teresa Gil de Valladolid. Allí era precisamente donde la reina María había dado a luz al príncipe y donde aún se recuperaba. Catalina, agotada, posó la cabeza sobre mi hombro y me susurró al oído:

—Parece que Dios, con este nacimiento, al fin bendice el matrimonio del rey. La reina debe de estar rozagante.

Con tan solo un gesto, asentí. El príncipe Enrique, pensé, no era el primer hijo que habían tenido los reyes. En realidad, era el tercero, pero la muerte prematura de los dos anteriores le convertía en el único. Tres años antes había nacido la princesa Catalina, pero desdichadamente murió con tan solo dos. Y luego, a la infanta Leonor, un año menor que su hermana, se la había llevado alguna de esas enfermedades que padecen los niños, de modo que, solo dos meses antes de nacer el príncipe Enrique, habían enterrado a la pequeña.

Con la mano aún enguantada, acaricié la de Catalina que ceñía mi cintura. Luego le contesté:

—Cierto. Ahora solo nos cabe rezar para que este niño crezca fuerte. Y para que tenga un carácter menos voluble que el de su padre —apostillé.

Catalina respondió a mi caricia con un sonoro beso en mi cuello.

—Íñigo, todos los días doy gracias a Dios por la fertilidad que me ha otorgado —dijo en un tono casi apesadumbrado—. ¡Unas tanta y otras tan poca! ¿Os dais cuenta, Íñigo, de que aún no he llegado a la treintena y ya tenemos cinco hijos?

Aquello me conmovió. Solté la mano izquierda de la rienda del caballo y la abracé por detrás. Entonces, sentí con un inmenso frenesí cómo su pecho empujaba mi espalda.

—¡Y los años que os quedan, Catalina, y los años que os quedan para darles hermanos! —Bajé la voz y le susurré—: Con la lozanía que tenéis, os sobra para traer al mundo media docena más de hijos sanos sin apenas enteraros.

De pronto advertí que, retirada, una vieja hacinaba leña en un puesto callejero. Sentí entonces un acalorado rubor.

—Bajad la voz y haced el favor de no hablar de mí como si fuese una perra en celo. ¿Habéis dicho media docena? —dijo entre susurros.

Comencé entonces a bromear con las manos, tocando aquí y allá, hasta que, con cierto disimulo, la pellizqué en la entrepierna.

—¿Os parecen muchos? —dije casi riendo—. No os preocupéis que hoy mismo nos ponemos...

Me dio un manotazo y es que, lo que al principio fue vergüenza, ahora se había transformado en furia.

—¿Acaso queréis matarme de sobreparto? Apagad vuestro fuego, porque no es momento de calmarlo; estamos a punto de llegar.

Y así era, porque apenas cuatro varas nos separaban de la puerta principal. Me erguí para recobrar la compostura, inspiré ligeramente contrariado y cambié de conversación.

—¿Por qué el rey querrá bautizarle Enrique? —pregunté.

—Quién sabe, quizá esté pensando en liberar a su primo, el tocayo y tío de la criatura —me contestó con toda naturalidad—. ¿Es que no habéis escuchado el rumor? Corre por todas partes que este nacimiento ha de traer la paz y que de su mano llegará el perdón. ¿Quién es más digno de perdón que el infante don Enrique de Aragón?

La miré sorprendido.

—¡Qué imaginación, Catalina! Se llamará Enrique simplemente porque es un nombre de familia y así se llamaron muchos de sus antepasados.

—Suponed lo que queráis, Íñigo, pero cuando el río suena...

Ahora tuvo que callarse, porque en ese instante los portones se abrieron para darnos paso.

El buen estado del recién nacido trajo de nuevo la felicidad a la familia real. Nosotros, por nuestra parte, no quisimos dejar de darles reiteradamente nuestra enhorabuena durante los dos días que estuvimos en Valladolid. Don Álvaro de Luna, que parecía tan indispensable como la nodriza, apenas se separaba del niño y sus padres. Aproveché la ocasión para acortar la distancia que aún nos separaba. Y es que no cabía la menor duda, el de Luna se había convertido en la sombra del rey y este no daba un paso ni pronunciaba palabra sin su previa diligencia.

Fue él mismo, al despedirnos, quien me comunicó, eso sí, con aire displicente, que, si todo iba según lo previsto, el infante don Enrique sería puesto en libertad.

—Alegraos, Íñigo, y comunicadlo a todos los vuestros —dijo con altivez.

No salía de mi asombro. Como quien no quiere la cosa, me estaba probando. No caí en la trampa porque a ingenioso no me ganaba.

—No sé a qué os referís, don Álvaro, pero la paz siempre es una buena noticia.

Sabía muy bien que aquel sibilino tocado por el sello real no pronunciaba una palabra sin esconder una intención. Espoleé mi caballo para alejarme lo más rápido posible, a pesar de que mi señora aún no se había recuperado del dolor de riñones que le produjo el viaje de ida.

Me di la vuelta para despedirme y ahí estaba don

Álvaro, junto al monarca y sus dos hermanos, y es que últimamente su caridad había consistido en traerlos a la corte para que también ellos sacasen tajada de su privilegiada posición. ¡Cómo había cambiado desde que le vi por primera vez en aquellas lejanas y conflictivas Cortes de Guadalajara! Entonces, aquel joven aún se protegía entre los faldones de los hábitos de su tío y ahora, en cambio, eran sus tentáculos los que protegían a sus parientes.

El muy bastardo ya no ponía límites a su ambición. Le acababan de nombrar condestable de Castilla, el máximo título que se puede conceder en el reino, lo que demostraba hasta dónde podía llegar su codicia. De manera que el que había nacido bastardo en Cañete y, por entonces, sencillamente solo era conde de Santisteban de Gormaz, ahora se convertía en el condestable de Castilla, ni más ni menos.

En aquel momento, fuimos muchos los que al saberlo apretamos los puños y contuvimos la ira y, aunque parezca mentira, muy pocos los que se atrevieron a expresar su parecer. ¡Hacía tan poco que nuestro amigo López Dávalos había ostentado ese mismo cargo! Como tantas cosas que se hicieron, el rey se lo arrebataba y se lo entregaba a otras manos más agradecidas.

Los más avispados aseguraban que el mismísimo Dávalos se lo había buscado cuando acompañó a la mujer del infante don Enrique de Aragón a su destierro. ¿Acaso olvidaban que doña Catalina, aparte de ser la esposa del detenido, era hermana del rey de Castilla? ¿Nadie recordaba ya que ella nunca se hubiese casado con el ahora reo si no hubiese sido por imposición de su propio hermano? ¡Cómo aprovechaban los oportunistas cualquier descuido! Dávalos, al fin y al cabo, lo único que hizo fue escoltar a una dama por la fidelidad debida a su hermano el rey.

Pero, francamente, todo aquello importaba poco, o nada, en un mundo donde el descuido sobre un bien preciado se pagaba con su pérdida. Los demás no estábamos en posición de defenderle porque la muda amenaza del ahora condestable siempre estaba latente. Era mejor permanecer callados, sobre todo ahora que, al parecer, don Enrique de Aragón sería liberado definitivamente.

Así que cuando al fin un día salió libre del castillo de Mora, en Toledo, muchos le esperamos al otro lado del foso. Todos guardábamos silencio y él, con el rostro demacrado, al vernos, inclinó la cabeza para agradecer nuestro recibimiento. Luego, le acompañamos a Tarazona, donde el defenestrado Dávalos y su mujer, la infanta Catalina de Castilla, le esperaban junto al rey y el condestable.

El monarca quería compensar tanto a su hermana como a su primo por haberles arrebatado el señorío de Villena. Y lo hizo entregándoles las villas de Alcaraz, Trujillo y más de seiscientos vasallos. Fue generoso, sin duda, pero los que conocíamos bien al infante don Enrique sabíamos que aquello no borraría su deshonra.

Pero pasó el tiempo y un buen día nos propuso que le acompañáramos a hablar con su primo el rey de Castilla. «Alguien tiene que abrirle los ojos en relación al condestable», dijo. Y, claro, nadie mejor para ello que sus propios nobles. Sin duda, cuantos más fuésemos, más fuerza tendríamos para desacreditar a don Álvaro de Luna.

Sin embargo, mi madre y Catalina se mostraron reticentes, pero tuvieron que aceptar. Así que, de inmediato, me uní a la enorme marcha de nobles que ya se encaminaban hacia Valladolid. Luego, en algún punto del camino, que ahora se me ha ido de la memoria, se nos unió mi hermano Rodrigo, que venía junto a su esposa, doña Mencía de Toledo, así que Catalina se llenó de alegría porque ahora haría el camino en compañía femenina. En esta ocasión, Catalina viajaba en carro porque de nuevo estaba embarazada, a pesar de lo cual se empeñó en acompañarme.

Ahora, en la comitiva, junto a mi estandarte como señor de Hita y de Buitrago, iba el de mi hermano, señor de Tordehumos; sin embargo, el viaje fue especialmente duro, sobre todo porque muchos mesoneros y posaderos de los que encontrábamos en el camino se negaron a facilitarnos hospedaje y alimento. Fue triste y penoso. Con la cara compungida, entreabrían la puerta de la fonda y nos daban vanas y absurdas excusas, a pesar de nuestra reiterada insistencia. Luego, nos la cerraban en las mismísimas narices, a pesar de la bolsa de monedas que les mostrábamos. Los recuerdo como a niños a los que se les resbalara una cuchara de miel entre los dedos sin tiempo de atraparla.

Pero, claro, con el tiempo nos enteramos del porqué de ese comportamiento lleno de miedo. Al parecer, y según todos los comentarios que pudimos recoger entonces, cuando el condestable se enteró de cuáles eran nuestras intenciones, buscó alguna treta para forzarnos a desistir de nuestro empeño. Y se le ocurrió prohibir a todos esos hombres que nos atendiesen. Tan solo encontramos a un posadero que desoyó la advertencia y a las pocas horas de nuestra partida apareció colgado de la rama de un árbol a la vera del camino. Pronto la noticia se extendió y el miedo, como es lógico, cundió entre todos sus compañeros. A tanto llegó el asunto que las últimas noches tuvimos que dormir al raso. Pero la treta le salió mal a don Álvaro, porque, en vez de frenar nuestros deseos, a cuenta de su vil injusticia se fomentó que otros más se unieran a nuestra causa, de manera que, al llegar a Valladolid, éramos casi cien señores con sus respectivos séquitos.

Y allí, junto a la ciudad, acampamos, pero cuál fue

nuestra sorpresa cuando una noche advertimos que las huestes del infante don Juan de Aragón, ya rey de Navarra, habían empezado a montar sus tiendas en torno a las nuestras. Así que, cuando vimos que los dos hermanos, don Juan y don Enrique, se abrazaban, comprendimos que la paz sí era posible. Lo que no sabíamos era por qué don Juan de Aragón, antes tan amigo del condestable, ahora se alzaba contra él, pero, para ser sinceros, aquello no nos importaba, porque sabíamos que era un poderoso aliado.

A mediados de septiembre, los dos hermanos se reunieron en secreto en el monasterio de San Pablo. Recuerdo que esa imagen me hizo volar a los años de mi juventud en la corte de Aragón. Aquello me sobrecogió de tal modo que me ofrecí como mediador con su primo el rey de Castilla. Al final, el ya rey de Navarra quedó muy agradecido por el gesto. Recuerdo que me dijo:

—Mosén Íñigo, una vez más os agradecemos en nombre de nuestro hermano el rey de Aragón los grandes e importantes servicios que nos habéis hecho y que seguís haciendo. Sé de vuestras buenas intenciones y del afecto que sin duda nos habéis demostrado. Vuestras obras en lo tocante a nuestro honor... Seré claro, Íñigo: ¿estaríais dispuesto a más?

La pregunta había quedado en el aire, pero parecía evidente que, además de agradecerme los servicios, me pretendía como fiel aragonés. Contesté sin dudarlo.

—Mi señor, es tan cierto que siempre he admirado el reino de Aragón como que por mis venas corre sangre castellana. He de reconocer que en mi juventud me asaltaba el dilema de elegir entre uno u otro reino, pero os he de ser franco, hace tiempo que la duda se ha disipado. Soy vasallo de vuestro primo el rey de Castilla, a pesar de todo.

—Ojalá tuviésemos más hombres como vos —dijeron los dos aragoneses al tiempo.

—Os he de confesar que me he ofrecido exclusivamente porque el rey mi señor me ha mandado recado. Vuestro primo quiere saber de nuestras intenciones y os espera en Simancas.

—¿Nos recibe? —preguntaron al unísono.

—Qué remedio —sonreí—, somos demasiados para negarse.

—Decidle —contestó don Enrique— que desearíamos verle en audiencia antes de dos días y adelantadle para qué.

El rey don Juan de Castilla me recibió impaciente. Parecía estar cansado de ver desde las almenas del castillo de Simancas nuestro campamento. Por otra parte, yo sabía que no sería fácil hablarle de cosas que él no quería escuchar. Sin embargo, no tuve miedo, porque los maestres de Calatrava y Alcántara, mi maestro don Gutierre y mi primo Fernán me acompañaban. Nos saludamos y me escuchó, atentamente al principio y con enojo después.

Los dos aragoneses eran tajantes: le exigían la expulsión inmediata de don Álvaro de Luna de su lado si quería la paz definitiva entre los dos reinos. A decir verdad, al rey no le quedó otra alternativa y aceptó, pero… nadie intuyó la contrariedad del monarca en aquel momento.

Al día siguiente, fueron ellos mismos en persona quienes se lo solicitaron.

Aún recuerdo el instante. Fuimos entrando en el salón del trono y nos dirigimos a nuestros sitiales. Al pasar delante del rey, cada uno nos arrodillamos. La sala era inmensa. A la derecha del rey se encontraba el condestable y a su izquierda, la reina María. Ambos nos saludaron uno a uno.

Hubo un momento en que a la reina, al ver a sus hermanos don Enrique y don Juan, se le dibujó una leve sonrisa en el rostro. No le recordaba esa alegría en la cara desde el nacimiento del príncipe y es que hacía tiempo que el gesto de la reina se había ensombrecido por motivo de las disputas entre su marido y sus hermanos. Sin duda, sufría tanto o más que su propia madre, Leonor de Alburquerque, con aquellos enfrentamientos.

Nosotros aguardábamos sentados, tiesos y rígidos, sin mover casi un músculo de la cara. Esperábamos que los infantes de Aragón fueran concisos e incisivos. Creo que nuestra presencia les dio fuerzas y los estimuló en sus argumentaciones. No hubo ningún tipo de ironía, pero de forma clara expusieron el nocivo influjo que el condestable don Álvaro de Luna ejercía sobre el reino de Castilla y contra el de Aragón.

El mejor en explicarse fue don Enrique. Las palabras brotaban de su boca como si nunca en su vida se hubiese dedicado a otra cosa que a la oratoria. Según hablaba, el ceño del de Luna se fue frunciendo y endureciendo hasta desfigurar aquel amable semblante con el que al principio nos había recibido. Lo que estaba escuchando, sin duda, no le gustaba y la indiferencia con que el infante de Aragón se mostró, aún menos. Pero tuvo que morderse la lengua. Tanto fue su enojo que acabó por marcharse en medio del acto sin pedirle permiso al rey. La tensión, entonces, fue altísima. Todos temimos que el rey saliera en su defensa, pero, ante nuestra sorpresa, eso no ocurrió. El rey se limitó a seguirle con la vista hasta que desapareció tras unos cortinajes. En ese momento, todo se detuvo. El aire parecía más espeso. El silencio fue intenso, casi hiriente. El rey miró a don Enrique, que en ningún momento se hubo de amilanar, y el acto continuó. Cerca de hora y media se mantuvieron los debates. Por fin, se empezó a barajar la posibilidad de que el condestable desapareciese del lado del rey al menos un año y medio. Era, en definitiva, una forma de comprobar si la presencia del condestable era tan indispensable como algunos aseguraban. De pronto, cuando se estaba en esas, sonó la voz del rey cansina y ligeramente contrariada:

—Lo que me pedís puede ser tan beneficioso como pernicioso. Nombraré a cuatro jueces para que ejerzan de árbitros y decidan, porque yo me siento incapaz.

En ese instante me di cuenta: ¡lo estábamos logrando! Aquello que hubiese parecido imposible hacía tan solo una semana comenzaba a tomar forma, a pesar de la inseguridad que mostraba el monarca al no querer dictar la sentencia él mismo. Pero pronto caí en la cuenta de que, si habíamos conseguido su beneplácito, haríamos lo mismo con sus jueces.

Solo faltaba saber quiénes serían. Cruzamos los dedos para que estuviesen lo más cerca posible de nuestro sentir y así resultó ser.

Nunca llegué a saber si la sorpresiva decisión del rey fue debida a que realmente empezaba a sentirse agobiado por la tenaz manipulación del de Luna o sencillamente lo había hecho por comodidad. Aunque parezca mentira, esta última posibilidad no era de extrañar, porque, cuando le secuestramos, recuerdo muy bien que al principio fingió estar de acuerdo, cuando, en el fondo y como después se vio, ya tramaba en secreto su fuga.

Los árbitros tardaron solamente tres días en dictar sentencia y, a la semana, su mandato fue leído a voz en grito por los pregoneros de todas las plazas del reino. El condestable don Álvaro de Luna tendría que abandonar inmediatamente y sin demora Simancas. Para evitar malos tragos o el muy probable arrepentimiento del rey, se le prohibió despedirse de su señor.

La dignidad con la que acató su pena fue admirable, a pesar de que más de un centenar de vallisoletanos se acercaron a la salida de la fortaleza para insultarle, y es que no todos los días el pueblo llano puede ver cómo un poderoso señor es castigado. Muchos, incluso, se regodearon con su desgracia.

Pero las cosas no siempre salen como se imaginan. Yo mismo, desde una rendija de la tronera, pude comprobar cómo don Álvaro los dejó con un palmo de narices al salir armado y con la visera de su yelmo bajada. Parecía que en vez de partir rumbo a un destierro impuesto se dirigiese, altivo y seguro, a un fácil torneo. Sabía que durante al menos un año y medio no podría acercarse a menos de quince leguas de donde parase el rey, pero aquello no parecía haberle afectado demasiado.

En aquel momento, mi primo Fernán me empujó para poder asomarse. Como todos, no quería perderse el espectáculo.

—Miradle, Íñigo. El condenado finge hasta en el día de su desprestigio —dijo.

No le contesté. Repentinamente el sol se asomó de detrás de una nube y su armadura, perfectamente bruñida para la ocasión, refulgió como si se tratara de la de un santo.

—No lo creo, Fernán. Creo que está tan seguro de sí mismo que intuye que el rey se pondrá en contacto con él en cuanto cese la vigilancia.

—¡Siempre tan desconfiado! —me contestó Fernán descontento—. Me desesperáis. Hemos luchado mucho para ver este día y hoy que se cumplen nuestros deseos ni siquiera os alegráis.

—No hay más ciego que el que no quiere ver —le dije—. ¿Es que no recordáis la cara del rey el día que le dijimos a qué veníamos a Valladolid? Créeme, solo espera ganar tiempo, que nos soseguemos, y entonces le llamará de nuevo.

—Sois un aguafiestas, Íñigo.

—Siento ser tan sincero, pero, nos guste o no, es la pura realidad. Ya veréis cómo el tiempo me da la razón. Miradle bien. ¿Acaso tiene aspecto de derrotado? El condestable solo va a sus tierras de Turégano para un efímero descanso. Estoy convencido de que no pasará un mes sin que el rey le escriba. Tened por seguro que, cuando menos lo esperemos, de nuevo estará con él. Fernán, convenceos; en cuanto nos alejemos de aquí, esta sentencia quedará en agua de borrajas.

—Os dejo, Íñigo —dijo sumamente contrariado y se separó de la tronera—. Prefiero subir a la torre. Seguro que más de uno lo estará celebrando. Con un odre de vino, sin duda.

De reojo y mucho más cómodo al haber recuperado mi espacio, le sentí alejarse. No quería discutir con él. Lo único cierto era que la última vez que vi de cerca a don Álvaro en su mirada se adivinaban el rencor y las ansias de venganza.

XIII

EL ESCOLTA DE UNA INFANTA

Pues loen con gran femençia
los reinos donde nasçistes,
la vuestra mucha exçellençia
e grand honor que les distes,
y la tal graçia graçiosa
por Dios a vos otorgada,
gentil Reina valerosa.

MARQUÉS DE SANTILLANA
Canciones, 7
«Canción a la reina doña Isabel de Portugal»

Mi incómoda cautela de nuevo dio en el clavo. Nada más desaparecer el condestable de la corte, las conjuras se multiplicaron. Sin nadie a quien temer, el desmadre se apropió de los más ambiciosos y toda suerte de absurdos comenzó a rondar al monarca. Tanta ambición, que menoscababa la paz en Castilla, comenzaba a irritarme.

Todos querían formar parte de los privilegios que el rey pudiese otorgar, y quien no conseguía su cometido partía corriendo a reunirse en secreto con don Álvaro, seguro del beneficio que su concluyente regreso le proporcionaría.

En medio de este huracán de ambiciones, pensé que lo mejor sería desaparecer y regresar a casa junto a Catalina, que ya andaba por las cuentas en el séptimo mes de embarazo y soñaba con dar a luz en casa y no en ese incómodo campamento que hacía ya dos meses nos cobijaba a los pies de Simancas. Cuando fui a despedirme de los reyes, estos no me dejaron partir.

Don Juan de Castilla necesitaba una cabeza de turco con quien desahogarse y, dado que yo había sido el primer mensajero de la funesta situación en la que se encontraba, me tocaba encajar. Como un saco de grano pendiendo de una soga, me dispuse a recibir los golpes de su frustración. Me tenía cerca y sabía que los soportaría en silencio y con la máxima dignidad. No se anduvo por las ramas.

—Íñigo, os agradezco vuestro reciente servicio y como recompensa he pensado que, dado que tan bien conocéis a mis primos los aragoneses, podríais servirlos en mi nombre.

Tragué saliva. Su ceño fruncido sobre aquella cínica sonrisa no podía deparar nada bueno. ¿Cómo podría servir a Aragón en nombre de Castilla? ¿Qué embajada me esperaba? Con humildad, le hice una reverencia y acepté mi destino.

—Vuestra majestad dirá.

Tomó aire.

—Como sabréis, mi prima Leonor de Aragón, la hermana de la reina y los infantes, se ha comprometido con el rey Pascual Duarte de Portugal y ha de cruzar nuestro reino para reunirse con él. Los caminos no son seguros y necesito de alguien que los conozca bien y le garantice plena seguridad, porque... —hizo un leve silencio y me miró fijamente a los ojos— ¿qué sucedería, ahora que hemos conseguido la paz, si la infanta sufriese algún altercado durante su viaje a Portugal en territorio castellano?

Tomó una copa de vino y bebió durante un segundo que a mí se me hizo eterno. Mientras le veía tragar, me preocupé por su tono inquisitivo. ¿Qué había querido insinuar con aquella pregunta? ¿Quería o no quería que Leonor sufriese un accidente? Si así era, ¿no pretendería que yo fuese la mano ejecutora de su descabellado plan? Pero ¿cómo podía el rey solo urdir aquello sin el susurro de su valido? ¿Quizá la ira contenida había enrevesado sus llanos pensamientos hasta planear la muerte, aparentemente fortuita, de la infanta de Aragón?

Sin duda, la muerte de la infanta Leonor, futura reina de Portugal, provocaría la ruptura ineludible de las buenas relaciones entre Castilla, Aragón, Navarra y Portugal. Pero… ¿sería posible que el rey esperase la ruptura de esta alianza para llamar de nuevo al condestable a su lado sin que nadie osase contravenir sus deseos?

Terminada la copa, pidió que se la rellenasen y me la tendió. La tomé con las dos manos y sacudí la cabeza procurando no imaginar cosas que en realidad no existían. Don Juan era demasiado simple como para elucubrar de aquella manera. Pronto comprendí que su intención no iba más allá de sus palabras.

—De entre mis hombres —continuó—, probablemente sois el más preparado para guiar el séquito de doña Leonor. Como os habéis criado en parte en Aragón, sabéis de sus gustos y costumbres, y podéis entretener mejor los caprichos de la dama, además de defenderla.

Le reverencié y acepté la orden. Después de aquel encargo, hubo de ser mi hermano Rodrigo quien acompañara a Catalina de regreso a Guadalajara. Ella, como en otras ocasiones, sabría esperar. Con suerte yo llegaría a tiempo para el parto.

A la semana de despedirnos, recogí a la hermana pequeña de la reina María en la frontera aragonesa. El infante don Enrique fue quien me la entregó. Al despedirme, don Enrique me tomó de la mano con la intención de que le prestase especial atención.

—Mosén Íñigo, en vos confío como en un primo y sé que la defenderéis. Con vuestra vida si fuese necesario —añadió.

—Soy hombre de palabra y es lo que le he prometido a mi rey —le dije con severidad.

—No lo dudo —sonrió—, pero... hay otra cosa que a nosotros nos gustaría pediros.

Entonces sí temí, por su entrecortada e inconclusa demanda.

—Vos diréis.

Miró a un lado y a otro y se cercioró de que nadie estuviese demasiado cerca como para escucharnos.

—Las murmuraciones dicen que el condestable vuelve a las andadas, que no hace el más mínimo caso del destierro al que le sometimos y que el mismo rey le escribe a diario para solicitarle su regreso.

—Mirad, apenas dejé Valladolid poco después que vos —mentí— y no sé nada de ello, aunque, con sinceridad, no sería de extrañar.

Contrariado por mi respuesta, continuó acortando las distancias y bajando el tono de su voz.

—Os confieso, Íñigo, que mis hermanos, los reyes de Navarra y Aragón, han decidido esperar para confirmar los malos augurios. Comprended que yo no soy nadie para contradecirlos, y más ahora que andamos en paz, pero, si es verdad... —de nuevo tragó saliva y me susurró, ahora tan cerca del oído, que su voz me cosquilleó—, si es verdad, Íñigo, la estrategia de ataque que hemos trazado nos llevará a tener que acampar en vuestros señoríos de Hita. Supongo, y sinceramente esperamos, que no pondréis reparo en ello.

Separó su boca de mi oreja para poder mirarme a los ojos. Lo pensé rápido; no podría negarme a ello si de verdad el condestable estaba a punto de incumplir con su destierro, porque eso significaría el desprecio absoluto del rey de Castilla hacia todos los que se lo solicitamos. Sin embargo, antes de contestarle, alcé la mano para que las trompetas iniciasen la marcha. Por un instante, pensé en hacerme el sordo ante su peligrosa petición, pero, rápido, cambié de opinión. ¡Al diablo con el débil rey si tanto dependía de don Álvaro de Luna! Espoleé al caballo y grité:

—Don Enrique, si fuese como decís, no puedo aseguraros mi protección, pero tampoco os echaré. Tomadlo, si os parece, como un permiso tácito, que no implícito, por lo que me pudiera costar.

Así que de nuevo me vi inmiscuido en los asuntos de Aragón, aun sabiéndome vasallo de Castilla. Partimos pronto y, durante la primera hora de camino, cabalgué en silencio, dándole vueltas en la cabeza a todo aquel asunto. Sin embargo, a medida que me fui adentrando en Castilla, ese funesto pensamiento se fue difuminando hasta casi desaparecer. Intrigas y más intrigas. ¡Estaba ya tan cansado de verme involucrado en esos asuntos sin buscarlo…! A partir del día siguiente, no pensé en otra cosa más que en darme prisa en el viaje para dejar cuanto antes a la infanta en su destino. Pero pronto me di cuenta de que, para mi desesperación, la rapidez parecía imposible. La infanta, a cada tanto, se mostraba cansada y había que parar. Además, cuando llegábamos a alguna posada, aldea, villa o ciudad se nos hacía recibimiento y agasajos para celebrar la llegada. Y es que la infanta no dejaba de ser la hermana de la reina y en cada lugar deseaban que se llevase un buen recuerdo. De manera que el viaje se hizo lento y, sobre todo, muy cansado con todos aquellos recibimientos.

A punto de llegar a Valladolid y con casi la mitad del camino recorrido, me llegó la noticia de que había tenido un hijo. Supe que el 3 de mayo Catalina había dado a luz a un varón. Fue Diego, el mayor de mis hijos, quien, con sus once años, al no estar yo presente, lo tomó en sus brazos y lo reconoció en mi nombre, aunque, ya sé, el reconocimiento paterno es un acto que no se puede delegar.

De manera que, al llegar a Valladolid, sopesé la idea de que la infanta quisiera pasar algún tiempo junto a su hermana, la reina María, antes de despedirse definitivamente. Si así fuese, me esperancé ante tal conjetura, les pediría licencia para ausentarme una semana, así podría abrazar a mi mujer y a mi nuevo hijo. Porque he de confesar que, desde que mi madre, después de dar a luz a mi hermano Gonzalo, esperó y esperó tiempo y tiempo la llegada de mi padre, no se me había ido de la memoria aquella imagen de soledad y me había jurado a mí mismo que yo jamás cometería semejante falta.

Así que lo tenía prácticamente decidido, pero, cuando divisamos las murallas, la ilusión se me desvaneció por completo en un instante. Allí, delante de las puertas distinguí al caballero que nos esperaba a las afueras. De pronto me di cuenta de que, por fuerza mayor, debería faltar a mi juramento, porque el caballero que nos esperaba no era otro que don Álvaro de Luna.

Enrique de Aragón tenía razón; no eran simples intrigas. ¿Qué hacía allí don Álvaro, si se suponía que estaba desterrado? Estaba claro; el rey no había esperado ni un segundo para llamarle a su presencia. Catalina tendría que esperar. Allí, en Valladolid, se debían estar cociendo demasiadas cosas y yo tenía que enterarme.

Don Álvaro, según pude saber, campaba a sus anchas por la ciudad. Es más, fue él el organizador de festejos, justas y torneos con que recibir a la infanta y futura reina de Portugal. Había sido el mismísimo rey el que le había recogido en Turégano para que le acompañase. Por otra parte, no había quien osase referirse a su presencia, de manera que yo me mantuve prudentemente en silencio y no me dejé notar. Solo en las justas, y debido a la composición de los equipos, se podía suponer quién estaba del lado de los infantes de Aragón y quién del condestable. Además, tenía la certeza de que estaba en la mira de muchos que no sabían a ciencia cierta de qué lado estaba, porque mi neutralidad en estos asuntos no la admitía nadie. Por eso, hice esfuerzos titánicos por no significarme.

Así, a los que me acusaban de tendencias aragonesas, les hice ver que comandaba la comitiva de la infanta Leonor única y exclusivamente por orden del rey de Castilla y, a los que me suponían castellano acérrimo, les hablé de los beneficios que nos reportaría adquirir la cultura y el gobierno que se usaba en Aragón. Para ello tuve que empeñarme en un enorme derroche de elocuencia que, a pesar de todo, provocó que la mordacidad se desatara aún más contra mí, de manera que pude comprobar que había muchos, demasiados tal vez, que me acusaban abiertamente de jugar a dos bandas. Incluso amigos en los que siempre confié, que tuvieron la osadía de contar a diestro y siniestro que en mi casa había demasiados recuerdos y regalos del rey de Aragón que este me hizo, sin duda, cuando fui su copero mayor.

¡Qué absurdo todo! No era para tanto; tenía, es verdad, una vieja yegua en mi cuadra que me había regalado cuando regresé, un arpa, que estaba en el salón de linajes y que de vez en cuando tocaba, y una ballesta alemana. Eso era todo. Hice oídos sordos. Era lo mejor. ¿Para qué preocuparme si cuando alguien quería atacar lo hacía por eso o por cualquier otra cosa? Deberían de estar muy aburridos o... tener demasiada maldad. ¿Quién sabe?

De manera que, el día que salí de Valladolid, me sentí contento y liberado. Había abandonado un verdadero nido de víboras. Además, estaba deseando acabar cuanto antes con el encargo de ese viaje y poder retirarme a mi casa. Necesitaba conocer a mi hijo, abrazar a mi mujer y descargarme la conciencia por mi ausencia en el parto. Además, estaba cansado, doblemente cansado, especialmente por haberme visto amenazado en enojosas conversaciones acusatorias en las que, puedo asegurar, nunca quise involucrarme.

El día que por fin dejé a doña Leonor de Aragón junto a su reciente marido, como reina de Portugal, me faltó tiempo para galopar sin descanso. El caballo no paró ni un instante hasta entrar de nuevo en Castilla y dejar a la espalda Portugal. Se respiraba ya un aire distinto, nuevo, que entraba en mi pecho y me producía una enorme alegría, una dicha remota y honda de saberme en mi tierra, cerca ya de mi casa, imaginando a Catalina con el niño en brazos.

Catalina ya le había bautizado cuando yo llegué. Le había puesto de nombre Pedro, porque había tenido un sueño premonitorio en el que una voz lejana y remota le había augurado que tendría un hijo que sería príncipe de la Iglesia y al que debía bautizar como al guardián de las puertas del cielo.

Se apellidó González de Mendoza, como su bisabuelo, y, según la carta astral que le hizo como era costumbre el Nigromántico, el nombre que eligió Catalina estuvo muy acertado porque las constelaciones le señalaban como un futuro gran hombre de la Iglesia, dotado, incluso, de aura. No supimos entonces qué podría significar aquello, pero de lo que sí estuvimos seguros fue de que, en cualquier caso, era algo bueno.

Ya estaba en Guadalajara. Nada mejor ni más deseado. Allí, en mis casas, al abrigo de los míos, rogué a Dios por que la estancia se prolongara. Y no era difícil, porque el rey se había propuesto prolongar la paz con los musulmanes. Sin embargo, había algo que sí me preocupaba, y mucho. Aquellas palabras de don Enrique de Aragón cuando nos despedimos. Porque sabía, o al menos intuía, que según marchaban las cosas en la corte, y don Álvaro en Valladolid me lo confirmaba, la presencia de los aragoneses en Castilla podía ser casi inminente. ¿Qué haría el día que acampasen en mis tierras? Las dudas y los miedos me embargaban. Decidí confiárselo a mi madre, porque ella era la única persona sobre la tierra a quien podía revelar mis miedos y mis preocupaciones sin temor a la deslealtad.

—Cautela, silencio y estar ojo avizor a la espera de acontecimientos. Nada más puedes hacer, Íñigo —me dijo seca y circunspecta.

Pero don Álvaro de Luna hacía ya varios meses que andaba de aquí para allá a sus anchas, cabalgando junto al rey. Yo intuía que se avecinaba el peligro, porque ni los nobles castellanos descontentos con la situación, ni los aragoneses ni los navarros habían de tardar demasiado en mostrar sus sentimientos. Una y otra vez sonaron en mi alma las campanas que avisaban de lo inevitable, hasta que un día apareció un mensajero del rey en nuestro patio.

Don Juan de Castilla me mandaba aviso para que acudiese a Palencia acompañado por mis huestes y los hombres de Guadalajara que quisiesen respaldarle. Según el billete, todos sus fieles sin excepción debíamos admitir al condestable como el alférez mayor del reino y, por lo tanto, su máximo representante en el caso de su ausencia o incapacidad.

Eso convertiría a don Álvaro de Luna casi en el segundo rey de Castilla y el rey, con aquel documento, nos obligaba a jurarle como tal. El aludido, mientras y como si no supiese nada de aquella desmesurada merced que el rey se disponía a otorgarle, se había dirigido a la frontera con Aragón para detener la amenaza de una incursión enemiga. ¡Qué falso! Sin duda, quería evitar una escena similar a la que vivió en Simancas antes de que le desterráramos. El cobarde prefería ausentarse cuando el rey nos impusiese su mandato, no fuésemos a acusarle de nuevo de dominar la voluntad del monarca.

Negarme a acudir a semejante llamamiento me hubiese delatado. Después de tantas dudas, había llegado el momento improrrogable de demostrar un acercamiento definitivo. Estaba claro que llevarse bien con el condestable era sinónimo de tener la gracia del rey. Ya no cabían las medias tintas y, como castellano que era, tenía que demostrar mi buena predisposición, porque así me lo solicitaba el rey. Al despedirme, como tantas veces había hecho, mi madre me aconsejó:

—Jurad fidelidad incondicional, pero siempre y cuando el rey os dé algo a cambio.

La miré de reojo y pensé que jamás daba puntada sin hilo.

—Lo intentaré, siempre que la situación lo permita. ¿Se os ocurre algo que pedir?

Se lo preguntaba con toda la intención.

—El almirantazgo mayor de Castilla —dijo casi sin inmutarse—. Yo intenté que sucedieseis en esta gracia a vuestro padre cuando murió, pero no lo conseguí, porque según me dijeron erais demasiado niño. En vez de vos fue don Alonso Enríquez quien se hizo con el cargo. Sé que ahora su viuda pretende que su hijo, aún niño, le suceda. ¿Qué os parece, Íñigo? Si la merced no era hereditaria entonces, no tiene por qué serlo ahora. Aprovechad la vacante e intentadlo. Si lo lográis, me habréis quitado una espina enquistada.

Le acaricié la toca.

—Madre, ya sé que luchasteis por mí hasta la extenuación mientras fui un niño. ¡Ah, la Leona de Castilla! ¿Recordáis que así os llamaban? Si hubo algo que no conseguisteis salvar, no os culpéis por ello. Estad tranquila; os prometo que lo solicitaré.

Asintió satisfecha.

—Si el rey quiere vuestra fidelidad incondicional, que os lo dé. Si prefiere seguir dudando de vuestra tendencia, que os lo niegue —dijo con cierto tono de severidad y me miró como si yo fuera el mejor hombre que había sobre la tierra. Era ya demasiado anciana como para contradecirla.

—Madre, el almirantazgo mayor de Castilla será un honor que no me podrá negar, porque sé que sus primos los de Aragón así se lo han solicitado por escrito. En estos momentos, su negativa solo aumentaría los deseos que los de Aragón tienen de invadir Castilla.

Aquello pareció animar su impaciencia.

—¡Pues aprovechad la ocasión, Íñigo, aprovechadla!

Asentí, pero yo era consciente de que sería difícil, porque, aunque para ella aquello fuese lo más importante de este mundo, en las Cortes serían muchos y más importantes los temas que debatir. La besé. Ella me lanzó una sonrisa y yo me despedí a desgana, porque bien sabe Dios que no deseaba aquel viaje.

En Palencia, nuestra sumisión se hizo casi esclavitud.

No contento con nuestra presencia, el rey quiso que firmásemos la fidelidad al condestable. ¡Que firmásemos de nuestro puño y letra permanecer fieles a don Álvaro! Y, claro, esta petición no sentó bien a todos. Y otros, los más viscerales y exaltados no aguantaron el varapalo, porque, seamos sinceros, los habían herido en su orgullo. Entre ellos, mi primo Fernán. Estaba sentado a mi lado, lo recuerdo muy bien. Cuando intuí su enojo, le sostuve con fuerza, pero rápido se zafó de mi mano. Se levantó precipitadamente y, sin solicitar la palabra, gritó:

—¡Con el debido respeto, majestad! Ya os rendimos a vos el pleito homenaje debido y os juramos fidelidad. ¿Es que no lo consideráis suficiente? Ahora pretendéis un juramento aparte para vuestro preferido y eso jamás ha sido costumbre. ¡Dos reyes para un solo reino! —gritó de nuevo—. ¡Eso es una quimera inalcanzable! Vos sois rey por la gracia de Dios. Decidme, ¿por la gracia de quién lo será don Álvaro? ¡Me niego a ello!

En ese momento se alzó una multitud de murmullos que parecían respaldar la queja de Fernán. En unos segundos fueron muchos más los que alzaron la voz. Yo permanecí sentado, sin decir nada. Entonces, crecido por el apoyo de los demás, Fernán me atravesó con una dura mirada hiriente y recriminatoria.

Confieso que no me importó. Le quería como a un hermano, pero eso no significaba que siempre estuviésemos de acuerdo en todo. Además, sabía que, según estaban las cosas, tendría que ayudarle de nuevo, porque ese arrojo que había demostrado tarde o temprano atraería el brazo de la justicia.

¡Siempre llamando la atención! La última vez que la guardia del rey le buscó para detenerlo y lo escondimos en casa consiguió que el tiempo amansase los ánimos antes de dormir en un calabozo. Pero ahora yo intuía que no sería igual. De nuevo jugaba fuerte y las cartas que ponía sobre la mesa, pensé, le condenaban sin defensa.

De pronto, se hizo el silencio. El rey don Juan, hasta el momento sentado, se puso en pie.

—¡Fernán Álvarez de Toledo! —gritó—. ¿Cuándo llegará el día en que me alegre de veros? Un buen vasallo cumple con las órdenes de su señor sin cuestionarlas y, si las desobedece, ha de atenerse a las consecuencias.

El rey hizo un gesto con la cabeza y las cortinas del salón de linajes se abrieron como el telón de un gran tablado. Por allí, cuatro guardias reales hicieron entrar a empellones y patadas a dos hombres maniatados y con un saco que les cubría la cabeza. Estos tropezaron reiteradamente hasta caer de rodillas ante el rey. Entonces, el capitán de la guardia les quitó el saco. La sala se hizo toda silencio. El vello se nos erizó a todos. Fernán, demudado y sin decir palabra, se sentó. Entonces supe que a mi primo le hubiera gustado no estar allí, esfumarse como humo. Al darse cuenta de la situación, el rey sonrió.

—¡Ahí los tenéis! —dijo lleno de cierta suficiencia—. ¿Sabéis qué han hecho? Claro que lo sabéis; desobedecerme, y eso, si no entiendo mal, es un delito de lesa majestad. ¡A seiscientos hombres han puesto contra mí en el Real de Belalcázar! —gritó y dejó que el silencio inundara la sala. Luego exclamó—: Sí, ya sé, claro que sé que uno de ellos es de mi sangre, que es un Trastámara. Poco me importa, porque desde hoy toda mi casa renegará de él. ¿Alguien más está con ellos? —preguntó con alguna sorna.

Toda la sala permaneció en un inmenso y profundo silencio. Nadie se movía ni hacía el más mínimo gesto, solo observábamos perplejos los rostros desfigurados de aquellos dos desdichados que habían sufrido los tormentos del verdugo: la sangre coagulada en el rostro parecía dotarles de una máscara macabra y los ojos hinchados como bolas les proporcionaban un aspecto que, sobre todo, ofrecía miedo. Resultaba difícil reconocerlos; solo por las divisas de sus dalmáticas pudimos identificarlos. Uno de ellos era mi cuñado, el duque de Arjona, el marido de mi hermanastra Aldonza. Sin saber muy bien qué decir, le susurre a Fernán:

—¿Os habéis dado cuenta? Si hace eso con los suyos, fijaos lo que puede hacer con los demás. Tranquilizaos, Fernán; vuestra valentía roza la inconsciencia.

Disconforme, me dio un codazo y me contestó:

—Debéis estar contento, Íñigo, ahora que vuestro odioso cuñado ha caído en desgracia. Al menos con esto vuestra madre olvidará el que no hayáis conseguido el almirantazgo de Castilla.

No le respondí, porque yo no lo había dado por perdido, y es que ni tan siquiera había tenido la oportunidad de solicitarlo.

En ese momento el rey, que había esperado el tiempo suficiente para que todos los que estábamos allí hubiéramos visto detenidamente cuáles eran sus métodos, levantó la voz:

—¡Llevad a uno al calabozo más profundo del castillo de Almazán y al otro al de Peñafiel, que el condestable no pondrá reparo en encargarse de su custodia!

El ejemplo había sido tan tajante que, después de aquello, todos los presentes firmamos lo que el rey nos pidió. ¡Cómo recuerdo cómo nos temblaban las manos al escribir nuestros nombres en el documento!

En el camino de regreso a casa, aquellas imágenes se me agolpaban en la cabeza y no pude dejar de pensar en mi hermanastra. ¿Sabría ya Aldonza lo que le había ocurrido a su marido? Sin embargo, al llegar a casa, la expresión de mi madre, que esperaba a la puerta, delataba que la noticia había llegado ya a Guadalajara. La abracé y ella me dijo sentenciosa:

—Aldonza os espera adentro. ¿Lo veis, Íñigo?, la velocidad con la que un hombre puede caer en desgracia es proporcional al tiempo que invirtió para llegar a lo más alto. Las prebendas gratuitas y sin esfuerzo son mucho más efímeras que las regadas con el sudor de la constancia.

Asentí y pensé que mi madre siempre decía esas cosas como sin darles importancia. Tenía que escribirlas antes de que pudiera olvidarlas.

—¡Qué curioso, ¿verdad, madre?, cómo Aldonza, ahora que se siente desvalida, viene a cobijarse en esta casa!

En esas, apareció Catalina. Me dio un beso y me alertó por lo que decía.

—Tened cuidado, Íñigo, porque rezuma venganza y posiblemente pretenda que seáis vos la mano ejecutora.

—Poco me conoce —sonreí— si piensa que tan pronto traicionaré al rey.

—A ver si es verdad, porque está hecha un mar de lágrimas. Apenas se la reconoce, tan altiva como es.

Así que me fui hacia donde estaba y, nada más verla, se echó a mis pies.

—Ayudadme, hermano, os lo ruego. —Lloraba desconsolada—. Dicen que ha ordenado su muerte.

—¿Qué queréis que haga, hermana?

Entre sollozos, se encogió de hombros. Confieso que en ese momento no sentí la más leve compasión. La tomé de los brazos y la ayudé a levantarse. Ya de pie, la miré fijamente a los ojos.

—Aldonza, ¿recordáis cuando, siendo todavía un niño, quisisteis quitármelo todo? ¿Lo recordáis, verdad? Y sabéis que me he pasado media vida soportando el yugo de pleitos y más pleitos contra vos por el Real de Manzanares. No desististeis hasta que llegamos a un acuerdo, pero, no contenta con ello, durante años me habéis enfrentado a medio Guadalajara con falsos testimonios. ¿Y ahora pretendéis mi ayuda? ¿Qué ayuda, Aldonza, qué ayuda?

Se limpió las lágrimas toscamente con el puño del sayo y me miró con los ojos enrojecidos por el llanto y por el odio.

—No, Aldonza, no. Acabo de jurar fidelidad a don Juan y hoy sé que los aragoneses han penetrado por Atienza. Soy un hombre de palabra y os puedo asegurar que, si en el mundo hay alguien digno que mantenga su juramento, no es precisamente vuestro marido.

En ese instante sentí cómo los ojos se le cegaron de furia, de rencor. Sin decir nada, me incrustó un puñetazo en las costillas y salió corriendo.

XIV

HITA, 1429

[...] Cavallero,
non penséis que me tenedes,
ca primero provaredes
este mi dardo pedrero;
ca después d'esta semana
fago bodas con Antón,
vaquerizo de Morana.

MARQUÉS DE SANTILLANA
Serranillas, II, «La vaquera de Morana»

Poco antes de la Pascua de Resurrección supimos que el duque de Arjona había muerto. Mi hermana Aldonza quedó viuda sin que yo hubiese movido un dedo. La verdad es que solo le di lo que se merecía, porque el difunto engreído, a lo largo de toda su vida, lo único que trajo a la familia fue vergüenza.

A los pocos días, mi hijo Diego se presentó cansado y sudoroso. Jadeaba y le faltaba el resuello. Le tendí un vaso de vino para que recuperase el aliento. Sin respiración, se fue calmando mientras llegaba el resto de la familia a enterarse de lo que acontecía. Tomó aire y me miró a los ojos.

—No he querido perder un segundo para cumplir con lo que me ordenasteis —dijo.

Yo era el único que sabía a qué se refería.

—Ya están aquí y han acampado más cerca de lo que pensábamos. Están justo en un llano, cerca del monasterio de Sopetrán.

Todos los que estaban presentes se mantenían expectantes y en silencio. Catalina vino junto a mí y se asió de mi brazo; quería escuchar lo que Diego contaba.

—Como era de esperar y vos vaticinasteis, después de entrar en Castilla por Atienza no se han detenido hasta llegar al monasterio de Sopetrán. Allí han dormido una noche y luego han seguido camino hacia Espinosa y Cogolludo. Si no se desvían de su trayectoria, hoy acamparán a los pies de Hita —explicó Diego, todavía sofocado.

Mi madre, al oírle pronunciar aquellos lugares, empujó a Diego y tomó su sitio. A pesar de su edad, se sentía la defensora de la familia.

—Íñigo, espero no estar entendiendo lo que he oído. ¿Acaso está insinuando que los infantes de Aragón están acampando en vuestro señorío de Hita y lo sabíais? —asentí y callé. Eso pareció indignarla más—. ¡Estáis loco! ¿Acaso no jurasteis fidelidad al rey de Castilla? ¿Queréis terminar igual que vuestro cuñado, el duque de Arjona?

—Madre —procuré no alzar la voz—, lo sabía desde hace mucho tiempo; exactamente desde que don Enrique de Aragón aprovechó mi presencia en la frontera cuando custodiaba a su hermana Leonor para llevarla a Portugal. Allí solicitó mi consentimiento para hacer lo que hoy hace. Y se lo di.

—¡Pero eso fue antes de que rindieseis de nuevo pleito homenaje al rey y aceptaseis al condestable! ¿Qué pensáis hacer ahora?

—Por ahora, nada. Como me enseñasteis, voy a esperar. Quizá solo estén de paso.

—¡Que la virgen que donasteis al mismo monasterio de Sopetrán nos ayude! —dijo mirando al cielo—. ¿Sabéis que ahora dudarán de vuestra fidelidad al rey? ¡No hay excusa posible que os pueda amparar si no demostráis vuestro enojo ante esta intrusión! ¿Por qué, con lo grande que es Castilla, han ido a parar en vuestros señoríos?

Estaba de pie agarrada a un bastón. El pulso le temblaba en el mango. Los ojos ya envejecidos se le volvieron redondos y brillantes. Empezó a temblar toda ella. Me acerqué y le coloqué una silla para que se sentara. La edad, sin duda, le había restado parte de su arrojo, pero solo parte. Me arrodillé a su lado y le besé el anillo.

—No os preocupéis, madre —le dije—. Solo vos y los nuestros sabéis que yo lo sabía. Frente a los demás, os prometo que me haré el ingenuo y sorprendido. Les haremos ver a todos que, una vez invadida Castilla, en algún lugar tenían que descansar y han elegido Hita por pura casualidad.

Mi respuesta pareció apaciguar sus ánimos y quitarle algo de angustia.

—Pero, prestad atención, Íñigo. El que os haya cogido por sorpresa este asunto quedará demostrado solo si solicitáis ayuda al rey para expulsarlos de vuestras tierras. Decidle que vuestras huestes no son suficientes para hacer frente a tantos aragoneses.

—Mañana mismo partiré hacia la corte —la besé de nuevo en la mano.

Esta vez fue ella misma la que devolvió la caricia.

—Quizá solo estén de paso —dijo ahora, tal vez satisfecha con mi actitud. Me besó ella también—. Quizá mañana levanten el campo y, entonces, Hita solo será un punto perdido en el sendero que recorrieron con destino a sabe Dios dónde.

—Quizá, madre, quizá.

Me disponía a salir de Guadalajara cuando, al otro lado del puente, me topé con el condestable. Antes de que me pidiese explicaciones, me adelanté.

—Veo que las noticias vuelan, porque vos os enteráis antes que el señor de las tierras de lo que en ellas acontece. Me habéis ahorrado un viaje, porque me disponía a buscaros para pediros ayuda. Me ha sorprendido desprevenido y ya veis los pocos hombres de que dispongo. Imposible así hacerles frente.

Don Álvaro de Luna miró tras mi caballo e hizo un recuento rápido.

—No son muchos, desde luego.

—He mandado billetes a mis administradores de Hita y Buitrago para que recluten a todos los hombres que sean capaces de empuñar un arma.

—Aparte de más hombres de armas, necesitaré que avitualléis la fortaleza, porque los reyes se dirigen allí. La reina María procurará convencer a sus hermanos de su error y tendrá que dormir en un lugar caliente. ¿Será capaz el señor de Hita y Buitrago de preparar el recibimiento? —me preguntó con cierta displicencia.

Yo me quedé mudo y fue mi hijo Diego quien, ante la insolencia del condestable, contestó:

—¿Lo dudáis acaso? Íñigo López de Mendoza es muy capaz de recibir a los reyes como se merecen y se enorgullece de ello. Es un honor para nosotros y me ocuparé personalmente de demostrároslo.

Diego espoleó su caballo, se adelantó al grueso y se perdió en la llanura. Su tono de voz había sonado cordial, sí, pero yo sabía que odiaba tanto o más que yo al condestable.

Al llegar, Diego vino a recibirnos sumamente preocupado.

—La reina no quiere entrar en Hita y ha mandado montar su tienda entre el campamento de los soldados del rey y el de sus hermanos, los infantes de Aragón.

—Sin duda es una manera de frenar o retardar el ataque. Es valerosa —le contesté, pero don Álvaro se incomodó.

—¿Valerosa o inconsciente? —dijo—. Bien podría haber esperado a su condestable para hacerlo.

Entonces, Diego le desafió con la mirada. No pronunció palabra, pero en sus ojos se leía su pensamiento. Le alegraba saber que, en la corte, al menos a la reina le traía sin cuidado lo que don Álvaro de Luna pudiese opinar de sus decisiones.

Cuando ya se hubo marchado el condestable, le dije a Diego que su osadía al contestarle así entrañaba bastante peligro.

Por fin, después de muchas reuniones entre la reina de Castilla y sus hermanos, un día, tan inesperadamente como cuando aparecieron, sin ni siquiera haber disparado una saeta, comenzaron a levantar el campo. No habían firmado la paz, pero se retiraban.

En casa respiramos tranquilos, pero mi actuación en el conflicto, respecto a la posición que yo mantenía, no debió de ser suficientemente clara para el condestable y al poco el rey me nombró adelantado mayor de la frontera de Aragón. Era una prueba para comprobar mi fidelidad al rey y a Castilla. ¡Qué merced tan envenenada la de ir a Ágreda a defender la frontera! Todos sabíamos que los infantes dejaban Hita por las súplicas de su hermana María, pero que aquello no significaba su rendición. En cualquier otro momento, atacarían de nuevo.

Las cuarenta y nueve leguas que dista Guadalajara de Ágreda se me hicieron eternas. Durante el viaje no pensé en otra cosa más que en escribir; en la cabeza se me agolpaban mil y una ideas, galopaban por mi mente un sinfín de estrofas desordenadas, que fui marcando en la silla de mi cabalgadura. Ya vendría el tiempo en que poner en orden todo ese cúmulo de palabras. ¡Cuántas ganas tenía de tomar la pluma y el tintero, y dejar de una vez aquella punta de flecha!

Por fin, divisé la fortaleza. A la puerta me esperaban los hombres que estarían a mi servicio. ¿Eran en verdad casi un millar? ¡Quién lo diría! Ciertamente, en lontananza parecían menos, pero lo realmente cierto era que don Álvaro me había puesto al mando de trescientas lanzas y seiscientos peones. Al llegar, esperaba encontrar una hueste exhausta de vigilar aquel bastión tan expuesto, pero, para mi desesperanza, aquellos, más que cansados, estaban apáticos. La tranquilidad apacible de los campos circundantes se les había incrustado en el ánimo y se habían contagiado de aquella calma.

Ávido de escritura, aproveché las circunstancias para escribir algunas serranillas que había comenzado a redactar mientras cabalgaba. Qué curiosa es la vida; igual que en Manzanares, aquí fue una mujer serrana la que me inspiró. De ella y de nuestros escarceos amorosos y secretos nacieron aquellos versos de amor.

A principios de noviembre, un apacible día de San Martín, sobre la hierba de un prado en el que nos hallábamos retozando, le recité a mi fugaz amante los últimos versos que le había escrito. Ella los escuchó atenta y yo seguí el recitado:

Aunque me vedes tal sayo,
en Ágreda soy frontero,
e non me llaman Pelayo,

maguer me vedes señero.
Desde que oyó lo que dezía,
dixo: «Perdonad, amigo,
mas folgad ahora conmigo
e dexad la montería».[3]

—Me halagáis de tal manera —suspiró— que el corazón me palpita des…

Se detuvo tan de repente que me asustó. Por la expresión pavorosa de mi serrana pude intuir el peligro detrás de mí. Al darme la vuelta lo confirmé. Una nube de polvo coronaba el horizonte. Los pájaros enmudecieron y solo una ráfaga de viento quiso traernos el sonido atronador de un sinfín de cascos golpeando sobre la tierra.

Pronto pude distinguir qué, *grosso modo*, nos doblaban en número. Esperé a que la muchacha se terminara de vestir. Rápido, me subí el calzón y salí despavorido hacia la fortaleza de Ágreda. Por la distancia a la que estaban apenas disponíamos de media hora.

Al reconocer los colores de las armas en los estandartes, supe que no sería fácil. Se trataba nada menos que de Ruy Díaz de Mendoza, más conocido como el Calvo. El mejor general del rey de Navarra cruzaba ahora la frontera para unirse a las huestes de Aragón.

Aquel hormiguero humano avanzaba lento y sin pausa. La tierra temblaba a su paso. Al cruzar el puente levadizo, solo una idea me rondaba la cabeza: por muy desprevenidos que nos hubiesen cogido, tendríamos que vencerlos. Era, sobre todo, la oportunidad para convencer al rey y al condestable de mi fidelidad; no podía desaprovecharla.

---

[3] *Serranilla I*, «La serrana de Boxmediano».

Hasta ahora había vagado de campaña en campaña en compañía de otros muchos caballeros y nobles, pero esta era la primera vez que entraría en combate a solas. Las posibilidades de lucimiento eran limitadas, pero si triunfaba podría disfrutar yo solo del reconocimiento.

Aquella noche miré a las estrellas y de nuevo eché de menos la presencia cercana de mi amigo el Nigromántico. De no permanecer enclaustrado, sí me hubiera podido decir cuál sería el devenir de los acontecimientos. Al final, tomé la decisión que menos agradaría a mis hombres: al amanecer, atacaríamos al enemigo, que había parado a descansar a media legua escasa de la muralla. El valle de Araviana y los picos del Moncayo serían testigos del arriesgado lance.

Aún no se habían limpiado las legañas, cuando ordené a mis hombres la inmediata salida. No habríamos recorrido todavía ni un cuarto de la distancia que nos separaba del enemigo cuando de repente me sentí inseguro. ¿Por qué nuestro galopar apenas sonaba? Al darme la vuelta, se me hizo un nudo en el estómago. ¡Tan solo unos cuarenta, de los ciento cincuenta hombres de la hueste, me seguían! El resto, aprovechando mi desprevenido arrojo, habían huido despavoridos. Los cobardes galopaban como conejos asustados a refugiarse en su madriguera y nos dejaban al resto a merced del enemigo. Miré a uno y otro lado; éramos cuarenta contra novecientos. Imposible. Necesitaba tiempo para reorganizarme. Tiré del caballo con tanta fuerza que se alzó en dos patas. Perdí el equilibrio, pero mis hombres, al verme, me imitaron, sin duda con la esperanza de que hubiese cambiado de parecer.

Allí nos quedamos parados. Las huestes enemigas nos observaban. No podía echarme atrás. No dudé un momento más y ordené a los míos que se replegaran en círculo sobre la cima de un collado cercano; así, al menos, podríamos aguantar con dignidad la embestida del enemigo antes de morir. La maniobra la realizamos enseguida y esperamos, esperamos y esperamos a que los navarros atacaran, pero no lo hacían. ¿Por qué motivo? ¿Es que no era suficiente nuestro dispuesto suicidio para ellos? Estaba claro que no; al parecer, aquellos desalmados preferían alargar nuestra agonía y regodearse en la patética escena que representábamos. De aquel momento solo recuerdo que alcé la mirada al cielo y rogué a Dios para que todo acabase cuanto antes. De todos los que estábamos allí, solo yo sabía que la valentía irracional es tremendamente frágil, sobre todo cuando está exenta de pasión. Sabía que, de seguir así, mis hombres sucumbirían ante el pavor de la incertidumbre.

Ya habían comenzado a mirarse entre ellos con el miedo a la muerte tatuado en sus pupilas, cuando oímos el grito del Calvo ordenando a sus mesnadas seguirle hacia otro punto. ¡Ante la diferencia de efectivos, el general navarro se retiraba hacia otro lugar de la frontera sin hacernos frente! En ese instante, todos nos tranquilizamos. ¡Estábamos salvados! Pero, sobre todo, yo me alegré porque habíamos demostrado nuestra incondicional fidelidad al rey de Castilla jugándonos la vida de esa manera.

Aquel suceso no tardó en llegar a los oídos del rey. Entonces, todos me consideraron realmente un vencedor porque, además de haber impedido la entrada del general navarro a Castilla por Ágreda, no había perdido un solo hombre.

Y no había de tardar en llegarme la recompensa. Fue el 18 de agosto del año siguiente. El rey don Juan de Castilla me otorgó los bienes que había confiscado a su primo, el infante Enrique de Aragón, cuando le derrotó en Extremadura. En aquel momento, no dije nada, pero me resultó verdaderamente extraño recibir parte de los bienes que habían pertenecido a mi antiguo señor y a su mujer, la hermana del rey. Además, si no hubiera sido a mí, se los hubiera entregado a otro. En cualquier caso, lo cierto es que compartí con los míos la alegría el día que leímos el privilegio que los enumeraba:

> *Por los buenos, leales y señalados servicios que vos, Íñigo López de Mendoza, mi vasallo y miembro de mi consejo, hicisteis especialmente en la guerra contra los reyes de Aragón y Navarra cuando os envié como frontero a mi villa de Ágreda.*
>
> *Por haceros bien y merced en alguna enmienda y remuneración de los dichos servicios y queriendo acrecentar vuestra casa y estado, os hago merced, gracia y donación por juro de heredad para siempre jamás de mis lugares y aldeas que fueron de Guadalajara y yo aparté de dicha villa para entregárselas a mi hermana Catalina y que, después de confiscárselas por diversas razones, os las entrego a vos...*

Así, por este privilegio, Serracines, Meco, Daganzo, Junquera, Armuña, Fuentelviejo, El Pozo, Aranzueque, Pioz, Retuerta, Yélamos de Arriba y Balconeta pasaban a ser mías para siempre, engrandeciendo en mucho las tierras que yo ya poseía por Guadalajara.

XV

1431-1432

LA CRUZADA

*Antepón la libertad
batallosa
a servitud vergonçosa.*

MARQUÉS DE SANTILLANA
Proverbios, LV, «De fortaleza»

Después de la victoria de Castilla sobre Aragón en Extremadura, el rey don Juan había acordado una tregua de cinco años con sus primos, los reyes de Aragón y Navarra.

El condestable, consciente de que la paz solía recalcitrar las seseras de los nobles en su contra, decidió distraer sus previsibles pensamientos y los llevó de nuevo a la guerra. A partir de ese momento, su único afán iba a consistir en continuar la guerra de la Reconquista.

Porque, cuando tenía algo que esconder, el condestable jugaba al despiste, que era su mayor gloria. Y por aquel tiempo él tenía demasiadas cosas por las que avergonzarse.

A principios de agosto ya se había definido la estrategia para cercar al rey granadino Mahomad el Izquierdo en Illora. Nuestras huestes estaban preparadas. Y, claro está, después de mi éxito y mi reconocida fidelidad al rey en Ágreda, podría haber puesto cualquier excusa para no asistir al llamamiento de don Álvaro de Luna, pero aquella cantidad de tierras que el rey me acababa de donar sí me obligaban.

Fue justo la noche antes de partir para la campaña cuando Catalina comenzó a mostrar sus miedos. Por vez primera me dijo que no le gustaba dar a luz sola y, lo que era más excepcional, que tenía miedo a morir de sobreparto. Así que, desconsolada, me pidió que me quedase con ella, y sabe Dios cuántas cosas más, pero era imposible, sobre todo después de haber comprometido mis huestes para la cruzada. Pero ella, a pesar de mis motivos, se obstinaba en que me quedara. Fue mi madre quien consiguió hacerla entrar en razón. Le dijo que no debería preocuparse, que yo regresaría sano y salvo, porque, como en otras ocasiones, el Nigromántico había hecho sus predicciones. No sé si fue por esta razón o por el respeto que le debía a mi madre, pero al fin pareció ceder. El caso es que emprendí viaje.

No me di cuenta de la envergadura de lo que el condestable tramaba hasta llegar a las riberas del Guadalquivir, donde nos había citado. Entre todos sumábamos más de diez mil jinetes y setenta mil hombres de a pie; un ejército enorme, en el que nuestra mesnada se distinguía por los colores en sinople y gules que mostraban nuestros gallardetes.

Caminamos juntos por la vereda hasta llegar al otro lado del puente que cruzaba el río para entrar en Córdoba. Según las órdenes, deberíamos aguardar en aquel lugar a que el rey saliese del alcázar para recibirnos. Fue allí precisamente donde mi sobrino Juan Lasarte, el hijo de mi hermana Teresa, al ver nuestros estandartes, preguntó:

—¿Tío, a cuál de nuestros antepasados debemos el lema de «*Ave Maria Gratia Plena*»?

Me extrañó que no lo supiera, porque mis hijos, desde muy niños, ya lo habían aprendido.

—¿Nunca os lo ha contado vuestra abuela, doña Leonor? —Él negó con la cabeza; entonces le expliqué—: Fue cosa de su padre y vuestro bisabuelo Garci Lasso de la Vega.

—No sé, no entiendo. ¿Por qué, de entre todas sus hazañas, la elección de estas palabras?

Tomé aire y comencé a contarle:

—Según cuenta una antigua leyenda, en pleno fragor de la batalla del Salado, un moro pasó frente a él galopando con la enseña cristiana del «Ave María» asida a la cola de su caballo. Aquel sacrilegio le dolió tanto que no cesó hasta darle alcance. Cuando lo cogió, le dio muerte, se hizo con la enseña y la colocó sobre su escudo. Así es como, desde entonces, se convirtió en la insignia de los de nuestro linaje y lucirá siempre en todas nuestras villas, puertas y vestimentas. Por ella se nos reconocerá.

De pronto, comenzaron a sonar las trompetas y atabales que anunciaban al rey y mi apasionado relato se cortó. Solemne, cruzó el puente sobre el río Guadalquivir y, en silencio, recorrió las cabeceras de toda la formación. Al llegar a nuestra posición, se detuvo.

—Me alegro de veros, Íñigo —me dijo.

—Y yo de estar aquí para serviros de nuevo —le contesté firme, sin dudar.

—Dicen que los enemigos son unos cinco mil y que esperan refuerzos —dijo con una sonrisa y alzó la vista sobre los que allí formaban—. ¿Podremos con ellos?

—No hay que temer, majestad —le contesté con cierta solemnidad—, porque, como podéis observar, los doblamos en número.

Orgulloso, asintió y continuó con la revista de las

tropas durante una hora más. Cuando terminó, anunció que partiríamos al amanecer.

Aquella noche, como si fuese la última de nuestras vidas, comimos y bebimos como heliogábalos. Nadie se privó de toda aquella cantidad de corderos, empanadas con miel, carnes en escabeche y pescados en salmuera. Y no digamos de los vinos. Nada nos frenó, porque sabíamos que, una vez puestos en marcha, aquel banquete era difícil que se repitiese.

Cuando me acosté, toda aquella comida me pesó, y bien que me pesó. En nada me empezaron a surgir retortijones, aires y pinchazos. Al principio, pensé que se pasaría pronto, pero a la mañana siguiente estaba tan seco de líquido, dolorido y cansado que apenas podía tenerme en pie. Los de mi familia me buscaron hospedaje en Córdoba antes de salir hacia Sierra Elvira, en tierras granadinas. Ya allí, esperarían a que me recuperase para poder reunirme con ellos.

Todo aquel asunto, he de confesar, me dejó muy apesadumbrado. A causa de este contratiempo tuve que dividir mis tropas en tres mesnadas y nombrar un capitán para cada una de ellas. Los hombres de Guadalajara los mandaría mi sobrino Juan Lasarte, a los de Hita, Pedro Menéndez Valdés y a los del castillo de Buitrago su alcalde Juan Peña. Por otra parte, mi antiguo tutor, don Gutierre, que vestía coraza sobre los hábitos, acompañaba a mi primo Fernán, que marchaba junto a todos los demás de mi familia.

Yo quedé en Córdoba y a mi cuidado estuvieron mi escudero y una bella joven, hija de un barbero, que aseguraba tener conocimientos curativos. Hoy reconozco que sus besos me sanaron antes que sus pócimas. Sin duda era una más de mis efímeras y furtivas amantes y musas. No recuerdo su nombre, pero sí los masajes que tan deliciosa y lentamente me aliviaron. Al poder levantarme solo, me sentí capaz de regresar a casa. Me notaba tan débil, que para permanecer como un anciano incapaz en la retaguardia preferí no estar.

Al llegar a Guadalajara, mi madre y Catalina se llenaron de alegría. Y, por qué no decirlo, mi pequeña Mencía también. Pero la que más se llenó de contento fue mi madre porque decía que, a su edad, cada segundo a mi lado era una bendición, que no sabía de cuántos más podría disfrutar. Y, aunque lo supiera, nuestro Nigromántico tampoco se lo diría.

No había pasado todavía un mes desde mi regreso, cuando el vigía de la torre nos alertó de la llegada de don Gutierre. Subí los escalones de caracol de dos en dos y, cuando llegué, permanecí en silencio observando la llegada de mi maestro. Mi hija Mencía, como casi siempre, me siguió.

A medida que se acercaba, la figura oscura del obispo-soldado, cansina y tambaleante, se perfilaba más nítida en el rojizo atardecer de los campos alcarreños. Me extrañó que viniese sin escolta y tan pronto, porque las campañas contra el sarraceno solían durar estaciones enteras. La voz de mi pequeña rompió el silencio.

—Padre, parece derrengado y viene solo. ¿No es extraño?

Asentí suponiendo el porqué. Aquella premura y discreción solo podía significar una cosa; don Gutierre huía de la justicia y venía a solicitar un escondite digno. No fui el único que lo intuyó.

—Padre, ¿no habrá desertado, verdad?

Poniéndome el dedo sobre los labios, le solicité silencio y miré de reojo al vigía. Tranquilo al comprobar que estaba lejos, le contesté:

—Es posible, Mencía, es posible. Como mi primo Fernán en su día, habrá pensado en nosotros para pedirnos asilo. Se lo daremos hasta que las aguas regresen a su cauce porque, tanto vos como yo, sabemos que es un hombre honrado y, si ha actuado de ese modo, buenas razones le ampararán.

Bajamos las escaleras y fuimos a recibirle. Al verle de cerca, comprobamos su enorme agotamiento. Tenía unas grandes ojeras, el sol le había tostado la piel y el polvo se le había adherido a la barba, que ahora la tenía del color de la tierra. Sus hábitos arzobispales estaban hechos un andrajo y dejaban asomar por sus desgarros la cota de malla, lo que le proporcionaba un aire aún más demacrado. Al desmontar, le tuve que sostener; estaba a punto de desfallecer. Jadeando, se abrazó a mí.

—Gracias, Íñigo. ¡Bendita la diarrea que tuvisteis porque os salvó de un sinfín de desaires!

Preocupado por mis huestes, que habían quedado atrás, le pregunté:

—¿Qué ha sucedido con mis hombres?

Antes de contestarme, tomó un cubo lleno de agua que había junto al pozo y lo derramó sobre su cabeza. Con cierta parsimonia, se secó los ojos y, luego, contestó:

—La última vez que los vi estaban bien. Empezaron demostrando su valor a principios de julio, en la batalla de La Higueruela, y os aseguro que no han descansado hasta hoy. Podéis estar orgulloso. Y yo agradecido, porque en una ocasión en que estaba rodeado por los sarracenos vuestros hombres de Hita, junto al señor de Batres y el conde de Haro, se adentraron en las filas enemigas a mandoble limpio y me salvaron de una muerte segura. —Bajó la cabeza, con esa expresión cansada y triste que traía, y continuó—: Con ellos estaré siempre en deuda. Cuando todo se serene, os aseguro, Íñigo, que haré lo imposible por liberar a Batres y Haro del calabozo en el que se encuentran.

Comenzaba a no entender nada. Pero Mencía, al escuchar de pronto el nombre de su posible futuro suegro, pegó un respingo. Ella hacía tiempo que sabía que el primogénito del conde de Haro era uno de sus más que probables pretendientes.

—Perdonad. ¿No decís que estos dos grandes señores lucharon gallardamente? ¿Por qué, entonces, los han apresado?

Don Gutierre, a pesar de su estado, sonrió sarcásticamente.

—Porque el condestable lo quiere todo para él. Teme que el rey beneficie a alguien que no sea él mismo y, si algún incauto sobresale demasiado en la batalla, don Álvaro se encarga de quitárselo rápidamente de en medio antes de que al rey se le ocurra premiarle. Así, además, consigue adjudicarse el triunfo ajeno y, al tiempo, convence al monarca de que su presencia es indispensable. —De nuevo, tomó el cubo y se empapó la cabeza—. ¿Lo entendéis, pupilo?, el de Luna no se conforma con apropiarse de la gloria de los demás, también necesita menospreciarlos.

—¿Y de qué acusa a los que detiene?

Don Gutierre, como mostrando cierta paciencia, tomó una manzana del cesto que le ofrecían y le dio un mordisco.

—De verdaderas infamias. Además, qué más nos da que nos acuse de traición.

Yo, francamente, no me lo podía creer.

—¿Y cómo es que nadie se queja?

—Nadie de los que quedan libres es lo suficientemente valeroso. La misma noche que yo abandoné el campamento también salió vuestro primo Fernán y supongo que, tras él, un buen puñado de hombres e hidalgos castellanos que no están dispuestos a soportar al desagradecido condestable. De verdad, Íñigo, ahora sí que realmente se cree el rey. —Se detuvo un instante, suspiró, miró al cielo con cara de cansancio y continuó—: No os preocupéis por los vuestros, Íñigo; no tardarán en llegar. Hoy son ya muchos los que hablan de una venganza definitiva contra el condestable.

—Le creía más inteligente —le contesté—. ¿Es que ha olvidado ya su destierro y los motivos que nos llevaron a imponérselo al rey? Una de dos, o el poder se le ha subido a la cabeza y está demasiado seguro de sí mismo o ha calculado mal sus fuerzas. Con apresar al conde de Haro solo conseguirá que los hombres más poderosos de su entorno nos rebelemos. Se está cavando su propia fosa. ¿No pensáis así?

—He oído tantas veces eso que ya no me lo creo y, como yo, opina la mayoría —dijo suspicaz.

—Quizá tengáis razón —repliqué posándole una mano sobre el hombro—. La fuerza se nos escapa por la boca. Las rencillas y conjuras que fraguamos, por un motivo u otro, siempre se quedan en habladurías. Además, temo que, si esta situación ha llegado a oídos de los infantes de Aragón, aprovechen el enfrentamiento entre nosotros para meter de nuevo sus narices en Castilla.

—No os entiendo —me dijo don Gutierre mirándome enardecido—. ¿Acaso no decíais que era mejor estar a bien con el condestable? ¡Por haceros caso le hemos seguido a la Reconquista y mirad con qué moneda paga la fidelidad! ¡Si de verdad pensáis acabar con él, contad con este aliado!

—No dudéis de que, a partir de este momento, evitaré cualquier esfuerzo por disimular el odio que le tengo.

—¿A eso reducís la conjura? —dijo y su insinuación me dolió.

—A eso, por ahora —contesté enfurecido—. En cuanto surja la oportunidad, seré el primero en aprovechar la ocasión para terminar con él. Os lo aseguro —añadí con patente irritación.

Con un rostro que denotaba cierta incredulidad, arqueó las cejas y se retiró a sus aposentos. He de reconocer que tenía la suficiente confianza conmigo como para decirme todo lo que le pasaba por la cabeza.

—La mesura os pierde, Íñigo. No os lo reprocho, porque fuimos vuestra madre y yo quienes os la inculcamos, pero a veces la sangre de vuestras venas parece agua.

Aquella apreciación me dolió tanto que pasé la noche en vela, encerrado en mi biblioteca, redactando cerca de una veintena de cartas. Todas decían más o menos lo mismo e iban dirigidas a mis parientes más queridos. A su regreso del frente andaluz, tendríamos que reunirnos.

A la mañana siguiente, llegaron los primeros hombres a Guadalajara. Junto a ellos, mi querido sobrino. Eso sí, todos decían haber vuelto por ser servidores de sus principales señores y no del condestable. Al no encontrar en el campamento a sus señores, noche a noche, mesnadas enteras, aprovechando la nocturnidad, levantaban el campo.

Algunos contaban divertidos cómo don Álvaro de Luna se enfurecía cada amanecer, al comprobar que una decena más de tiendas habían desaparecido. Todos parecían tranquilos, a pesar de que esperaban las represalias del condestable a su regreso.

A principios de febrero, estas comenzaron a tener efecto. Uno por uno, mis parientes fueron apresados con la misma injusticia que el conde de Haro y el señor de Batres.

Sabía que yo no estaba libre de acusación, porque el obispo de Palencia me mandó un billete con la lista de los que buscaban y en ella estaba mi nombre. ¿De qué me acusaría?, ¿de haber estado enfermo?, ¿de no haber aleccionado lo suficiente a mis hombres?, ¿de no haber acudido cuando me recuperé del empacho? El motivo era lo de menos; si no encontraba alguno, no dudaría en inventarlo.

Por si acaso, y sin aparentar miedo, mandé que reforzaran la custodia de todas mis fortalezas y las abastecí de víveres y pertrechos de guerra para un largo tiempo. Catalina y mi madre decidieron que lo más seguro sería refugiarnos en Hita, a pesar del trajín que la mudanza podría suponer. Si había algo que tenía claro era que no iba a entregarme voluntariamente.

La reacción de don Álvaro, al saber de mi resguardo, me extrañó, porque, al poco de estar en Hita, vimos llegar un emisario real. Rompí el lacre con cierto nerviosismo. Al parecer, el condestable había convencido al rey de escribir aquella carta, pero... ¿por qué?

En ella don Juan me preguntaba el motivo de mi encastillamiento sin razón para ello. Me aseguraba no tener razones para perseguirme como a otros y me exhortaba a dejar el castillo de Hita y regresar a Guadalajara con los míos.

Mi madre, estimulando mi desconfianza, me mantuvo alerta. Y contesté al rey, con todo el respeto, que mi estancia en Hita era por gusto y necesidad, ya que debía poner algunos asuntos del señorío en orden, y me despedí como sin darme por aludido.

De todos modos, no había un minuto durante la noche y el día en que bajásemos la guardia. Solo cuando empezó don Álvaro a libertar a los nuestros, decidí salir. Esa vez había podido ganarle el pulso, pero no quise confiarme. Sabía que no era hombre fácil de doblegar y su poder era indiscutible.

A punto estábamos de dejar Hita para regresar a Guadalajara, cuando llegó un recado de las Asturias de Santillana. Mi cuñado García Fernández, el marido de mi hermana Alfonsa, había aprovechado una vez más nuestro encastillamiento en Hita para entrar en las tierras de mi señora madre *manu militari*. Aquel energúmeno no se daba por vencido y, de nuevo, pretendía hacerse con mis futuros valles, a pesar de saber que mi madre me los dejaría a su muerte. Mi hermana Aldonza ya daba por perdido Manzanares el Real y ahora nos tocaba convencer a Alfonsa de desistir de las Asturias.

Mi madre, a pesar del constante temblor de su mano derecha, del violáceo tono de sus venas y de su mirada velada por las nubes blancas de la vejez, se empeñó en salir de inmediato. Intenté convencerla para que esperase a que los caminos fuesen más seguros y a que pudiese acompañarla, pero fue inútil. Le besé las manos y la abracé fuerte contra mí. Ella tomó la cruz que pendía de mi pecho y la frotó como recordando el día en que la heredé de mi padre.

—Sois terca, madre. No deberíais ir sola.

Pensativa, se dedicó a sacar brillo con la yema de un dedo a una de las esmeraldas.

—Dejadme, Íñigo. He vivido defendiéndoos y moriré haciendo lo mismo. No podéis venir porque aún dudamos de las verdaderas intenciones de don Álvaro para con vos. Además, según están las cosas, debéis velar por los más débiles. Ya veréis como estaré de regreso antes de lo que esperáis.

La despedí a las puertas de la muralla con un fortísimo, lento y emotivo abrazo. El carretero ya había fustigado a los caballos cuando ella se asomó por las cortinas recordando de repente algo:

—¡Le he prometido a tu hijo Pedro hacer lo posible para que algún día sea párroco de Hita! ¿Me ayudarás a concedérselo? ¿Hablarás con sus superiores eclesiásticos?

Tragué saliva y asentí. Pedro tenía en ese momento cinco años y ya había decidido que su futuro estaría en la Iglesia. Ahora comprendí aquel sueño de Catalina de que uno de nuestros hijos Pedro sería un alto dignatario de la Iglesia.

Aquella sería la última promesa que le haría. No dejé de observarla hasta que desapareció. Iba custodiada por treinta de mis mejores hombres y dispuse para ella una cómoda carreta repleta de almohadones para que no sufriese los baches y las piedras, porque, aunque no lo quisiese reconocer, su cuerpo ya no acompañaba a su combativa alma.

Ese mismo atardecer el Nigromántico, que por alguna razón oculta se había dignado a dejar su claustro para visitarnos, mientras jugábamos una partida de damas me predijo su muerte a bocajarro.

—Espero que os hayáis despedido de ella como se merece —dijo y yo le miré indignado, a pesar de la amistad que nos unía.

—¿Sabéis acaso cómo se despide a un moribundo ignorando que lo es?

Al instante, se dio cuenta de que lo que había dicho era una estupidez, de modo que se retiró cabizbajo, consciente de que había olvidado cómo tratar a los hombres con tanto retiro.

A la semana, el mismo emisario que la acompañó en su viaje regresó sudoroso. Traía un billete: doña Leonor estaba tan enferma que ni siquiera había logrado llegar a su destino. Estaba postrada en Valladolid y solo despertaba para mentar a sus hijos.

No había aún terminado el emisario de dar el mensaje, cuando salí cabalgando con la única obsesión de poder besarle las manos mientras estuviese consciente. El 14 de agosto de 1432, con un calor de justicia, llegué. Allí estaba ella, acompañada por la muerte que, apoyada en su almohada, anhelaba apropiarse de cada uno de sus respiros como si fuese a ser el último. A pesar de la tristeza, me alegré de haber llegado, porque aún discernía. Una monja le leía un párrafo de su desgastado libro de horas. Ella escuchaba con atención. Al lado, una palmatoria flameaba a punto de extinguirse. Junto a ella, mis hermanas y Gonzalo, al verme, corrieron a abrazarme. Gonzalo me condujo hasta su lecho.

—Hace horas que se refugia en la agonía esperándoos. Es como si no quisiese partir sin haberos despedido.

Sus labios dibujaron una leve sonrisa al escuchar mi voz. En un ahogado susurro dijo:

—Íñigo, hijo mío, no dejéis que esa llama que hemos prendido los dos en esta tierra se extinga. —Tomó una bocanada de aire como si quisiese tragarse todo el del cuarto. Sus párpados a punto estuvieron de abrirse. Luego, continuó—: Alimentadla para que todos los de mi sangre la disfruten y engrandezcan.

Después de aquello, nada. Murió asida a mi mano cuando ya amanecía, al día siguiente, habiendo testado. Me dejaba su señorío y la responsabilidad de someter a libre arbitrio de mis hermanos una mejora para cada uno de ellos de la tercera parte de lo que restaba. Sus señoríos comprendían las merindades de Monzón, Asturias de Santillana, Liébana y Campoo, con todos sus vasallos y heredades. Además, mencionaba veinticinco palacios, castillos, molinos, ferrerías y un sinnúmero de rentas. A mi hermanastra Alfonsa, para acallarla y que dejase de una vez de invadir los valles, le dejamos, de mutuo acuerdo los hermanos y a pesar de que mi madre la había desheredado, las villas de Santamaría de Villasirga y San Martín del Monte, con las casas de su padre en Valladolid y el portazgo de Ávila.

Leonor de la Vega, la ricahembra para unos, la señora de los valles de las Asturias de Santillana para otros, la madre leona para los más, ascendió a los cielos de la mano de Dios. Sin ella yo nunca hubiese sido como soy; jamás hubiese respetado a la mujer como lo hacía, nunca hubiese apreciado la belleza de las cosas de la vida, nunca hubiese aprendido a expresarlas sin miedo a ser tachado de femenil. Soy como soy gracias a mi madre, mi primera musa.

XVI

1433-1435

GÉLIDO MANTO

E Dïana me depara
en todo tiempo venados
e fuentes con agua clara
en los valles apartados,
e arcos amaestrados
con que faga çiertos tiros,
e çentauros e satiros
que m'enseñen los collados.

MARQUÉS DE SANTILLANA
Decires narrativos, 10
«El infierno de los enamorados», XXXIII

Aquel fue un invierno especialmente duro. Las nieves cubrieron la mayor parte de Castilla. Se congelaron ríos y charcas. Muchos de los animales desaparecieron de los campos, provocando una voraz hambruna a todos los que se alimentaban de la caza. Y el grano se agotó en los silos de los pueblos. Apenas quedaba leña seca en los bosques y enterramos a los más débiles, generalmente ancianos y recién nacidos que, incapaces de moverse para mantener el calor, murieron ateridos de frío.

A pesar de las inclemencias, el rey y toda su gente, después de pasar por Illescas y Escalona, se dirigieron a Madrid. Allí, a principios de año, se habían convocado a las Cortes y no podían faltar. Fueron muchos los que, a sabiendas de que en esta pequeña villa no encontrarían hospedaje, decidieron quedarse en Illescas a la espera de una fecha fija.

Como todos los señores, yo también había recibido el aviso. La tristeza por la pérdida de mi madre me tenía enclaustrado desde hacía cuatro meses en la biblioteca, porque solo allí lograba olvidarme de los asuntos terrenales. Con este estado melancólico, me sentía incapaz de iniciar otro viaje. Aquella mañana, Catalina, desesperada por mi duro duelo, entró a importunarme.

—Tenéis que ir. Hay muchos que no han podido cruzar los puertos nevados; por eso se notará más vuestra ausencia. ¿Qué excusa pondréis? Doña Leonor hace casi medio año que ha muerto, pero la vida sigue. Además, vuestro hijo Diego arde en deseos de acompañaros y no se lo podéis negar.

Su voz me sonaba tan lejana que permanecí con la miraba fija en las llamas del fuego. Se acercó a mí, tomó un almohadón, se sentó a mis pies y posó su cabeza sobre mi regazo.

—Íñigo, hoy con el rey, mañana en su contra. Comprendedlo, esto es un sinvivir. La espada de Damocles permanece alzada sobre nuestra familia y su fantasma no termina de esfumarse, por muchas cartas que recibamos del rey asegurando lo contrario. —No le contesté. Le cosquilleé la nuca hasta que sentí su escalofrío. Ella insistió—: Sé que don Álvaro es un indeseable, pero necesito vivir en paz. Cada mañana, amanezco pensando que podría ser el último día que compartiésemos juntos e imagino a la guardia del condestable irrumpiendo en nuestros aposentos para deteneros.

Le pellizqué el lóbulo de la oreja y, por fin, le contesté:

—¡Qué imaginación, Catalina!

—¿Acaso es una broma que a todos vuestros parientes y amigos los hayan detenido en alguna ocasión? —dijo levantando la cabeza como implorante—. Vos solo os habéis librado hasta ahora; unas veces, por ingenio y otras, por bizarría, pero recordad que nada es eterno, excepto la muerte. ¡Hacedlo por nuestros hijos y por vuestra madre, que en paz descanse! Ella os hubiese obligado a acudir.

La besé y sonreí por primera vez. ¡Cómo sabía la muy pícara que mentando a mi madre lo conseguiría!

—Iré —dije—. Me vendrá bien para salir de esta tristeza que me embarga. —Callé un instante para, con el silencio, intentar reprimir mi arrepentimiento y convencerme de que era lo mejor—. Pero, si os soy sincero, os diré que lo único que de verdad me impulsa a ir a Madrid es saber que mi amigo, el cordobés Juan de Mena, también estará allí. Es fascinante escuchar sus versos. Los últimos los llevo siempre conmigo y aún no he tenido la oportunidad de agradecérselos. —Rebusqué en mi bolsa y, de golpe, sentí el suave tacto del papel. Lo saqué del fondo. Estaba arrugado, pero sus palabras se leían con nitidez. Se lo tendí a Catalina—. Me lo dedicó a mí. Lo tituló «La coronación» y me describe viajando al Parnaso para que mis musas y virtudes me coronen. Es como si me conociese mejor que nadie, porque sabe a lo que renunciamos quienes escribimos sometidos a esta vida errante.

Al ver que mi señora ni siquiera alargaba la mano para tomarlo, lo guardé de nuevo. Confieso que no la culpé por ello, porque sabía que andaba sometida a otros quehaceres que yo aborrecía y en los que, siempre que podía, me suplía. Gracias a eso, nuestra casa funcionaba y yo podía dedicarme a lo que más me gustaba. Soñé en voz alta con el encuentro de poetas:

—Con Juan de Mena disfrutaré hablando de literatura —reflexioné—. Quién sabe. Si las Cortes se prolongaran, quizá nos pudiéramos poner a escribir a dos manos. Es una ilusión que tenemos desde hace tiempo y que nunca hemos podido llevar a cabo. ¿Os imagináis a sus musas y las mías seduciéndonos a la vez?

—Espero ser una de ellas —dijo satisfecha y me abrazó.

—Sois una de mis eternas —le contesté y la besé en la mejilla.

Y no entré en demasiados detalles sobre el asunto. Ella se levantó de un salto, me agarró de la mano y tiró de mí.

—¡Pongámonos en marcha! —dijo—. ¡Qué alegría para Diego saber que al fin os he convencido! Tiene dieciséis años y será una oportunidad para que todos los que no le conocen aún, lo hagan.

La verdad era que Catalina apenas me pedía nunca nada. Precisamente por eso no podía negárselo. Además, Madrid no distaba mucho de Guadalajara. No podía decir que no. Y, si he de decir la verdad, no me arrepentí, porque, desde el mismo momento en que llegamos, los vi disfrutar. Y, en cierto modo, yo también lo hice, porque aquellas Cortes me recordaron inmediatamente a las primeras que viví en nuestras casas de Guadalajara. Los festejos y las justas, a pesar del frío, se sucedieron sin descanso. Hubo una cacería en la que cayeron mil cuatrocientas piezas, entre venados, guarros, cabrones y alimañas. Además, Catalina se empeñó en que Diego participase en un torneo, porque ¿qué mejor manera para que todas las miradas se centrasen en él? La historia se repetía y todo era muy similar a cuando yo tenía su edad en aquellas Cortes de Caspe.

Aquella tarde, mientras el gentío se agolpaba en las gradas, nuestras señoras ocuparon un lugar preeminente en el estrado decorado con tapices y reposteros.

Sobre el río Manzanares, al pie del alcázar, habían levantado un puente que quería imitar al del río Órbigo, aquel sobre el que hacía tan poco Suero de Quiñones había mantenido el famoso Paso Honroso, es decir, aquel reto a los caballeros que quisieran atravesar el puente durante el año jubilar. A todos cuantos se enfrentó, los venció.

Las señoras, desde los palenques, observaban entusiasmadas el espectáculo, mientras llenaban sus bocas con confites. Muchas llevaban atadas a la muñeca y al cuello las cintas sedeñas de vivos colores con que sus caballeros las habían obsequiado.

Cuando los ministriles comenzaron a tocar, se hizo el silencio y todos esperaron a que los primeros combatientes apareciésemos de entre las tiendas. Escoltados por nuestros escuderos, que para la ocasión iban vestidos de sinople, grana, seda y oro, avanzamos entre la multitud y nos colocamos a ambos lados del puente.

Abrimos el envite los dos capitanes de los equipos que nos enfrentábamos. De un lado, yo mismo, Íñigo López de Mendoza; del otro, el mismísimo Álvaro de Luna. En el primer lance, me venció, pero no me importó, porque realmente lo que deseaba era ceder toda la gloria a mi hijo. Al menos así lo acordé con su madre. Y lo conseguí, porque, después de quebrar las diecinueve lanzas de cada equipo, quedaron vencedores, de entre los veinte caballeros, Diego y el señor de Beleña a partes iguales.

Como en el Paso Honroso de don Suero, muchos de los caballeros que participaron habían jurado hacerse esclavos de sus damas hasta merecer su rescate, llevando pesadas cadenas colgadas del cuello, grilletes o cintas prendidas de sus celadas como símbolo del juramento. Nuestra justa solo duró cinco días, en vez de los treinta exactos que había durado la de Suero. Se corrieron menos carreras y se rompieron menos lanzas, pero los jueces las estimaron suficientes para salvar el honor de las damas en cuestión.

A pesar de llevar las puntas de las lanzas laceradas, hubo accidentes. Durante aquella lidia, el peor parado fue un caballero de los contrarios, que, cuando una lanza lo derribó, al caer se abrió una enorme brecha en la cabeza de la que los barberos llegaron a sacar más de veinticuatro huesecillos.

Al terminar, celebramos la victoria con una cena que ofreció el rey en el alcázar. Después, hubo bailes y todo duró hasta el amanecer. Para tal acontecimiento, las señoras se engalanaron, se tiñeron el pelo de dorado veneciano, se pintaron las uñas y las cejas según la costumbre y se cubrieron con tocados llenos de medallones de oro. Además, muchas de sus túnicas lucían bordeadas de martas y armiños.

Catalina, desesperada por mi distante actitud con respecto al condestable, decidió enmendar mi falta y entabló una estrecha conversación con su mujer, doña Juana de Pimentel. Todo surgió cuando Diego sacó a bailar a una joven doncella que le atrajo más que las demás. La casualidad quiso que fuese nada menos que una sobrina del condestable, llamada Brianda de Luna, que, además, era pariente lejana nuestra. Nada más verlo, las dos mujeres comenzaron a pergeñar el matrimonio de los dos para unir a las familias.

Cuando quiso decírmelo, ya lo tenía todo argumentado. Había hablado con nuestro hijo, con el prestamero mayor de Vizcaya, que era mi pariente Juan Hurtado de Mendoza y padre de Brianda, y habían concertado entre todos un plazo de tres años para casarse. Ese era el tiempo que aún necesitaba la niña para llegar a la edad adecuada. Hasta entonces, Diego llevó un pañuelo de su prometida junto al corazón. Al saber don Álvaro de los tratos, decidió celebrarlo en su castillo de Escalona y comenzó a mirarnos con otros ojos.

Después de aquello, Catalina, ya metida en faena, decidió seguir buscando entre todos los jóvenes y doncellas de la corte a los mejores candidatos para el resto de nuestros hijos. Nueve hijos eran muchos y a todos debíamos buscarles un destino. Como ya había demostrado su buen hacer, le dejé que continuara, eso sí, con la única condición de que las siguientes veces hablase conmigo antes.

Después de aquello, la primera en prometerse fue mi pequeña Mencía. Ocurrió en el castillo de Escalona. Al ser la mayor de mis hijas, le correspondió al hijo y heredero de nuestro amigo Pedro Fernández de Velasco, el conde de Haro.

Pasado el tiempo, aproveché una partida de damas con el duque de Medinaceli para plantearle la boda de mi hija Leonor con su hijo mayor, Gastón de la Cerda. El duque, al oír mi proposición, solo me preguntó por la edad de la niña. Para ser sincero he de decir que tuve que hacer memoria, porque lo cierto era que mi señora Catalina me había dado tantos hijos que a ninguno olvidaba, pero sus edades…

—Once años —le dije, ya seguro de la edad.

El de Medinaceli me tendió la mano y sellamos el pacto. Firmamos las capitulaciones un 24 de noviembre en la villa de Junquera. Como prenda de mi buena fe, le entregué los pueblos de Mena y Villoldo hasta que Leonor hubiese cumplido la edad de consumar.

Con todos los demás, obramos del mismo modo. Íñigo se casaría con Elvira de Quiñones; Pedro Lasso, con Inés de Carrillo; María, con Per Afán de Ribera; y el resto... ya lo iríamos pensando, porque aún eran muy pequeños.

«Año de nieves, año de bienes», dice el refrán. Aquel año, además de arreglar las cosas para casar a mis hijos, se resolvieron a mi favor varios de los pleitos que me quedaban pendientes con mi hermana Aldonza. O al menos eso fue lo que pensé en un primer momento.

Sabía que Aldonza, después de nuestra última pelea por haberle cortado el agua, se había retirado enferma a la villa de Espinosa de Henares y, desde entonces, Catalina no hacía otra cosa más que intentar convencerme de que deberíamos hacer las paces antes de que alguno de los dos dejásemos este mundo. Me era difícil, porque desde niño la había detestado. Luego, habíamos alimentado nuestro mutuo odio con rencillas de mayor o menor calado. Sin embargo, una vez más lo volvería a intentar. Lo cierto era que le tenía lastima. Por lo sola que se encontraba, y es que en muchas ocasiones no hay que esperar al juicio final para pagar por las felonías hechas en vida. Estaba viuda, sin hijos y abandonada del cariño que muchos alcarreños le habían profesado antaño. Sus antiguos seguidores ahora la veían como a una débil y enferma mujer que continuamente vagaba por las callejas de Espinosa con la amargura tatuada en su semblante.

Después de mucho insistir, Catalina consiguió convencerme. Era tan terca, pensé, que sería difícil, pero valía la pena intentarlo solo por agradar a mi esposa.

¡Me había dado tanto y me había pedido tan poco a cambio!

Sin embargo, el destino quiso que, camino de Espinosa, me topase con Juan Contreras, uno de los sirvientes a los que había comprado. El hombre, cumpliendo con nuestro acuerdo, salía precipitadamente en mi busca. Mi hermana Aldonza estaba a punto de morir. En ese instante, yo deseaba estar presente, porque, al hacerlo sin descendencia, parte de lo suyo, según habíamos acordado en su momento, debía pasar a mis manos.

Así que tiré de las riendas de mi caballo y seguí a Contreras. En ese momento me dio por hacer recuento de sus posesiones. Al no tener descendencia, pensé que me dejaría heredero de Santa María de Villasirga, San Martín del Monte, el portazgo de Ávila y algunas casas en Valladolid, amén de su parte en el señorío de Manzanares el Real. ¡Qué ingenuo!

A pesar de mi precaución, llegué tarde y lo peor no fue eso, sino comprobar que en su testamento faltaba a todas y cada una de las promesas que en su día me hizo. Al parecer, había dejado escrito un legado en el que otorgaba sus posesiones a un primo suyo desconocido, llamado Rodrigo de Mendoza como mi hermano.

De pronto, al oír ese nombre, recordé que, hacía aproximadamente dos décadas, los mentideros la acusaron de haber tenido un hijo fuera del matrimonio con un primo nuestro llamado Diego que le servía de secretario desde hacía años. Como nunca la vi embarazada ni supe de la existencia del niño, aquello lo consideré una mentira más de las que el pueblo inventa sobre sus señores. Pero… ¿y si hubiese hecho lo mismo que yo hice con mi pequeña bastarda cuando la ingresé en un convento? Con dinero todo era posible, y ella lo tenía. Al parecer, el niño que un día fue bautizado como Alfon el Doncel ahora se hacía llamar Rodrigo de Mendoza. Debía de ser su secreto mejor guardado.

Naturalmente, como el hijo natural sabía del estado moribundo de su madre, se encontraba a su lado cuando expiró. Luego, la enterró, según sus deseos, en el monasterio de San Bartolomé de Lupiana y apenas le faltó tiempo para arramblar con todas las joyas, monedas, tapices y objetos de valor que encontró. Después, cuando hubo acabado con su rapiña, fue a refugiarse en la fortaleza de Cogolludo, para evitar mis amenazas.

¿Cómo se me podía haber pasado por la cabeza hacer las paces con semejante arpía? Digo arpía; víbora de palabras viperinas y falsos pensamientos, quebradora del honor y la palabra, mentirosa compulsiva hasta la muerte. Pero... ¿qué podía esperar yo de ella? A quien únicamente pudo engañar fue a Catalina, que tenía un corazón tan ingenuo y bondadoso. Además, en aquel momento, recordé la muerte de mi padre. Entonces, ella y la amante de mi padre se atrincheraron en casa sin ni siquiera avisarnos. Aquella vez fue mi madre quien luchó por mí. Ahora debía ser yo quien luchara por lo mío y lo de mis hijos.

Corrí a casa, reuní a todos los hombres de armas que tenía a mi servicio en Guadalajara y mandé a mi hijo Diego para que, con la mayor premura, hiciese lo mismo en Hita y Buitrago.

Ya podía aquel ladrón empezar a temblar, porque tomaríamos Cogolludo. Aquel inconsciente todavía no sabía a quién se enfrentaba. Rodearíamos la fortaleza y al amanecer la asaltaríamos sin contemplaciones. El plan se vio truncado porque, un par de horas antes del momento crucial, apareció el justiciero mayor del rey junto a dos alcaldes de corte. Habían acudido alertados por algún alcarreño para evitar que me tomase la justicia por mi mano obligando al bastardo de Aldonza a reintegrarme los bienes robados. Al final, mi ofensor salvó la vida, porque obedeció a la justicia y me lo devolvió todo. El rey a cambio le dio licencia para interponer demanda si lo estimaba oportuno. No hace falta decir que, calmados los ánimos, le faltó tiempo para ejercitar la única posibilidad que le quedaba. El pleito no se resolvió hasta ocho años después y en la sentencia se me otorgaron casi todas las villas que Aldonza poseía en los aledaños de Guadalajara.

El resto se lo tuve que comprar a muy alto precio, cosa que no me importó porque aquella era la única manera de no volver a saber de él. Además, nadie supo que gran parte de la cantidad pagada la retraje de los mil florines que mi hermana Aldonza dispuso para su enterramiento en Lupiana. No tuve reparo en ello, porque aquella mentirosa no se merecía un mausoleo tan ostentoso como el que pretendía.

Desaparecida ella y sus constantes intromisiones, entablé muy buenas relaciones con el prior del monasterio de San Bartolomé de Lupiana y me propuse terminar de una vez por todas con los altercados que desde hacía mucho tiempo mis vasallos mantenían con los de las villas fronterizas de su abadengo. En particular con las de Fresno del Torote y Serracines. Fray Esteban de León se conformó con una cantidad de veinticinco mil maravedíes de renta anual para zanjar nuestras diferencias.

Dado que tendría que pagarlo con la martiniega de Guadalajara y que no quería que hubiese malentendidos, decidí que en la reunión estuviesen presentes los sesmeros, cuatros, comuneros y otros hombres buenos de la ciudad para no cerrar el trato sin su consentimiento, ya que serían sus pechos los que pagarían las tierras. El escribano Alfon de Madrid tomó buena nota de todo lo que allí aconteció y, una vez más, la villa de Guadalajara depositó en mí su confianza.

Cuando ya hubimos enterrado a mi hermana Aldonza, decidí dirigirme a Buitrago. Sus moradores me acogieron con tanto cariño que determiné que no sería mala cosa organizar unos festejos que le diesen a la villa la importancia que se merecía. Sin pensarlo dos veces, me senté a escribir al rey para solicitarle que acudiese a presidirlas con la corte. Catalina se alegró de ello, a pesar de los quebraderos de cabeza que la organización de aquel convite nos traería, porque sabía que aquella era la manera más efectiva de demostrar mi más sincera y franca fidelidad a don Juan.

A la semana, el mismo emisario que había llevado mi invitación para el rey regresaba con otra en la que aceptaba y me pedía que Catalina y todos mis hijos me acompañasen a su llegada a Buitrago y es que don Juan venía con doña María, su mujer, y el príncipe Enrique. Tampoco faltaría don Álvaro de Luna.

Dispuesto a dar un paseo por el recinto amurallado del Hospital de San Salvador, empecé a conjeturar cómo se debía realizar el hospedaje. Sin duda, ese edificio que normalmente ocupaba mi familia sería la casa principal. No sería tan difícil engalanarlo porque su entrada de arcos góticos y la marquesina mudéjar de madera me servirían de base para engrandecerlo con solemnidad.

Caminando por los aledaños, intenté reconstruir la futura escena mentalmente. Ya en el patio, el invitado se guarecería en las galerías bajas que, esas sí, por su sobriedad, deberíamos esforzarnos en embellecer. Principalmente por la humildad de su descascarillado adobe. Los reposteros que Catalina traería desde Guadalajara nos servirían bien. Luego, a cada lado del arco de medio punto, mandé al herrero colocar unas fijaciones para instalar allí las antorchas.

Subí despacio al piso de arriba y pensé que en él instalaría al rey, a la reina y al condestable junto a su mujer. Allí estarían lo suficientemente cerca de nosotros como para poder atenderlos cuando lo necesitasen. Pero al entrar en las estancias me encontré con que, al no haberlas utilizado nadie desde hacía mucho tiempo, el moho había ganado demasiado protagonismo en los muros dibujando caprichosas manchas en sus piedras. De inmediato, mandé al maestro albañil encalarlos y, desde luego, ordené que a partir de ese día no faltase leña encendida en las chimeneas. Solo así lograría hacer desaparecer ese tufo a humedad que lo inundaba todo.

Del resto del recinto amurallado lo más lujoso era la portada gótica que daba entrada a la iglesia. Justo frente a ella, en su altar, mandé colgar el *Retablo de los ángeles* que acababa de terminar el maestro Jorge Inglés. Me arrodillé frente a él y me regodeé en la imagen orante de Catalina. Ella se había convertido en mi musa principal y el aura que el flamenco le había dibujado sobre las tocas casi la convertía en una santa. Junto a ella estaba su doncella, como a mi lado mi doncel y, entre nosotros, sentada con el niño en el regazo, se erguía solemnemente la talla de *Nuestra Señora de Bulto*, que hacía muy poco había comprado en la feria de Medina del Campo. Por encima, los doce ángeles que dan nombre a la obra. Eran tan reales, que parecían querer alzar el vuelo para escapar de la tabla y volar hacia lo más alto de las bóvedas. Pensé que, al dejar este mundo, el único recuerdo de cómo éramos serían aquellos retratos. Me emocioné y pronuncié mi lema secreto: «Dios e Vos».

Las dos damas allí reflejadas, en la penumbra de la iglesia, me pareció que me sonreían cuando un sonido me arrancó del ensimismamiento. Era el traqueteo de una caravana de carretas que resonaba en las callejas. Por el ruido debían de ser unas cien. Sonreí, porque era como si la Virgen de Bulto me hubiese leído el pensamiento.

Nada más asomarme, vi a mi señora, que, rienda en mano, guiaba aquella gigantesca procesión. Catalina pasó las bridas al carretero y saltó de la carreta en marcha para abrazarme. Todos mis hijos la siguieron.

Diego e Íñigo se acercaron a caballo y mi pequeña Mencía me cubrió el rostro de besos. De inmediato empezamos a colocar cada una de las cosas que traía en el lugar que yo previamente había determinado. La mudanza era descomunal, pero todo el mundo de la villa nos ayudó. Naturalmente, esperaban que después les diésemos un trabajo, porque sabían que cuando acudía el señor había más para repartir.

Durante esos días, criados, vasallos y maestros trabajaron a destajo. Reconstruyeron cualquier corral, casa o cuartucho de los que hubiera dentro del recinto capaz de aposentar a los miembros del séquito que no cupiesen en el hospital. Mientras, los músicos y trovadores amenizaban las calles haciendo más llevaderos los quehaceres.

A la semana, Buitrago, más que una villa fortificada, parecía un palacio. Había reposteros que guarecían los desnudos muros, hachones que daban luz y especieros de plata bruñida que despedían suaves aromas. En las mesas refulgían las copas, aguamanos, platos, jarras y confiteros. En los aposentos, habíamos buscado que las camas estuvieran vestidas con todos sus paramentos, los suelos cubiertos por alfombras y las paredes tapadas con paños francos. Nos preocupamos de que las despensas estuvieran repletas, de que los cocineros elaborasen sus mejores recetas, los maestresalas decorasen las mesas y las dueñas cuidasen hasta el más mínimo detalle. Incluso las campesinas esperaban impacientes a los lados de la entrada el momento idóneo del paso del séquito para alfombrar el suelo con las flores de sus cestos.

En fin, que cuando llegaron los reyes, todo estaba dispuesto para tentar al más sibarita de los convidados. Al aparecer en lontananza, comenzaron a sonar los timbales, las dulzainas y los tamborinos. Todo salió perfecto y yo gocé con ello. Hasta el embajador aragonés acudió en representación de los infantes, con la intención, desde luego, de una prórroga de paz. Sin duda, no les quedaba más opción, porque el mismo rey de Aragón y el infante don Enrique habían caído presos de los genoveses en la reciente catástrofe que había sufrido su armada en aguas del golfo de Gaeta. Eso sí, podíamos estar seguros de que los infantes de Aragón de momento no nos atacarían, al menos hasta ser liberados.

Astuto, don Álvaro aceptó la prórroga, a sabiendas de que los entrometidos infantes continuarían entretenidos en la guerra de Nápoles contra los angevinos. Todo esto le dio pie a anunciar, en el transcurso de una de las cenas, su intención de continuar la guerra en Granada. Al oírlo, miré a Catalina suponiendo su enfado, pero ella no se había enterado de nada porque andaba consolando a la reina María, que parecía sumamente abatida. No era para menos, ya que no solo sufría en silencio la derrota de sus hermanos sino que, además, corría el rumor de que su madre, Leonor, la viuda del de Antequera, yacía moribunda en el convento en el que residía desde hacía años y aún no había podido ir a visitarla. ¡Justo cuando sus hijos al fin parecían unidos!

Al ver don Álvaro que mi mujer me había dejado solo, no dudó en ocupar su lugar para hablar conmigo, como siempre, entre susurros.

—Solo decidme, Iñigo, ¿Sabéis si vuestros parientes me defraudarán en el campo de batalla como la última vez?

El que mostrase tan abiertamente su confianza en mí me alegró. En ese momento, muchos de ellos bailaban frente a nosotros.

—¿Por qué no se lo preguntáis a ellos?, los tenéis ahí enfrente. —Me miró de soslayo y de forma inquisitiva. Esto me obligó a rectificar—. Sin duda os seguirán fielmente siempre y cuando no cometáis el mismo error de otras veces.

Me miró sorprendido y como si no supiese de lo que le estaba hablando. Entonces, decidí aprovechar la ocasión para sutilmente advertirle de su desmesurada ambición. Eso sí, procuré que mi tono sonase amistoso y cercano, a pesar de la dureza de mis reproches.

—En la última ocasión, si recordáis, en vez de premiar a los valerosos, como por otra parte viene siendo costumbre, los detuvisteis y os atribuisteis sus victorias. Pues bien, demostradles que habéis cambiado. Todos darán su vida por la Reconquista, no lo dudéis.

Su actitud me extrañó. Frunció el ceño y, en vez de enfadarse conmigo, me dijo:

—Sé que en aquella ocasión hice mal. No debí detener al conde de Haro. Lo sé, Íñigo. Como también sé que no hice bien enfrentándome con vuestro primo Fernán. Lo sé, todo eso lo sé, y que no debí ensañarme con los Mendoza. Pero ¿qué he de hacer para que me admitáis?

Era muy sagaz y yo sabía que estaba jugando conmigo. Quería desarmarme con mansedumbre, pero ahora ya no me engañaba. Entonces, decidí aprovechar la oportunidad para hacerle partícipe de los últimos comentarios en su contra.

—Sabéis que en boca de todos está el nombramiento de vuestro hermanastro Juan de la Cerezuela como arzobispo de Toledo. —Hice un silencio esperando su atención—. Para empezar a ganaros a los más reticentes, podríais darles gusto evitándolo. —Ahora su expresión no era muy halagüeña y decidí explicarme—. No me refiero para siempre, naturalmente. Hacedlo por un tiempo prudencial y así no ahondaréis en la herida de todos los que se sienten vapuleados cada vez que os hacéis con alguna merced.

En ese instante me interrumpió.

—Esta no es para mí, sino para mi hermano.

—¿Y no es lo mismo? No os vendría mal, de vez en cuando, sentaros en las posaderas de vuestros enemigos para pensar como ellos. Cada cosa que conseguís de manos del rey, ellos piensan que se la habéis arrebatado a alguien que tenía más derecho.

—Es demasiado lo que me pedís —sonrió pensativo.

—¿No creéis que también lo es que dejéis de honrar a los más idóneos? Sobre todo si es para enaltecer a advenedizos, por muy parientes que sean.

—¿Me diréis lo mismo cuando vuestro hijo Diego se despose con mi sobrina Brianda y se convierta en uno más de mis protegidos? —dijo con cierta sorna y chasqueó la lengua.

Aquello me indignó. Bebí un sorbo de vino con calma y después le contesté:

—Lo mismo os diré si la merced es injusta. Tenedlo por seguro. Porque, al final, aunque todos seamos parientes, las reyertas más dolorosas son las fratricidas. Tened cuidado con la ambición, porque solo es buena en su justa medida.

—¿Dónde está el límite?

—Donde no cave nuestras propias tumbas —le contesté sin dudar.

En ese momento, el rey, cansado de los suspiros de doña María, acudió a nuestro encuentro. Al verle, nos levantamos.

—¿De qué hablabais?

Disimulamos. No podíamos contarle todo aquello, así que le hablamos del futuro enlace de mi hijo Diego con Brianda, la sobrina del condestable.

—Me ofrezco a ser padrino de boda a cambio de una cosa. —Le reverencié a la espera de su petición—. Me gustaría, Íñigo, que, pasadas las bodas de vuestro hijo Diego, os allegaseis a la frontera de Navarra para recoger a la infanta doña Blanca y la traigáis a Castilla. El viaje será más corto que el que hicisteis con la infanta Leonor de Aragón a Portugal y en vos confío. El momento idóneo será cuando mi hijo Enrique esté capacitado para consumar.

Con una reverencia, acepté. Sabía que aún faltaba tiempo, porque la novia era una niña y el príncipe apenas había cumplido diez años.

Al día siguiente, todos dejaron Buitrago precipitadamente: se acababa de conocer la noticia del fallecimiento de la madre de la reina María. Doña Leonor de Alburquerque, la reina viuda de Aragón, había muerto en una lúgubre celda, sola y olvidada de todos sus hijos reyes.

Nada más despedirlos, subí las escaleras de la torre en busca de mi amigo el Nigromántico. Quería preguntarle cuál era la fecha mejor para la boda de Diego. Nuestro astrólogo había llegado a Buitrago con Catalina, sin embargo, no me había cruzado con él ni un solo día desde entonces. Cada vez estaba más huraño, pensé. Al entrar en aquella estancia, el aire estancado me abofeteó como, si en vez de un aposento, aquello fuese un calabozo. En el hogar, no había una sola brasa que calentase el cuarto. Sobre la cama, el bulto postrado de su cuerpo no se movió al sentirme. A oscuras, intenté entrar a tientas, llamándole una y otra vez, pero no me contestó. Temiéndome lo peor, regresé sobre mis pasos y tomé la antorcha que iluminaba la escalera. Junto a la palmatoria de su mesilla solo había un plato con medio mendrugo de pan, ya casi mohoso. Como en otras ocasiones, ensimismado con las estrellas, debía de haber prohibido a su mayordomo que le molestara. Estaba desnudo de cintura para arriba. Seguramente, ni siquiera debió de tener tiempo para taparse con la manta. Tenía la boca abierta como el brocal de un pozo. Cuando intenté buscarle el latido posando mi cabeza, el hedor a descomposición me trepanó el olfato. Sin ninguna duda, nos había dejado.

Don Enrique de Villena, apodado por todos cariñosamente como el Nigromántico, había muerto tan olvidado de los hombres como hubiese deseado. Sus últimos años, a excepción de nuestros fugaces encuentros, los pasó enamorado de las estrellas, traduciendo a los clásicos y escribiendo en la única villa que le quedaba, la de Iniesta. Allí vivió de la roñosa caridad de su disoluta mujer como voluntario ermitaño y solo Juan de Mena y yo nos acordamos de él. Sobre todo desde que le quemaron la biblioteca, esa de la que tantos libros nos había dejado en diferentes ocasiones.

El día de su entierro recordé todo lo bueno que de mi vida un día vio en las estrellas: mi matrimonio con Catalina, mis primeras luchas, mis dudosas esperas, el quebrantamiento de aquella maldición que a todos los primogénitos de mi familia mataba y mi vocación como poeta.

Todo mi dolor lo reduje a este panegírico:

> *Sabida la muerte d'aquel mucho amado,*
> *mayor de los sabios del tiempo presente,*
> *de dolor pungido, lloré tristemente.*[4]

---

[4] *Defunción de don Enrique de Villena, señor docto e de exçellente ingenio, XXII.*

XVII

1436

BODAS EN GUADALAJARA

Segund vuestra loçanía,
bien vale la consequençia;
perdonad, por cortesía,
la torpe, ruda eloquençia.

MARQUÉS DE SANTILLANA
Loor a doña Juana de Urgel

A principios de octubre llegó el momento más esperado. Diego había cumplido veinte y su prometida había alcanzado la edad mínima para contraer matrimonio. Había esperado mucho, pero no le importó, porque valía la pena. Muy pronto vivirían en Guadalajara con todos nosotros.

Llegado el momento, él esperó nervioso la llegada de la novia; los alcarreños de Guadalajara, los festejos, y nosotros, la entrada de los reyes, que venían con el príncipe Enrique, con don Álvaro de Luna y con la tan esperada novia, su sobrina.

El único que faltaba era mi hijo Pedro, que, desde hacía poco, con sus ocho años, ya vestía ropas clericales. Se estaba formando en las escuelas menores de la Universitaria de Salamanca.

Me encerré en la biblioteca a escribirle. Con esa excusa, podría aislarme durante un buen rato de todo aquel ajetreo que se estaba formando. Estaba orgulloso de él, pensé, porque, salvo mi hija Leonor, la bastarda, era el único que eligió el camino eclesiástico. El refrán que dice que no hay quinto hijo malo, con Pedro González de Mendoza acertaba de lleno. Si Pedro proseguía con sus altas calificaciones y buen hacer, sin duda llegaría a cardenal. Por el momento, como prometí a mi madre antes de morir, al año siguiente y con solo nueve años, llegaría a párroco de Hita. Por su último billete, sabía que comenzaba a conocer el latín y lo envidiaba, porque era una gran falta que yo tenía. Quise animarle a seguir con sus lecciones.

Mojé la pluma en el tintero y comencé como siempre:

Don Íñigo López de Mendoza, Señor de Hita, Buitrago a don Pedro González de Mendoza, su hijo, escribe. Salud.

Afortunado porque ya domináis la lengua de Lacio y podéis decir que toda la dulzura y graciosidad de la literatura están en las palabras latinas. Yo, tu padre, en cambio, nunca la aprendí, a pesar de saber que los libros de Sacra Escritura, el Testamento Viejo y el Nuevo antes fueron escritos en hebraico que en latín; y en latín, que en otras lenguas, como la vulgar o la provenzal.

Disfrutad de estos nuevos conocimientos que habéis adquirido porque no necesitaréis esperar, como yo, a que los libros sean traducidos.

A partir de ahora, querido hijo, podré solicitaros la traducción de aquellos libros que tanto ansío leer y no alcanzo a entender, pues comprenderéis que cosa difícil sería que, después de tantos años, vuestro padre se pusiese a porfiar con la lengua latina.

Gracias a vos, en futuro La Eneida *de Virgilio, el* Libro mayor de las transformaciones *de Ovidio, las* Tragedias *de Lucio Anio Séneca y muchas otras cosas en que yo me he deleitado dejarán de ser contadas y otras muchas lecturas llegarán a mis manos.*

Seguid, hijo mío, lisonjeando a vuestra familia con vuestros logros y todos días sean bien de vos.

En el preciso momento en que secaba la pluma para volver a afilarla, un gran estruendo vino de la calle. ¡Como suponía, aquel instante de paz no podía durar demasiado! Al asomarme, pude ver cómo un carro cargado de odres había chocado contra el corralón que los carpinteros construían para las corridas de toros que celebraríamos, a la vera de la iglesia de Santa María de la Fuente. El vino manaba a raudales formando un gran charco del color de la sangre. Las maderas de los estrados comenzaron a teñirse de púrpura, mientras el vinatero y el albañil no vieron mejor solución para remediar la calamidad que comenzar a cocearse entre sí.

Para más desastre, los holgazanes de alrededor aprovecharon las trifulcas para dejar de faenar. Las peores y más folloneras fueron unas mujeres que allí cerca construían las arcadas de flores por debajo de las cuales pasaría el cortejo de los novios. Como brujas en pleno aquelarre, gritaban desaforadas animando a uno o a otro de los contrincantes. El único inteligente entre tanto despropósito fue un pastor que cruzaba con su rebaño en ese momento. Sin dudarlo, al ver el espectáculo, azuzó a sus perros para que desviasen a los animales por otra cañada.

Desde el balcón, pude ver cómo Catalina también se

acercaba con la esperanza de que su mera presencia calmase las cosas. Al no ser así, gritó pidiendo orden, pero todos la ignoraron. Su expresión de preocupación e impotencia me obligó a dejar la escritura para salir a ayudarla. Nada más verme, las mujeres se callaron y regresaron a sus tareas. El carpintero y el vinatero andaban tan enzarzados en su furia que ni siquiera se percataron del silencio que se había formado a su alrededor. Desesperado, agarré del cinto al vinatero para separarle del otro. Nada más verme, el temor a mi reprimenda devoró su saña hasta dejarlos paralizados. El primero en reaccionar fue el vinatero que, desamparado, señalaba los odres vacíos y arrugados.

—Señor, mirad lo que este desgraciado ha hecho con vuestra carga de vino.

—¡Este mentecato es quien chocó contra los estrados! —interrumpió la voz del otro—. No ha mirado. Ahora lo tendré que construir de nuevo y no sé, señor, si estará a tiempo para cuando lleguen los reyes.

Como sabía que Catalina los azuzaba desde hacía días, decidí ser benévolo. Era lo justo, ya que el trabajo a destajo y la extenuación les tenían los nervios a flor de piel. Respiré profundamente y opté por evitar más aspavientos para contagiarles mi calma.

—Todo el tiempo que dediquemos a la trifulca se lo estaremos robando al trabajo.

El carpintero fue el primero en agacharse inmediatamente a recoger un tablero que había a sus pies mientras mascullaba entre dientes:

—Solo podré terminar a tiempo con la ayuda de un aprendiz.

—Contratadle —le contesté.

El vinatero seguía mirando el estropicio desconsolado.

—Y vos no os preocupéis más por la pérdida. Recomponed el carro, salvad los odres que no estén rajados y, si os queda vino en las barricas, id por más. Se os pagará por las dos partidas —le dije tajante.

Los ojos se le iluminaron mientras se afanaba en hacer palanca con otro de los maderos para poner derecha la carreta.

Al regresar a casa, advertí del incidente a otro carretero, que venía cargado con ciervos y cochinos que habían cazado en mis tierras de Buitrago, para que tomase otro atajo hacia las cocinas.

Catalina me siguió en silencio y cabizbaja.

—Siento que hayáis tenido que dejar la pluma para solucionar esta tontería, pero esta vez me ha sido imposible enmendar a gritos lo que vos habéis paralizado con vuestra mera presencia.

Sabía que muchos de nuestros sirvientes jamás demostrarían el mismo respeto a su señor que a su dueña. A Catalina se le notaba el dolor de la impotencia. Me acerqué a ella y la abracé.

—¡Son tan pocos los hombres capaces de obedecerme sin rechistar! —se dolió—. Sé que es porque soy mujer. Nunca sabréis lo difícil que eso me pone las cosas cuando os marcháis y me dejáis al mando y gobierno de la casa.

—Comprended que el hombre, desde que es hombre, es el que manda y gobierna en la familia. —La besé e intenté calmarla en su desazón—. Humilde o noble, siempre ha sido así. Convencerlos de lo contrario es difícil, sobre todo a los que sustentan su virilidad en el dominio. Hablaré con nuestro administrador para que la próxima vez que tengáis problemas él los solucione.

—A vuestra madre la obedecían sin rechistar —dijo mientras se encogía de hombros.

Sí, era verdad, pero es que mi madre había tenido que ser mucha mujer cuando se vio obligada a defender su casa y a sus hijos.

—A vos también os respetarán cuando seáis más vieja. —Le mentí por no herir su orgullo—. Olvidad lo ocurrido. —Como vi que no quedaba demasiado satisfecha, cambié de tema—. ¿Queréis que os acompañe a ver cualquier otra cosa?

—¿Podríais venir a la sastrería y darme vuestra opinión sobre los nuevos sayos, jubones y dalmáticas del cortejo nupcial? —dijo iluminándosele la cara.

—Vamos —dije para disipar aquella angustia que la atenazaba.

Al llegar, dos docenas de mujeres cosían ufanas, mientras otras cinco, que estaban junto a la luz de la ventana, bordaban con hilos de seda y plata nuestras armas en las pecheras de las vestimentas que tenían agarradas a los bastidores. De la estancia contigua llegaba una música que amenizaba la labor. Se trataba de un quinteto de músicos que ensayaba cantigas y trovas con las que iban a deleitar el banquete. Me concentré en la música y, antes de verlos, intenté adivinar qué instrumentos tañían. Imaginé una bandada de pájaros en la que las notas sostenidas del laúd y el arpa danzaban por el aire topándose con las de la zanfonía y el monocordio. La solitaria dulzaina los sobrevolaba en busca de una pareja que la acompañase.

Si no fuese por esos pequeños momentos de deleite, hubiese querido que aquello terminase lo antes posible. Ahora me arrepiento de haber pensado así, porque después me enteré de que eran simples minucias comparadas con lo que Catalina tenía que batallar a mis espaldas por no molestarme.

Una de ellas, quizá la más importante, le concernía a la pequeña Mencía. Con tanto preparativo para la boda de su hermano Diego, olvidé que ella también contraería matrimonio antes de finalizar el año. Quizá no le di la importancia debida por creer que su prometido era demasiado niño todavía. Pero los cuatro años que le sacaba no eran excusa para dejar abiertos los tratos que unirían a los Mendoza y a los Velasco. Aún recuerdo cómo, con discreción y a petición de su madre, supo disimular los sentimientos. Tenía tan solo quince años y me admiró la entereza con que se comportó. No quería quitar protagonismo a su hermano y, seguramente, todavía menos, cargarme con otra preocupación en ese momento. Fue Catalina quien supo hacerle comprender que para nosotros tenía tanta importancia la boda de Diego como la del príncipe Enrique, que ambas atraerían la atención de todos.

Como era de muy buen carácter, no tuvo ningún desaire. Ella sabía perfectamente que desde pequeña estaría destinada al hombre que nosotros le eligiésemos y no dudó ni un segundo que ese sería el mejor. A partir de entonces, como si se tratase de la misión más importante de su vida, se desposaría, holgaría y daría a luz al mayor número de hijos posibles, para que nuestra estirpe perdurase. En ese momento posiblemente hubiese preferido a un hombre en vez de a un niño de once años, pero sabía que este crecería pronto y, como tantas mujeres, procuraría engañar al amor para acatar este sacrificio sin darle demasiada importancia. De lo contrario, el desamor enquistaría la amargura en su corazón. Definitivamente, Mencía querría querer a Pedro, como su madre quiso quererme a mí.

Hoy lo escribo con arrepentimiento, porque la acelerada existencia del momento me hizo relegarla a un segundo plano y los pequeños placeres de su primer encuentro me pasaron desapercibidos.

Con el tiempo supe que el pequeño Pedro Fernández de Velasco se presentó a Mencía nada más llegar a Guadalajara de la mano de su padre, el conde de Haro. Sé que la primera impresión fue dura, porque mi hija le sacaba dos cabezas. Él, al parecer, la reverenció y apenas cruzaron un par de miradas carentes de todo interés. La única ventaja de que el novio fuese tan joven era que todavía disfrutaríamos de ella unos años más.

Catalina le entregó al conde de Haro los veintidós mil florines que habíamos estipulado como dote. El conde los guardó en un arcón como garantía del desposorio hasta que Mencía fuese a Burgos a vivir con ellos.

Sellada la alianza, las campanas de las iglesias comenzaron a tañer, las bombardas a disparar salvas desde la muralla y las luminarias, hachas y faroles se encendieron hasta casi convertir el crepúsculo en amanecer. Era la señal; el cortejo real se acercaba a Guadalajara y yo debía recibirlo en la puerta de Bramante mientras Diego corría al altar donde debía esperar a la novia.

El rey, al verme, se detuvo. Como era tradición, antes de entrar, juró respetar los fueros, usos y costumbres de la villa de Guadalajara. Tras él, el resto del cortejo se puso en marcha camino de la iglesia de San Francisco, que apenas distaba treinta cañas de la puerta, pero el trayecto fue lento debido a la clamorosa multitud que se apiñaba en las callejas. La novia, huérfana de padre y de padrino, caminó hasta la misma puerta de la iglesia del brazo de su madre doña María de Luna. Al llegar, se la entregó al rey para que la apadrinase como prometió en su momento. En ese instante, estoy seguro de que Brianda debió de echar de menos a su padre, que era mi difunto tío Juan Hurtado de Mendoza.

Ya camino del altar, me fijé en los rostros jóvenes que, por delegación o herencia, ocupaban los puestos de mis amigos de antaño. Eran las nuevas generaciones de nobles que, como mi hijo Diego, un día poseerían los títulos y señoríos de sus predecesores. En quien primero me fijé fue en mi sobrino Juan Manrique, el hijo de mi hermana Alfonsa, que ocupaba el sitial de su padre recién fallecido en Alcalá de Henares. Hacía tan solo un mes que el rey le había confirmado todas las mercedes de su predecesor, incluido el condado de Castañeda, después de haber jurado no seguir incordiando en mi señorío de las Asturias de Santillana. A su lado estaba el hijo de mi primo Fernán, el prometido de Mencía e hijo del conde de Haro, y Juan Pérez de Guzmán, el hijo del conde de Niebla y futuro duque de Medina Sidonia, que aún guardaba luto por la muerte de su padre al haberse ahogado en aguas de Gibraltar durante una escaramuza contra los moros. Era una generación de hombres valerosos que venían pisándonos los talones.

Cuando terminó la ceremonia en San Francisco había anochecido. Las calles bullían de algarabía, porque el pueblo sabía que, junto a la cara interior de la muralla, nuestros siervos habían dispuesto una mesa franca donde el vino y la comida no le faltarían a nadie. Además, Catalina había ordenado que se repartiera un buen puñado de monedas entre los más necesitados.

Terminadas las bodas, los reyes se quedaron durante algún tiempo. La excusa perfecta fueron las enormes nevadas que durante diciembre y enero cayeron sobre Guadalajara, pero lo cierto era que los monarcas estaban disfrutando de su estancia en nuestros predios.

Durante ese tiempo, el rey comenzó a importunarme con sus inquietudes. Cuando yo estaba en la biblioteca, él acudía allí, a veces con asuntos literarios y otras, con cosas personales. Y es que la soledad del mando le había convertido en un hombre casi inaccesible y resultaba muy difícil intimar con él. Sus constantes visitas en cualquier otro momento me hubiesen importunado. Pero, por extraño que parezca, aquella Navidad y el Año Nuevo, con la alegría que se respiraba, consiguió amainar mi lógico malestar.

Recuerdo que un atardecer, acababa de terminar de leerle mi *Comedieta de Ponza* cuando, al levantar los ojos de la lectura, lo encontré ausente, mirando al fuego. Entonces, sentí no haber acertado con el tema; tal vez la celebración literaria del reciente desastre naval del rey Alfonso V y los infantes de Aragón cerca de Gaeta no le divirtiesen demasiado. Tomé mi libro de los *Proverbios* y se lo puse sobre el regazo.

—Lo acabo de recibir de manos del copista del monasterio de Lupiana —le dije—. Sé que vuestra majestad ya tiene uno, pero he mandado otra copia para el príncipe Enrique. Este veinticinco de enero cumplirá los once años y creo que ya es capaz de comprenderlo. Mi hijo Pedro es más pequeño y ya lo ha leído.

Apartó la vista del fuego, acarició las flores miniadas que bordeaban la tapa y mantuvo la mirada perdida en el libro.

—Os lo agradezco, Íñigo. Es un hermoso regalo. Sin duda, en estos *Proverbios* se esconden muchos atributos de vuestra alma de poeta. Vuestros consejos bien han de servir a la educación del príncipe... Pero no es eso lo que me inquieta —dijo como con pesadumbre. Yo callé y esperé a que me revelara algo—. Estoy preocupado por la excesiva sensibilidad que el príncipe demuestra ante ciertas cosas.

—Creo que no debéis alarmaros —le interrumpí—. Miradme a mí; igual empuño la lanza que la pluma, según sea necesario, y os aseguro que la una no le roba hombría a la otra. La poesía demanda sentimiento. El que el príncipe prefiera juegos más calmos no es menester para que no se aplique en los violentos.

Quedó pensativo y quiso dar por zanjada la conversación. Se levantó, sacudió la cabeza como para quitarse ciertos pensamientos y salió de la estancia susurrando:

—Es igual. De todos modos estoy deseando que crezca y tenga un hijo con la princesa Blanca de Navarra. No olvidéis que muy pronto deberéis escoltarla desde la frontera.

—No lo olvido, majestad.

Más que escucharme, me dio la impresión de que de nuevo estaba ausente.

La tercera vez que acudió a la biblioteca le propuse compartir las tertulias literarias que dos veces por semana manteníamos Juan de Mena y yo. Era otro divertimento de los que había pensado organizar para celebrar la boda, pero que, en vista de la poca expectación, desestimé. Sin embargo, a partir del momento en que don Juan se unió a nosotros, fueron muchos los que frecuentaron la tertulia, sin duda para no ser considerados como incultos a los ojos del monarca.

Con el apoyo del rey, aquellas reuniones literarias podrían haber resultado muy interesantes si no hubiera sido porque, junto a él, se acercaron muchos de sus seguidores y, entre estos, el condestable. Don Álvaro, sin embargo, estaba más interesado en hablar y discutir sobre asuntos políticos y militares que sobre las letras, de manera que este fue conduciendo poco a poco las charlas hacia los asuntos que a él más le concernían. Así, el condestable usó aquellas reuniones para ir convenciendo a todos, por supuesto con sus consabidas argucias y tretas, de cómo continuar con la Reconquista. Entonces, el rey, al ver lo que estaba sucediendo y consciente de que ya no podríamos continuar con el debate literario, me susurró al oído:

—Íñigo, quiero que sepáis que, a pesar de esta inoportuna intrusión, siempre disfrutaré más con la lectura de un manuscrito que celebrando una victoria.

Aquella confidencia, he de confesar, al menos me endulzó el agriado paladar, porque estaba claro que aquellos energúmenos jamás sabrían del placer que las letras podían brindar al espíritu. A partir de entonces, nunca más permití que nadie volviera a mi biblioteca. ¿Para qué, si la mayoría eran incapaces de valorar lo que esta albergaba? Eso sí, lo hice discretamente, para no enfrentarme con don Álvaro. Ahora todos parecíamos amigos y eso no había que desaprovecharlo, porque me interesaba.

Don Álvaro quería recuperar la guerra contra los moros porque la tregua con los nazaríes de Granada había expirado. Para atacar, el condestable contaba con mis huestes, que debían acudir a defender la frontera en Jaén y Córdoba. No podía defraudarle, eso sí, siempre y cuando recompensase debidamente nuestro sacrificio. Para mí, estaba claro que ya no podría hacer acopio él solo de las ganancias. Ya no valía la estrategia de apresar a todo el que osase quejarse o desertar.

Durante aquel mes, el rey se sintió tan bien recibido que quiso corresponderme con un privilegio y me otorgó ciento quince excusados francos de moneda forera y la martiniega que habían correspondido al obispado de Segovia y al arcedianato de Guadalajara. Además, tampoco se olvidó de Guadalajara, que fue agasajada con otros juros de semejante cuantía. Pero también a don Álvaro quiso concederle algo y, así, le hizo conde de Montalbán y le entregó esta villa. El condestable, quizá por pudor o por hacer caso a mis consejos y no querer levantar ampollas demasiado pronto, renunció a medias a todo ello y le pidió al rey que se lo otorgase a su mujer, María de Pimentel.

El 6 de febrero por fin los reyes partieron rumbo a Roa y Guadalajara recuperó el sosiego. Aunque el frío había arreciado y trescientos hombres habían limpiado con picos y palas la nieve del camino, al marchar los carros y los caballos dejaron las huellas marcadas en la nieve que aún quedaba.

Recordando las últimas órdenes del condestable, en cuanto el cortejo real desapareció, me puse manos a la obra. Ordené que todos los caballeros y lanzas de Guadalajara, Hita y Buitrago acudieran de inmediato hacia Andalucía. Por primera vez me llevaría a alguno de mis hijos. Lo lógico hubiera sido que fuese Diego, el mayor, pero como estaba recién casado decidí respetar el deseo de su joven mujer permitiéndole quedarse con ella unos días y me llevé a Íñigo y a Pedro Lasso.

Íñigo demostró gran entusiasmo. Le hice saber muy pronto que sería él quien mandaría el flanco derecho. A Pedro Lasso le responsabilicé del flanco izquierdo y yo me quedé en el centro por tenerlos mejor vigilados a los dos. Su madre, al despedirnos en el zaguán, me rogó:

—¡Cuidad de nuestros hijos!

Ante tal grito, Íñigo se ofendió. Regresó sobre sus pasos, bajó del caballo, besó a Catalina en la mejilla y le dijo:

—Madre, creo que ya soy un hombre y no necesito que nadie vele por mí.

Entonces ella, como si de un torneo se tratase, se sacó un pañuelo del puño del sayo y se lo metió bajo la coraza.

—A falta de dama que os lo haya prendido —dijo—, llevad el de vuestra madre junto al corazón. Las plegarias que he impregnado en él os guardarán de la muerte.

XVIII

HUELMA, 1437-1438

Dixe: Non vades, señera,
señora, qu'esta mañana
han corrido la ribera,
aquende de Guadiana,
moros de val de Purchena
de la guarda de Abdilbar.

MARQUÉS DE SANTILLANA
Serranilla VI, «La moça de Bedmar»

Durante las parsimoniosas noches de acampada, a la luz de la vela de mi palmatoria, procuré calcular con cordura y templanza lo que podía destinar a los gastos de la guerra sin arruinarme. La cosecha del año anterior había sido buena y las abultadas cifras de las rentas recibidas me permitieron ordenar la construcción de más armas y el reclutamiento de varios mercenarios a sueldo que contribuyeron a engrosar la mesnada.

Si la experiencia me había enseñado algo era que mi osadía ya no iría desprovista de tiento y que mi cordura jamás se confundiría de nuevo con la cobardía. El condestable me había prometido grandezas de manos del rey si obtenía victorias y era el momento más propicio para cobrar la inversión.

Recién comenzada la primavera, llegamos a Jaén. El

ímpetu de Íñigo y de Pedro Lasso contagió pronto a todos los demás. Era como si los dos tuviesen una prisa inusual por vencer. Tanto fue así que, casi sin darnos cuenta, nos encontramos acosando al enemigo en campos tan peligrosos como los de los alrededores de Guadix, Granada y Baza. Atacamos tan contundentemente que los sarracenos, ante la sorpresa, se vieron obligados a abandonar sus casas extramuros de las villas y a refugiarse en el interior de las fortalezas. Así que los campos se nos presentaban desiertos y los caminos desguarecidos de enemigos que nos hiciesen frente.

Después de casi un año de pequeñas escaramuzas que siempre ganábamos, pensamos en la posibilidad de objetivos mayores. Necesitaba algo sonado para conseguir el definitivo reconocimiento del rey, porque si no jamás sobresaldría de entre los demás caballeros.

Catalina nos escribía con frecuencia. En las cartas, siempre se despedía ansiando vernos lo más pronto posible. Ante sus incansables ruegos, un día decidí contestarle con un poema. En esta ocasión no fue a una de esas mujeres fugaces a las que dediqué algunos versos, sino a mi eterna musa. Ella, cuando leyó aquellas serranillas, se creyó la protagonista. Yo nunca la contradije; es más, le aseguré que mis serranas siempre fueron ficticias, porque, aunque moraban en montañas y valles diferentes, siempre tenían su rostro.

Entre Torres y Canena,
açerca des'allozar,
fallé moça de Bedmar
¡Sant Jullán en buen estrena!
Pellote negro vestía
e lienços blancos tocava,

*a fuer del Andaluzía,
e de alcorques se calçava.*[5]

Mientras lo escribía, la sombra de Íñigo me tapó el papel.

—¿Para quién es, padre?

—Para vuestra madre —le contesté.

—No se la enviéis, que ya hace más de un año que no holgáis juntos y ella sabe de las necesidades del hombre. —Su contestación me demostró que aquel año había madurado.

Sonreí. Tenía razón, no se la mandaría, no fuese a dudar de mi fidelidad.

—Ninguna mujer podrá nunca ocupar su lugar —le dije—. Es vuestra madre y la echo de menos.

Íñigo compartía ya conmigo juergas nocturnas, al menos una vez por semana, y no ignoraba estos asuntos. Cuando nos llegábamos a las aldeas cercanas en busca de mujeres, sabía que aquello no era más que un entretenimiento.

Aquellas barraganas para nosotros no eran más que el agua que sacia la sed acuciante. Compararlas con nuestras mujeres era sacrílego. En aquel momento, Íñigo, al verme hablar de su madre, también pensó en ella.

—Lo que más alegraría a mi madre sería que apareciésemos de improviso. El frío se ha adelantado, padre. Los caminos comienzan a embarrarse. Los pastores dicen que los hormigueros altos auguran un otoño lluvioso. —Hablaba a toda velocidad. Tomó aire y prosiguió—: Demasiada humedad como para facilitarnos una buena estrategia de

---

[5] *Serranilla, VI*, «La moça de Bedmar».

ataque. Los hombres están cansados. Ir a casa este invierno nos vendrá bien a todos y quién sabe si, al vernos aparecer sanos y salvos, los que no se alistaron antes se animen para la siguiente partida.

Me sentí orgulloso de él. Todas las noches le daba gracias a Dios por los hijos que me había dado. Íñigo, en especial, había heredado la valentía de muchos de sus antepasados y precisamente por ello la súplica de aquella retirada sonó más a generosidad que a miedo. Asentí y guardé la serranilla entre dos tablillas atadas con cintas.

De regreso, mientras cabalgaba, imaginé el recibimiento de Catalina y, como yo, muchos debían de estar oliendo en sueños el calor de su hogar. A pesar del cansancio acumulado, aligeraron sus pasos convirtiéndolos en livianos. Recorrieron durante algunas jornadas más leguas de las que sus piernas cansadas podían soportar. Hasta las bestias parecían cabalgar al olor de sus establos. Íñigo tenía razón, necesitaban un descanso.

Al llegar, todo fue como era de esperar. Caballeros y vasallos se iban quedando en los zaguanes de sus puertas abrazándose a sus mujeres, tomando en brazos a los hijos nacidos en su ausencia y sonriendo como si el mejor presente del mundo les hubiese caído en gracia. Sus bolsas llenas y sus corazones henchidos suavizaron el espectro de una inconclusa cruzada que muy pronto continuaría.

A los pocos meses, descansados los cuerpos y los ánimos, al llamarlos de nuevo a filas, ninguno de los que nos acompañó la primera vez falló. Es más, como Íñigo predijo, las filas se vieron engrosadas por muchos más voluntarios que, vistas las ganancias, quisieron hacer fortuna. Íñigo y Pedro Lasso vinieron de nuevo. Catalina, al despedirme, se encargó de responsabilizarme reiteradamente de sus dos cachorros y mi hermano Gonzalo Ruiz de la

Vega, señor de Tordehumos, la tranquilizó; le dijo que él también asumiría ese compromiso como tío.

A nuestro lado cabalgaba Pedro Menéndez Valdés, el capitán de las milicias de Guadalajara, que, aunque no estaba acogido a mi servidumbre, quiso participar en la contienda. Por fin, después de más de treinta años desde que mi padre muriese y ya muerta mi hermana Aldonza, los ciudadanos de Guadalajara no me miraban con recelo. He de reconocer que este capitán fue de gran ayuda, además, ya había demostrado sus dotes para la guerra en la batalla de La Higueruela.

Aquella vez nuestro viaje fue más lento por el peso que acarreábamos. Las bestias iban cargadas con varias piezas de artillería y arietes, porque en esta ocasión no solo íbamos a incendiar los campos, también queríamos abrir brechas en sus fortificaciones y en sus villas. Por otra parte, en nuestro transitar, la cuantía de las huestes, su vitalidad y los pertrechos transmitían tanta seguridad a los pueblos y ciudades que nos daban cobijo que sus moradores no dudaban en unirse a las mesnadas.

El capitán Menéndez Valdés reclutó a muchos milicianos en los concejos de Úbeda, Baeza, Andújar, Jaén, Cazorla, Montoso y Martos, cuyos ciudadanos, cansados de los abusos sarracenos, se unían al de Guadalajara. No era de extrañar ya que la mayoría de ellos vivían desde tiempo inmemorial presos de la desesperanza en una frontera peligrosa y sabían que la única manera de conseguir un poco de paz era logrando que el confín del cristianismo avanzara más hacia el sur. Al enterarse de que a todos se les daría una cuantiosa participación en los botines de guerra que requisásemos, había otros que acudían desde lejos estimulados sin duda por la codicia. Cuando fuimos varios miles los congregados, nos dirigimos a Huelma. Hacía cinco años que mi primo Fernán Álvarez de Toledo había fracasado en su intento por tomarla y yo lo vengaría.

Desde Jaén, solo estábamos a cinco leguas, la distancia justa para sorprender al enemigo sin necesidad de acampar a los pies de sus murallas como en otras ocasiones. Según lo previsto, a principios de marzo aparecimos y atacamos. Cuando nuestras bombardas comenzaron a disparar piedras, los sarracenos se atrincheraron a la espera de los refuerzos de Granada. A punto estábamos de abrir la segunda brecha, cuando la amenaza de la llegada de estos refuerzos pareció ser cierta. Pensé que sería bonito adelantarnos y vencer a las huestes del rey de Granada al mando de Aben-Farax-ben-Juceph. Sin embargo, nuestros rastreadores no dieron jamás con ellos, porque aquello no era más que una falsa noticia filtrada por sus espías para intimidarnos.

El día que definitivamente abrimos brecha en la muralla, Íñigo fue el primero en entrar. A pesar de mis advertencias, no pude hacer nada para evitarlo. Ya dentro, pude ser testigo de una encarnizada lucha que duró cuatro días con sus noches, sin apenas una tregua para dormir. Cada hora que pasaba, las cosas fueron empeorando y, por primera vez, temí por la vida de mis hijos. Íñigo aún no había cumplido los veinte años y su ímpetu juvenil era la peor arma que le acechaba. Pasase lo que pasase, no podía regresar a Guadalajara con su cadáver metido en un saco para entregárselo a su madre; había prometido a Catalina devolverlos vivos y así sería. De manera que, con el corazón en un puño, sorteé a unos y a otros hasta llegar donde ondeaba su estandarte. Me detuve en seco, su osadía le había empujado imprudentemente a buscar entre los moros al caudillo del rey de Granada. El inconsciente quería matarlo con sus propias manos. La guardia personal del edil yacía malherida a su alrededor mientras mi hijo y Aben-Farax intentaban zafarse el uno del otro.

Aquel hombre superaba en edad y experiencia a Íñigo. Al darme cuenta del peligro, el fragor de la contienda se hizo sordo a mis oídos y solo un pensamiento cruzó por mi mente. A pesar del riesgo, pensé, me debería interponer entre los dos, ocupando el lugar de Íñigo y librándole de una probable muerte. De manera que espoleé a mi caballo. No distaba más de tres cañas de ellos cuando Íñigo, enrojecido por la furia, atravesó con su lanza al caudillo moro. Entonces, me detuve y dejé que disfrutara de su primera victoria; eso sí, antes tuve que librarle de un sarraceno que se le aproximaba por detrás. Aben-Farax cayó de su caballo, ensartado, como un fardo.

En el preciso momento que guardaba la espalda de mi hijo, otro enemigo aprovechó para cortar de un hachazo una de las patas a mi caballo. Mientras el animal relinchaba de dolor antes de perder el equilibrio, apenas tuve tiempo para sacar el patuco de mi armadura del estribo y evitar que me aplastara. Ya tumbado en el suelo, me di la vuelta y me topé con otro que me impidió rearmarme. En ese momento, me sentí perdido. De repente, me di cuenta de que su ceño se fruncía y una desdentada mueca de dolor se le dibujó en la cara. De golpe, cayó sobre mí. Había sido precisamente Íñigo quien me había salvado. Y no yo a él.

Al saber que su caudillo había muerto, todos los enemigos huyeron despavoridos. Jadeante aún, aquella imagen me llenó de satisfacción. Desde aquel día, supe que Íñigo llegaría lejos como hombre de armas, porque no solo sabía cuidar de sí mismo sino que, además, había demostrado su gallardía cuidando de los demás.

Unos días después los muslimes de Huelma se rindieron. Los dejé ir a refugiarse a sus villas de Cambil y Alhabar, eso sí, siempre y cuando solo se llevasen lo puesto. Pero como las cosas nunca salen del todo bien, aquella victoria, dado que ni el rey ni el condestable estaban allí, se agrió con la discusión sobre cuál sería el primer estandarte cristiano que entraría en la ciudad y se colocaría en la almena más alta, ¿el de Guadalajara o el de alguna de las villas circundantes? De entre todos, los más obcecados fueron los capitanes de los concejos de Jaén, que habían sido precisamente los últimos en unirse a la contienda. A mí aquello me importaba poco, siempre y cuando el rey supiese de nuestra hazaña. Los dejé discutiendo durante un par de horas, hasta que cansado decidí poner remedio de la forma más diplomática posible. Alcé mi estandarte, tomé todos los de ellos, hice un haz y mandé a uno de mis hombres que cruzase la puerta principal de Huelma con todo el puñado en las manos. Había sido mi rápida actitud la que impidió que se opusieran. En cuanto se hizo el silencio, me expliqué:

—¡Ninguno será el primero! —dije—. ¡Todos entraremos a la vez, porque nuestra fuerza unida ha sido la que ha logrado esta victoria!

Íñigo, que había participado en la discusión, sonrió y lo entendió mejor que nadie.

Así las cosas, lo primero que hice, como era costumbre, fue convertir la mezquita en iglesia, que engalané con una campana, un cáliz de plata y un crucifijo que compré a los monasterios de Santa Catalina y Santiago en Jaén. Después de aquello, como me quedaba poco dinero, no pude pagar a mis hombres los dos mil maravedíes que les prometí. Ellos estaban alegres por la conquista y me fiaron, de manera que, nada más regresar, me ocuparía de saldar la cuenta pendiente.

De camino hacia casa decidí aprovechar la euforia

provocada por la victoria de Huelma para tomar el castillo de Bexix y lo conseguí. Con las dos conquistas, la frontera avanzó hacia el sur y el rey don Juan me solicitó acordar una tregua con los enemigos. Sometidos como estaban a nuestra servidumbre, no tardamos mucho en firmarla, a pesar de las treinta y seis cartas que tuve que escribirles al rey y al condestable de un lado, para tener claras sus intenciones, y a Mahomad, el rey de Granada, a Ally Alamín y a Abrahem Abdilbar del otro, para que la aceptasen.

Después de muchas discusiones, logré que el 11 de abril de 1439 los enemigos prometiesen no atacarnos de nuevo hasta 1442. Serían tres años de paz que todos celebraríamos, junto a los quinientos cincuenta cautivos cristianos que acababan de quedar en libertad. Los emires derrotados se habían comprometido, además, a pagar al rey una renta de veinticuatro mil doblas de oro anualmente. Me sentí satisfecho con la cuantía, porque sabía que precisamente aquel era el principal y oculto objetivo de don Álvaro cuando me mandó a la frontera. Ahora, cumplido ya el deseo del condestable para rellenar las arcas, estaba en condiciones inmejorables para solicitar a don Juan lo que más ansiaba: un marquesado como el de Villena. Si lo conseguía, el mío sería el segundo en la historia de Castilla.

XIX

1439-1440

DESAGRADECIDA VICTORIA

Amor cruel e brioso,
mal aya la tu alteza,
pues non fazes igualeza,
seyendo tan poderoso.

MARQUÉS DE SANTILLANA
Decires, 3, «Querella de amor»

Al llegar a Guadalajara, Pedro Menéndez Valdés, el capitán de las milicias, se puso a mi lado para cruzar el puente sobre el Henares enarbolando juntos un haz con nuestras divisas. Después de lo acontecido en Andalucía, decidimos que desde ese momento el estandarte de la ciudad fuese junto a los colores y el «*Ave Maria Gratia Plena*» de los Mendoza.

Cuando llegué a casa, no estaba Catalina esperándome como habitualmente hacía, sino Diego y su esposa Brianda con un niño en brazos. Francamente, me emocioné. Rápidamente, tomé al niño. Era mi primer nieto, el que seguiría, si Dios lo permitía, con el engrandecimiento de nuestra estirpe. Era un niño fuerte y rollizo. Lo abracé. Recuerdo que olía a leche agria. Catalina salió entonces y me susurró:

—Vuestro hijo ha querido bautizarle con el nombre de su abuelo.

Busqué su mirada y, al encontrarla, sonreí.

—¡No nos sobraban Pedros en la familia —dije—, como para ahora tener tres Íñigos! ¿Cómo os sentís siendo abuela?

Se encogió de hombros tratando de disimular la alegría, porque una mueca de amargura casi inapreciable se dibujó en sus labios. Fue entonces cuando adiviné un viso de melancolía en sus ojos. Pero… ¿por qué? Acababa de triunfar en Huelma, como le prometí, traía a nuestros hijos sanos y salvos y, además, acabábamos de ser abuelos. ¿Qué era lo que la entristecía? Fuera lo que fuese seguro que tendría remedio, porque, a decir verdad, solo ella parecía preocupada. Tan confundido como estaba, preferí esperar para preguntarle. Pero mi intriga no duró mucho, porque entre ellos ya habían acordado quién me trasmitiría las malas nuevas. Frente al hogar, todos esperaron en silencio a que mi escudero me desnudase de la coraza. Entonces, Diego me tendió un billete. El lacre estaba roto, así que me limité a leer en baja voz.

¡No daba crédito! El rey, aprovechando mi ausencia, me había traicionado; había resuelto el pleito que desde hacía años mantenía con mi hermanastra Alfonsa y su hijo, el nuevo conde de Castañeda, y les otorgaba la posesión de algunos de los valles de las Asturias que mi madre me había dejado en herencia. Miré la fecha del documento, databa de diciembre de 1438. ¡Cómo tuvo mi sobrino el descaro de acudir a las bodas de Diego con semejante desfachatez! Aún le veía sentado en el primer banco junto a los primogénitos de todos los nobles castellanos y recordaba las burdas excusas que puso para no acudir con los demás a la Reconquista. ¿Y si, premeditadamente, había aprovechado la ocasión para urdir un plan con el condestable en nuestra contra? ¡No lo debió de tener difícil, dado lo ocupados que estábamos! Además de traicionado, me sentí mentecato. ¡Si precisamente, antes de acudir a la frontera, una de las cosas que solicité al rey fue que intercediese a mi favor en ese pleito! ¡Qué nimiedad mi ilusión del marquesado! ¡Qué rey teníamos que faltaba a su palabra de caballero! ¡Si hasta poseía una carta firmada por él comprometiéndose a que el pleito no continuase mientras yo estuviese ausente! Todo esto no podía ser idea del rey; tras sus actos siempre estaba la sombra de don Álvaro. Sentí como si el matrimonio de Diego con Brianda, su sobrina, le importase un bledo frente a sus propios intereses. ¡No me quedaría de brazos cruzados! ¡Jamás!, me grité para mis adentros. Aún tenía amigos en la corte de Aragón y recurriría a su rey si fuese necesario. Sabía cómo hacer resurgir de las cenizas el odio hacia el valido. Y lo haría. Ya no escucharía a nadie que lo defendiese. Con aquello se me habían agotado los intentos de amistad para con él. ¡Qué ingenuo creer a ese zorro! Su maniobra mandándome a Huelma no había sido para recompensarme sino para quitarme de en medio. Seguro que incluso anhelaba mi muerte en combate. ¡Íñigo López de Mendoza no se iba a amilanar ante semejante traición!

Miré a Catalina y tragué saliva.

—¿Veis lo que sucede cuando uno se confía demasiado? Me rogasteis que me acercase a él y mirad con qué moneda me paga.

Una lágrima resbaló por su mejilla.

—Solo puedo deciros que lo siento y juro no volver a aconsejaros en nada.

Entonces, rompió a llorar de un modo que el desconsuelo inundó la estancia. Mi pequeña Mencía fue la única de las mujeres presentes que, haciendo honor a su juramento, fue capaz de contener el sollozo. En ese momento, me acerqué a Catalina y la abracé.

—No es vuestra culpa, Catalina. Ese hombre está poseído por el diablo y, sin duda, me desdeña. A partir de ahora, os aseguro que mi primera obsesión será acabar con él. Si algo de bueno tiene la tregua que he firmado con el sarraceno es que me dejará libre para dedicarme por entero a derrocarlo.

Aquella noche, escuché a Catalina pedirme perdón entre hipidos una y mil veces; las mismas veces que procuré no hacerla responsable de los actos de don Álvaro. Pero ella era así.

Pasé un mes con ella antes de partir de nuevo, esta vez hacia mis valles de las Asturias de Santillana, para poner remedio a las últimas invasiones llevadas a cabo por mi sobrino que, no contento con lo obtenido por sentencia real, pretendía, además, tomar más tierras de las debidas. O al menos eso fue lo que me dijo mi hijo Pedro Lasso de la Vega que, desde Huelma, había ido para allá sin acercarse a Guadalajara. Nombrado alcaide de la torre de Potes, mandaba noticias realmente alarmantes. La eterna contienda se encarnecía en Campo Revulgo. Seguramente, él haría lo posible por amansar los ánimos de los más rebeldes, pero necesitaba de mi presencia urgente, porque su primo, el conde de Castañeda, había acudido junto al corregidor del rey para hacerse por la fuerza con mucho más que las tierras que aquella traicionera sentencia le otorgaba.

Desgraciadamente, nuestros opositores no estaban solos, porque algunos de los vasallos de mis valles de Liébana y las Asturias se les unieron al ver en ello una oportunidad de librarse del yugo al que los hombres que un día mi madre dejó allí los tenían sometidos. Y es que estos delegados, sin amo que los supervisase, también habían cometido abusos en mi nombre. Al saber de ello, Pedro Lasso los castigó en las plazas públicas, pero ni siquiera eso sirvió para apaciguar los ánimos de los más vapuleados. Sentí haber dejado tan relegadas esas tierras y me prometí no olvidarlas nunca más. Intentaría no cometer más errores, porque aquellos valles eran míos por herencia. Perder un ápice de las tierras que mi madre un día me dejó era hacerle un deshonor.

Cuando, a los quince días, llegué, Pedro Lasso me esperaba en Torrelavega con la villa engalanada, porque de nuevo andaban en paz. Recé para que esta vez la armonía fuese duradera. Cabalgando por los acantilados de Cantabria, recordé con añoranza cómo aquellos lugares, siendo niño, me abrigaron junto a mis padres. Lo recordaba con cariño. Fue entonces cuando mi madre concibió a mi hermano Gonzalo. ¡Qué melancolía!

XX

LA PRINCESA VIRGEN

Pues me fallesçió ventura
en el tiempo del plazer,
non espero aver folgura,
mas por siempre entristecer.

MARQUÉS DE SANTILLANA
Decires narrativos, 3, «Querella de Amor»

Por fin, el rey resolvió celebrar el matrimonio de su hijo Enrique. Lo había concertado el propio rey con su primo el rey de Navarra, en Alfaro, y ahora parecía llegado el momento de que Blanca de Navarra se casara con el príncipe Enrique de Castilla. Además, esto valdría para que el rey de Navarra diera crédito a las verdaderas y ciertas intenciones de don Juan, lo que podría suponer, si no la paz definitiva, sí una larga tregua. Sin embargo, don Juan se engañaba, porque todos sabíamos que, mientras el condestable siguiera a la sombra del rey de Castilla, eso sería prácticamente imposible.

Fue entonces, justo el mismo día que bautizábamos a otro de mis nietos, esta vez el primogénito de mi hijo Íñigo y de Elvira de Quiñones, cuando me llegó una carta de Valladolid con el sello real. ¿Qué quería ahora que los tiempos de paz parecían consolidarse? En breves líneas y fundamentando su petición en mi conocida amistad con los infantes de Aragón, me rogaba que viajase a Logroño para recoger a su futura nuera. Era cierto que hacía tiempo que le había prometido asumir esa responsabilidad. No me podía negar por muy dolido que estuviese por la sentencia que hacía tan poco había firmado en mi contra.

Además, el viaje de la novia sería complicado y el rey necesitaba de una persona de su máxima confianza para escoltarla. Doña Blanca estaría bajo mi custodia durante todo el tránsito prenupcial. Había jurado que velaría por su vida con la mía y que se la entregaría sana y salva a su prometido, el príncipe Enrique.

En esta ocasión, Catalina quiso acompañarme. Según ella, por si las mujeres principales del cortejo necesitaban de cuidados especiales, más allá de los de las armas. Y con ella vendría la pequeña Mencía, porque ya iba teniendo edad de viajar. Además, de camino a La Rioja pasaríamos por Burgos. Allí la esperaba su marido, el joven Pedro Fernández de Velasco, para consumar el matrimonio.

Recuerdo cómo la abracé por última vez a las puertas de Burgos; la boca se me quedó seca. Sabía que Mencía ya nunca más regresaría a casa. La apreté con todas mis fuerzas contra mi armadura y lamenté el estar vestido para la guerra; la cota no me dejó sentirla como hubiese querido. Sabía que la entregaba para siempre a otros brazos y aquello me angustiaba sobremanera. Me costó aflojar el impulso hasta que una mano amiga se posó sobre mi hombro. Era su suegro, el conde de Haro, que, sabiendo de mi empresa, había venido a acompañarme. Con él también venía el obispo de la ciudad, don Alonso de Cartagena. Abrí los ojos, que hasta ese momento mantuve entornados, y procuré recuperar la compostura.

—Consuegro, partamos, que tiempo tendréis de abrazarla dentro de unos días cuando regresemos. Si me lo permitís, lo he dispuesto todo para agasajar a la princesa Blanca aquí, en Burgos. No sería buen vasallo si no. La futura reina de Castilla se merece eso por lo menos.

Aquellas palabras tamizaron el dolor de la despedida, a pesar de que los dos sabíamos que tarde o temprano aquel adiós sería definitivo.

Tres días después entramos en Logroño. Nada más irrumpir en la plaza, vimos el estrado donde nos aguardaban algunos miembros de la familia real navarra. De entre los presentes, me extrañó no ver al rey de Navarra junto a su hija, pero preferí no mentarlo. Sin duda, no había encontrado mejor manera para demostrarnos el resquicio de recelo que aún albergaba hacia Castilla. La princesa estaba con su hermano Carlos, el príncipe de Viana, que también la escoltaría, junto a un numeroso séquito de caballeros navarros y aragoneses. La mayoría de mis hombres se quedaron perplejos ante el desproporcionado volumen de Leonor, la hermana de doña Blanca. ¡Aquella mujer era descomunal, a pesar de su juventud!

El viaje, que de ida había sido liviano y corto, ahora se nos estaba haciendo eterno. ¡Cinco días y aún no habíamos llegado a Burgos! Y es que la gruesa figura de doña Leonor, apenas recorridas unas leguas, la hacía jadear cansada a pesar de ir cómodamente sentada. En Briviesca, antes de llegar a Burgos, el conde de Haro quiso empezar a agasajarnos para no parar. En una de aquellas paradas, me acerqué al carro donde las hijas del rey de Navarra viajaban. El príncipe de Viana, a golpe de pecho, intentaba librar a su gruesa hermana de un dulce de miel que atrancaba su garganta, mientras la princesa Blanca, con un pañuelo y cara de resignación, le daba aire. Su voz era suave y delicada a pesar de la reprimenda.

—¿Y me acompañáis para buscar marido? ¿Quién os va a querer de valía, Leonor? ¿Acaso creéis que los castellanos son ciegos? Ya no es vuestra gordura lo que me preocupa, sino vuestra obsesión. ¡Aun ahogándoos, tragáis!

Aproveché el momento en que Viana conseguía librarla de su atragantamiento para tocar con los nudillos en el arco de la carroza. Doña Blanca, al verme, abrió la mano en el aire solicitándome una espera. Leonor tosía recuperando el resuello y el color normal de sus mejillas. Ya más tranquila, la tumbó entre los almohadones.

—¿Qué deseáis? —preguntó.

—Hay una arqueta, de entre las decenas que porta su alteza, que para el rey mi señor es la más importante. Por eso sería para mí un honor custodiarla personalmente.

No hizo falta más; ella sabía perfectamente a qué me refería. Inclinándose lentamente, se dirigió a la cabecera de su hermana, le levantó la cabeza de los dos almohadones donde esta reposaba y tomó un cofre de pequeñas dimensiones.

—Aquí tenéis; esto es lo que valgo. Como todo lo verdaderamente valioso, ocupa muy poco espacio —dijo con cierto desaire la princesa.

Era su dote. Estrecha y alargada, no tendría más de tres palmos de longitud. Con sumo cuidado abrió lo que parecía un relicario que tenía prendido del cinto a la altura del ombligo y sacó una llave.

—Comprobad, si os place, el contenido.

Uno por uno, fui comprobando que todos los documentos de propiedad estuvieran allí. A partir de ese momento, las villas de Medina del Campo, Olmedo, Roa, Aranda y el marquesado de Villena pasaban a Castilla. Además de aquellos legajos, había otro. Era una carta manuscrita del rey de Navarra para don Juan de Castilla. El sello real que la lacraba me impedía leer su contenido. ¿Esconderia algo inadmisible la misiva? La doncella debió de adivinar en mi semblante un viso de curiosidad. Sonrió y me confesó:

—Íñigo, no os preocupéis. Mi padre solo escribe a su primo y tocayo para asegurarle que a partir de este momento velará por que sus hermanos don Pedro y don Enrique no crucen más la frontera de Castilla sin el permiso debido.

—¿Os dais cuenta, mi señora, de que, gracias a vuestra alteza, la paz entre Castilla, Navarra y los infantes de Aragón, vuestros tíos, está prácticamente asegurada? ¿No es hermoso que gracias al sacrificio de una mujer consigamos lo que mil guerras no lograron?

Eludió contestarme, quizá porque había escuchado lo mismo demasiadas veces. Aquella mirada clara y viva se tornó más luminosa que nunca.

—Es increíble, maese Íñigo; cuando me dijeron que seríais vos el que vendría a recogerme, pregunté a todos los que os conocían cómo era mi ángel custodio. Todos coincidieron en una cosa que no quise creer, pero que ahora se me antoja verdad. —Hizo un silencio para deleitarse con mi impaciencia, pero no quise brindarle ese placer; hacía tiempo que los elogios no me satisfacían y me parecían pecado de vanidad. La princesa Blanca, al comprobar que no la acuciaba, continuó—: Me dijeron que nadie podría cuidar mejor de mí, porque, además de cumplir con la orden de vuestro rey, disfrutáis entregándoos a una mujer en cuerpo y alma.

Sin embargo, aquellas palabras sí avivaron mi lengua y mi sinceridad.

—Mi señora, a las mujeres les debo todo. Ellas me dieron la vida, el cariño y los bienes que ahora poseo. Ellas son las musas de mis versos. Ellas son el latido de mi corazón y el razonamiento de mi entendimiento. Son la rueca que rueda impulsando el mundo y el hombre que no lo quiera reconocer es un necio.

La princesa Blanca me quitó el guantelete para besarme la mano emocionada.

Avergonzado, la reverencié.

—En verdad, es cierto que el rey de Castilla me ha enviado al mejor custodio. ¡Ojalá todos los varones pensasen como vos!

Pensé de inmediato en su futuro marido, el príncipe Enrique.

—No os preocupéis, porque el que a vos os ha tocado no anda falto de sensibilidad.

Al alejarse, una extraña mueca asomó en sus labios. No sabía qué le podrían haber dicho sobre el príncipe, pero, fuese lo que fuese, aquella niña estaba muy cerca de descubrirlo por sí misma.

Cuando el cortejo entró en Burgos, desde mi montura solo alcancé a ver los sombreros de algunos que se agolpaban allí. Cristianos tocados o tonsurados, según su condición, judíos con la kipá y mudéjares encapuchados. Al fondo y sobre un estrado, nos esperaba impaciente mi pequeña Mencía junto a su joven marido. A su lado, decidí pasar las justas, momos, bailes y banquetes, porque, aunque ninguno de los dos lo mencionásemos, sabíamos que la siguiente despedida sería la última.

Mencía, en sus primeros festejos como anfitriona, intentó inventar algo nuevo y lo consiguió, porque, mientras los amantes de la caza salieron a por algún jabalí, oso o venado, a los de la pesca se les dispuso un gran estanque en medio de la plaza. Allí había cientos de truchas y barbos para picar el anzuelo. Además, Mencía pensó en todo, incluso a las celosas dueñas de la futura princesa de Asturias, que en absoluto disfrutaban con aquellos menesteres de varones, para resarcirlas de su enojo les regaló joyeles de anillos de esmeraldas, rubíes y diamantes que su suegro sacó de entre las mejores piezas de sus arcas.

Al salir hacia Dueñas, ni a Catalina ni a mí nos costó despedirnos de ella, porque, sinceramente, la vimos feliz. En muy poco tiempo se había hecho a su marido y a su nueva ciudad, y ella, al igual que la princesa que ahora escoltaba, había conseguido que nuestra alianza con el conde de Haro fuese segura.

El camino se nos hizo tedioso. Estábamos deseando entregar a la princesa a su prometido, así que, cuando llegamos a Dueñas y él salió a recibirla, todos respiramos aliviados. El propio príncipe pudo comprobar el hastío del séquito, y todo gracias a la oronda hermana de la prometida, que, a diferencia de Blanca, se había convertido en una pesada carga.

A mediados de septiembre llegamos a Valladolid. El cardenal Juan Cervantes nos esperaba para oficiar la ceremonia. El novio ya había cumplido los quince años y ella, aunque era un poco menor, entró en la iglesia del brazo de su hermano, el príncipe de Viana, con toda la solemnidad de una gran mujer. El rey estuvo enfadado durante toda la ceremonia porque no habían asistido ni su primo, el rey de Navarra, ni ninguno de sus tíos, ya fuese el rey de Aragón o los infantes; así que, sin disimular, cuando esta acabó, se retiró sin dignarse a aparecer en el banquete que se sirvió *a posteriori*.

Por otra parte, a nadie le pasó desapercibido que el príncipe don Enrique no pareciera demostrar demasiado interés por su esposa. Ni siquiera le dedicó una mirada cariñosa. Así que, una semana después, Catalina me hizo llegar ciertas habladurías que consistían en decir que la princesa Blanca seguía tan virgen como nació.

—¿No os parece extraña esta demora? ¡Con la obsesión que tienen los jóvenes de quince años por desfogarse! Me reconoceréis que la mayoría no piensan en otra cosa. Si al menos se le conociese otra mujer, pero... no, qué va. Reconoceréis que es extraño, ¿verdad?

Recordé entonces que con su misma edad yo estuve en las Cortes de Aragón. Allí fue cuando engendré a mi hija Leonor, la bastarda que se crio en un convento de Guadalajara sin que tan siquiera llegase a conocerla. Intenté evocar algún rasgo de su madre. Pobre desdichada, con el tiempo todo se me había borrado de la mente. Sin embargo, lo que sí recordaba era el amor apasionado que vivimos.

Así es que las revelaciones y habladurías que me había contado Catalina me dejaron preocupado. Recordé, entonces, que el rey en algún momento me había confesado algo al respecto de su hijo. Decidí hacer indagaciones. Las averiguaciones llegaron muy pronto. Uno de sus donceles, ante un buen puñado de monedas, había confesado que hasta hacía bien poco había sido el preferido de don Enrique. Contó que era un muchacho tan delicado como una joven mujer. Pero ni siquiera era fiel a sus amigos. Hacía menos de un mes que se había encaprichado de otro jovencito y mi doncel delator había pasado a un segundo lugar. El afortunado se llamaba Juan Pacheco y su inteligencia le haría llegar a lo más alto. El joven doncel despechado no tuvo reparo en contestar a todas mis preguntas.

—Corre el rumor —le comenté para iniciar la indagación— de que el príncipe Enrique tiene algún problema..., digamos..., con el sexo. ¿Sabéis vos algo al respecto? Algo sabréis, no me vais a decir que no, porque dormíais en su aposento. Mirad, os confieso que se comenta que nunca anda desnudo en la intimidad y que, cuando lo hace de cintura para abajo, procura que sus camisas sean lo suficientemente largas como para ocultar sus atributos. Decidme, ¿qué hay de verdad en todo esto?

El muchacho, ruborizado, miró al suelo y sonrió con cierta añoranza.

—Yo lo he visto —dijo.

¡Claro, lo sabía de antemano! Todo el mundo había dicho muchas cosas, pero ahora yo lo conocía de primera fuente.

—¡Ah, vos lo habéis visto! Muy bien, muy bien… Pero, por lo que conocéis, ¿creéis que será capaz de procrear?

—De eso no sé —dijo encogiéndose de hombros—. Pero lo que sí os puedo decir es que, en vez de alzársele recta, se le curva hacia el cielo y le hace gritar de dolor.

Lo imaginaba. Entonces le pregunté:

—¿Y vos creéis que eso podría impedirle blandirla a su antojo?

El chico se ruborizó, en apariencia sin razón para ello. Después dejó escapar una carcajada.

—No es que lo crea, es que lo sé. ¡Si una vez llena, es incapaz de relajarla! —Le miré con asombro. Al percatarse de ello, carraspeó antes de dar una explicación—. Al menos es lo que dice el curandero que lo atiende. Dice que, además, si a eso se le añade la inexperiencia de su mujer virgen, el problema es doble.

—¡Que absurdo! —dije—. Eso lo podría solucionar en un abrir y cerrar de ojos una experta barragana. En una sola noche bien le puede enseñar más que… En fin, a utilizarla dando placer a la mujer. ¿Pero quién no se ha iniciado con una barragana!

—Si vos lo decís…

Entonces, su voz sonó sumamente escéptica. Demasiado diría yo. Aquel joven sabía más de lo que contaba, pero bastante me había dicho. El caso era que el príncipe cada vez parecía más agobiado por todas estas presiones y por, sin duda, su obligación marital. Sin embargo, durante meses no se habló de otra cosa en la corte. Y eso hacía que el príncipe se mostrase cada vez más introvertido. Y a la princesa le aflorara la tristeza. Entonces, muchos pensamos que aquel matrimonio tampoco serviría para traer la paz a Castilla.

XXI

PASOS HONROSOS

«¿Quieres amado ser? Ama»; que, según natura, esta regla contiene verdad e, según evidençia, pareçe lo contrario.

Epístola de Enrique de Villena a Suero de Quiñones

Al mes de las bodas reales, nos llegó la funesta noticia de la muerte del adelantado Pedro Manrique en una celda de Fuentidueña. Otro noble muerto por el simple capricho del condestable que, aprovechando el regreso de su destierro y en venganza, había ordenado su detención. Su simple queja al rey, cuando este despojó a la reina de su villa y fortaleza de Montalbán para entregársela a la mujer del condestable, fue motivo suficiente para condenarle a una muerte lenta y deshonrosa. Como siempre, don Álvaro de Luna había sido contundente en sus mudas advertencias y, después de aquel asesinato, nos dejó muy claro que, si amábamos la vida, deberíamos atar nuestras lenguas. Sin embargo, a pesar de la temible advertencia muchos calentaron el ambiente asegurando que el adelantado mayor había sido envenenado por unas hierbas que le habían obligado a tragar en su celda.

Yo sabía que el preso estaba enfermo desde hacía mucho tiempo, pero, a pesar de conocer la verdad, la callé, porque cualquier artimaña en contra del condestable, aunque en su esencia fuera sucia, siempre serviría para conseguir un bien mayor: su definitiva caída.

La prudencia inicial se fue disipando y de nuevo el clamor de sus enemigos empezó a sonar en los claustros, mercados y salones. Ese quejumbroso murmullo tintineaba en todos los oídos de la corte. En todos, menos en los que deberían estar más receptivos: los del rey. ¿Cómo podía seguir tan sordo a estos asuntos?

Durante las bodas del príncipe Enrique, Catalina había aprovechado la oportunidad para acercarse a la reina. Entre otras muchas cosas, doña María le había comentado que estaba preocupada porque el rey quería resarcir de su pena a don Álvaro de Luna por el destierro. En cuanto regresase, dijo.

Paseábamos por la muralla. Allí arriba, entre las almenas, acaricié pensativo la cabeza de mi halcón.

—Si lo hace, demostrará más que nunca su debilidad. Y será la segunda vez que faltará a su juramento para con todos sus vasallos. No se puede extrañar si, después, sus propios vasallos no dan ningún valor a las palabras del rey. Convendría que recordase que juró no aceptar nunca más al condestable a su servicio. ¡Y no lo ha hecho!

Catalina, con sumo cuidado para no recibir un picotazo, desató la lazada de la caperuza del pájaro.

—La reina ya lo hizo, pero él le contestó que no pensaba faltar a su palabra, porque no le incluiría en su casa sino en la del príncipe.

Extrañado, fruncí el ceño.

—No es un secreto que, ahora que Enrique es un hombre casado, necesita de un séquito diferente al de su padre, pero... ¿En dónde pretende su padre incluir a don Álvaro? Porque, ser miembro de la casa del rey, ¿no es lo mismo que serlo de la del príncipe? —Catalina abrió los ojos esperando que yo mismo me contestase—. ¿Lo incluirá como mayordomo mayor de su casa?

Catalina asintió, quitando definitivamente la caperuza al halcón. Alcé el brazo con rapidez para obligarlo a volar. En silencio, admiramos su majestuoso ascenso hasta que quedó suspendido en el aire dibujando círculos a nuestro alrededor. Hablé como para mí, pero Catalina me escuchó.

—Qué más dará en la casa que esté. Eso provocará que la paz salte por los aires con más virulencia que nunca. Además, el primero que se opondrá será el propio príncipe. ¿Es que su padre ni siquiera escucha a la carne de su carne? ¿Acaso el rey no sabe que el príncipe Enrique tenía reservado ese puesto para su doncel Juan Pacheco?

Catalina posó su mano sobre mi guantelete procurando captar mi mirada.

—Lo sabe, pero no le importa. De todos modos, Íñigo, creo que lo mejor será que nos mantengamos al margen y no digáis nada aún. Sabiendo cómo son, nuestro primo Fernán Alba y el conde de Haro se podrían alzar en armas de inmediato.

El halcón iniciaba el descenso. Alcé el brazo para que se posase, esperé a que dejase de aletear y le puse de nuevo la caperuza. Pero sabía que mi mujer todavía no me lo había dicho todo; faltaban las peticiones y no se hicieron esperar, eso sí, aliñadas por aquella mirada tan suya de súplica.

—La reina María, de nuevo, se ve entre la espada y la pared. Me ha pedido que actuemos en consecuencia. Me ha rogado que esperemos.

La besé.

—Ella es nuestra mejor aliada y no la defraudaré a pesar de estar seguro de su equivocación, porque los tiempos de espera ya han caducado hace décadas. Está claro que el de Luna ahora pretende hacerse con la voluntad del príncipe. Como se hizo con la de su padre. —Lo pensé detenidamente; yo ya no viviría otra generación de reyes para resolver aquel despropósito. Resuelto, proseguí—: Un mes; ese es el plazo que dejo al rey para que rectifique. Después, pondré a todos en alerta. Sabed, Catalina, que no puedo ceder ni un ápice más, porque eso me restaría la confianza que me han otorgado.

Tiempo después, pasado el plazo y comprobada la veracidad de las sospechas, todo empezó de nuevo a perturbarse de tal manera que la propia familia real se empezaba a desmembrar. El príncipe Enrique, al saber de las intenciones de su padre para desplazar a Juan Pacheco, quiso recompensar a la reciente viuda de Manrique y se alió con los enemigos de don Álvaro, con su suegro el rey de Navarra y con el rey de Aragón que, al saber lo que ocurría, faltó a su palabra en el acuerdo firmado al casar a los príncipes de Asturias y entró en Castilla sin previo aviso. El doncel Juan Pacheco ocuparía el puesto de camarero mayor de su casa, quisiese o no el rey. En cuanto el príncipe Enrique supo de la llegada de don Álvaro, viajó de Toledo a Cuéllar y de Cuéllar a Segovia intentando por todos los medios eludir su encuentro. Entonces, mandé a mi hijo Diego en busca de noticias y, muy pronto, las trajo a Guadalajara.

—Sabed, padre —dijo—, que el príncipe ya no sabe qué hacer para evitar al condestable y en Segovia se ha reunido con su suegro el rey de Navarra para firmar una concordia en contra de don Álvaro.

Me eché las manos a la cabeza esperando lo peor.

—Junto a vuestras noticias, serán miles las que en este momento se estén prodigando. Según están las cosas, creo que será cuestión de una semana que aparezcan los disturbios.

Diego me miró sorprendido.

—¿Semanas, padre? Largo me lo fiáis. En Toledo, la conjura ya ha tomado forma; por los caminos ya hay quienes saquean las caravanas del rey. Ya han levantado la voz contra el condestable y su hermano el arzobispo de Toledo.

—Bien merecido lo tiene. ¿Qué se creía, que por ser hermano del condestable lo iba a conseguir todo sin problemas? Cuando le nombraron, no era un secreto que había otros prelados con más derecho. Se lo advertí a don Álvaro; su hermano no se merecía el arzobispado de esa ciudad y ahora es lógico que sus propios vasallos se alcen contra su injusticia. Hemos de estar prevenidos, porque, después de Segovia, Cuéllar y Toledo, seguro que la rebelión llegará a Guadalajara.

De repente, como siempre hacía cuando ocultaba algo, Diego bajó la mirada.

—¿Qué más hay, hijo?

Le costó arrancar.

—No sabéis, padre, cuánta verdad hay en vuestras palabras. Creo que, más que prevenidos, deberíamos estar armados. —Fruncí el ceño con extrañeza. Le cogí del mentón para observar mejor su mirada. Luego, continuó—: ¡Don Álvaro pretende apaciguar los ánimos del príncipe de Asturias entregándole Guadalajara! —dijo sobresaltado—. Y, por si fuera poco, para vejarnos más propone como gobernador de la ciudad a su medio hermano, Juan de Cereceda.

Le así fuertemente de los hombros como queriendo desoír lo que me contaba.

—¿El obispo de Toledo gobernador de Guadalajara? —Diego asintió—. Ya no es cuestión solo de mi voluntad;

a mí don Álvaro ya es la segunda vez que me defrauda, pero, sinceramente, ¿cree que el concejo de la ciudad va a aceptarlo sin más?

Diego se encogió de hombros, aquello era lo que había.

—La verdad, padre, es que no sé por qué el condestable puso tanto empeño en casarme con su sobrina Brianda. Esto no hace más que acrecentar nuestra inquina. Mi mujer, desde que lo sabe, vaga en silencio sumida en la tristeza más absoluta. Estoy preocupado porque esto pueda afectar al niño que lleva en sus entrañas.

Estaba indignado, pero le abracé con sentimiento.

—Actuemos con cautela y adelantémonos a los acontecimientos. Si algo tengo claro es que ese pájaro de mal agüero nunca más me cogerá desprevenido.

Me senté a la mesa, apoyé la cabeza sobre mi mano como cuando procuraba que un verso acudiese a mi mente y comencé a divagar: «¡Cómo pude ser tan ingenuo! Veamos; si el de Luna no da puntada sin hilo, por qué, siendo Castilla tan grande, ha pensado justo en Guadalajara. Sin duda, me teme; pretende enfrentarme al príncipe Enrique y quiere mantenerme bajo su bota, sometiendo la ciudad al libre albedrío de su hermano. Esto es, pensé, así conseguiría aislarme de uno y otro bando, y coartarme cualquier posibilidad de influencia. Pero él no sabe algo crucial». Me levanté repentinamente eufórico.

—¡Su sombra no es tan larga! ¿Sabéis por qué? —Diego estaba avizor—. ¡Porque, hijo mío, los verdaderos gobernantes de Guadalajara son los hombres de esta villa y no yo! ¡Otra cosa es que depositen voluntariamente su confianza en mí! Ellos son valientes, aguerridos y serán los primeros en defender esta ciudad frente al invasor. Yo solo los ayudaré con mis mesnadas, porque tengo la obligación moral y porque quiero.

Salí pegando un portazo rumbo a San Francisco para tañer sus campanas llamando a una reunión urgente. A la media hora estaban todos, incluidos aquellos que durante tantos años habían seguido a mi hermana Aldonza en mi contra, pero ahora venían a presentarme, si no pleitesía, sí su amistad.

Cuando, a los dos días, por la tarde, cruzaron el puente de la ciudad el licenciado Juan Alcalá y Pero Carrillo para tomar la ciudad en nombre del príncipe don Enrique, todos estábamos preparados. Los pocos hombres que los escoltaban, como era de esperar por sus escudos de armas, pertenecían a la casa de don Álvaro y a su hermano el obispo de Toledo. Primero se toparon con varios hombres de armas del concejo de Guadalajara y, después, con las puertas cerradas de la ciudad. Tras ellas, a mi lado, muchos alcarreños contenían la respiración dispuestos a dar su vida por la ciudad si fuese necesario. Nadie quería intrusos que viniesen a dar al traste con nuestra ya consolidada organización.

Mientras, afuera discutían, eso sí, sin llegar a las manos. Aquello me recordó antaño, cuando me tuve que refugiar en Hita para enfrentarme a las huestes reales. Pero esta vez no estaba solo. Aparte de los hombres de Guadalajara, al enterarse de nuestro parecer, tres grandes nobles habían acudido a ayudarnos. Eran mis parientes el conde de Benavente, Pedro de Quiñones y el comendador Gabriel Manrique, que, indignados por la reciente muerte a manos del condestable del hermano de Gabriel, querían vengarse.

No fue difícil que las huestes del condestable, al comparar el número de nuestros hombres con los suyos, desistieran. Pero no nos engañaban, porque, cuando los vimos alejarse, decidimos seguirlos, dejando a nuestras mujeres e hijos protegidos en la ciudad. Supusimos que, ante nuestro rechazo, deberían de estar acampados esperando refuerzos, pero no los hallamos.

Aquellos ingenuos debían de haber pensado que les entregaríamos la ciudad sin resistencia alguna y, al hallarla protegida, levantaron el campo. Cobardes; la cosa no quedaría así. Propuse a Gabriel Manrique ayudarle a vengar la muerte de su hermano Pedro. Para ello no se nos ocurrió mejor idea que tomar la cercana Alcalá de Henares. No era mala idea, porque esta pertenecía al arzobispo de Toledo, el hermano de don Álvaro. Así, quien días antes se había querido hacer con Guadalajara, sabría lo que era perder una ciudad.

Trazamos el plan sin problemas. A mí me tocaba apoderarme de Alcalá la Vieja, un antiguo castillo cercano a Alcalá de Henares. Al saberlo, el comendador Gabriel Manrique, embriagado por el odio, quiso acompañarme con sus trescientos caballeros. La toma fue un paseo. Después, buscamos desesperadamente al hermanastro del condestable. No dimos con él, porque había huido a escondidas hacia Madrid. Lo que no sabía el incauto arzobispo de Toledo era que por el otro flanco nuestros aliados también le habían vencido en Illescas. Esa fue nuestra manera de ponerle en entredicho para siempre ante el rey. De ese modo, conseguimos que los que habían intentado tomar Guadalajara regresasen con la cabeza agachada ante don Álvaro.

Sabíamos que habría represalias; la cosa no podía quedar así. Y, claro, estas no se hicieron esperar. Fue Juan Carrillo, el adelantado de Cazorla, quien, ingenuo como nadie y sin perder tiempo porque la codicia de las mil ofrendas que el condestable le hubiera tatuado en la mirada apremiaban, salió de Madrid con una mesnada de quinientos rocines y casi mil doscientos hombres de a pie dispuesto a cualquier hazaña que saciase su avaricia.

Cuando recibimos la noticia de la rendición de Illescas, supusimos que los siguientes seríamos nosotros. Al saber que Carrillo había acampado en las orillas del arroyo Torote, la figuración se hizo certeza.

Aprovechamos su descanso para salir a hurtadillas de la fortaleza y abastecernos de todo lo necesario, porque no sabíamos si el asedio duraría horas o días. Al amanecer, cerramos los portones de seguridad, los arqueros se subieron a las murallas y dispusimos dos bombardas y una catapulta en los lugares más altos. Así, atrincherados, esperamos la voz de alarma del vigía. Con solo trescientos caballeros y una treintena de peones, sabíamos que nuestras fuerzas eran desiguales, pero nuestro orgullo nos impedía rendirnos sin lucha. Y no tardaron en aparecer en lontananza. Venían levantando el polvo de los caminos y las colinas. Nos rodearon. Abrigados por el fulgor de una aureola de arrojo, resistimos durante tres eternas horas, a pesar de que, pasada la primera, el debilitado Gabriel Manrique nos abandonó con un puñado de sus mejores hombres.

El fragor de la batalla no me dejó pensar en el porqué de aquella deserción. Si estábamos allí era precisamente por él. No lo entendía. Su defensa de Guadalajara nos había obligado moralmente a vengar la muerte de su hermano a manos del condestable. Solo fui capaz de sentir que el episodio de Araviana se repetía. Recé, al tiempo que asestaba mandobles a diestra y siniestra. En un descuido en el que miré atrás para cerciorarme de la pavura del de Manrique, sentí cómo un mandoble me golpeaba el brazo a la altura de la muñeca. Fue tan fuerte que me desarmó. Las cintas de cuero que asían el guantelete al resto de mi armadura se sesgaron y sentí la sangre manar. Al menos la mano seguía unida al resto. El odio fue tanto que solapó al dolor. Me agaché para armarme de nuevo con la mano izquierda y, aun manco, seguí luchando hasta que mis piernas no pudieron sostener el resto del cuerpo y caí como una hoja inerte al suelo.

Fue solo entonces cuando me percaté de la verdad. Una veintena de mis hombres yacían muertos o malheridos a menos de cinco pasos de mí; no llegaban a la docena los que aún se mantenían tambaleándose en pie. Mi hijo Pedro Lasso era uno de ellos, pero en el enfrentamiento que mantenía con el único hijo de Juan Carrillo cayó malherido. Fue, entonces, su hermano Íñigo quien se enfrentó a este cuando vio lo que había causado a su hermano. Y le mató de un mandoble. Pensé entonces que Pedro Lasso debería haberse quedado al cuidado de nuestros valles cántabros en vez de haber venido, pero ya era tarde para lamentarme.

En el preciso momento en el que cayó, recordé la promesa que había hecho a Catalina al salir de casa: nunca regresaría con un hijo mío muerto. Intenté ponerme en pie sacando fuerzas de donde no había. Allí, boca abajo, mi debilidad me hizo imaginar el peto clavado a las losetas del suelo, porque apenas pude alzarme un dedo del suelo siquiera para esquivar los cascos de un caballo que a punto estuvo de pisarme la cabeza. Comencé a rezar cuando los pies de su jinete se colocaron a mi lado. ¡Ni siquiera tenía fuerzas para alzar la mirada! Cerré los ojos y me encomendé a Dios cuando sentí dos fuertes manos a cada lado de mi cintura. Tiraron de mí y me tumbaron sobre la silla del corcel. A mi lado y sin sentido, como si de unas alforjas se tratase, estaba mi hijo Pedro Lasso. La voz que oí, antes de que espolearan al caballo que tiraría del nuestro, me sonó angelical.

—¡Agarraos fuerte y sujetad a Pedro!

Comenzamos a galopar entre muertos, heridos y enemigos hasta cruzar el portón de salida. Solo entonces cortó la polea que sujetaba el rastrillo, al pasar. Este cayó aislándonos de los enemigos que quedaban dentro.

Como pude y aprovechando el galope del caballo, alcé la cabeza. Era mi hijo Íñigo quien nos había salvado. El más bravo de todos. Era la segunda vez, después de Huelma, que me salvaba la vida. Atrás quedaban los humillantes vítores de nuestros enemigos. Aquellos gritos nos hirieron como afiladas dagas.

El yelmo me protegió de que las lágrimas se hicieran evidentes; esas que tantas veces mencioné como las mayores traicioneras de la hombría, esas que, con una sola gota, podrían herir el honor de un varón para siempre. Tragué saliva e inspiré entrecortadamente. Luego, conseguí sentarme en la silla, sujetar a Pedro Lasso y hacerme con las riendas que hasta entonces llevaba atadas a su silla Íñigo. Él, al comprobar mi mejoría, sonrió. A pesar de la derrota, sin duda celebraba el poder regresar a casa habiendo salvado la vida de su padre y de su hermano. Yo en cambio había dejado atrás a mis hombres más fieles y tendría que enfrentarme a la triste mirada de sus viudas y huérfanos. Por un momento, galopé desaforadamente y me separé de ellos para disipar aquellos funestos pensamientos. No lo conseguí.

El viaje de regreso fue silencioso. El cielo se mantuvo cubierto como si su comprometida sombra nos escoltase. La entrada en nuestra villa fue la más triste nunca recordada. Las mujeres corrían a nuestro encuentro para buscar a sus hombres y, al no encontrarlos, sus sollozos velaron nuestro silencio. Solo pude consolar a las que tenían a maridos, hermanos o hijos presos comprometiéndome a pagar su rescate. A partir de entonces fueron muchos los que, durante años y para no revivir el infierno, evitaron su paso por el funesto Torote y sus aledaños.

Cuando llegué a las puertas de mi casa, solo la huella de una lágrima empapaba la espalda del peto de mi hijo Pedro, que aún no había recuperado la consciencia. La sequé con la cinta que su madre me había dado y que llevaba pendida de la silla.

El yelmo me apretaba tanto el cráneo que, cuando Catalina salió a recibirnos, fui incapaz de quitármelo solo. Al sacármelo el escudero con gran dificultad, pude comprobar su destrozo. Lo até a la misma cinta que había utilizado para secar mi tristeza y miré con cariño a Catalina, que se había acercado a besar a Pedro Lasso. Al mirarme, por su expresión de espanto supe que algo más no iba bien.

Fue entonces cuando sentí cómo la sangre manaba desbocada de una profunda brecha que hasta entonces había taponado el yelmo. Perdí la vista y el sentir. Al recuperarlo, yacía junto a Pedro, rodeados ambos de nuestra familia, barberos, curanderos y médicos. Me toqué la cabeza y noté la tonsura rodeada de costras e hilos de tripa de cerdo que habían utilizado para coser la herida. La almohada aún olía al aguardiente con el que me debieron de lavar antes de clavarme la aguja.

Pero eso no era lo que me importaba. ¿Qué sería de nosotros ahora que nos habíamos enfrentado tan abiertamente a don Álvaro de Luna?

XXII

1441

SEGUNDO DESTIERRO

De tanta pena pungido
por me ver muy sin valor,
con sola sonbra e grand pavor,
de su vista enmudeçido
estuve commo dormido,
por vía que preguntar
non le pude sin fablar,
seyendo fuera de sentido.

MARQUÉS DE SANTILLANA
Decires narrativos, 4, «Decir»

Los meses que tardé en sanar me sirvieron para cicatrizar las heridas del cuerpo y el odio hacia el condestable profundizaba en los recovecos más oscuros de mi alma. Aquel hombre me había intentado arrebatar mi señorío de las Asturias de Santillana entregándoselo en mi ausencia a mi sobrino, después quiso entregar la villa de Guadalajara al príncipe Enrique y ponernos de gobernador nada menos que a su hermano el arzobispo de Toledo. ¿Y ahora, qué pretendería ahora?

En cuanto pude mantenerme en pie, me dirigí a la biblioteca para intentar arrinconar el rencor, porque, de seguir así, la amargura terminaría minándome. Procuré escribir, pero me fue imposible. No podía despegar aquellos pensamientos de mi herida sesera y, en vez de versos, de mi pluma manaron tres columnas de nombres. Al releerlos, comprobé que eran los enemigos más reconocidos del condestable. A la cabeza de cada una de las columnas aparecían de nuevo los nombres de los primos del rey, los infantes de Aragón.

La primera estaba encabezada por el rey de Navarra que, desde hacía poco, paraba en Cuéllar, faltando a la palabra que dio al rey don Juan de no entrar en Castilla sin su permiso.

La segunda, por su hermano don Enrique de Aragón, que esperaba pacientemente la oportunidad de vengarse del valido por haberle arrebatado el marquesado de Villena en Peñafiel.

Y a la cabeza de la tercera aparecía una mujer; era la esposa de nuestro rey y hermana de los dos anteriores. Quizá nadie hubiese pensado en ella como combativa, pero yo, gracias a mi difunta madre, conocía el pensamiento femenino. La conocía a ella y la conocía bien. A esas alturas, doña María debía de estar cansada de ver a su esposo preso del maleficio que don Álvaro de Luna le había tendido. Hasta el momento, la reina se había limitado a suplicar a unos y otros para que la tregua entre Castilla, Aragón y Navarra siguiese, pero debía de saber que la paz pendía de un hilo demasiado frágil. Solo necesitaba un confidencial empujón para decidirse.

A los pocos días de mi obsesión, supe que en Valladolid se habían reunido todos los enemigos de don Álvaro y quise juntarme con ellos. Por mi consuegro, el conde de Haro, supe que el rey se había escabullido en Castronuño de una reunión con sus primos los infantes de Aragón en Tordesillas. ¡Qué ingenuo! Don Juan podría de nuevo evitar un encontronazo, pero no podía eludir la realidad. De todos modos, al final, y esta vez con la ayuda de doña María, conseguiríamos que de nuevo se comprometiese a desterrar a don Álvaro por segunda vez. Y rogamos a Dios que esta fuese la definitiva. Esta vez no valía faltar a su palabra y llamarle a su presencia en cuanto nos diésemos la vuelta. Las razones estaban sobradamente probadas: había usurpado el poder, había procurado siempre destruir a los grandes del reino, desterrando a unos, engañando a otros y matando a los demás. Y, sobre todo, había pretendido desde la sombra hacerse el verdadero soberano de Castilla. La codicia, la codicia siempre.

Para demostrar a todos mis rencores, me ofrecí voluntario para leer al rey el comunicado que habíamos redactado previamente. Solo teníamos que esperar el momento más oportuno para presentarle nuestras quejas. Fue a finales de octubre, precisamente cuando llegó la noticia de la muerte de su hermana. La infanta Catalina estaba casada con el infante don Enrique de Aragón, enemigo acérrimo del condestable. Como a tantas otras mujeres, la muerte le llegó por un mal parto. A pesar de todo, el rey quedó profundamente apenado. Es cierto que, como consecuencia de los desmanes de su marido, don Juan la había hecho sufrir bastante, sin embargo, la muerte de su hermana le sumió en una enorme tristeza. Hacía mucho que no la veía, exactamente desde que ella tuvo que huir precipitadamente de Castilla cuando el condestable apresó a su marido y le desposeyó del título de Villena y de todas sus posesiones.

Por otra parte, el viudo estaba destrozado. ¡Quién lo hubiese dicho años antes, cuando él la quería como esposa solo por interés y ella le despreciaba! La pobre doña Catalina fue una de esas mujeres que, aunque rebeldes de solteras, cuando se casaron por imposición supieron someterse a su destino.

En esa tesitura, los conjurados aprovechamos la tristeza del rey y la posibilidad de que estuviese ligeramente malhumorado con don Álvaro para presentarnos ante él en Medina del Campo y exponerle nuestras quejas.

La noche que entré en la villa escoltando al rey de Navarra, le sorprendimos en su lecho durmiendo apaciblemente. Aquello me recordó su primer rapto años antes en Tordesillas, pero solo había una cosa que no se repetía: el condestable ya no dormía a los pies de su cama como entonces.

Sorprendido por la inesperada presencia, intentó recuperar la consciencia. Se estaba frotando todavía los ojos cuando el mismísimo condestable irrumpió en su habitación gritando desaforado:

—¡Rápido, mi señor, tenemos que huir. Algún traidor ha abierto la puerta sur de la villa a nuestros enemi...!

Al sentir el filo de la espada en su cuello, calló. La reina María, que dormía junto al rey, le contestó:

—Demasiado tarde, don Álvaro. Ya están aquí. Saludad a mi hermano el rey de Navarra.

Don Álvaro se giró y, al verlo, no supo hacer otra cosa que reverenciarlo. Mientras el rey se recuperaba del susto, doña María continuó:

—No es por el rey mi señor por quien vienen, sino por vos.

En el cuello del condestable, la nuez le subía y le bajaba tragando saliva. Sus incrédulos ojos miraron de soslayo al guardia que le amenazaba. Era incapaz de defenderse.

Al ver que el rey se mantenía sentado en el borde de la cama, con los ojos desorbitados por el desconcierto, el hermano de la reina prosiguió:

—Primo, os aconsejo que os vistáis para salir a la plaza de San Antolín a calmar los ánimos de todos los que se sienten amenazados. Solo hemos venido a pediros que os deshagáis de este traidor y de su hermano el arzobispo de Toledo. Si así lo hacéis, os juro ante los presentes que todo quedará en paz.

Don Juan solo fue capaz de decir entre dientes:

—¿Y si no?

Su primo, cuñado y tocayo se carcajeó.

—Si no cinco mil hombres aguardan en las llanuras circundantes mi orden de asalto y a estas horas vuestros quinientos hombres lo saben. No creo que quieran medir sus fuerzas.

La reina sonrió, mientras a don Juan se le erizaba el vello.

—No me dejáis más alternativa que la que me proponéis —contestó cabizbajo—. Solo os pido que al menos dejéis que su destierro sea como ha de ser. Permitid que su pena se atenga a unos argumentos y no a mi simple y regia voluntad. Así será más convincente.

El navarro lo pensó un segundo. Luego, asintió.

Al amanecer los ánimos de los rebeldes se amansaron. Poco a poco, fueron entrando en la ciudad con el consentimiento de la guardia real para presenciar la vista preliminar al juicio que el rey había pedido para el condestable. Yo haría de abogado del diablo. A pesar de todo, había que esperar a que se constituyese un tribunal que se pronunciase sobre los términos del destierro del condestable.

Ya en el salón del trono, reverenciábamos a los reyes de Castilla y Navarra, sabiendo de antemano que don Juan no tendría más remedio que ceder a nuestras peticiones.

Fue un 30 de octubre cuando empecé mi exposición. En ese instante, el sol marcó el crepúsculo y los lacayos se dispusieron a prender las velas de las lámparas y hachas. Mi plática duró media hora. Después, mostré el documento firmado por todos los conjurados. Como los argumentos no diferían en mucho de lo que le expusimos la noche anterior, sentí cómo la atención del rey decaía. Entonces, hice un breve silencio y, de forma brusca y enfática, terminé mi alocución.

El silencio duró un eterno segundo, pero fue suficiente. Cuando los ojos del rey se fijaron en los míos, aproveché la expectación para alzar la voz con solemnidad.

—Excelente príncipe, la súplica que hoy os planteamos no es por capricho, sino porque hace tiempo que tenéis vuestras potencias corporales e intelectuales cada vez más ligadas a mágicas y diabólicas encantaciones, de manera que no podéis hacer nada salvo lo que él quiere. —Con ímpetu, señalé al susodicho—. Solo os queremos librar de los hechizos que os tienen obcecado para que vuestra memoria no recuerde, vuestro entendimiento no conciba, vuestra voluntad sea incapaz de amar y vuestra boca, torpe de pronunciar palabra por sí misma.

El rey, cabizbajo, parecía fingir una oportuna sordera y es que estaba tan acostumbrado a no pronunciarse por sí mismo que, probablemente, había olvidado cómo hacerlo. Fue el condestable el que, al oír sus delitos, nos contestó.

—¡Si es eso lo que pensáis, me retiraré sin rechistar por hacer bien al reino y a mi rey! —Bastaron estas palabras del condestable para que el rey alzase la cara con aire de gratitud. ¡Aquel sinvergüenza sabía cómo asumir su papel de víctima para seguir dominándole! De nuevo, la grave voz de don Álvaro retumbó en la cúpula que coronaba la improvisada sala del trono—. ¡Solo os pido que, al menos, respetéis mis bienes!

De pronto, un enorme murmullo se elevó por toda la sala. Don Juan apartó la mirada de su hasta entonces sombra. Sin lugar a dudas, buscaba en nosotros una respuesta. Al fin y al cabo, éramos los que le habíamos obligado a tomar esa determinación y, probablemente, ya habíamos pensado en esa posibilidad. Le contesté por todos, a pesar de la osadía que eso podría suponer.

—Es más de lo que vos dejasteis a nuestros aliados cada vez que los apresasteis, pero, aun así, consentimos. —El murmullo se calló. Ahora esperaban las condiciones—. Lo toleraremos siempre y cuando juréis no intentar mantener ningún contacto con el rey nuestro señor, ni hablado ni escrito, durante el periodo de la condena. ¡Y esperamos que esta vez la veracidad de vuestras promesas sea digna de la palabra de un caballero!

Entonces el rey, con cuidado, desplegó el pergamino que le serviría de guía en este difícil discurso. Lo leyó con voz trémula y baja, sin saltarse una línea, demostrando toda su sumisión a nuestras imposiciones.

—De acuerdo, ordeno que mañana mismo salga desterrado el hermano del condestable, don Juan de Cereceda, arzobispo de Toledo, junto al resto de sus partidarios y no más de cincuenta hombres de armas que le protejan. Han de seguirle al destierro cualquiera de sus hombres o los del condestable que ocupen cargo en esta Corte y Consejo Real.

Una voz que fui incapaz de identificar saltó irrespetuosamente entre los presentes.

—Si el arzobispo de Toledo ha de salir, ¿qué hemos de hacer con don Álvaro?

El rey, contrariado, prosiguió.

—Ordeno que se confine a don Álvaro de Luna, condestable de Castilla, en sus estados por un periodo de al menos seis años, que me devuelva un cierto número de castillos que ya decidirá el tribunal que hoy nombraré cuando se pronuncie en Burgos y, por último, que deje a su hijo Juan como rehén al conde de Benavente. Es algo que mando como garantía hasta que esta resolución sea sancionada.

Ante tal afirmación, todos estuvimos atentos a su elección. ¿A quiénes habría elegido como árbitros? Las dudas muy pronto se disiparon.

—El tribunal estará compuesto por cinco altos dignatarios de mi máxima confianza a los que les doy poder para juzgar esta causa. Todos ellos decidirán sobre la veracidad de los delitos que hoy imputáis a don Álvaro de Luna y velarán por el cumplimiento de la sentencia que *a posteriori* se dictará en Tordesillas.

¡A qué tanta dilación! Queríamos saber los nombres de los que lo compondrían y la curiosidad nos devoraba las entrañas.

—Serán mi señora la reina doña María; mi hijo, el príncipe Enrique; mi primo, el infante don Enrique de Aragón, Gabriel de Manrique y Fernán Álvarez de Toledo, al que recientemente he nombrado duque de Alba.

Al oír los nombres de los elegidos, me alegré de que mi primo estuviese en el tribunal. Sin esperarlo, de pronto percibí cómo su atención se centraba en mí.

—A vos, Íñigo López de Mendoza, a vuestro consuegro el conde de Haro y a don Pedro de Estúñiga os nombro miembros del tribunal de honor. Eso significa que, de acuerdo con la sentencia, seréis los encargados de reintegrar honradamente a sus legítimos dueños las tierras y casas que un día don Álvaro les arrebató.

Cuando acabó de decir esto, con un esfuerzo ímprobo y sin ningún pudor, se desmoronó sobre el trono. La reina

María, para ahondar más en la herida, con cierto disimulo, le dio un puntapié. Don Juan, al sentirlo, se irguió intentando, sin éxito, recuperar la compostura. Aun así, doña María le miró abriendo mucho los ojos, como para importunarle con la mirada. Era como si algo crucial se le hubiese olvidado mentar, algo que la reina no podía dejar pasar. Esperó un eterno segundo y, al ver que no se pronunciaba, lo hizo ella.

—Además de lo ya estipulado por mi señor el rey, don Álvaro, a partir de este momento y a la espera de nuestra resolución, someterá toda su correspondencia con cualquier miembro de nuestra familia a censores previos. Así no saldrá ni entrará de su casa billete alguno sin haber sido supervisado.

En ese momento, los vítores retumbaron en toda la sala. Mientras, el condestable escuchaba todo aquello erguido como un pavo. Por otra parte, la última intervención de doña María hizo más palpable que la voluntad del rey estaba hecha trizas.

El día que don Álvaro partió, me dedicó una de aquellas miradas incisivas que hacían temblar a todo el que las recibía, pero no me importó. Él me había defraudado y su inquina no hacía más que halagarme. La verdad era que, a pesar de la alegría de todos, yo seguía desconfiando de sus pueriles compromisos. ¿Por qué habría de hacerlo si el hombre que defraudó una vez bien podría hacerlo de nuevo? Mandé a Junillo, uno de mis pajes más avezados, vestido de labrador, tras su séquito. Era tan menudo que siempre pasaba desapercibido entre las multitudes, esa era una de sus mayores virtudes.

Pasado cierto tiempo, Junillo me contó lo que le sucedió a don Álvaro la primera noche en la posada donde pararon rumbo a Escalona. Una vieja, después de mucho insistir, consiguió echarle la buenaventura. Él, que era muy supersticioso, se dejó por no recibir su maldición. La vieja, después de decirle un montón de lindezas para levantarle el ánimo, le aseguró que una corona más refulgente que la del rey cubriría su cabeza. Para entonces Junillo ya andaba gateando bajo su saya junto al gato que daba nombre a la posada. Con ojos de sabihonda y cierto secretismo, la bruja bajó la voz, le tomó la palma de la mano y comenzó a leérsela.

—Solo os advierto una cosa, mi señor; nunca durmáis en un lugar que tenga «Cadalso» por nombre y evitadlo, porque allí habéis de morir.

Don Álvaro, al escucharla, se rio, porque el rey le acababa de agraciar con el palacio de Cadalso. Lo estaba arreglando y, dado que no se lo había quitado a nadie, era uno de los que pensaba conservar indemne en la futura merma de su patrimonio. Don Álvaro ordenó a su administrador que pagase a la gitana y la despidió de malas maneras. El caso fue que, por si acaso, don Álvaro nunca durmió en su palacio de Cadalso, aunque, a pesar de ello, no conseguiría cambiar su destino.

A partir de la sentencia firme, el condestable se encerró pacientemente a la espera del vencimiento de su pena en el castillo de Escalona. Incapaz de tomarse un tiempo de asueto, dedicaba sus horas a las obras y reconstrucción de aquel castillo que hacía tan poco había ardido en extrañas circunstancias. Nunca sabríamos la verdad, pero lo cierto era que más de uno se adjudicaba su autoría en un alarde de fuerza, ahora que el de Luna parecía haber caído en desgracia. ¡Qué ingenuos! Solo eran lenguas mordaces e inconscientes que muy pronto se arrepentirían de tan absurdos comentarios. Y es que ni siquiera su reclusión había conseguido apaciguar los ánimos de todos sus enemigos. La prueba más evidente de ello estaba en el mismo rey que, apesadumbrado por la lejanía del condestable, tuvo que huir de una ciudad a otra por el acoso constante de los que ansiaban el lugar que don Álvaro había dejado vacante.

El peor resultó ser su primo y consuegro, el rey de Navarra, que, incansable, le proponía insistentemente a numerosos miembros para que cubriesen las vacantes que los hombres del condestable habían dejado en el Consejo Real. Si seguía así, pronto conseguiría lo que siempre había ansiado, hacerse con el poder que don Álvaro había dejado.

Ante esta situación, don Juan de Castilla, en vez de imponerse, intentaba no tomar ninguna determinación importante y se limitaba a despachar lo más diplomáticamente posible las múltiples quejas que los nobles le planteaban por las injurias que habían padecido bajo el gobierno de don Álvaro.

La súplica de hacer definitivo su destierro no se les cayó de los labios hasta que consiguieron hastiar al desvalido monarca y llegó el día en el que se encontró demasiado cansado como para seguir lidiando él solo con los cerriles nobles. Y ese día llegó de la mano de una excusa; la de apadrinar a una hija del condestable en Escalona. En el preciso momento en el que el rey y la reina decidieron iniciar viaje, supe que nuestra seguridad pendía de un hilo. Intenté hablar con la reina para evitarlo, pero todo fue imposible, porque el mayor instigador de este acercamiento era nada menos que Juan Pacheco, el mayordomo del príncipe Enrique.

¡Nos sentimos perdidos! Al parecer, este había convencido al príncipe de la conveniencia de dejar libre de nuevo a don Álvaro si no queríamos que sus tíos, los de Aragón, se hiciesen definitivamente con el poder en Castilla. ¡Qué mentecatos fuimos limitándonos a vigilar únicamente los billetes que don Álvaro mandaba al rey y descuidando la correspondencia que dedicaba al mandatario del príncipe! Lo peor fue pensar en qué le habría ofrecido el condestable a Pacheco para que, tan repentinamente, se pusiese de su lado.

Como en tantas otras ocasiones, decidí esperar pacientemente a ver si realmente la endeble voluntad del rey se rendía a las intrigas del condestable. Al menos esta vez don Álvaro no regresaría a la corte abrigado por el manto arzobispal de su hermano, porque las campanas de la catedral de Toledo no hacía mucho que habían tañido a su muerte. Era el único consuelo que nos quedaba a los que, sin ningún tipo de duda, esperábamos su ya seguro regreso.

XXIII

1442-1444

Es de maravillar como vos podéis apremiar vuestro corazón para deleite y descanso del estudio, la lectura y la escritura en cosas que a muchos parecen superfluas.

Carta de Alonso de Cartagena, obispo de Burgos, al marqués de Santillana

A la espera de estos funestos acontecimientos, decidí mantenerme al margen y robar tiempo a mi preocupación por el gobierno del reino para entregárselo a mi arrinconado intelecto. Porque, de vez en cuando, necesitaba empaparme de nuevos escritos, para después discutir con erudición lo aprendido. Entre otras cosas, en aquellos momentos de asueto y calma, por fin pude responder en una carta a mi amiga Violante de Prades, condesa de Módica y de Cabrera, que quería ilustrarse. En el billete le aclaraba las diferencias que yo había encontrado entre sátira, comedia y tragedia, después de vislumbrarlo tras muchas lecturas de estas índoles.

No era fácil la pregunta que me había hecho, pero la ilusión del hallazgo me obligó a contestarle con gozo y deleite.

Entre las muchas cosas que le decía en aquella carta, le escribí:

Ca, como dice Agustino, muchas veces amamos lo que no vemos; mas lo que no conocemos, no lo podemos amarlo así bien. Y tanto como yo puedo, me encomiendo a vuestra nobleza.

Muy noble señora, Palomar, un servidor de vuestra casa me ha dicho que os han placido algunas obras mías. Por eso, he deciros que vos habéis sido la musa que me ha iluminado para escribir la Comedieta de Ponza.

En ella, la tragedia, y aquí os contesto a vuestra pregunta, es aquella que contiene en sí las caídas de grandes reyes y príncipes como Hércules, Príamo y Agamenón.

Ya habló de ellos Séneca el mancebo, el sobrino del otro Séneca, en sus Tragedias *y Juan Boccaccio en su libro* De casibus virorum illustrium.

Sátira es aquella manera de hablar que tuvo un poeta que se llamó Sátiro, el cual reprehendió muy mucho los vicios y en lor de las virtudes; y de esta después aprendieron Horacio y el mismísimo Dante.

Comedia es aquella cuyos comienzos son trabajosos y tristes, y los finales de sus días alegres, gozosos y bienaventurados. De ella se sirvieron Terencio Peno y Dante.

Os envío mi Comedieta *junto a algunos de mis proverbios y sonetos al itálico modo, con Palomar.*

Y si algunas otras cosas, muy noble señora, os placen que yo por honor vuestro y de la casa vuestra haga, os pido por merced, así como a menor hermano, me escribáis. Cuya muy magnífica persona y grande estado Nuestro Señor haya todos días en su santa protección y guarda.

De Guadalajara, a cuatro de mayo, año de cuarenta y tres.[6]

Esta fue solo una de las tantas cartas que me mantuvieron distraído por algún tiempo. Lo cierto es que nunca pude estarme quieto demasiado tiempo. Después de varias semanas de lectura y escritura, el gusano de la impaciencia se me empezó a retorcer como lombriz sin tierra. ¿Qué estaría pasando en la corte? ¿Habría llegado ya el de Luna a la vera del rey? ¿Cómo respiraban el resto de los nobles ante semejante ignominia? El rey y su valido habían violado por segunda vez, y sin importarles en absoluto, el destierro del condestable, aun sabiendo que solo unos cuantos de sus vasallos estaban de acuerdo.

Llamé a Gonzalo Fernández de la Puente, mi apoderado, para que redactase un documento y mandase hacer cuatro copias. En él, vistos los inminentes acontecimientos que se sucedían en la corte, proponía una secreta alianza a mi consuegro el conde de Medinaceli, a mi hermano Gonzalo, a mi yerno el adelantado mayor de Andalucía y a mi sobrino Gómez Carrillo de Albornoz, más conocido por el Feotón. Aunque a disgusto, esperaríamos fieles a la determinación de nuestro rey, sin romper aún las buenas relaciones con el de Navarra, el infante don Enrique de Aragón y sus partidarios. Parecía difícil, pero sería posible, siempre y cuando no pidiésemos nada a cambio. Poco a poco, fui recibiendo los billetes firmados de cada uno de ellos que sellaban la confederación. Así al menos, si de nuevo mi destino me obligaba a abandonar la pluma y

---

[6] Texto libremente adaptado de la conocida *Carta a doña Violante de Prades*, del marqués de Santillana.

empuñar la espada, lo haría cobijado por mis aliados. A los ojos de todos los demás, permanecería totalmente retirado de los asuntos de Estado.

Simplemente me guiaba por la cautela que tantas veces me había aconsejado mi difunta madre. Esta reserva estaba regida por una profunda indecisión que me ordenaba esperar, aletargado en mi guarida, hasta el momento más oportuno para despertar. Sabía por experiencia que solo entonces mi inesperada reaparición sería valorada.

Juan Pacheco, el obispo Barrientos, mi consuegro el conde de Haro, el arzobispo de Guadalajara, Gutierre Gómez de Toledo, y otros muchos empezaron a tejer entre sí otra telaraña de alianzas mucho más impulsivas que las mías.

El 10 de agosto de 1443 recibí su temida misiva. Querían sin demora que me uniese a su conjura. Si libertar a don Álvaro de su destierro significaba liberar al rey de su sumisión a su primo el rey de Navarra, aceptaban la propuesta. Pocos días después, el mismo rey de Castilla, que conocía mi silencio, me pedía la implicación necesaria para liberarle de sus opresores. Entonces, tuve la certeza de que mis días de descanso se habían terminado, porque lo que ellos no sabían era que el propio rey de Navarra, días atrás, también me había solicitado fidelidad. Los unos por un lado y los otros por el otro. ¡Creí volverme loco! Eran los inconvenientes de no pertenecer con claridad a un bando.

Fue Catalina quien me dio una excusa para seguir esperando y no decantarme aún por ninguno de los adversarios. Al fin y al cabo, mi destrozo en Torote algo debía tener de bueno y era el seguir atado al menoscabo que mis gentes habían padecido. Solo era cuestión de tiempo; don Álvaro de Luna, quisiese o no, empezaba a resbalar por un precipicio sin freno.

Para acallar las lenguas más desatadas contra mí, me vi obligado a mandar a alguno de mis hijos a la corte. El primero en marchar fue Íñigo, porque le había llamado el mismo príncipe Enrique. Ya que no se me mencionaba en la misiva, preferí no acompañarle.

Regresó quince días después. Nada más escuchar el galopar de su caballo, solté la pluma y corrí a recibirlo. Me sonrió y, después, apartó sus manos de las mías para limpiarse la tinta con que yo le había manchado. Le miré con curiosidad.

—¿Y bien?

Se hizo el despistado, miró hacia otro lado y mandó a su escudero que le despojara del peto.

—Bien —dijo.

—¿Qué quería el príncipe? —Me desesperaba.

Entonces, comenzó a andar y me pasó el brazo por encima del hombro para que le acompañase. Recuerdo que me sentí muy menudo a su lado; no solo porque estuviese jugando con mi curiosidad, sino porque, además, ya me superaba en corpulencia y estatura. Su gusto por las armas le tenía constantemente entretenido practicando; eso había desarrollado tanto sus músculos que casi no podía pegar los antebrazos al cuerpo. Su espalda era dos veces la mía y siempre portaba la barba desaliñada, la tez tostada por el sol y la melena tan larga y pegada al cráneo que parecía recién destocado de su yelmo. Subimos las escaleras; él, de dos en dos; yo, con más tranquilidad. Cerró la puerta de sus aposentos de una patada y se desplomó vestido sobre la cama. Una nube de polvo le rodeó cuando se desvistió de su ropa. Fue entonces cuando le incomodó la espada y de un tirón se la arrancó del cinto resquebrajando el cuero.

Tomé una jarra de la mesa, le serví un vino y me senté

a su lado esperando a que recuperase el aliento. De un trago, vació el vaso y lo tiró a los pies de la cama. El metal entonces resonó en la estancia.

Sin duda, aquel hijo mío había salido a su bisabuelo el de Aljubarrota. De todas maneras, tenía sus dones y el valor era uno de los más significativos. Por fin, empezó a hablar.

—Los valles de las Asturias de Santillana serán por fin vuestros y la sentencia que decía lo contrario se anulará.

Abrí los ojos sorprendido. La mala fe del condestable había sido plena al aprovechar mi ausencia en la cruzada de Andalucía para aconsejar al rey que fallara a favor de mi hermana Alfonsa en los pleitos que teníamos por su propiedad. ¿Por qué ahora cambiaban de opinión? ¿Acaso porque mi hijo Pedro Lasso había vencido en la última invasión a la que mi sobrino los había sometido?

—No sé a qué os habéis comprometido, pero os aseguro que don Álvaro no me va a engañar de nuevo. Hoy da y mañana quita. Conozco demasiado bien sus triquiñuelas como para caer otra vez en su trampa. Si está agobiado por la presión de todos, no es mi problema. Ya no creo en su palabra.

Íñigo se dio un golpe en la boca para rogarme silencio.

—¿Habéis olvidado a quién he ido a ver? No es el condestable el que lo propone. Ni siquiera el rey sabe que estuve en palacio.

No supe qué contestar. Era verdad que había ido a ver al príncipe Enrique, pero ¿qué podía hacer él al respecto si de él no dependía sancionar las sentencias? Sin duda, estaba prometiendo lo que no podía otorgar. Al menos hasta que no heredase la corona. Mi hijo continuó:

—Don Enrique promete restablecer vuestra propiedad en los valles siempre y cuando os unáis a su causa.

Hay que liberar a su padre el rey de la opresión del rey de Navarra y, si lo logramos, el agradecimiento será sincero y efectivo.

Negué con la cabeza; no estaba convencido.

—Si liberamos al rey de la opresión de su primo, inmediatamente dará poderes al condestable y nunca nos devolverán lo legítimamente nuestro. Estoy cansado de conservar mi propiedad por la fuerza.

Me tendió una carta.

—Creedme, ahora tenéis la oportunidad de conseguirlo. Está escrita de su puño y letra. Se compromete a cumplir con su palabra.

La leí detenidamente.

Cedo y traspaso en vos, Íñigo López de Mendoza, todo y cualquier derecho de acción, demanda y recurso en cualquier forma y manera que el rey, mi señor y padre, tiene o pueda tener sobre los valles, términos, distritos y territorios de ciertos valles de Santillana, sobre los que es pleito y controversia entre el derecho del rey mi señor, y sus procuradores y los vuestros.

Aquello me hubiese bastado si de verdad estuviese firmado y sellado por el padre. Pero ¿quién era él para comprometerse por su padre? Alcé el papel frente a mi hijo.

—Este documento, Íñigo, me haría dueño de todo, a excepción de Campo de Suso, Yuso y del Medio, que ya son de vuestra tía Alfonsa, si estuviese sellado por el rey, pero no veo ese sello por ninguna parte. ¿Vos lo veis?

Frunció el ceño, se levantó y me lo arrebató muy enojado.

—¡Siempre tan desconfiado! Esto es lo que he conseguido —dijo con acritud—. ¡Creo que es mucho más de lo que hubieseis soñado! O… ¿qué pensáis?, ¿a qué esperáis? ¿Creéis que todo se va a solucionar por obra y gracia del Espíritu Santo? ¡No, padre! Todos han tomado ya partido por uno u otro bando. Vuestro primo el conde de Alba, el de Haro, Ledesma, Plasencia, el de Castañeda y otros tantos, que se me haría eterno mencionar, ya han tomado su decisión. Se han armado y han reunido sus huestes para enfrentarse al rey de Navarra. Todos son nuestros parientes y amigos ¿No es suficiente para convenceros de que deberíamos hacer lo mismo de una vez por todas?

Tiró el billete arrugado al suelo con desprecio. Conociendo sus arrebatos, no consideré su desaire una falta de respeto. Me guardé el orgullo, respiré profundamente tres veces y le contesté:

—Sentaos tranquilo y explicadme: ¿cómo es que Pacheco ahora asesora al príncipe a favor del condestable cuando antes lo detestaba?

Íñigo no pensó la respuesta.

—¡Vos lo habéis dicho mil veces! ¡La rivalidad entre los validos de los reyes y príncipes no son nuestros problemas! —Esperé en silencio a que se tranquilizara. Cabizbajo y arrepentido por su repentino arrebato, tomó asiento y continuó—: Lo único que sé, padre, es que somos castellanos y debemos salvar a nuestro rey, a pesar de que para ello tengamos que unirnos a las gentes de don Álvaro. Pensadlo bien, ahora debemos salvar al rey de los extranjeros. De sus propios parásitos le libraremos después.

Le miré fijamente a los ojos.

—De acuerdo. Si con mi servidumbre al rey de Castilla tengo la posibilidad de conseguir la paz en mis posesiones del norte por un tiempo, habrá valido la pena.

Mi impulsivo hijo me abrazó con tanta fuerza que casi oí crujir mis costillas.

—No os arrepentiréis. Pensad que al menos esto servirá para terminar con las desavenencias que hasta ahora hubo entre el rey Juan II y su hijo Enrique. Ahora lucharán en el mismo bando.

Y bajo la oscura sombra de don Álvaro, pensé sin llegar a pronunciar palabra.

Me levanté y me dirigí a la biblioteca. Como había temido, aparté todos mis cartapacios y legajos de la mesa, guardé la pluma y el tintero y me armé de nuevo con lanza y espada.

XXIV

1445

LA BATALLA DE OLMEDO

Este tiempo así trabajoso donde tantos escándalos, debates y bullicios son movidos todos los días por pecados nuestros, crecen y se aumentan tanto que ya las soberbias llamas de la ira llegan al cielo.

MARQUÉS DE SANTILLANA
Carta al obispo de Burgos, Alonso de Cartagena

Con gran esfuerzo para disimular mi disgusto, reuní a mis hombres en Hita, Buitrago, Guadalajara y Manzanares para salir a defender una vez más el derecho del rey frente a sus opresores. Me despedí de Catalina, que se quedaba al lado de nueras y nietos a la espera de nuestro regreso. Aquella vez para ella era aún más angustiosa la espera, porque todos nuestros hijos en edad de guerrear me acompañaban. Se tranquilizó al saber que, para guardar mis casas y defender a nuestras mujeres, dejaba como alcaide a Sancho Caniego, un hombre de la costa cántabra que nos había demostrado en más de una ocasión su incondicional fidelidad.

Una vez organizado todo, nos dirigimos a Burgos, sabiendo que probablemente seríamos los últimos en llegar. El príncipe Enrique nos esperaba desde hacía días. A pesar de la tardanza, se alegró de vernos, porque sumando nuestros hombres juntaba una mesnada de unos tres mil caballeros y otros cuatro mil hombres de a pie.

A primeros de julio partimos hacia Pampliega. Allí, sin apenas esfuerzo, conseguimos derrotar en poco tiempo al sorprendido rey de Navarra, que tuvo que huir despavorido hacia su reino.

Cuando el rey de Castilla se enteró de nuestra victoria, vino a la fortaleza del Portillo, donde le esperábamos. Le vitoreé con la esperanza de que nuestra victoria le hiciese cumplir con todas las promesas que su hijo nos había hecho. Y así fue porque en julio recibí la carta de don Juan II avalando con su firma la de su hijo Enrique, cediéndome todos los derechos sobre los valles de Santillana que estuviesen en entredicho.

Apreté el legajo junto a mi pecho y me dirigí a la capilla a dar gracias a Dios por su intercesión. Pocos días después, mi hijo Diego, como mi primogénito, partía a tomar posesión de los valles en mi nombre. Por Pedro Lasso sabíamos que el peor de todos nuestros enemigos y al que más nos costaría echar era a un tal Garcí González de Orejón, que aprovechó las trifulcas entre los miembros de mi familia y se erigió a sí mismo en representante del rey, y así llevaba años anclado allí ejerciendo de señor. El altercado terminó con la detención del sedicioso mientras dormía en la villa de Ventanilla y allí mismo, para ejemplo de los demás, le juzgamos y ajusticiamos. Tras aquel escarmiento, los rebeldes, temerosos de sufrir el mismo castigo, se allanaron a nosotros, tan sumisos como las ovejas que por allí pastaban y, cual pleito homenaje, voluntariamente me juraron fidelidad ante mi hijo Diego. ¡Por fin mis eternos pleitos parecían tocar a su fin!

No terminó allí mi buena estrella, porque en Roa, aquel

10 de agosto, el rey me hizo merced y privilegio del alcázar y las escribanías de padrones de Guadalajara, que hasta ahora eran de realengo. Mi buen amigo Caniego, como alcaide de la ciudad, recibió la noticia con recelo, hasta que le hice saber que solo ejercería el cargo si los hombres de Guadalajara me creían digno de ello. Así que pregunté a los miembros del concejo y llegamos a un acuerdo por el cual yo solo ejercería como alcaide honorario y delegaba en Caniego todo el poder. Confiaba en él y solo le solicité que me informase puntualmente de los acontecimientos que pudiesen tener importancia.

De todos modos, poco hubiese podido hacer en aquel momento por mi ciudad, porque las noticias de una nueva violación de la frontera nos habían puesto a todos en jaque.

Como era de esperar, el rey de Navarra, después de la derrota, se rearmó y venía a resarcirse. El primero en pagar las consecuencias fue el consuegro de mi hija Leonor, el duque de Medinaceli, que fue atacado a traición y se vio obligado a entregarle la fortaleza de Atienza. A esta le siguieron Santorcaz, Torija y Alcalá la Vieja. En Torija repentinamente parecieron descansar. Estaban tan metidos en mis predios, que no me fue difícil mandar a uno de mis hombres para que, disfrazado de pastor, pudiese enterarse de algo.

No había pasado una semana cuando regresó con la noticia de que el rey navarro aguardaba la llegada de su hermano Enrique de Aragón para atacar de nuevo. Sin duda, los primos del rey no pensaban descansar.

Por entonces, Catalina andaba más preocupada que nunca. Aquel día, antes de recluirme en mi biblioteca, la visité en sus aposentos. Allí, frente al tamiz de una ventana cubierta con alabastro, bordaba en un babero el escudo partido con las armas de los Velasco y las de los Mendoza. Al verme, levantó el bastidor y me lo mostró.

—Es para Mencía. ¿Sabéis, Íñigo?, dentro de cinco meses espera darnos otro nieto. En Burgos, claro. —Suspiró, pinchó la aguja en el paño y dejó la labor—. Tal y como están las cosas, lo más probable es que dé a luz sola, como lo hice yo, sin saber dónde estará jugándose la vida el padre de su hijo. Pero... —calló, meditó un segundo y continuó—: no es ella quien me preocupa, sino Leonor. ¿Cómo se sentirá ahora que su consuegro ha entregado Atienza? Algunos dicen que lo hizo sin presentar batalla y que se ha pasado al bando contrario. Si es así, ¿habéis pensado que quizá en el campo de batalla tendréis que enfrentaros a él? ¿Qué haréis si os topáis con el de Medinaceli? ¿Le mataréis y dejaréis huérfano al marido de vuestra hija?

Ella siempre pensando en nuestros hijos, mientras yo andaba preocupado con los asuntos de la guerra. Procuré tranquilizarla.

—Eso no ocurrirá. Si su traición es cierta, que lo dudo, tarde o temprano se arrepentirá de su error y volverá a nuestro lado.

Cerró los ojos negando.

—Lo único que sé es que no quiero acabar como la familia real. Dicen que la reina doña María está muy enferma, porque no puede soportar más el enfrentamiento que sus hermanos de nuevo mantienen con su marido. Lleva años luchando por poner paz entre ellos y no lo ha conseguido. Y ahora que su hermana Leonor ha muerto, su tristeza ha aumentado. ¿Hay algo peor que morir de tristeza e impotencia? ¿Cómo podrán los reyes lograr la paz entre Castilla y Aragón si ni siquiera consiguen bien avenir a los de su sangre? ¡Prometedme, Íñigo, antes de partir, que haréis lo posible por conseguir la unión de todos los nuestros!

Le besé las manos.

—Catalina, no soy dueño de las voluntades ajenas, pero os juro que lo intentaré.

La tomé de la cintura y la obligué a recostarse. Luego, le cerré los parpados con los dedos. Ella se dejó hacer.

—Descansad.

Cuando una de sus dueñas se precipitó a arroparla, me separé de la cama muy despacio. Su respiración ya sonaba acompasada y lo fue más cuando se enteró de que el de Medinaceli seguía siendo nuestro aliado. Habían sido las malas lenguas las que alimentaron los infundios.

Aquel 8 de febrero junto a nuestra orden de partir, llegó la funesta noticia de que la reina María había muerto en Villacastín. Castilla se quedaba huérfana de reina. Los infantes de Aragón y el rey de Navarra habían perdido en muy poco tiempo a dos hermanas, pero eso no pareció importarles, porque siguieron atacándonos sin guardar ni un día de luto. Era como si la muerte de la reina María hubiese roto el último lazo que los unía con Castilla.

La extraña circunstancia de que estas dos reinas hermanas hubiesen muerto tan repentinamente hizo sospechar a muchos de la posibilidad de que hubiesen sido envenenadas. Especialmente a los opositores de don Álvaro de Luna, que hicieron correr el bulo de que había sido él quien había terminado con la vida de la reina.

La enterraron en el monasterio de Guadalupe. Pero, dada la situación, esto es, el acoso a que le tenían sometido sus cuñados, el rey estuvo poco tiempo para llorar a su esposa.

La reina de Castilla dejó solo un hijo. Mucho antes habían muerto prematuramente sus dos primogénitas. Dicen que, hasta el último suspiro, rezó para que el príncipe Enrique no defraudase más a su padre y diese un sucesor a la corona. Pero ella no logró conocerlo.

Pasado el Domingo de Ramos, continué el camino para unirme al rey. Iba con mis hijos Diego, Íñigo y Pedro Lasso, y con mi yerno el conde de Haro. Primero, seguimos al príncipe don Enrique y Juan Pacheco hacia Arévalo. Luego, mi primo Fernán, don Gutierre y el obispo de Cuenca se nos unieron.

Por el cariz que iban tomando las cosas, parecía que el gran enfrentamiento se iba a dar en Olmedo. Hasta allí habían llegado el rey de Navarra y su hermano, el infante don Enrique. Parece que, al llegar y encontrarse cerradas las puertas de la villa, decidieron tomarla. En esta ocasión, algunos opositores de don Álvaro, a pesar de ser castellanos, estuvieron al lado del de Navarra. Entre ellos estaban el conde de Benavente, el de Castro, el almirante don Fadrique y Pedro de Quiñones, probablemente el más enconado de todos. Después, a los que se les opusieron, los degollaron.

Nosotros acampamos a media legua de Olmedo. Allí esperamos a que llegasen los hombres del maestre de Alcántara para atacar. Mientras y para entretenernos, el rey mandó al obispo de Cuenca, don Lope Barrientos, a dialogar con sus primos con el único propósito de dar tiempo al tiempo, porque ya sabíamos de antemano qué era lo que solicitaban. El rey don Juan no estaba dispuesto a desterrar definitivamente al tirano, como ellos le llamaban. Mientras Barrientos les daba largas, don Álvaro se enorgullecía, porque se sabía el único motivo por el que el rey estaba dispuesto a enfrentarse. La vanidad y el poder se habían apoderado de él cegándole definitivamente. La verdad era que ya ni siquiera parecía tener ojos para ver que los hombres que estábamos allí congregados no poníamos nuestra vida en peligro por él, sino por el rey.

El 19 de mayo, cansado de tanta dilación, el príncipe

Enrique y Pacheco decidieron tomar las riendas del asunto diplomático y, con toda naturalidad, sin encomendarse ni a Dios ni al diablo, se acercaron a Olmedo a dialogar sobre lo que Barrientos ya había iniciado. Ante la sorpresa de todos, al ver la calidad de los caballeros que allí se allegaban, salió a recibirlos el propio infante don Enrique de Aragón, armado y dispuesto a darles muerte. Escaparon a tiempo, pero este incidente resultó ser el detonante que necesitaba el rey para atacar. Así que sonaron las trompetas y tambores ordenando el avance de todos los que para entonces estábamos formados en diferentes lugares de los campos circundantes.

La hueste que más destacaba era la de don Álvaro que, por el lujo con el que se engalanó, más parecía acudir a un torneo que a la guerra. Cimeras adornadas con plumas y animales mitológicos lucían fulgurantes ante el rojizo atardecer.

Las coloridas divisas identificaban a cada uno de los caballeros que, además, llevaban prendidas de las celadas las cintas, joyas y pañuelos que sus amadas les entregaron. El vaivén de los cencerros y cascabeles que llevaban los caballos en los arneses se fundía con el tronar de los cascos al galope. Tanto ruido no logró intimidar al enemigo, pero sí enardeció el ánimo de los nuestros que, perfectamente alineados, cumplían con la estrategia previamente establecida. En primera fila estaba el condestable con su gente. Le seguían mis huestes y las de mi primo Fernán. En el flanco izquierdo iba el príncipe de Asturias, su inseparable Juan Pacheco y el maestre de Alcántara. Y en la reserva, el rey, mi consuegro el conde de Haro y el conde de Ribadeo.

Por fin salieron de Olmedo los adversarios y comenzó una lucha encarnizada. Cuanto más nos acercábamos a primera línea, más tropezaban nuestros caballos con el montón de cadáveres que se iban acumulando a nuestros pies. En el primer envite, quebramos las lanzas; en el segundo, desenvainamos; y en los siguientes, luchamos cuerpo a cuerpo por salvar nuestras vidas. Cuando pude darme cuenta de lo que me rodeaba, distinguí cómo cada contrincante había logrado encontrar a su máximo adversario entre la compacta masa de enemigos. El infante don Enrique de Aragón peleaba con furia contra el condestable, mientras que el rey de Navarra intentaba matar como fuese al príncipe de Asturias. Si lo lograba, no quedarían sucesores para la corona de Castilla y cualquiera de los miembros de la familia real aragonesa podría suceder al rey don Juan II. Puedo asegurar ahora que en un momento temí por la vida del joven. Entonces, saqué fuerzas de mis exhaustos miembros y alerté a mi primo Fernán de lo que estaba sucediendo. Al verse cercado, el tío del príncipe comenzó a dar pasos atrás, batiéndose en retirada. Fue nuestra oportuna llegada la que salvó al príncipe heredero de Castilla, de tal manera que, al poco tiempo, vimos entre la polvareda cómo todos sus hombres le imitaban.

Cuando ya nuestra agitada respiración se había calmado, los observamos en silencio. Estábamos sudorosos por los esfuerzos, pero el corazón comenzó a adquirir sus acompasados latidos. Entonces, la voz de mi hijo Íñigo rompió aquel silencio.

—Miradlos, padre, huyen despavoridos sin atreverse siquiera a recuperar los jirones de sus estandartes. Estabais tan obcecado en acabar con el rey de Aragón que fue una pena que no vieseis a su hermano el infante don Enrique salir al galope, tan herido en una mano que ni siquiera podía asir las riendas. Fue su escudero quien tuvo que guiarle como a párvulo indefenso.

Junto a Íñigo estaban Diego y Pedro Lasso. Respiré aliviado al comprobar que ninguno de mis hijos había perdido la vida. Los abracé y, sin saber por qué, les pregunté:

—¿Qué hay más valioso que la vida?

Los tres miraron a su alrededor extrañados sin saber qué contestar. No había un metro de tierra libre de cadáveres ni una brizna de hierba sin manchas de sangre.

Yo estaba deseando salir de aquel infierno. Esperábamos impacientes a que el príncipe o el condestable nos diesen alguna instrucción, pero, al buscarlos con la vista, comprobamos que el príncipe había desaparecido. Estaba buscando entre aquel mar de muerte a su padre. Y el condestable, incapaz de levantarse del suelo, intentaba arrancarse desesperadamente una lanza que le atravesaba el muslo izquierdo de lado a lado. En el doloroso intento, procuraba evitar queja alguna. Estaba mordiendo con fuerza una gruesa astilla que había arrancado del palo. Sangraba mucho cuando, a pesar de su orgullosa negativa, le subimos a una litera para llevarlo a la posada más cercana.

Una treintena de mis hombres sanos y salvos se presentaron ante mí a la espera de una orden. Despedido el condestable y a falta de otro que mandase, grité con todas mis fuerzas:

—¡Hombres de Guadalajara, me enorgullezco de vosotros porque habéis demostrado una vez más vuestra valentía y arrojo en esta dura contienda! ¡Habéis cumplido con vuestro deber y por ello recibiréis vuestro premio! ¡Os lo habéis ganado! —Por un instante, sus vítores acallaron las quejas de los heridos. Aprovechando la alegría, continué—: ¡Antes de regresar, solo os pediré una cosa más: recordad que, antes que soldados, somos hombres misericordiosos y a estos hombres que los suyos han abandonado hemos de enterrarlos y sanar a los heridos!

Señalé con la mano a los muertos y heridos enemigos. Me miraron escépticos; estaban demasiado cansados como para cargar con los cuerpos inertes o ayudar a los heridos.

—¡Poneos en su lugar! —insistí.

Nadie me replicó. A pesar del cansancio, todos se pusieron manos a la obra. Volteaban los cuerpos para descubrir cuáles eran sus divisas. Yo continué dándoles órdenes.

—¡Separad a los vivos de los muertos y, después, de entre los vivos, haced dos grupos: los que solo están maltrechos y los que están malheridos!

El montón de cadáveres era tan descomunal que creí más conveniente buscar una sima donde cupiesen todos. En ese momento me pareció más oportuno que el que mis hombres se pusiesen a cavar. Media legua más allá encontramos una y les dimos cristiana sepultura.

A los malheridos y a los maltrechos los fuimos hacinando en carretas, eso sí, según su estado, con grilletes, para llevarlos presos a alguna fortaleza. A los que apenas podían respirar, los ayudaban a morir sin saña. Al final, fueron más de doscientos hombres de calidad los detenidos, eso sin contar a sus vasallos. Me alegré al reconocer a tres de ellos; eran nada menos que el almirante don Fadrique, su hermano el conde de Castro y su sobrino Quiñones. Me quedé perplejo.

—¡Separad a estos señores! —dije—. Por su nobleza no merecen llevar grilletes ni cadenas como sus vasallos. ¡Dadles el trato que merecen!

He de reconocer que ni un viso de agradecimiento se dibujó en sus miradas. El primero en partir hacia su presidio fue Quiñones, que iba escoltado por uno de mis mejores escuderos. No se habían alejado ni media legua, cuando a lo lejos pude ver cómo el preso mataba a mi hombre, le robaba su caballo y huía. Después supe que lo había engañado con una vil triquiñuela, asegurándole que estaba muy herido y que ni siquiera tenía fuerza para quitarse la celada. El ingenuo escudero soltó la espada para ayudarle. Entonces, él aprovechó el momento para robarle la espada y atravesarle el pecho. Supimos que, además de aquellos, otros doscientos enemigos se habían batido en retirada y se habían refugiado en Cuéllar y Medina para curar sus heridas y evitar la gangrena.

Al anochecer, aunque agotado, tuve aún fuerzas para acercarme a donde el rey había ordenado erigir una ermita al Santo Espíritu de la Batalla. Allí aún no había capilla, ni altar, ni siquiera una piedra que indicase su construcción.

Al pie de un olivo habían clavado una cruz. Frente a ella, daban gracias a Dios por la victoria. Entre ellos estaban mis hijos. Al verlos, me arrodillé a su lado. Diego, cuando se dio cuenta, murmuró:

—Padre, más que darle gracias a Dios, le pido que reclame a don Álvaro a su lado. No le deseo el infierno, pero nuestro Señor consumaría sus dones si nos librase de él.

Íñigo le secundó:

—Os acompaño en la oración ahora que no es vana la ilusión, porque he visto cómo el condestable se retorcía de dolor y la fiebre le hacía temblar como una endeble hoja otoñal a punto de desprenderse de la rama.

Le miré sorprendido.

—¿Vos, Íñigo, jugáis con las metáforas?

—Tengo de quien aprender —dijo sonriendo.

Miré a derecha e izquierda y comprobé que alguien nos escuchaba.

—Aprended de mi cautela. Debéis evitar que vuestras palabras os delaten. ¿Es que aún no os habéis dado cuenta de que ciertas palabras dichas en voz alta son muy comprometedoras? Tened cuidado, hijos, y no cantéis victoria antes de tiempo.

En ese preciso momento se acercó alguien. Entonces, volvimos a rezar en silencio y con devoción. Pero ya se lo había advertido. Solo un mes después, don Álvaro se deshizo de las angarillas que hasta ese momento le habían transportado, cogió su caballo y desapareció.

¡Qué distinto fue, sin embargo, con el adversario de Olmedo! Después de la derrota, don Enrique de Aragón, más herido en su orgullo que en la mano, se negó a que le curaran, de modo que la gangrena se le extendió por todo el cuerpo y le llevó definitivamente a la muerte en Calatayud, sin llegar a conseguir aquel marquesado de Villena que tanto pretendió. Después de la victoria en Olmedo, muchos dimos por finalizada aquella guerra, que ya duraba más de un cuarto de siglo.

Ahora tocaba recoger sus beneficios. De manera que, cuando el rey decidió celebrar la victoria en Simancas y repartirnos alguna merced, mandé a mi hijo Íñigo, que ya había demostrado sus dones diplomáticos, además, claro está, de con las armas, para que las recibiera en mi nombre, ya que no deseaba que mi interés fuese demasiado evidente. Además, quería quedarme en Guadalajara junto a Catalina.

En Simancas, Íñigo fue testigo de cómo don Álvaro fue enaltecido por la contienda. Los nobles no podían creerse que el condestable fuese el único que recibiese esos dones reales. El rey le dio nada menos que las villas de Trujillo, Cuéllar y Alburquerque, además de nombrarle maestre de Santiago para cubrir la vacante que había dejado el infante de Aragón.

Fue entonces cuando el príncipe Enrique, consciente

de que su padre no iba a cumplir las promesas que él había hecho para que luchásemos en Olmedo, se temió lo peor. Supo en ese momento que sería muy difícil parar la rebeldía de los nobles. Por eso, el príncipe prefirió demostrar su disconformidad a quienes le pudiesen ser fieles y se atrincheró en el alcázar de Segovia hasta que su padre jurase cumplir con la palabra dada.

Fue una semana angustiosa de negociaciones para que el rey cediese a la presión de su hijo y le entregase las plazas de Cáceres, Logroño, Ciudad Rodrigo y Jaén, además de comprometerse con los demás a cumplir la palabra que el propio príncipe Enrique había dado si se conseguía la victoria.

El primer agraciado, después naturalmente del príncipe Enrique, fue su mayordomo Juan Pacheco, al que le hicieron marqués de Villena con sus señoríos y tierras de Extremadura. A Pedro Girón, hermano de Juan Pacheco, le hicieron gran maestre de la orden de Calatrava, a pesar de la disconformidad que muchos de los caballeros alegaron en su contra. Una vez abierta la brecha de la regia generosidad, ¿qué nos tocaría a los demás en este reparto?

XXV

1445

MARQUÉS Y CONDE EN UN DÍA

Los que visten mi librea,
seyendo siempre leales,
aquéstos estraños males
tú les fazes, porque vea
e del todo çierto sea
que padesco bien amando,
terrible pena esperando
que su cuita sobresea.

MARQUÉS DE SANTILLANA
«Decir»

Recuerdo como aquella tarde mi hija Mencía vino a visitarnos para que conociéramos a su última hija. Era un 8 de agosto.

Anochecía y habíamos salido al patio recién regado para refrescarnos. Ella también guardaba alguna que otra expectativa con respecto a las donaciones que su suegro el conde de Haro recibiría del rey. Me preguntó directamente:

—Y ¿qué es lo que anheláis vos, querido padre?

—Un título, hija mía —dije de inmediato—. Es lo único que ansío desde hace más de una década.

Ella, como futura condesa de Haro, se extrañó, porque no ansiaba lo que ya poseía.

—¿No os basta con ser señor de Hita, Buitrago, de Manzanares y de los valles de Santillana?

Negué y me dispuse a explicarme con la mayor claridad.

—No, mi pequeña, no me malinterpretéis. Estoy orgulloso de esos nombres, pero todos ellos están unidos a sus tierras, fortalezas y villas. Si las perdiera por cualquier circunstancia, ¿qué significado tendrían? —Mencía se encogió de hombros—. Un título es diferente, porque no está vinculado a un bien material, sino a uno espiritual. Es, sobre todo, la hazaña que hizo para merecerlo su primer poseedor. Esto es lo que de verdad perdura, no las riquezas que tenga.

Al escucharme decir esto, abrió mucho los ojos.

—¿Es acaso una manera de hacernos inmortales?

—En cierto modo —dije sin poder reprimir una carcajada—. Tened en cuenta que el primero que posee el título morirá pensando que, aunque todo en la vida es efímero, al menos ese título no, porque siempre pasará a sus sucesores siglo tras siglo. Mirad, Mencía, esa será la mejor herencia, al margen, claro está, de los bienes materiales. Quizá esto os suene a quimera, pero, precisamente por eso, me hace ilusión un título. ¡Ni siquiera soy capaz de imaginar que pervivan mis escritos!

Mencía se quedó pensativa.

—Nunca lo había pensado así, padre. Según lo describís, generación tras generación el título portará un poco del alma de cada uno de sus poseedores y quien lo ostente se sentirá obligado a usarlo con tanto honor como su padre, su abuelo, su bisabuelo, su tatarabuelo, chozno…, hasta perderse en los tiempos. Qué responsabilidad entonces, ¿verdad?

Me pareció en ese momento que estaba muy agobiada cuando decía eso. En ese instante, Íñigo irrumpió en la estancia y la interrumpió.

—Responsabilidad que, a partir de este momento, Íñigo López de Mendoza tendrá que asumir quiera o no. Tomad, padre, está firmado hace seis días.

Por el aspecto del documento que me tendía era nada menos que un privilegio rodado con su sello y cinta. La alegría de la suposición me paralizó un instante, lo suficiente para que Íñigo se impacientase.

—¡Leedlo, padre! El rey os ha hecho conde y marqués en un solo día. Si Niebla fue el primer conde, vos seréis el segundo marqués de Castilla después de Villena. ¿Os dais cuenta de ello?

Me quedé paralizado. Entonces, Mencía, llena de satisfacción y alegría, se tiró literalmente a mi cuello y me cubrió de besos.

—¿Veis, padre, como al final los deseos se acaban cumpliendo?

Eufórica, corrió a las cocinas en busca de su madre que, momentos antes, había salido a encargar una limonada con miel. Cuando vi aparecer precipitadamente a Catalina, reaccioné.

—¡Dios sea loado! —dije—. ¡Qué satisfecha se sentiría mi madre si estuviera aquí! ¡Qué más nos da hoy no haber podido suceder en el almirantazgo de Castilla a mi padre?

Ya recuperado del sobresalto, esperé a que el resto de mis hijos llegasen antes de leer el privilegio. He de reconocer que comencé atenazado por la emoción, con un nudo en la garganta. Estaba firmado por el rey en Burgos, y refrendado por el doctor Fernando Díaz de Toledo. Decía así:

Acatada la persona, estado y linajes, y la gran lealtad y prudencia de vos, Don Íñigo López de Mendoza, mi gran vasallo y miembro de mi Consejo, y por los muchos, buenos, leales y señalados servicios que hicisteis a los reyes de gloriosa memoria, mis progenitores, y por los que vos me habéis hecho y hacéis cada día, esperando y confiando que siempre continuéis haciéndolo de bien en mejor y de aquí en adelante, he querido ennoblecer, ilustrar y sublimar, decorar y honrar vuestra persona, estado y linaje nombrándoos Conde del Real de Manzanares y Marqués de Santillana, título heredable por vuestros sucesores y descendientes...

Procurando memorizar cada una de aquellas dulces palabras, continué leyendo con parsimonia.

¡Me hacía nada menos que conde del Real de Manzanares, haciendo honor a esas tierras que mi hermanastra Aldonza siempre quiso, y marqués de Santillana, recordando a mis siempre conflictivos señoríos de la Vega! Además, y por si quedaba alguna duda al respecto, confirmaba mis derechos sobre las tierras de Cantabria que durante tanto tiempo estuvieron en litigio.

A partir de entonces, Santillana del Mar se convirtió en señorío y Torrelavega, en la cabeza del mayorazgo. Procuré eludir cualquier signo de vanidad, porque la verdad era que ese simple papel había hecho realidad toda una vida de anhelos. Terminada la lectura, todos quisieron acompañarme a Burgos, porque allí precisamente, en los predios del suegro de mi hija Mencía, había decidido el rey armarme caballero.

***

A media legua de la ciudad ya se oía la algarabía que manaba de su interior. La fiesta y algaraza traspasaba los muros e incitaba a todos a acercarse. Todos sabíamos que, de haber vivido la reina doña María, por esas fechas los reyes estarían celebrando su veinticinco aniversario de boda, pero, en vez de recordarlo, el rey prefirió celebrar mi nombramiento por todo lo alto.

Al atardecer, entramos en un salón que mi consuegro había dispuesto para el acontecimiento. Las paredes estaban forradas con multitud de tapices y paños brocados y un rico dosel cubría el solio donde el rey estaba sentado. Nada más verme, con aire amable, don Juan mandó que me acercara. El salón estaba atestado. Yo me llevé la mano al pecho y procuré, a través del peto de mi armadura, sujetar el pálpito de mi corazón. Desde el fondo de la estancia, avancé lentamente al son de las trompetas hasta que me encontré a dos pasos del monarca. Allí me hinqué de rodillas. Temblaba como un inseguro adolescente. Alcé la vista y escuché el golpear de las espuelas del rey de armas en la piedra del suelo. Entonces, como era menester, me rodeó. ¡Cómo hubiese querido tener a mi madre cerca en aquel momento! Mi hermano Gonzalo Ruiz de la Vega sujetaba tras de mí el pendón con nuestras armas.

Fue el rey de armas de la casa real quien con grandes voces comenzó la ceremonia. Si el aire fuese tangible, me hubiese gustado arrancar su eco de las bóvedas para guardarlo en un arca y así, más tarde, poderlo escuchar a mi antojo en el futuro.

—¡Nobleza, poder y gran Estado; sepan todos cómo el rey nuestro señor, por sus servicios y méritos, ilustra y hace merced de marqués de Santillana y conde del Real de Manzanares a Íñigo López de Mendoza!

Continué con la vista baja hasta que sentí, por el crujir de su manto, cómo el rey se levantaba. Puso su mano derecha sobre mi cabeza y, entonces, me levanté para que pudiese ceñirme la espada y ponerme el estoque de marqués. Después, tomó de la mano de mi hermano Gonzalo nuestro gallardete y me lo entregó, haciéndome desde ese preciso momento ricohombre de pendón y caldera. Aquello significaba que a partir de ese momento podría anteceder el tratamiento de don a mi nombre y al de todos mis hijos. Sus palabras me sonaron a campanas celestiales.

—Don Íñigo López de Mendoza, marqués de Santillana y conde del Real de Manzanares vos llamo.

Aquello sonaba tan solemne que no parecía estar dirigiéndose a mí. Terminada la ceremonia, el rey prefirió quedarse en palacio, mientras nosotros, para celebrarlo, salimos al paseo en procesión. Era mi hermano Gonzalo quien me precedía, portando el pendón de nuestro linaje, que sobresalía de entre el círculo de estandartes que portaban los reyes de armas. Tras ellos iba mi familia y yo cerraba el cortejo montado en el mejor corcel de nuestras cuadras. Detrás iban mis más fieles vasallos. En primer lugar, mi mayordomo; después, los gentilhombres y, tras ellos, los pajes y lacayos vestidos todos con los nuevos atuendos que Catalina les había mandado hacer. Así ordenados, dimos la vuelta entera a la ciudad transitando por sus calles principales. No hubo un solo balcón en el que no asomase una cabeza para darme la enhorabuena.

Cuando llegamos a las casas del conde de Haro, entramos todos para celebrarlo con un banquete que mi querida Mencía nos había preparado hasta altas horas de la madrugada. A los dos días y ya recuperados de tanta dicha, nos despedimos de Mencía y regresamos a casa.

Ya en Guadalajara, apenas esperé un momento para encerrarme en mi biblioteca a escribir algunos versos sobre mis últimas vivencias. Al instante, entró Catalina. Como tantas otras veces, el proverbio quedó a medias. Con cierto malestar, solté la pluma y con un paño me limpié las manos.

—Me imagino, Catalina, que será importante.

—Sí —asintió con la cabeza—, acaba de llegar esto. Sabéis muy bien que no os importunaría si no fuese porque el mensajero asegura que es urgente y necesita respuesta antes de partir.

Le besé las manos y tomé el billete. Siempre me gustaba hacerlo, porque, a pesar de la edad, las seguía teniendo muy suaves. Nada más distinguir las armas de Juan Pacheco en el lacre, me sentí alarmado. Al parecer, don Álvaro de Luna, aprovechando su amistad con el regente de Portugal, volvía a las andadas. Como en otras ocasiones, quería agriarnos los momentos de asueto que nos había dejado la rendición de los infantes de Aragón y retomar la lucha en contra de los sarracenos. Con esa disculpa, había entrado en Castilla su homónimo, el condestable del duque de Coimbra, con una hueste de mil doscientos hombres de armas que nos ayudarían. Pero, claro, nada es en balde. ¡A cambio había acordado el futuro enlace del rey de Castilla con la princesa Isabel de Portugal! Y lo peor era que ni siquiera lo había consultado con el monarca.

Don Juan, como era de esperar, fue incapaz de hacerle frente. Cogió un leve enfado por haberle ignorado en estos tejemanejes y solo decidió tomarse un tiempo para pensárselo. Y es que sabía que el condestable no era el único que había pensado en los peligros que entrañaba para la sucesión de la corona la existencia de un solo heredero. De ahí parece que nació la conveniencia de que don Juan se casase de nuevo.

Don Álvaro volvía a excederse. Muchos preferíamos una alianza con Francia en vez de con Portugal, y él lo sabía. Habíamos pensado que *madame* Regunda, la hija del rey de Francia, era la mejor. Ni por asomo nos habíamos planteado jamás otra posibilidad. Pero, claro, al saber don Juan de la belleza de Isabel de Portugal, cambió de criterio. Llevaba cinco meses viudo y la necesidad imperiosa de dar otro posible sucesor a la corona le obligaba a desposarse con la máxima premura.

¿Cómo osaba el condestable decidirlo todo sin encomendarse a nadie? Estaba claro que aquel hombre pensaba que, casando a la infanta Isabel con el rey, conseguiría el beneplácito de esta señora. Pero se equivocaba, porque, según supimos, la futura reina de Castilla era igual de bella que de terca y, aunque el condestable lo ignorase, era una virtud que aprovecharíamos en cuanto pudiésemos.

Si el valido pensaba que los premios recibidos después de Olmedo nos habían calmado, estaba muy equivocado. No era tan fácil comprarnos ni a nosotros ni a la entonces infanta Isabel de Portugal. Si el rey terminaba sometiéndose de nuevo a sus caprichos, allá él. Nosotros, en cuanto se nos brindase una oportunidad, nos desharíamos de su mal consejero, porque ya nos había demostrado que dándole la mano se tomaba el brazo entero. La excusa que argumentó para reiniciar la Reconquista fue que los infieles habían aprovechado las contiendas en las que nos habíamos enfrentado los cristianos para retomar todas las plazas que antes les habíamos arrebatado nosotros y habían trasladado la frontera a sus antiguos límites. Al saber todo esto, el príncipe don Enrique empezó a distanciarse otra vez de su padre y en la carta que me mandaba Pacheco se me convocaba como enemigo declarado de don Álvaro de Luna.

Primero nos congregaron en secreto en Coruña del Conde, un pueblo muy cercano a Peñaranda del Duero, para tratar de cómo terminar con don Álvaro de Luna de una vez por todas. Una vez allí, la falta del conde de Plasencia nos obligó a aplazar la reunión hasta el día de la Virgen de agosto. Sin más demora debíamos acudir con todas las gentes de guerra que pudiésemos aportar. Por primera vez sentí que aquello no quedaría en agua de borrajas.

Regresé a Guadalajara solo para reunir a los míos y presentarme a mediados de agosto en Gumiel con mil hombres de a caballo. Pero fueron otros muchos los que nos fallaron de nuevo y, ya en octubre, el príncipe, cansado de esperar, dio licencia a sus huestes para retirarse y aplazó el asedio al condestable hasta la primavera del año siguiente.

Yo ya estaba también cansado de tanto parlamento y de tan poca decisión, así que aquellas Navidades decidí convocar a todos mis hijos para que mis nietos se conociesen entre sí. No faltó ninguno. Mi nieto mayor, el hijo de Diego y Brianda, a pesar de tener tan solo siete años, dirigía a todos sus primos como el mejor general de un ejército de pequeños locos. Era curioso observarle, porque de algún modo ya se sentía el sucesor principal de la casa. Íñigo, con ese gran corpachón que tenía, acudió junto a su mujer, Elvira de Quiñones, la hija del merino mayor de las Asturias. Tenían una niña, María, pero parecía que en nada había heredado el ímpetu de su padre, sin embargo, a pesar de ser tan pequeña todavía, en cuanto podía se colaba en mi biblioteca para pedirme libros. Me recordaba mucho a su tía Mencía.

Lorenzo vino también con su mujer, Isabel de Borbón, la hija del conde de Ribadeo. Pedro Lasso de la Vega lo hizo con Inés Carrillo, la señora de Mondéjar. Leonor con su marido, Gastón de la Cerda, que muy pronto sería conde de Medinaceli. Mencía con su marido, Pero Fernández de Velasco, futuro conde de Haro, María con Per Afán de Ribera, el adelantado mayor de Andalucía, y Leonor con Gastón de la Cerda. Además, mi hijo Pedro González de Mendoza, al saber que estaríamos todos juntos, también se acercó desde Salamanca y ofició la misa del gallo. Incluso mi hermano Gonzalo Ruiz de la Vega acudió junto a su única hija. El pobre había quedado viudo de doña Mencía de Toledo.

Todos mis nietos corrían alborozando la casa entera. ¡Qué maravilla era tenerlos a todos juntos! Entonces, aproveché la ocasión para pedir a los hombres que acudiesen al llamamiento que en primavera había concertado el príncipe Enrique para derrocar a don Álvaro. Ninguno me falló.

XXVI

TORIJA

*Ya sonavan los clarones
e las trompetas bastardas;
charamías e bombardas
façían distintos sones;
las baladas e cançiones
e rondeles que fazían,
apenas los entendían
los turbados coraçones.*

MARQUÉS DE SANTILLANA
Decires narrativos, 9, «El sueño», LIV

Después de mi poder de convocatoria, resultó que aquella primavera fui yo el que faltó. No lo pude evitar, porque estaba en Torija intentando defender de una más que probable amenaza lo que estimaba mío.

Esta fortaleza, defendida por su muralla y su castillo, estaba tan cerca de la meseta castellana que en cualquier momento podría servir de catapulta a los navarros y aragoneses para invadir mis territorios. Sabía que era un bastión navarro y que su alcaide, Juan de Puelles, la defendería a ultranza de cualquier ataque, pero, a pesar de ello, me dispuse a recuperarla. Nadie más idóneo que yo, ya que solo el río Vadiel la separaba de mi querida Hita. Quizá después de conseguir su rendición, el rey tuviese a bien otorgármela.

Cuando me ofrecí para atacarla, el rey me hirió despreciando mi ofrecimiento porque tenía a otro hombre asignado para ello. Pero yo sabía que algo se ocultaba detrás de este desaire; sin duda, del condestable. ¡Qué ganas tenía de deshacerme de él! El rey eligió a Alonso Carrillo, el joven que había ocupado el arzobispado de Toledo después del fallecimiento del hermanastro del condestable. La excusa que me pusieron para darle a él la oportunidad en vez de a mí fue que tenía más derecho que yo porque se había comportado gallardamente en la reciente toma de Atienza y por ser suyas las villas de Alcalá de Henares y Brihuega, una de las más cercanas a Torija. ¡Encima con recochineo! El que Hita estuviese a media jornada a pie de Torija no pareció importarles en absoluto. No contento con el desprecio que me hacía el rey, me solicitaba que, si era menester, le sirviese de ayuda. Me indigné. ¿No era Carrillo el que se había comprometido a tomar la plaza? Pues que se las apañase como pudiese, porque no pensaba ponerme a sus órdenes.

Algo le debieron de hablar sobre mis recelos porque antes del asedio quiso pasar por Guadalajara con una hueste de trescientos hombres. Sin poder evitar su ya ganada fama de orgulloso, solicitó permiso al alcaide para entrar en la ciudad y este, sabiendo lo ocurrido, se lo denegó. Les puso como excusa que eran demasiados. Eso parece que bastó para, con la debida humillación, obligarlos a acampar a las afueras de las murallas. La verdad es que ninguno nos fiábamos del arzobispo guerrero, que en más de una ocasión había pagado a sus mercenarios con el beneficio de los saqueos. Sentimos no estar más cerca para oír el rechinar de sus dientes al verse obligado a dormir aquella noche en los arrabales.

Sin embargo, asomado discretamente a una de las almenas, le vi cómo se entrenaba con la espada. Su maestría al asestar mandobles contra un espantapájaros, que su escudero con más miedo que gracia bandeaba, demostraba que su vocación eclesiástica tal vez le venía impuesta por el hecho de haber nacido el segundo de una noble familia.

No le ayudaría en su empresa. ¿Para qué? ¿Para que una vez más fuese otro el que se cobrase la gloria? Que la consiguiese solo, que yo estaba cansado de servir a ajenos que, a la postre, se asignaban las victorias y se olvidaban de los que les tendimos mucho más que nuestros guanteletes. La curiosidad, sin embargo, me hizo enviar a mi hijo Íñigo a saludarle. No resultó extraño porque los dos se conocían desde hacía tiempo y sus gustos por la guerra eran comunes. Cuando regresó, me contó los planes de Carrillo para recuperar Torija en el menor tiempo posible. Quería asediarlos hasta ahogarlos en la hambruna y así obligarlos a rendirse. Pensé que sería difícil, porque, mientras que él tendría que alimentar a trescientos hombres, el navarro solo necesitaría víveres para sesenta. Si la inferioridad numérica tenía algo de positivo era precisamente que no necesitaban salir mucho para abastecerse. Además, yo sabía que el capitán aragonés Juan de Puelles hacía mucho tiempo que salía de su fortaleza para saquear, quemar nuestras aldeas y asesinar a los campesinos sin que las débiles milicias concejiles pudiesen hacer nada más que morir por defenderlas.

En Torija se guardaba grano, animales y tesoros suficientes como para subsistir varias estaciones. Juan de Puelles hacía tiempo que se había convertido en el hombre más temido en muchas millas a la redonda y no eran pocos los que le daban lo que tenían sin necesidad de que nadie viniese a recaudarlo. La terrorífica fama que tenía era suficiente para que se desprendieran de todo, menos de la vida. ¡Si hasta el cabildo de Sigüenza no pudo pactar con él y solo admitió una rendición sin condiciones!

Aunque el rey hubiera insistido en que ayudara a Carrillo, no hubiese expuesto la vida de uno solo de mis hombres para tan arriesgado y descabellado mandato. La fortaleza era casi inexpugnable y la idea de repetir el asedio de la antigua Numancia era una estrategia demasiado vieja como para ganar. Sabía que Carrillo estaba abocado al fracaso. Quizá eso me diese una segunda oportunidad.

Al verlo regresar al mes exhausto y cansado de esperar, supe de mi acierto.

Cuando al poco tiempo de su derrota me llegó la carta del rey obligándome a participar en el segundo asedio, impuse mis condiciones. Carrillo las aceptó, apocando los bríos que antaño me había demostrado. Así que, cerrados los tratos, llamé a mis huestes, ordené traer las piezas de artillería de Hita y Buitrago para unirlas a las de Guadalajara y me dispuse a partir con un plan totalmente diferente al anterior. Había tenido meses para elaborar la estrategia y no podía fallar. Cuando hube informado a todos los hombres sobre esta, acampamos a la distancia suficiente como para que los disparos de nuestros falconetes y bombardas llegasen a abrir brecha en la parte sur de la muralla.

Mi plan consistía en que, al defenderse de nuestro ataque, quedarían distraídos y descuidarían el lado norte. Entonces, nuestros zapadores cavaron una mina subterránea para entrar por sorpresa. Cuando Puelles se dio cuenta de ello, ya era demasiado tarde. El día que el puente crujió y los cascos de sus caballeros atronaron sobre el portalón, una bandera blanca los precedía.

Regresé a Guadalajara con el ánimo henchido de gozo porque por fin los alcarreños podían regresar en paz a sus casas para sembrar y cosechar de nuevo los asolados campos.

Dado que el capitán navarro de Torija había sido tan cruel, no estimamos oportuno darle el tratamiento de noble en su presidio y lo metimos en una jaula para que todos pudiesen verlo. Era tan estrecha que apenas le dejaba moverse y, a cada zancada del jamelgo que lo arrastraba, se golpeaba con los barrotes. A nuestro paso, las gentes de los pueblos y aldeas le arrojaban tantas porquerías que teníamos que andar con cuidado para que no lo hiriesen.

El rey, al saber que teníamos preso a Puelles, quiso que se lo entregáramos, pero, tanto Carrillo como yo, nos negamos rotundamente. Antes, nos habíamos adelantado a esta solicitud y habíamos llegado a un acuerdo para poder sacar tajada del valioso cautivo. Cada uno de nosotros le retendríamos tres meses y, luego, se lo entregaríamos al otro para que lo guardase el mismo tiempo. En el caso del pago de su rescate, lo trataríamos juntos y, si huía del calabozo, el encargado de su guarda pagaría al otro dos mil florines por el descuido.

Sin embargo, el rey don Juan insistió, porque de la entrega del prisionero podría depender una posible paz con Navarra. Me negué de todos modos, aún más cuando me di cuenta de que, incluso en el caso de que nadie estuviera interesado en pagar el rescate, siempre podría trocarlo por el duque de Medinaceli, mi consuegro, que recientemente había sido preso por las huestes del rey de Navarra en Gómara. Así, Luis de la Cerda quedaría en deuda con nosotros y mi hija Leonor tendría de nuevo al abuelo de sus hijos en casa.

Por otro lado, el rey, debido a nuestra ofuscada negativa, entregó Torija a su anterior dueño, el conde de Gelves. Sin embargo, no me importó, porque sabía que desde hacía tiempo este estaba interesado en mi villa de Barajas. No me fue difícil así llegar a una permuta. Con Torija en mi poder, cerraba el amplio cerco de mis tierras alcarreñas sin miedo a otra intrusión.

Después de aquello y sin decir nada a Carrillo, inicié secretamente las transacciones para libertar al de Medinaceli, pero, cómo no, don Álvaro de Luna se interpuso en las negociaciones. ¡De dónde sacaba su información ese condenado metomentodo! Fuese de donde fuese, consiguió frustrar el trueque. Estaba claro que mi consuegro no sería liberado hasta que don Álvaro cayese definitivamente.

Me sorprendí cuando un día, sin aparente razón, cesaron de llegar los billetes del rey exigiéndonos la entrega de Puelles. Como todos los silencios, debía deberse a otro motivo más preocupante. Indagué. Lo que se cocía en palacio no era otra cosa que la pública y notoria actitud de Pacheco. El valido de don Enrique, en vez de estar agradecido al condestable por haberle elegido en su juventud doncel del príncipe, actuaba con toda su acritud y sin disimulo en contra de su benefactor. Para ello, dominaba la voluntad del príncipe, del mismo modo que durante años don Álvaro había dirigido la del rey. No era de extrañar que hubiera tenido el mejor maestro. Pacheco era muy cortés, de blando hablar, sencillo, cariñoso y de dulces cualidades, algo que el príncipe Enrique valoraba, a pesar del aguijón que llevaba oculto en la capa. Aquel era un rejón que por ser tan sorpresivo hería a su víctima con más contundencia aún que el del condestable. Porque, mientras que a don Álvaro siempre se le vio venir, a Pacheco, en cambio, le cobijaba un manto de sutileza.

Resultaba tan sagaz que sus intrigas jamás le delataban. Tenía tal imaginación para pergeñarlas que casi nadie podía adelantársele en sus suposiciones. Calmado y expectante, esperaba la oportunidad para actuar con un estoicismo admirable y lo hacía de tal manera que durante mucho tiempo su conjura hacia don Álvaro pareció obra de otro menos avezado, porque siempre se cuidaba de que nadie pudiese cargarle el mochuelo. Si algo fallaba, sabía que contaba con el respaldo incondicional del príncipe, porque este, con el tiempo, se había convertido en el mejor instrumento de su desmesurada ambición.

El condestable siempre había confiado en él, hasta después de la victoria de la batalla de Olmedo, cuando vio cómo inducía al príncipe a rebelarse de nuevo contra su padre por no darles lo que pedían. Lo único satisfactorio para todos era que al fin parecía existir alguien capaz de intimidar al de Luna.

Pacheco era ya marqués de Villena y poseía varias villas que avalaban su creciente patrimonio, pero ninguna de aquellas mercedes colmaba su ferviente ambición. Poco a poco y con el sigilo que le caracterizaba, fue persuadiendo a muchos de los antiguos conjurados para que de nuevo instigasen al rey a deshacerse de don Álvaro. Por primera vez, el rey los escuchó cabizbajo y consciente de que los abusos del condestable se habían excedido al concertar su inminente matrimonio con Isabel de Portugal. Pero lo que aún no sabía el condestable era que Pacheco muy pronto contaría con la más convincente aliada.

XXVII

1447

SEGUNDAS NUPCIAS

Dios vos faga virtüosa,
Reina bienaventurada,
quanto vos fizo hermosa.

MARQUÉS DE SANTILLANA
Canciones, 7
«Canción a la reina doña Isabel de Portugal»

En Madrigal de las Altas Torres al fin se celebró la boda de Isabel con don Juan. Al verla, todos quedamos extasiados por su belleza. Entonces, nuevos versos me vinieron a la mente; bellas palabras que tendría que escribir rápido, en forma de canción, si no quería que la memoria me traicionase. Aquella dulce mujer supo plegarse a los apetitos lujuriosos de su marido y satisfacer con un embarazo casi inmediato a los pocos detractores que tuviese. Además, su innata inteligencia no necesitó de alicientes que la alertaran sobre la desmesurada influencia que el condestable ejercía en su indeciso esposo. Desde el principio le dejó muy claro que no pensaba permitírselo por mucho que aquel la hubiese elegido para ser reina de Castilla. Aquel podría haberla chantajeado antes de ser coronada, pero ahora ella tenía el bastón de mando en sus manos y no dudó en valerse de sus poderosas armas femeninas para lograr sus propósitos. Más le valía a don Álvaro tener cuidado, porque a nadie le pasaba inadvertido que la reina iría minando a pasos agigantados la complicidad que desde hacía décadas existía entre valido y rey.

Don Álvaro, en un intento de concordia, nos invitó a amigos y enemigos a su villa de Escalona. Allí fue donde realmente y por primera vez intuimos su miedo; había hecho custodiar la fortaleza con cuatrocientas lanzas. El palacio, recientemente reconstruido, destacaba por su rico estilo oriental y, al contrario que otros, tenía capacidad para albergarnos a todos los asistentes. No sabíamos muy bien a qué se debía semejante estipendio ni qué pretendía demostrar o celebrar con ello.

Don Álvaro, con todo ese alarde y apabulle, en vez de lograr el agradecimiento de sus invitados, instigó envidias a raudales, que aseguraban que aquello lo había conseguido a base de robar en las arcas del reino. ¿Cómo si no el hijo bastardo de un noble de Cañete y de una barragana hubiera podido haber hecho semejante fortuna? La última noche, aprovechando la distracción de los bailes que hubo después del banquete, mandé a Catalina a intimar con la joven reina que, por un momento, se había quedado sola. Como siempre, llevaba una misiva, porque quizá ella supiese cómo iba mi petición al rey sobre mi siguiente ilusión: la tenencia de Huelma. Desde lejos las observaba con discreción. Al reverenciarla, Catalina se pisó el sayo y tropezó. Fue entonces la reina quien, pese a su embarazo, se levantó del trono para ayudarla. El sonrojo que demostró Catalina por su torpeza sirvió para unirlas desde el primer momento, porque al segundo charlaban animadamente, tanto que en un par de ocasiones me pareció ver cómo la reina se ponía la mano sobre la boca haciéndola partícipe de sus secretas confidencias. El encuentro duró poco, porque, en cuanto la mujer de don Álvaro las vio, soltó a su pareja de baile y corrió a interrumpirlas, momento en el que Catalina reverenció a doña Isabel y regresó a mi lado. Su silencio me obligó a preguntarle:

—¿Qué os dijo?

—¿De Huelma? —Se hizo la despistada.

—¿De qué si no? —Me inquieté.

—Que está hecho —me contestó satisfecha.

Ligeramente embriagada por los vinos de la cena, aplaudió a los músicos que justo en ese momento se retiraban para dar paso al juego de unos bufones. Desesperado, intenté atraer de nuevo su atención.

—¿Y qué más?

—¿Qué más de qué?

¡Qué desesperación cuando se mostraba esquiva!

—¿Qué más os dijo la reina?

Bajó la mano para que aminorase el tono y por fin soltó la lengua.

—La hice partícipe de nuestro descontento para con este anfitrión y ella me confesó el suyo y me rogó paciencia y discreción. ¡Es tan inteligente, Íñigo!

Se mostró tan eufórica que esta vez fui yo quien tuvo que acallarla.

—¿Os lo ha dicho tan claro, Catalina?

Ante mi escepticismo, sonrió e, inclinándose hacia mí, me acarició la oreja con su tono más sensual.

—Los susurros de una dama derramados en un oído de su enamorado siempre calan. Gota a gota, acaban filtrándose en sus sentidos y empapan la sesera. Siempre acaban logrando el efecto deseado.

Me impresionó la metáfora.

—¿Son vuestras las palabras?

Dejó de acariciarme con sus melosos labios.

—Bien podrían haber sido, pero no. La reina Isabel sabe bien del poder de la seducción y lo utiliza. Prácticamente acaba de llegar y ya sabe mucho más de lo que pensamos.

—¿Qué es lo que sabe? —Fruncí el ceño.

—La reina me ha dicho que, al parecer, don Álvaro, Pacheco y el obispo Alonso de Fonseca han firmado una alianza secreta para enfrentar de nuevo al rey con su hijo y así poder gobernar los dos reinos sus respectivos validos según se les antoje. Pensadlo bien; los tres juntos poseen el mejor ejército de Castilla y eso los convierte en peligrosos competidores.

—Sinceramente, Catalina, ¿Pacheco aliado del condestable? Es difícil de creer. No dudo de la inteligencia de la reina, pero creo que se pierde entre este laberinto de ambiciones. ¿O es que ignora que don Álvaro y Pacheco son enemigos desde hace tiempo y que tiran de sus señores cada uno para un lado, como si en extremos opuestos de una soga estuviesen? —Mi extrañeza le provocó una carcajada.

—Al parecer, así ha sido hasta ahora, pero cosas más raras ha pergeñado el condestable, ¿o no? —Me desnudó la calva para acariciármela.

Aquello me desorientó de tal manera que ya no supe en quién confiar.

Al despedirme de don Álvaro, una sombra parecía cernirse sobre él, porque desde la boda, el rey andaba tan engatusado por su nueva mujer que ya solo tenía oídos para ella. En el momento en el que diese a luz a otro heredero, se haría más fuerte y sus tímidos reproches hacia el de Luna sonarían a grandes voces en los oídos del rey. ¡Pobre infeliz! Por primera vez, en lugar de temor, sentí compasión hacia el hombre que desde hacía tanto tiempo nos tenía sometidos. La alianza que tanto temía la reina entre el condestable y Pacheco resultó ser otra de las falsas argucias de don Álvaro para crear de nuevo inestabilidad y desconfianza, pero sin duda había subestimado a la joven reina, porque esta no tardó en descubrir el engaño y la enmarañada madeja de tejemanejes comenzó a desliarse a nuestro favor.

Al salir de Escalona, pensé en la complejidad del ser humano. Ahondando en esa idea, quise olvidar los problemas mundanos y dejarme llevar por la poesía. Ya en casa, me encerré en mi biblioteca. Allí no había soles ni lunas que diferenciasen el día y la noche. En ese estado, cuando el hambre me acosaba, Catalina me tenía dispuesta sobre la pequeña mesa de ajedrez de marfil y madera que había a mi espalda una bandeja con comida. Era tan sigilosa y respetaba tanto mis momentos de soledad que ni siquiera la oía entrar para atusar el jergón que guardaba mis desordenados momentos de sueño, y es que estaba tan engatusado por mi labor que ni siquiera salía a dormir con ella.

Solo cuando hube gastado más de diez frascos de tinta, quemado más de una veintena de velas y afilado un puñado de plumas hasta desgastarlas, decidí dejar reposar mi obra. El sacrificio había merecido la pena, porque era el trabajo literario del que más orgulloso me había sentido nunca. El *Diálogo de Bías contra Fortuna* estaba terminado y volcados todos mis pensamientos en él. Gracias a ello, la escritura me había liberado de los malos augurios que desde hacía tiempo rondaban mi cabeza. Al leerlo por última vez, pensé que sería un buen regalo para mi primo el conde Alba y, para más engalanarlo, antes de mandárselo, encargaría a dos monjes de Lupiana que lo miniasen con grecas floridas, sin escatimar oro ni plata.

En esta ocasión, les pediría que viniesen ellos a mi casa por miedo a perder la única copia que tenía. Sabía que no se negarían, porque debían albergar la ilusión de que mi generosidad para con ellos se igualase con la que no hacía mucho había demostrado a sus hermanos de Santa María de Sopetrán. A estos les había entregado la golosa cantidad de diez mil maravedíes procedentes de la martiniega de Hita, cien fanegas anuales de sal de mis salinas de Atienza y la promesa de dejarles en herencia a mi muerte las viñas, huertas, bodegas y el molino de mi heredad de las Heras.

Apenas recibieron el aviso, me mandaron a dos de sus mejores iluminadores. Por primera vez tuve que compartir mi particular santuario biblioteca con aquellos tonsurados, pero no me importó porque eran sumamente silenciosos y disfrutaba viéndolos trabajar. Mientras uno pintaba con un pincel de una cerda, el otro le preparaba las tinturas con los más hermosos colores, y así, a los pocos días de su llegada, una decena de pequeños recipientes rodeaban su paleta de mezclas. El alquimista usaba arsénico y azufre para los amarillos; corteza de árbol, para el marrón; albayalde, para los blancos; polvos de hierro oxidado, para los granas; lapislázuli en polvo, para el azur y malaquita, para los sinoples. Para el oro y la plata se servía de finas láminas de estos metales preciosos que previamente impregnaba en goma de fijar. Cuando les faltaba el negro, simplemente se acercaba al brasero y tomaba una pizca de hollín, que después mezclaba con aceite.

Cuando el manuscrito estuvo terminado, lo envolví en sedas finísimas y se lo mandé a mi primo Fernán con toda mi ilusión. Pero con harto dolor de mi corazón, a los pocos días, el emisario me lo devolvió con una ominosa nueva. ¡Cómo podía haber estado tan separado del mundo terrenal! Al parecer, don Álvaro de Luna, al no haber podido engañar a la reina Isabel, se resarció de su calamidad ordenando el arresto de la mayoría de nuestros amigos. Por lo que pude averiguar, al conde de Benavente lo habían llevado preso a la fortaleza de Portillo, y a mi primo Fernán y a Pero de Quiñones los habían trasladado a Roa. El conde de Castro y el Almirante se habían librado por los pelos al cruzar la frontera y refugiarse al amparo del reino de Aragón. ¡Y todo por nuestra lentitud! La reunión que hacía más de un año y antes de la boda del rey fraguamos en Coruña del Conde debía haber continuado con su intención y sin demora. Ahora era tarde, porque el tirano, de nuevo temiendo nuestras represalias después de las detenciones, se obcecó en darnos a cada uno de los dudosos un quehacer que nos tuviese lo suficientemente entretenidos como para no estorbarle más.

A mí me mandó de nuevo como frontero mayor en la linde de Aragón, supongo que para ponerme en grave riesgo ahora que parecía que el enfrentamiento de Castilla con Aragón y Navarra se reavivaba. Sin rechistar siquiera, me dirigí a mi destino con una sola idea en la cabeza. Fuese como fuese, teníamos que deshacernos del condestable o él terminaría antes con nosotros.

A este peligroso destino me acompañaron otros tres de sus enemigos: el arzobispo Carrillo, que desde que compartíamos al prisionero de Puelles se había convertido en otro aliado; el obispo de Sigüenza y don Juan de Silva. Una vez más, aunque desganados, lo hicimos bien y al regreso el rey no tuvo más remedio que premiarme con la merced de Gumiel de Izán. De sus manos tomé mis nuevas mercedes con una sonrisa y un solo pensamiento: libertar como fuese a los amigos que aún continuaban presos. La palabra venganza remarcaba su huella en mi mente.

A nuestro regreso supimos que el 22 de abril al fin la reina Isabel había dado a luz a una niña fuerte y rozagante a la que bautizó con su nombre. La preferencia de don Juan por un varón apenas se apreció aquel Jueves Santo, porque hacía tiempo que no se le veía tan feliz. Si el príncipe Enrique no lograba tener hijos, aquella pequeña le sucedería en el trono.

XXVIII

1449-1453

CAMINO DEL CADALSO

Por medida que medías
ciertamente eres medido:
aquellos que abatías
ya te traen abatido.
¿Abaxavas?: ya te abaxan,
¿aquexavas?: ya te aquexan,
¿tú tajabas?: ya te tajan
y jamás nunca te dexan.

Marqués de Santillana
Coplas contra don Álvaro de Luna

Mosén Diego de Valera me trajo una carta del conde de Plasencia. Antes de abrirla inspiré, porque esperaba de su letra buenas noticias que azuzaran a todos a terminar con don Álvaro. Mientras estuve en la frontera de Aragón, el conde de Benavente había escapado de su presidio, decidido a liderar el movimiento en contra de don Álvaro si el rey no ponía remedio. El billete me aseguraba que la reina y el príncipe Enrique participarían de nuestra conjura, aunque aún no habían tenido la oportunidad de hacer cómplice al rey. El lugar idóneo para llevar a cabo nuestros planes eran las futuras Cortes de Valladolid. Ya no había marcha atrás.

La primera chispa había saltado en Toledo, donde los insurrectos se habían alzado en armas, impidiendo la entrada del propio rey en la ciudad hasta que no se librasen del condestable.

Aproveché el desorden que se respiraba y la bajada de guardia para ponerme en contacto con mi primo Fernán. Aún tenía su *Bías contra Fortuna* guardada. Saqué el manuscrito, lo empaqueté de nuevo y decidí intentar enviárselo junto a unas viandas. No sería difícil, ya que uno de sus carceleros se había dejado comprar. Un trienio llevaba preso en la fortaleza. Tres años que se le debieron de hacer siglos. Me hubiese gustado unir al envío una clara epístola haciéndole partícipe de nuestras ya inminentes intenciones, pero, como aquello nos hubiese delatado, decidí subrayarle en el manuscrito ciertas frases que por el significado podían darle pistas. Él sabría entresacar la información de entre las palabras de mis versos.

> *E con tanto, magüer preso*
> *en cadenas,*
> *gloria me serán las penas*
> *e comer el çibo a peso.*[7]

Creo que no podía ser más explícito. Pretendía infundirle la esperanza necesaria para que siguiese aguantando, porque el final del cautiverio estaba cercano. Sabía que su hijo García también esperaba impaciente en su fortaleza de Piedrahita el momento de su liberación para vengarse de su opresor, pero tampoco pude decírselo por el riesgo que conllevaba.

---

[7] *Bías contra Fortuna*, XCII.

El plan estaba trazado y bien pensado. No seríamos los mayores los que iniciaríamos la revuelta, porque estábamos demasiado vigilados. En esta ocasión, delegamos en nuestros hijos. Al ser ellos menos conocidos, podrían moverse con mayor libertad y entrar en la ciudad sin levantar sospechas. Después, debían sorprender al condestable.

Aún recuerdo el arrojo de Diego al proponérselo.

—Le apresaremos vivo o muerto, por hierro o por fuego.

No quise reconocerle mi cansancio y vejez, y me inventé una excusa.

—El proceder no me parece caballeroso. Nunca he ido por detrás y siempre he atacado de frente, pero esto es lo que hay. Por eso os pido a vos este trabajo. Si me decís que no, lo comprenderé.

No dudó.

—Padre, al igual que vos rendisteis pleitesía a un rey que disimula no saber nada de esta conjura, yo participaré en ella y así, si algo fallase, vos siempre podréis haceros el sorprendido.

A pesar de la ilusión, seguía desconfiando.

—Os aseguro que, si algo sale mal, os cubriré las espaldas.

—Hacéis bien en mostraros cauteloso, pero esta vez nada fallará.

Me sentí orgulloso de tan fiel, obediente y buen hijo.

Con todas nuestras bendiciones, partió junto a su hermano Íñigo y las quinientas lanzas que puse a su disposición. ¡Cómo iba a quedarse Íñigo en casa existiendo una contienda, si solo vivía para soñar con otra lucha cuerpo a cuerpo!

Cuando llegaron a dos leguas de Valladolid, Álvaro de Estúñiga, el hijo mayor del conde de Plasencia, los esperaba junto a sus hombres. Mi sobrino García, el hijo de mi primo Fernán, llegó pisándoles los talones junto al marido de Mencía, el hijo del conde de Haro. Y así, cuatro de los primogénitos de las más significativas familias de Castilla por primera vez lidiaban unidos por el bien del reino.

Podíamos haber acudido sus padres, pero preferimos que fuesen ellos para demostrar a Pacheco que los jóvenes que algún día nos sucederían nunca iban a tolerar que en el futuro nadie abusara del príncipe Enrique, como don Álvaro de Luna lo había hecho con su padre. Pero algo falló, porque, a pesar del sigilo con que habíamos llevado la liga, el condestable se enteró de nuestros planes y la noche antes del ataque salió precipitadamente de Valladolid obligando a los reyes a acompañarle a Burgos.

La carta de la reina Isabel a Catalina advirtiéndonos de aquello desinfló nuestros hasta entonces enardecidos ánimos, sobre todo al recordar las precedentes tentativas frustradas en Tordesillas y Madrigal. Pero entonces ocurrió algo que, a pesar de no haberlo planeado, bien podría ampararnos para culpar de ello al condestable, sin que esta vez pudiese salir indemne.

El hermano de don Álvaro, Juan de Luna, había asesinado vilmente a Alonso Pérez de Vivero, el contador mayor del rey, y nadie ignoraba que este desalmado hacía mucho tiempo que era la mano ejecutora de los más sucios asuntos del valido. Robaba, amenazaba y delinquía a mansalva, sabiendo de antemano que su poderoso hermano siempre se encargaba de borrar sus huellas o, si era menester, le libraba de cualquier persona que osase acusarle. Pero esta vez se había excedido sin ni siquiera cuidar de que la discreción le amparase. El villano, en plena noche y frente a muchos testigos, había sacado al contable de su casa obligándole a acompañarle a una aislada posada. Allí todos los presentes pudieron escuchar cómo discutían encarnizadamente. Después vino el silencio e inmediatamente el golpe seco de un cuerpo al caer desde la ventana de la estancia donde aquellos se encontraban.

Al bajar, el posadero y todos los alojados a la vereda del río hallaron inerte a Pérez de Vivero, con la cabeza completamente destrozada. La caída no podía haberle machacado el rostro y el cráneo de tal manera, a pesar del empeño que puso don Juan de Luna en convencerlos de que había sido el desdichado el que en un arrebato de locura se había suicidado.

Los temerosos testigos no se atrevieron a contradecirle, pero aquello había sobrepasado en mucho las habituales fechorías. Aquel botarate se sentía tan protegido que había perdido la mesura de sus delitos y pecados. Esta vez no podía quedar libre y sin cargos, por muy amordazados que tuviese a los testigos. El condestable no podía seguir ejerciendo la justicia según sus preferencias.

La reina Isabel, al saberlo y conocer el cariño que el rey tenía por el contable, aprovechó la ocasión para convencerle de los graves altercados que el condestable hacía, matando a inocentes para luego dejar libres a sus asesinos. Él podría no ser la mano ejecutora, pero era tan responsable o más que esta. Debió de ser convincente, porque al fin el propio rey firmó una orden dirigida al hermano del conde de Plasencia:

Don Álvaro de Zúñiga, como mi alguacil mayor, yo vos mando que prendáis el cuerpo de don Álvaro de Luna, maestre de Santiago e, si se defendiere, que lo matéis.

Según los testigos que estuvieron presentes, al rey don Juan le tembló el pulso al firmar y sellar el documento ante la mirada agradecida de su mujer. Dijeron que Zúñiga, al recibir el documento, lo leyó, lo besó y lo guardó pleno de satisfacción en lo más hondo de su guantelete, porque a todas luces sería la orden que con más gusto cumpliría en toda su vida. Sin embargo, el casi eterno deseo que todos tuvimos a lo largo de nuestras vidas de ver aquel documento y los fracasos reiterados de haberlo intentado en numerosas ocasiones nos hizo escépticos. ¡No podía haber sido tan fácil!

En efecto, la casualidad quiso que uno de los caballerizos de mi hija Mencía, aquel mismo atardecer, fuese testigo casual de un encuentro que el rey mantuvo en las cuadras con dos de sus más fieles guardias. Allí, entre susurros, les pidió que, disfrazados, saliesen raudos a alertar al condestable de lo que acontecía. Así al menos, si lo estimaba oportuno, podría huir esa misma noche, ya que a primera hora del siguiente amanecer su alguacil se dispondría a apresarle en las casas de Pedro Cartagena, donde sabía que paraba el condestable.

Nada más saberlo, el marido de mi hija Mencía informó de aquello a Zúñiga y le facilitó el nombre de la posada donde estaba previsto que el condestable se escondiese. Mi yerno no quiso perderse el acontecimiento, así que acompañó al alguacil mayor como observador, porque, como tantos de nosotros, aún no daba crédito a que el condestable estuviese realmente amenazado de muerte por el mismo hombre que dos veces antes lo había librado del destierro.

Aún recuerdo con el ímpetu que nos narró la detención. Fue tanto el énfasis que puso en ello, que parecía estar reviviéndolo de nuevo.

—«¡Castilla, Castilla, libertad del rey!», gritaron los

hombres del alguacil al topar con las puertas de la hospedería. La mujer del posadero fue la primera en salir y esconderse en el gallinero como alma que lleva el diablo. Un instante después, don Álvaro se asomó a una ventana con aire somnoliento y el jubón desabrochado sobre la camisa. Miró de un lado a otro intentando vislumbrar entre las brumas del amanecer las sombras de los hombres que formaban tanto alboroto. Al descubrirnos, contestó simulando cierta sorpresa: «Voto a Dios, ¿qué hermosa gente es esta?». El incauto, a pesar de las advertencias del rey, seguía sin creerse lo que le estaba ocurriendo y solo cuando un ballestero impaciente le disparó un venablo fue consciente de su triste realidad. El venablo vibraba clavado en el marco de la ventana cuando reaccionó, intentando protegerse de la amenaza bajando la estera de un golpe.

»Quizá pensó que así le daría tiempo a su guardia para cubrirle las espaldas, mientras él intentaba huir por la puerta trasera. Un segundo después, pudimos distinguir a su escudero que, agazapado detrás del postigo, entreabría la puerta, pero pronto descubrió que no existía escapatoria posible, porque estaban rodeados. Al verse perdido, cerró de golpe y nos habló de nuevo, esta vez su voz sonaba angustiada: "¡Zúñiga!, si me dais media hora para escribir unas cartas y dejáis a mi sirviente Diego Gotor salir impune para hacérselas llegar a mis amigos, saldré sin oponer resistencia". Zúñiga lo pensó un buen rato y, finalmente, accedió, a pesar de la probabilidad de que una de estas fuese para el rey. ¿Qué mal había en ello? Dejarle cumplir este deseo solo le serviría de acicate a su posterior frustración, porque a esas alturas no había un alma en Castilla dispuesta a sacrificarse por él. El alguacil gritó: "¡Sea!". Esperamos impacientes algo más de lo solicitado, antes de que se cruzase ante nuestras narices el emisario y se entregase el condestable. Era el cuatro de abril de mil cuatrocientos cincuenta y tres y, ya desesperado por su triste final, vería nacer aquella primavera entre los barrotes de un calabozo.

»En un último intento por librarse de su destino, pidió ver al rey en la prisión del Portillo. La respuesta del monarca fue una dolorosa pregunta: "¿Cómo es posible, don Álvaro, que, habiéndome impedido siempre hablar con mis nobles presos, pretendáis lo contrario? ¿Es que por ventura aún no os consideráis uno de ellos?". El condestable en ese momento debió de arrepentirse de los consejos que antaño le dio. Él mejor que nadie sabía que los doce letrados del consejo elegidos para juzgar su causa no tendrían piedad.

La sentencia no se hizo esperar y así le dijo el juez principal al rey don Juan:

—Señor, vistas las cosas que en vuestro deservicio ha hecho el reo, el daño que a los bienes públicos ha infligido habiendo usurpado cuantiosas rentas de la corona real y tiranizando a vuestros súbditos, hallamos que por derecho don Álvaro de Luna debe ser degollado y, después de muerto, decapitado para poder clavar su cabeza en un clavo alto sobre el cadalso y que sirva de ejemplo a todos.

Don Juan, sin querer darle un segundo pensamiento para no desmoronarse, ordenó el cumplimiento inmediato de la condena. La reina Isabel, a pesar de su juventud, había triunfado. ¡Al fin se hacía justicia!

Al saberlo, Catalina me insistió una y mil veces para que no fuese al suplicio. Según ella, a pesar de la tradición, nadie hacía bien regodeándose con una muerte por muy justa que esta fuese. Pero esta vez, sus inmisericordes ruegos no consiguieron amainar ni mis ansias ni las del resto de nuestros parientes y amigos, que tanto habían sufrido por su causa.

Tres meses después de haber sido arrestado, el 2 de julio de 1453, y casi llegando a Valladolid, topé con la fúnebre procesión que escoltaba al reo. Formaban parte de ella dos frailes del convento de Abrojo. Hacía un par de días que le acompañaban con sus rezos de última hora, sin vislumbrar ni el más mínimo indicio de arrepentimiento en su semblante. Don Álvaro, consciente ya de su destino, tampoco se opuso a ello.

Puedo asegurar que no hubo ni un momento de compasión, porque, al llegar a la ciudad, para su mayor suplicio, el alguacil mayor quiso pasearle por sus calles antes de llevarle al calabozo de la casa de don Zúñiga, donde pasaría su última noche entre los vivos. La muchedumbre que se agolpaba a su paso le observó en silencio hasta el mismo momento en que llegó frente a las casas de Alonso Pérez Vivero, aquel al que su hermano había matado destrozándole el cráneo sin piedad y por su mero mandato. Allí, su viuda, hecha un mar de furia en vez de lágrimas, corrió hacia él con la sana intención de escupirle a la cara, pero se lo impidió la guardia, aunque eso sirvió de detonante para que el clamor popular se deshiciese en insultos vejatorios hacia el reo.

Don Álvaro, por un instante, agachó la cabeza perdiendo la dignidad que hasta entonces había mantenido. Entre semejante algarabía, solo parecía escuchar en aparente acto de contrición las palabras de sus padres confesores. Ya se alejaban, cuando la voz de la viuda de Vivero resaltó entre las demás:

—¡Dejadlo, hombres de Dios, que esa alma pecadora no se limpia ni con mil años de penitencia!

Algo de verdad hubo en las palabras de la mujer, porque el condestable, a falta de venablo con el que defenderse, la traspasó con una ardiente mirada de desprecio.

El sonido de las carcajadas de cientos de almas ávidas de justicia inundó la noche vallisoletana. Eran aquellos que, sedientos de venganza, no veían el momento del ajusticiamiento y lo celebraban incapaces de esperar.

No pude evitar el imaginármelo tumbado en el catre, escuchando a la muchedumbre por entre los barrotes y con la mirada perdida en el techo. Poco antes del amanecer, le solicité al alguacil verle. Sabía que, con el odio que le tenía, me lo permitirían. Llegué cuando estaban a punto de venir a recogerle para llevárselo al patíbulo. Había oído misa, confesado y comulgado devotamente antes de desayunar un plato de guindas y un vaso de vino. Aquellas se le debieron de atragantar, porque, junto a su celda, en el suelo estaba el plato prácticamente intacto. Cuando los ojos se me acostumbraron a la oscuridad, conseguí entreverlo. Estaba exactamente como lo había imaginado; tumbado e inerte sobre un catre de madera y paja. A pesar de que me debería haber oído llegar por aquel eterno pasillo, ni siquiera se movió. Carraspeé antes de hablar.

—Solo vengo a deciros que he pensado en vuestra mujer e hijos y que es mi voluntad y la de mi mujer, doña Catalina, velar por ellos una vez que hayáis muerto.

Debió de reconocer mi voz, porque ni siquiera me miró al contestarme.

—Siendo uno de los que me habéis condenado, es rara esta bondad repentina, pero no me extraña, porque en cierto modo me lo debéis.

¡Cómo podía decir eso! ¡Él, que no había hecho otra cosa durante décadas que intentar mi muerte en la guerra o mi ruina en los pleitos! ¡Él, que casó a su sobrina Brianda con mi hijo Diego prometiéndonos una alianza que después rompió! Apreté con furia los barrotes procurando no enervarme.

—Veo que ni siquiera a las puertas de la muerte es posible hablar con vos. Solo quería despedirme. Quedad en paz.

—En paz me voy —contestó desganado.

Me retiré con la sensación de no haber terminado con él. Ni siquiera con un pie en el patíbulo era capaz de relegar su soberbia. Salí a la plaza esperando su aparición y resuelto a escribir todos mis pensamientos en una obra. Dado lo acontecido y los recuerdos de su vida, no podría llamarse de otro modo que *Doctrinal de los privados*.

Al poco tiempo, salió montado sobre una mula. Iba vestido con una larga capa negra, como si la muerte le arropase. Y los pregoneros se desgañitaban acompasando el vaivén del desgarbado animal.

—¡Esta es la justicia que manda hacer el rey nuestro señor a este cruel tirano y usurpador de la corona real, que en pena de sus maldades e deservicios le ha mandado degollar!

Sus voces tronaron por la calle de Francos y la de Costanilla hasta cesar en la plaza donde estaba el cadalso cubierto por lienzos negros. Solo dos antorchas encendidas a los lados de un gran crucifijo iluminaban el orto. Evitando temblar siquiera, subió con paso firme los tres peldaños. Se arrodilló ante la cruz, pasó la mirada serena sobre las cabezas de la enardecida muchedumbre y, solo al reconocer a un paje del príncipe Enrique entre el pueblo, comenzó a hablar. La curiosidad forzó el silencio repentino de los más cercanos y entonces se oyó la gravedad de su voz.

—¡Barrasa, venid acá! Vos que estáis aquí, no así como vuestro señor. Decid al príncipe de mi parte que dé mejor galardón a sus criados que el que hoy aquí me mandó dar su padre, el rey mi señor.

En vista del despropósito y el poco interés de sus últimas palabras, el verdugo estimó oportuno comenzar con su trabajo y le ató las manos por detrás. Al ver don Álvaro la cuerda con la que pretendía hacerlo, le tendió la cinta de seda que él mismo llevaba prendida del jubón junto al pecho. Yo la conocía, porque la había visto en el campo de batalla: era la insignia de su mujer. Al mirarme de soslayo, justo antes de arrodillarse, quise suponer que era su manera de aceptar mi ofrecimiento, porque sin duda dedicaba los últimos pensamientos a su familia. Antes de posar la cabeza sobre el madero, con una entereza admirable, se giró para hablar con su verdugo.

—Solo espero que llevéis bien afilado el puñal para que me despachéis pronto.

Ya estaba dispuesto el verdugo a ejecutar la sentencia, cuando de repente don Álvaro alzó la voz, la cabeza y una mirada de espanto.

—¿Qué es ese garfio?

El verdugo, cansado de interrupciones y deseando terminar con la faena, le recordó la última parte de su sentencia condenatoria.

—Es para clavar vuestra cabeza una vez degollado.

Serenamente, se desabrochó el jubón, se arregló la desaliñada ropa como mejor pudo y se tendió en el estrado. Su usual despotismo afloró cuajado de orgullo al contestar como si aquello no le importase lo más mínimo.

—Después de degollado hagan de mi cuerpo y mi cabeza lo que quieran.

Su última palabra se ahogó en sangre, porque el impaciente verdugo no pudo esperar más. El reo temblaba aún, sacudido por el fluir de los últimos latidos del corazón, cuando su matador soltó el cuchillo, se armó con un hacha y le cortó la cabeza de un tajo.

Fue el alguacil mayor del rey el que la clavó en el garfio y la alzó lo suficiente como para que todos los presentes se deleitasen con ella. Todos vitorearon al ver por fin el despojo calvo y desdentado del que un día fue el hombre más poderoso de Castilla. La cabeza de don Álvaro de Luna estuvo expuesta durante tres días con una bandeja a su lado para que el que quisiese dejase una moneda para su entierro. Para más deshonra, pasado el plazo, lo llevaron a sepultar a la iglesia de San Andrés, donde se enterraba a los malhechores.

Más tarde, yo mismo me comprometí con su viuda a trasladarlo al convento de San Francisco de Guadalajara hasta que estuviese terminada la capilla que ellos habían encargado construir en la catedral de Toledo para enterrarle. Así terminó la vida del hombre que durante más de treinta años sirvió de sombra consejera a nuestro rey.

El vaticinio de aquella gitana que un día le predijo su muerte en cadalso se había cumplido, a pesar de que, por prevención, nunca durmiera en su palacio de Cadalso. Y es que era otro el cadalso que le tenía guardado el destino.

XXIX

Gran locura
es que piense la criatura
ser nasçida
para siempre en esta vida
de amargura.

MARQUÉS DE SANTILLANA
Proverbios, «De senectud o vejez»

En el *Doctrinal de los privados* derramé mis conclusiones por escrito. Justifiqué al rey, dando rienda suelta a las más viles pasiones y liberando el odio que durante tanto tiempo había sentido atenazado. Denigré sin misericordia a quien ya no se podía defender, sin darle un segundo pensamiento. Podría haberme arrepentido después por la crueldad, pero no lo hice, ni siquiera un leve cargo de conciencia me agobió. El hombre más poderoso del reino había muerto por orden de su máximo protector. Su habitual pena de destierro se había tornado de muerte y esta vez ni siquiera se había constituido un jurado que discutiese su culpabilidad, como en anteriores ocasiones, y es que vivíamos en un mundo donde la máxima pena, una vez decidida por el rey, no tiene defensa posible.

Pasado un tiempo, supe que yo no había sido el único que arremetió contra el valido, armándome de pluma y palabras para ello. Mi consuegro el conde de Haro, sin saber de mi quehacer, también se sintió compelido a olvidar su ancestral rencor en una obra llamada *Generaciones y semblanzas* que, a los pocos días de terminarla, me envió para que le diese mi opinión.

Catalina, según leía mi manuscrito, iba frunciendo el ceño. Yo sabía que en su clemencia infinita no había lugar para semejante escarnio, pero nunca pensé que me lo haría saber tan claramente. Sin duda, habíamos llegado a esa edad en la que la lengua se suelta para pronunciar cualquier reproche.

Nada más pasar la última página del *Doctrinal*, lo tiró sobre la mesa con desprecio.

—¿Es que no fue suficiente con ajusticiarlo que ahora lo denostáis? —Tragó saliva intentando tranquilizarse—. Quiero pensar, mi amado esposo, que esta obra vuestra es un foso profundo en el que habéis encerrado para siempre el odio que os tenía carcomidas las entrañas.

Lo pensé detenidamente. Escribir, en muchas ocasiones, me había ayudado a arrinconar sufrimientos, pero otras…, las más, me habían repatriado a lejanos e irrepetibles lugares. ¡Cómo si no podría haber otorgado a mis musas efímeras, serranas y pastoras el honor debido!

Eran dos ejemplos, pero la verdad era que ni yo mismo sabía en qué saco meter mis recientes escritos ¿Mi saña para con el valido había surgido para que nunca nadie olvidase a semejante bellaco o simplemente para dar por finiquitado su recuerdo?

Mi señora contestó a mis pensamientos.

—Íñigo, solo el respeto y la convicción de que este doctrinal es un mero instrumento para liberar vuestra alma del rencor me impiden quemarlo. Ahora que ya está escrito y os habéis resarcido, es hora de que cumpláis con vuestra palabra.

Mi desconcierto debió de ser claro. De nuevo, no hizo falta que pronunciase palabra para que se explicara.

—¿Recordáis vuestra última entrevista con don Álvaro? Le prometisteis velar por su familia. Sé que la guardia del rey no solo ya se ha hecho con el castillo de Escalona, sino que también le han embargado todos sus bienes. ¿De qué va a vivir su viuda a partir de ahora? Quizá vos pudierais hablar con el monarca para que al menos la deje conservar alguna heredad que la mantenga. Juana de Pimentel os lo agradecerá.

Mi desconcierto se transformó en sorpresa.

—Catalina, ¿acaso sabéis de ella más de lo que supongo?

—Aproveché vuestros días de enclaustramiento en esta biblioteca —asintió— para mandarle un billete con nuestro pésame. Porque ¿qué culpa tiene ella de los despropósitos de su marido? ¿Habéis pensado que quizá en más de una ocasión le imploró justicia para los nuestros? —Por un segundo dejó la pregunta en el aire—. Sí, Íñigo, sé que al menos en una ocasión, cuando nuestro primo Fernán estaba preso, le pidió a su marido su libertad, pero ni siquiera la escuchó. ¿Es justo que la mujer que lo sufrió en vida ahora lo tenga que seguir sufriendo después de muerto?

Solo me vino a la cabeza una idea.

—No lo sé, pero bien que disfrutó de sus riquezas. Lo que si sé es que vos no deberíais andar escribiendo a mis espaldas.

Bajó la voz y me hizo una carantoña para eludir la reprimenda.

—Juana de Pimentel se conformaría con muy poco. Las villas de Adradas y Arenas, Santisteban, Aillón, Riaza, Maderuelo y Fresno del Torote serán suficientes para vivir con honestidad ella y su familia. ¿Qué es eso? Apenas una décima parte de lo que don Álvaro poseía hasta ayer.

Cansado de sus súplicas, cedí.

—De acuerdo, haré lo posible para que doña Juana conserve esas villas, pero, si os he de ser sincero, me parecen demasiadas. Claro que... en la virtud de pedir, está la de no dar.

Catalina me abrazó henchida de gozo y de nuevo me sorprendió.

—Haced lo posible para que todas entren en el saco, porque en cuanto nuestro nieto Íñigo se case con la hija de doña Juana y don Álvaro, por dote, parte de ellas pasarán a nuestras manos.

Sacudí la cabeza como si mis oídos me hubiesen traicionado.

—¿Qué habéis dicho?

De nuevo se mostró sumisa.

—Que he concertado con Juana de Pimentel ese matrimonio. Sé que no tenía vuestro permiso, pero también lo hice con nuestros hijos y no resultó tan mal. Pensadlo bien, nuestro nieto Íñigo, el heredero de la casa después de nuestro hijo Diego, al casarse con María de Luna, unirá las fortunas de las dos familias para siempre. — Su mirada, extraño en ella, se veló de avaricia—. Si todo va como os pido, María traerá consigo la posesión de más de ochocientos lugares y la servidumbre de noventa mil vasallos y en su descendencia se fundirá la sangre de los Luna y los Mendoza, haciendo a nuestros bisnietos los señores más poderosos de Castilla.

Visto así, tenía razón. La simple ilusión de ver prolongada la grandeza de nuestro linaje más allá de nuestras vidas me arrancó una sonrisa. Pensé en alto:

—Es curiosa la vida que con su devenir convierte a dos eternos rivales en carne de una misma carne.

Fue mi manera de darle mi beneplácito. Ella me cubrió de besos antes de salir precipitadamente a comunicárselo al resto de la familia.

Con el tiempo, el rey consintió en no desatender a la viuda de don Álvaro y le dejó, a excepción de Escalona y poco más, casi íntegro el patrimonio que un día heredaría la mujer de mi nieto.

A partir de entonces, en el semblante real se dibujó la angustia de haber firmado la sentencia de muerte de don Álvaro. Algunos días su melancolía, incluso, le hacía ver al fantasma del condestable en la penumbra de la noche causándole un tormento cada vez más grande.

Era tan magna su obsesión que ni siquiera el nacimiento del infante don Alfonso le hizo recuperar su ya debilitada salud. La ilusión de ver cumplido su eterno sueño de descendencia con sus hijos el príncipe Enrique, la pequeña Isabel y el ahora recién nacido Alfonso no le sirvieron para mejorar.

Ni siquiera la reciente anulación del papa Nicolás V, deshaciendo el matrimonio del príncipe con la infértil Blanca de Navarra, le consolaron, porque, en realidad, ya nada le importaba, ni siquiera quién reemplazaría a su nuera. La elegida fue la princesa Juana de Portugal, una joven bella y libertina, sobrina de la reina, que con el tiempo nos daría más de un quebradero de cabeza.

Pensaba en ello cuando llegaron a mí desde las callejas las voces de Fernando Martínez. El pregonero de la ciudad se desgañitaba haciendo públicas las últimas disposiciones que acordamos. Los que por allí pululaban se detenían frente a él.

—Por orden del Concejo de esta villa, se prohíbe desde hoy mismo a cualquier persona traer armas ofensivas so pena de perderlas por confiscación. Si alguien las poseyere siendo escudero o criado, esta excusa no le librará de tres días de cadena. Si, en cambio, fuere otro hombre de cualquier calidad será penado con veinte días de presidio.

Al asomarme, observé entretenido cómo muchos de los que escuchaban en las plazas de San Gil y San Andrés se echaron la mano al cinto para esconder disimuladamente las que portaban. Particularmente, con los tiempos que corrían, yo no era partidario de dejar indefensos a los hombres, pero la violencia cada vez más virulenta en las calles nos obligó a ello. La grave voz del pregonero, después de dar un trago de vino a un odre que llevaba colgado del cuello, se aclaró.

—Así pues, se prohíbe a todo el que ande por la calle después de la campanada de queda que lo haga sin una luz que lo alumbre. Y al que no cumpla, se le castigará con las mismas penas antes citadas.

La vendedora de candelas sonrió y con razón, porque ya veía un negocio próspero e inmediato en el cumplimiento de la orden, porque anochecía. No se equivocó, ya que hubo muchos de los allí presentes que, rascándose las bolsas, acudieron a su tenderete en busca de luz con que iluminarse.

Sentí cómo la mano de Catalina se posaba en mi hombro. Nada más darme la vuelta, supe que algo malo ocurría.

—¿Qué es, Catalina? ¿A qué se debe ese tizne de amargura, si hace tan solo un momento, al ver claro el matrimonio de nuestro nieto, sonreíais? ¿Acaso no hallasteis a nadie de la familia para compartir la dicha?

Preocupada, me miró a los ojos.

—El rey se muere, Íñigo, y nuestra villa ha de saberlo.

—Ahora no hay duda de que el condestable lo arrastra a la tumba.

La tomé de la cintura y la metí en casa. Cerré luego los postigos y me dispuse a salir, aprovechando la expectación que el pregonero había levantado. Me acerqué a él y le susurré al oído la funesta noticia. Cuando me vieron, muchos de los que mascullaban quejas, al conocer el nuevo mandato de la villa, callaron expectantes. Fernando Martínez se concentró un segundo y luego gritó de nuevo:

—¡El rey se muere! ¡Estáis todos convocados para formar parte de una procesión en honor a su mejoría! Será mañana, después del sermón que fray Bartolomé le dedicará! ¡Saldrá de la iglesia de Santiago y se dirigirá a la de Santa María de la Fuente, donde terminará! Como es costumbre, las calles de su tránsito han de estar barridas y los asistentes deberán acudir portando dos candelas en las manos.

Una voz se alzó entre la multitud, mientras la vieja vendedora se frotaba las manos de nuevo.

—¡Con tanta luminaria apenas tendremos para leña en casa! ¿Nos obliga entonces el Concejo a comer crudo y pasar frío?

¿Cómo podía mentar el frío aquel hombre si estábamos a 21 de julio y el calor no daba tregua ni entrada la noche? De todas maneras, algo de razón tenía, porque las velas eran demasiado costosas para muchos. Sin darle un segundo pensamiento, me ofrecí.

—¡El que quiera salir en procesión y no tenga, que venga a primera hora de la mañana a mi casa para recoger sus velas!

Apenas salió la luna de entre los tejados de las casas, las calles quedaron desiertas y, por primera vez en muchos meses, no se oyó trifulca alguna.

Al amanecer, me disponía a repartir lo prometido, cuando otro emisario real irrumpió en la ciudad. El rey había muerto a los cincuenta años de edad, la víspera de la Magdalena. Al momento de saberlo, Catalina colgó el tapiz negro que usábamos en épocas de luto en el torreón más alto de la casa. Las campanas de toda la villa comenzaron a tañer a difunto y los rezos por la salud del rey se tornaron responsos.

Terminada la procesión, me dispuse a partir para los entierros y posteriores coronaciones en Valladolid. Salí acompañado por mis hijos, que estaban allí, y por mi sobrino Garcilaso de la Vega, el hijo de mi hermano Gonzalo, que desde hacía poco se había convertido en un gran observador de mis quehaceres literarios. Junto a ellos venían otros hombres buenos de Guadalajara que quisieron unirse a nuestro pésame. El calor era insoportable, pero ni los campos pajizos ni los secos arroyos nos impidieron llegar a tiempo.

Durante el silencioso tránsito, como si de un oasis imaginario se tratase, vi la figura del condestable junto a la del rey perfilada en la reverberación del horizonte, y los imaginé de nuevo juntos, allá donde estuviesen. Lo cierto era que don Juan de Castilla apenas había sobrevivido un año a su inseparable don Álvaro de Luna, quizá por verse el monarca incapaz de vivir sin su presencia después de casi treinta años juntos.

Aproveché el indulto que se otorga en las muertes y las coronaciones de los reyes para pedir al futuro rey Enrique el perdón de mi primo el conde de Alba que aún, y a pesar de todo, permanecía injustamente preso.

Llegamos justo a tiempo para el entierro. El cadáver de don Juan lucía demacrado. Descansaría en el monasterio de San Pablo de Valladolid hasta que fuese trasladado a la cartuja de Miraflores.

Velándole durante las últimas horas de su *in sepultura*, le observé detenidamente y le recordé. La única presencia de su juventud era un solo mechón de aquellos cabellos rojo avellana de antaño que asomaba entre un campo de canas. A sus pies estaba la celada que tantas veces le había protegido la cabeza. Sus párpados cerrados ocultaban aquellos expresivos ojos verde azulado y su fina nariz, siempre un poco levantada, que ahora se mostraba baja y afilada. Tumbado sobre el catafalco, las llamas de los mil cirios allí encendidos se reflejaban en el brillo de su armadura y le rodeaban de un aura de paz.

Sus hijos, el príncipe Enrique, la infanta Isabel y el pequeño Alfonso, le velaban junto a la reina. Después de enterrado el rey, la mayoría de los caballeros allí presentes acompañamos a don Enrique a Segovia, donde sería coronado, para rendirle nuestra pleitesía. Al hacerlo, me confirmó en todas mis mercedes y me nombró miembro de su real Consejo. Allí mismo, mi hijo Pedro González de Mendoza, recibidas las bulas del Vaticano, con solo veintiséis años, se consagró cardenal.

Fueron días felices porque el rey Enrique quiso comenzar su reinado limando las mil asperezas que en tiempos de su padre había soportado Castilla y retomando su amistad con el rey de Francia y sus tíos, los reyes de Navarra y Aragón. Estos, animados por la paz, devolvieron todas las tierras castellanas que tenían, a excepción de Atienza, que era de la reina de Navarra. Lo mejor de todo fue que por fin mi primo Fernán, el conde de Alba, fue liberado junto al conde de Treviño. Don Enrique, además, quiso engrandecer a mis hijos mayores y nombró a Diego conde de Saldaña y a Íñigo, su embajador en el Vaticano ante el papa Nicolás V.

Recibidas y aceptadas las mercedes, de Segovia le

seguimos a Cuéllar, donde nos hizo partícipe de su siguiente decisión. Como en tiempos de don Álvaro y al haber conseguido la paz con todos los reinos cristianos, quería reiniciar la Reconquista en Andalucía, pero, a diferencia del tirano, no lo haría si los demás no estábamos de acuerdo.

De nuevo, fui el encargado de pronunciar el discurso, en nombre del pueblo, el clero y la nobleza, sobre nuestro parecer; y lo tuve que redactar en una sola noche. Este fue:

Bien nos parece, sin duda, serenísimo señor, lo excelente de vuestro real corazón cuando así ha querido guiaros en los ejercicios de bondad. Porque de las cosas deliberadas ningún arrepentimiento se atiende. Porque en la guerra es donde se aventura la vida, se pone la honra y se juega con el peligro y no quiera la razón que por liviandad sea.

Pues así, señor, que comience la ofensiva sin pereza para así alcanzar la victoria, destruyendo a los enemigos. Pero antes he de deciros que tres cosas son necesarias:

La primera, la franca liberalidad para ganar la honra y fama con que las gentes obedecen y se animan a servir.

La segunda, que os sirváis de prudentes capitanes y diligentes caudillos que sepan gobernar las batallas sin errar y con astucia. Estos han de ser sufridos de miedo, animosos, valientes, esforzados e incapaces de huir antes de vencer; han de atreverse más con la fuerza de sus manos que con la ligereza de sus pies.

Tercera, que con mucha dulzura y benignidad se trate a las gentes que acuden a servir, pues ellos sufrirán sus trabajos y se requiere reconocerlos. Muy es-

clarecido Rey, con la humildad que debo, protesto sea dicho.

Don Enrique me contestó con este otro discurso:

Marqués, bien parece que vuestras palabras sustanciosas y discretas convienen para la lengua de tan buen caballero. Sois tan gracioso en el hablar como esforzado en las armas. Agradezco vuestro consejo y lo apruebo por muy bueno. Así, os convoco a todos en Córdoba de aquí a un año para continuar en nuestra cruzada contra el infiel.

Y así quedó cerrado nuestro acuerdo para seguir al rey en la Reconquista.

De regreso a casa, una tarde, cruzando la sierra, decidí parar a cazar junto a mi hijo Pedro Lasso de la Vega. Nos apostamos aquella tarde en un risco contra el viento, esperamos pacientemente a que una buena pieza se acercase al cebadero, mientras hablábamos sobre unas y otras cosas entre susurros. Callamos al unísono en cuanto oímos el crujir de unas ramas y el chasquido de las hojarascas en el desfiladero. La pieza debía de ser grande por la velocidad a la que se acercaba. Estaría a unas tres lanzas de distancia, cuando Pedro me hizo un ademán para cederme el primer tiro.

Saqué la flecha del carcaj, tensé el arco y esperé a que la cabeza del corzo asomase en el camino.

En esos breves pero intensos momentos de expectación, a pesar de mi incipiente sordera, casi podía oír los latidos de mi corazón y es que la costumbre de toda una vida de caza, en vez de atenazar ese sentir, lo apresuraba. En cuestión de un segundo disparé y apenas tuve tiempo de oír silbar el venablo de Pedro tras el mío. Fue tan rápido que ni siquiera pude percibir si le había dado antes de que desapareciese entre los matorrales. Convencido de lo contrario, me quejé:

—¡Qué rabia!

Pedro, sin contestarme, subió precipitadamente a una de las mulas que nos habían llevado hasta allí y la espoleó.

—¿También os falla la vista, padre? ¿Es que no habéis visto que atinasteis de lleno? ¡Ahora mismo os lo traigo!

Sonreí porque no era la primera vez que uno de mis hijos corría tras la presa, le daba caza y me la traía fingiendo haberla hallado muerta a muy poca distancia, mi flecha solía estar incrustada en algún lugar mortal y la de ellos apenas había provocado un rasguño. Como si yo no me enterase de la farsa, demostraba mi alegría. Todas tenían dos heridas y sabido es por la ley ancestral del cazador que el que hace sangre primero es el dueño de la presa.

Aquella vez le esperé durante al menos una hora. Le llamé desesperadamente y, al no contestarme, di la voz de alarma. La última vez que lo había divisado estaba en lo alto del escarpado escalando con la mula como si fuese una cabra. Le advertí del peligro, pero el viento en contra impidió que mis gritos llegasen a sus oídos. Después de aquello, nada.

Al anochecer, me lo trajeron los escuderos tumbado en una carreta. Detrás, arrastraban el cadáver de la mula muerta. Al verlo, pensé que habría perdido el sentido pero, nada más abalanzarme sobre él para abrazarlo, noté el gélido aliento de la muerte. Se había partido el cuello al despeñarse.

Aquel fue otro de los momentos de mi vida en que, esas lágrimas que siempre mantuve ahogadas, a punto estuvieron de desbordarse de mis ojos. El corazón casi se me paró y el aire dejó de llenarme el pecho.

¡Intentando hacerme feliz, se había jugado la vida! ¡Qué absurdo! ¡Qué injusticia! ¡Qué impotencia! Me abracé a él y lo apreté contra mi pecho; quería desesperadamente regalarle mi vida, pero me olvidaba de que de esta solo dispone Dios. Excepto porque no veníamos de una guerra, por primera vez faltaba al juramento que tantas veces hice a Catalina de regresar de las contiendas con todos nuestros hijos sanos y salvos.

XXX

1456

LA MUERTE DE UNA MUSA

Succesora de Lucina,
mi prisión e libertad,
langor mío e sanidad,
mi dolençia e mediçina;

pensad que muriendo vivo
e viviendo muero y peno,
de la vida soy ageno,
e de muerte non esquivo.

MARQUÉS DE SANTILLANA
Decir lírico, 4

Llegado el momento de nuestra cita con el rey en Córdoba, Catalina nos despidió cansina; ya ni siquiera se molestó en desearnos un feliz regreso porque la muerte de nuestro hijo Pedro Lasso le había robado la ilusión, descolorido el rubor de sus mejillas y secado el brillo de sus ojos. Solo supo suplir su falta con un cariño desbordante hacia las dos nietas que nos quedaban de él. El consuelo de saberse lo suficientemente vieja como para soñar con su eterno y próximo reencuentro, sin el temor a perderlo de nuevo, la alentaba. Sabía que estaba enferma pero me lo ocultaba.

En aquel adiós, un extraño impulso me hizo besarla con el ímpetu de un adolescente y, probablemente, no la hubiese soltado tan pronto de entre mis brazos si no fuese porque las pequeñas Catalina y Mariana se interpusieron entre los dos y se agarraron a sus sayos.

Dios sabe que aquella vez partía sin ganas, porque, antes de ir a Córdoba, había quedado con el duque de Medinaceli para desviarnos a Badajoz a recoger a doña Juana de Portugal y llevarla a Córdoba a casarse con don Enrique. Después de haber hecho lo mismo con Blanca de Navarra, la primera mujer del rey Enrique, y antes con su prima Leonor cuando la llevé a Portugal para desposarse, era la tercera vez que escoltaba a una futura reina hacia su altar nupcial. Como en otras ocasiones, me acompañaron Diego, Íñigo y Garcilaso.

El primero farfullaba entre dientes, porque aún no había aceptado de buen grado la nulidad del primer matrimonio del rey Enrique. En el primer alto del camino, incapaz de guardar por más tiempo su enojo, aprovechó el momento en que hacíamos aguas contra el tronco de una encina para hacérmelo saber.

—Padre, vos que custodiasteis a doña Blanca de Navarra para venir a casarse con el rey, entonces príncipe, ¿no os sentís mal al repetir la empresa, sabiendo que el culpable de la impotencia es solo don Enrique?

Le miré de reojo y no le contesté. Él insistió.

—No soy el único que está en contra de este matrimonio; preguntad a mi cuñado, el marido de Mencía. El conde de Haro, su padre, tampoco está de acuerdo. Ya son muchos los que se acercan a Arévalo a tentar a la reina viuda con destronar a don Enrique para coronar al pequeño Alfonso en su lugar. La reina Isabel, como es natural, los apoya en secreto, porque sueña con ver a un hijo suyo coronado y el que su sobrina Juana venga a casarse ahora con su hijastro no parece importarle demasiado. ¿Sabéis por qué?

Le contesté sarcásticamente entre dientes.

—Porque todos sois nigromantes y sabéis que no engendrará.

Diego asintió convencido de aquella probable estupidez y, sin meditarlo un segundo, se sacudió las últimas gotas del miembro para mostrármelo antes de guardárselo.

—Miradlo, padre. Este es como el de todos, más o menos. El rey, en cambio, lo tiene dolorido y tan retorcido que es incapaz de atinar en la flor de las mujeres. Estoy prácticamente seguro de que no concebirá y si no, tiempo al tiempo. —Se calló un momento para alzarse el calzón y luego continuó—: Aunque no lo creáis, dicen que el suyo, al alzarse, lo hace curvándose hacia arriba y, después, por mucho que lo intente, no consigue relajarlo. Así, no me extraña que la esconda incluso en la intimidad de sus aposentos.

No le contesté, para qué si ya sabía de ello desde hacía años por uno de sus despechados donceles. Ante mi desinterés, Diego se fue calentando como un madero incandescente. Cada vez alzaba más la voz y temí que alguien nos escuchase.

—Y a pesar de todo, ¡nos vamos a Baena a recibir a la infanta portuguesa justo antes de la contienda! Yo no participaré en ello, porque, ¿sabéis lo que alegó el arzobispo Fonseca para obtener la nulidad?

Le contesté despreocupado.

—No es algo que me importe demasiado, pero si estáis interesado, preguntádselo a vuestro hermano Íñigo, que fue el encargado de llevar las pruebas al papa. Además, qué más os da; con vuestra actitud, no me ayudaréis en absoluto. ¡El matrimonio de don Enrique se anuló porque doña Blanca no podía engendrar y no hay más que hablar!

—Sed justo y correcto, padre —me refutó—. ¡Ni que fuese la Virgen! ¿Cómo iba a engendrar siendo doncella sin desflorar? El verdadero motivo de nulidad fue que el rey era incapaz de transformar a aquella virgen en madre. Pero, como siempre, es más fácil echar la culpa de las desgracias a la parte más indefensa. Además, ¿habéis pensado en el rey de Navarra? Poneos en su lugar. ¿Cómo os sentiríais vos si, después de años de casada, nos devolviesen a una de mis hermanas acusada de tal necedad? Convenceos, porque si algo es cierto, es que este repudio aún atizará más los odios que existen entre tío y sobrino.

Por primera vez tuve que imponerme.

—Diego, escuchad a vuestro padre y actuad como él. ¡Aprended de mi ejemplo! Nunca olvidéis que todo lo que tenéis ha sido gracias a mí y a mis sacrificios, porque servir a un rey no siempre es agradable. Vuestra abuela doña Leonor siempre lo dijo: actuar impulsivamente nunca conduce a nada. Esperad y observad antes de decidir. Así, meditando con paciencia, las probabilidades de equivocaros no serán tantas.

Se enfadó y, de nuevo, me replicó.

—Recordad lo que dice nuestro amigo Gonzalo de Guzmán. —Le ignoré, pero él se encargó de recordármelo—. Dice que solo hay tres cosas deleznables que nunca se agacharía a recoger de la calle. ¿Recordáis cuáles son? —No me dio tiempo a contestarle—. El órgano viril de don Enrique, la pronunciación lenta y pesada de Pacheco, su valido, y la gravedad del arzobispo Fonseca.

En las tres tenía razón, pero yo nunca lo reconocería. Por no enconar más las cosas, monté en el caballo y galopé separándome de él. Creo que aquella fue la mayor discusión que tuvimos entre los dos en nuestra vida y no me arrepiento, porque, si algo saqué en limpio de ella, fue reconocer su capacidad para defender a ultranza lo que encontraba justo. Me sentí orgulloso de él; ya era un hombre con criterio propio, aunque esa vez no coincidiese con el mío.

Nada más verla, las tres cualidades que más me impresionaron de la futura reina de Castilla fueron su juventud, su belleza y su libertinaje. Era tan desvergonzada o más que las damas que con ella traía. Claro ejemplo de ello fue doña Mencía de Lemos, que con el tiempo, incluso acabó seduciendo a mi hijo Pedro Hurtado de Mendoza, haciéndole olvidar su voto de castidad.

Don Enrique y doña Juana se casaron en los alcázares de Córdoba el mismo día de mayo en que se conocieron y, al poco tiempo, todos los que estábamos allí partimos dispuestos a proseguir con la Reconquista.

Acostumbrados a grandes contiendas, nuestro arrojo se fue desinflando, como la gaita de un gaitero, al comprobar que don Enrique solo buscaba atacar pequeñas poblaciones sin llegar a tomar una sola plaza fuerte digna de elogio. De entre todos sus objetivos, solo el sitio de Málaga pudo haber sido interesante, sino fuese porque, cuando estábamos dispuestos, el rey decidió dar licencia a todas las milicias concejiles y retirarse hasta el año siguiente. ¡¿Qué pasaba con la hombría del rey?! ¿Otro año de espera?

En todas las villas que recorrimos entre Córdoba y Sevilla, el comentario era el mismo: don Enrique solo era un cobarde que intentaba disfrazar su falta de valentía con pequeños enfrentamientos. Poco a poco, empezó a tener más detractores de los deseados y Pacheco, como antes lo había hecho don Álvaro de Luna con el rey don Juan, hacía oídos sordos a las lamentaciones de los más poderosos. La mofa para con don Enrique había salpicado desde los salones de la nobleza al pueblo. La divulgación de su vergüenza se expandió como la pólvora en unas satíricas coplas que compuso un tal Mingo Revulgo para que los trovadores las cantasen en todas las plazuelas que pisaban. A esas alturas, la única manera que don Enrique tendría de acallar las lenguas mordaces sería engendrando un hijo.

Ya en Sevilla, «Hermosa Híspalis, sola por façaña, corona de Bética excelente», cansado de tanta apatía, decidí separarme de la comitiva y regresar a casa. Las recientes noticias que había recibido sobre el empeoramiento de la salud de Catalina y el cansancio que a esas alturas del viaje venía soportando fueron las excusas que aduje cuando solicité a Pacheco mi retiro. El valido no se mostró del todo convencido.

—Si algo da la edad es el beneficio de una excusa justificada.

Su pronunciación siempre lenta y pastosa me incomodó.

—Y el de decir todo lo que a uno se le pasa por la cabeza, porque, a pesar de mis cincuenta y ocho años, he seguido a mi rey hasta aquí y aquí estaré dentro de un año, cuando preciséis de mis huestes para continuar con la Reconquista. Las juergas y algarazas os las dejo a los más jóvenes.

Pacheco, con aire de autosuficiencia y dos mazapanes invisibles en su boca, me despachó sonriendo.

—No espero menos de vos y de vuestro hijo Diego.

De una manera sutil, me advertía sobre la conducta de mi primogénito y me hacía responsable de ella. Al pronunciar aquellas palabras, me recordó al difunto don Álvaro de Luna y, como tantas veces había hecho en el pasado, preferí no contestarle. Pero ¿hasta dónde llegaba su información?

En mi errante camino, no quise dejar de acercarme al monasterio de Guadalupe para visitar a su Virgen. Lo primero que haría sería rezarle para que Catalina mejorase. Como oración le recité unos versos que me vinieron a la cabeza al divisar sus cúpulas.

> *Celestial lumbre lumbrosa;*
> *nuevo sol en Guadalupe,*
> *perdona, si más non supe,*
> *mi lengua defectuosa.*
> *Ninguna fue tan verbosa*
> *de los nuestros preceptores,*
> *santos e sabios doctores,*
> *qu'en loar los tus loores*
> *non terreçiessen errores,*
> *fuesse rimo, fuesse prosa.*[8]

Antes de levantarme, le pasé mi divisa «Dios e Vos» por su manto para que me ayudase a afrontar con fuerza y dignidad mis últimos tiempos en esta vida.

Aquella noche, a mi celda acudieron grandes y sabios amigos que, al saber de mi llegada, no dudaron en dejar reposar sus traducciones, miniaturas y copias para venir a charlar conmigo. Entre ellos estaban Alonso de Zamora, Antón de Zorita, Pedro Díaz de Toledo y nuestro paisano Diego García de Guadalajara. Ellos siempre me daban qué pensar. En aquella ocasión, no hablaron de otra cosa más que de un invento de un alemán llamado Johannes

---

[8] *Coplas a Nuestra Señora de Guadalupe.*

Gutenberg que podía, mediante planchas, copiar muchos libros en muy poco tiempo. «¿Os lo imagináis?». Los monjes copistas lo tildaban de traza demoníaca y se mostraron incrédulos, pero lo cierto era que, si aquello era verdad, su trabajo en muy poco tiempo se vería desplazado.

Maléfico o no el ensayo, últimamente estaba tan obsesionado en copiar una y mil veces mis escritos y esparcir sus copias como semillas en el aire para hacerlos eternos que la posibilidad de verlos multiplicados a una velocidad vertiginosa me obligó a buscar a cualquier precio uno de esos ejemplares. Al poco tiempo, en la feria de Medina del Campo encontré un ejemplar de su Biblia que compré a un alto precio. Estudiando su impresión detenidamente, llegué a la conclusión de que, a pesar de no tener tanto arte en su estructura, sería un arma definitiva para los ávidos de conocimiento.

Al saber esto, decidí hacer inventario de los cien ejemplares que durante toda una vida había conseguido reunir en mi biblioteca, incluidos los veinte que por aquel entonces tenía mi hijo el cardenal en depósito para traducir del latín, del francés o del toscano. Una vez juntos todos, conservé los mejores y vendí en pública subasta el resto, porque, después del invento del alemán, más valdría lo poco y bueno que lo mucho y malo.

Mis versos ya no tendrían que depender de las réplicas que con mucha lentitud elaboraban los copistas. Tenía otra nueva forma de que se conservaran a través de los tiempos. ¡Nunca más en la vida, pensé, se repetiría el desastre de la biblioteca de Alejandría!

Al llegar a casa, deseando compartir mi alegría con Catalina, la busqué, pero no estaba. Era la primera vez en toda mi vida que no me esperaba en el zaguán y eso me hizo sospechar lo peor. A mi alrededor, además de los hombres que habían llegado conmigo, no había nadie más. Era como si un manto de lúgubre soledad y silencio lo hubiese cubierto todo. Un escalofrió me sesgó la espalda como el filo invisible de una espada de hielo.

Al alzar la vista y ver a mi pequeña Mencía asomada a la baranda, supe que mis temores eran ciertos, porque así lo reflejaban su rostro y presencia. ¿Qué había traído a mi hija de Burgos? Grave tenía que ser para obligarla a dejar a su familia. A pesar de la edad, las ansias de abrazarla alivianaron mis pies y me empujaron a subir de dos en dos los peldaños. Ella me esperaba al borde del último.

—Respirad, padre, y recuperad el resuello antes de entrar, porque si algo ha repetido ha sido que no se iría sin despediros.

A pesar de mis jadeos, la esquivé y reinicié la carrera hacia mis aposentos.

—¡De saberlo, no me hubiese detenido en Guadalupe! ¿Por qué no me mandasteis aviso?

—Lo hice, pero os debisteis de cruzar en el camino con el mensajero —se defendió Mencía—. De todas maneras, desde ayer las cuartanas parecen haberle dado una tregua. Dice el físico que, de seguir así, no llegará al día de la Natividad del Señor.

Al abrir la puerta, el acelerado transcurrir del tiempo se paralizó. La tenue luz de diciembre se filtraba por el alabastro de su diminuta ventana concentrando un haz de luz sobre su cara que, aun sudorosa, rezumaba paz.

Catalina, al sentir el caminar de mis espuelas sobre la piedra, entornó cansinamente los párpados, me miró y sonrió. Luego, los cerró de nuevo. Apenas tuvo fuerzas para estirar el brazo en busca de mi bienvenida.

De rodillas sobre un almohadón que había dispuesto a su lado, la besé, la tomé de la mano y no volví a separarme de ella hasta el día en que su alma decidió abandonarla. El vacío que su soledad me dejó solo se tamizó cuando pensé en lo feliz que estaría en el cielo junto a nuestro hijo Pedro Lasso. Ansié tanto acompañarla que, incluso, maldije a mi cabeza por no saber parar mi corazón. Mi musa principal desde los años de juventud había muerto y con ella una gran parte de mi creatividad. Ella fue mi aliento en tiempos difíciles, mi confidente, mi consejera y la madre de mis hijos, los mejores con que un hombre pudiese haber soñado. Varones íntegros, valientes, fuertes e impecables en sus principios. Mujeres dulces, doctas, inteligentes y virtuosas como su madre. La lloré a escondidas para no violar mi dictamen de hombría. Derramé a gusto todas aquellas lágrimas que desde tiempo inmemorial tenía embotadas y solo después de desahogarme de tanto dolor fui capaz de escribir las palabras que con su manar terminaron de baldear aquellos tristes sentimientos: «Un alma sola ni canta ni llora».

Al enterrarla en la capilla de San Francisco, se me cubrió de escarcha el corazón. Yo que había visto morir en los campos de batalla a cientos de hombres que hacía un segundo reían, sentí por primera vez la verdadera amenaza de nuestra frágil existencia.

XXXI

Lloren los hombres valientes
por tan valiente guerrero
e plagan los elocuentes,
e los varones prudentes
lloren por tal compañero.

GÓMEZ MANRIQUE
«Loa a la muerte de Santillana»

A la espera de que la Virgen escuchase mis súplicas, hice testamento. Si algo no quería a mi muerte era el desgrane de esa piña fraternal que todos mis hijos formaban, porque si algo me había enseñado la experiencia era que el oro cegaba, embotaba la sesera y estimulaba la avaricia matando el amor.

Solo en mis manos estaba el lograr que todos ellos quedasen satisfechos y, ante todo, que no tuviesen que revivir los enfrentamientos que yo padecí para heredar la fortuna de mis padres, luchando contra mis hermanastras Aldonza y Alfonsa.

Aquel año pasó lento para unas cosas y raudo para otras. La cruzada en Andalucía se hacía inminente. Aquella vez me costó más que nunca acudir al llamamiento. El arrojo era nulo, pero una promesa de caballero era ineludible y maldije el día en que juré al rey y a Pacheco mi regreso.

Consciente de que Catalina no vendría a abrazarme,

decidí allegarme a la iglesia de San Francisco para despedirme de ella antes de partir. De rodillas, las palabras brotaron angustiosas.

—¡Oh, suavísimo hijo don Pedro Lasso! ¡Oh, Catalina, mi señora! El dolor de vuestras muertes mata toda la gloria que un día obtuve. No hay consuelo posible que redima mi alma, salvo pensar que un día no muy lejano os veré de nuevo. Jugarme la vida en el campo de batalla me acerca a vos.

Una voz sonó a mi espalda. Era Mencía.

—Padre, ni mi esposo ni mi hermano Diego os acompañarán esta vez. Se niegan a luchar por un rey incapaz de perpetuar su estirpe.

La miré de reojo.

—¿Y dónde están que os mandan a vos de emisora?

Los excusó arrodillándose a mi lado.

—No es por cobardía, padre; ni siquiera saben que estoy aquí. Es solo que no quieren daros otro motivo de tristeza.

La acaricié capturando su tímida mirada.

—Os lo agradezco, Mencía, porque lo último que necesito es discutir con vuestro hermano otra vez sobre el mismo tema. Hemos jurado fidelidad al rey y cumpliremos con nuestro vasallaje.

—¡Es que no lo veis! —se desesperó—. Casi ha pasado un año de su boda y don Enrique sigue sin engendrar, a pesar de la juventud de su nueva mujer. ¿No sería mejor empezar a mirar como rey a su hermano Alfonso?

—No vamos a faltar a nuestra palabra —respondí tajante. Miré a los huecos que quedaban en el panteón para cambiar de tema—. ¿Quién creéis, hija, que será el siguiente?

No me contestó. Sabiendo que no me convencería,

salió de la iglesia arrastrando los escarpines, supongo que para transmitir mi terca decisión a sus mandatarios y convencerlos de su error. Lo debió de conseguir, porque me acompañaron a la contienda.

Al quedar solo de nuevo, imploré a la Virgen para que me permitiese ser el siguiente. No lo conseguí porque, antes y durante aquel funesto año, muchos fueron los jóvenes de nuestra familia que decidieron adelantarme.

El primero en caer en el campo de batalla fue mi yerno el duque de Medinaceli, que dejó viuda a mi hija y huérfanos a mis nietos.

A los pocos días tuve que consolar a mi hermano Gonzalo por la muerte de su hijo Garcilaso de la Vega que, con un arrojo parecido al de mi hijo Íñigo pero con menos suerte, cayó ensartado por una saeta en las cercanías de Guadix.

Por último, el día que enterrábamos a mi sobrino, supe del fallecimiento de mi querido amigo Juan de Mena y de su posterior enterramiento en la precariedad más absoluta. Mandé que se le hiciese un soberbio panteón en Torrelaguna, como se merecía el mejor hombre de letras que conocí.

A falta de un retrato que le recordase, le velé releyendo todos sus poemas, porque, sin otras riquezas, estos con el tiempo serían su perpetuo legado y así un pedazo importante de su alma quedaría por siempre adherido a la tierra.

Cuando don Enrique, al año siguiente, de nuevo, solicitó mis auxilios, con harto dolor de mi corazón, rehusé. Durante toda una vida había servido a Castilla poniendo mi vida en bandeja a sus necesidades, pero desde la muerte de Catalina, la salud, el arrojo y la fortaleza necesarias me habían abandonado. Al saberlo, Diego quiso suplir mi ausencia ocupando mi lugar en la toma de Gilena. Desde el debilitamiento de mi salud, ya nunca hablaba, al menos en mi presencia, de sus resquemores hacia don Enrique.

Cada mañana, al levantarme, mi cuerpo se hacía más pesado y difícil de gobernar. Al dormir, el suave roce del algodón de mi camisa me llagaba la piel como si fuese la más áspera gamuza.

Con el paso de los meses, sentí como si mi esqueleto, cuajado de fisuras, perdiese vitalidad a raudales. El cuerpo se me acardenalaba con solo acariciarme. Sentarme en el lecho era un sacrificio, tomar impulso para levantarme de él, una odisea, y mantenerme de pie sin el sostén de una muleta, un imposible.

La dependencia absoluta de un brazo amigo donde apoyarme para la más insignificante empresa me humillaba y es que, lo mas difícil de envejecer para mí fue aceptar las limitaciones a las que Dios sometió a mi cuerpo antes de disponer de mi alma.

Al final llegó el día en el que no hallé fuerzas ni motivos para seguir luchando. La fiebre me subió y el físico decidió relegarme para siempre a los límites de mi lecho. A la semana de mi postración, con gran regocijo, reconocí los pasos seguros de aquel que acudía a despedirme. Sin abrir los ojos le saludé.

—¿Qué será lo primero que haréis cuando me vaya? ¿Os habéis dado cuenta de que apenas nos quedan amigos de la edad?

Fernán Álvarez de Toledo me saludó como siempre lo había hecho, palmoteándome fuerte en el hombro izquierdo.

—¡Abrid los ojos, Íñigo, que aún no estáis para quejas!

Entorné los parpados y sonreí. La mera presencia del conde de Alba clarificó la luz de la estancia. Verle era como rebuscar en un baúl de recuerdos sin fondo. Nuestra infancia en Carrión de los Condes, la juventud en la corte aragonesa, los primeros amores, la común enemistad con don Álvaro… Vivencias todas mucho más vinculantes que unos simples lazos de sangre. Prosiguió jovial.

—¡Cómo vais a estar para quejas! ¡Para lamentos, yo, que he minado mi vida durante seis años pudriéndome en un calabozo!

Asentí entregado.

—¿De verdad creéis que si pudiese mantenerme en pie no lo estaría?

Se encogió de hombros y aceptó lo evidente.

—Solo he venido a que me revelaseis vuestro secreto, porque conociéndoos capaz sois de llevároslo a la tumba.

Sabía a lo que se refería

—No finjáis, Fernán. Reconoced que venís a ver a este viejo primo que se os va para siempre.

A pesar de mi debilidad, me pegó un pescozón como si aún fuéramos niños.

—Viejo, desde luego; pero por estas que, antes de dejarnos, me revelaréis quién es «Vos».

Se besó el pulgar sellando la intención. En ese momento pude percibir cómo todos disimularon, a pesar de tener los cinco sentidos centrados en nuestra conversación. Me hice el distraído

—¿«Vos», Fernán? ¿A qué os referís con «Vos»? Que yo sepa, vos es toda la humanidad en boca de su vecino.

Fernán, falto de paciencia, se enervó tanto que, a pesar de mi lamentable estado, consiguió arrancarme una carcajada.

—¡Qué «Vos» va a ser, sino el de vuestro lema! ¿O debería decir «la»? Aclaradme al menos si es hombre o mujer el amo de vuestra divisa.

Me puse el dedo sobre los labios.

—Solo mi capellán, Pero Díaz de Toledo, como mi confesor que es, lo sabe, y mi secreto con él está bien guardado.

Sonrió elucubrando.

—Si es secreto de confesión, solo se puede tratar de una dama.

Me encogí de hombros.

—De una o de una docena, qué importa. Todas, en algún momento de mi vida, han sido mis musas eternas, efímeras o vitales. Mi abuela doña Mencía de Cisneros, mi madre Leonor de la Vega; mis hijas, como vivos reflejos del recuerdo de Catalina. Podría ser cualquiera, pero… ¿De verdad creéis, Fernán, que deberíais ser vos el que desvelara esa incógnita?

Al mirar a su alrededor, por fin se hizo consciente de la discreta observancia de mis sucesores y dio por finalizado el pulso.

—No, Íñigo, ya sabéis que detesto a los metomentodo. Como bien supusisteis, mi interés solo era una excusa para veros.

Le susurré al oído la solución de la confidencia para que nadie más la escuchase. Al fin y al cabo, nunca había habido secretos entre nosotros y no era tiempo de romper aquella costumbre. Sonrió, me abrazó de nuevo y, con una mirada de complicidad, miró al capellán antes de salir.

Aquí os dejo la historia inconclusa de mis semblanzas a quien haya tenido a bien el encontrarla. Espero que sea mi niña Mencía la que las lea por primera vez. Tras este manuscrito, hallaréis cientos de páginas en blanco. En vos delego para que continuéis narrando las semblanzas y vidas de los nuestros.

En este día cercano a mi fin, lejos de considerarme poeta, guerrero o marqués, me siento un hombre afortunado y doy gracias a Dios por haberme dado tiempo para cincelar con honor el eslabón que el destino me asignó en la cadena de nuestro linaje. Confío en que este libro continúe escribiéndose con las argollas de cada uno de mis sucesores.

EPÍLOGO

Imaginé la cadena forjada por mil metales diferentes, según la calidad del dueño de cada vida. Su eslabón era del oro más puro. Alcé la vista cansada por toda una noche de lectura. Allí estaba concentrada la esencia escrita de mi padre.

Sus últimas palabras trazadas con anciano y tembloroso pulso me estremecieron por la responsabilidad con la que me cargaba.

Cerré los ojos para descansar la mirada antes de incorporarme.

Como la pequeña musa de aquel poeta, me dispuse a cambiar las tornas robando a la pluma de mi predecesor algunos recuerdos, palabras y sueños. Era el humilde homenaje de una hija a un padre excepcional. Era el mejor regalo que le podía hacer para que nunca cayese en el ostracismo. Era mi último beso.

Pasé con cuidado la mano por la primera página en blanco, afilé su pluma, la mojé en el tintero e, incapaz de crear literatura, me limité a narrar su culmen como cronista de su tiempo:

Al atardecer del 25 de marzo de 1458, el alma de Íñigo López de Mendoza, primer marqués de Santillana, conde del Real de Manzanares y señor de Hita y Buitrago, se alzó a los cielos. Era el día de la Encarnación del Verbo y contaba con casi sesenta años y una larga vida que recordar. Murió tan en paz que la única deuda para con la vida terrenal que le quedaba por saldar era la de desvelar la explicación de su divisa.

Todavía caliente su cuerpo, el capellán hizo público el significado de su lema leyendo las últimas palabras que el difunto escribió:

«"Dios e Vos" son las palabras de mi lema. Ellas están bordadas en los reposteros y estandartes de esta casa, pintadas en sus puertas y escudos y grabadas en mis libros. Por ellas se me reconocerá siempre. De la identidad de Dios, no hay duda, pero... ¿y Vos?». El capellán hizo un silencio para cargar de intriga nuestra curiosidad. «Vos no es otra que la Virgen María, porque fue la mujer principal que desde el día de mi nacimiento al de mi muerte dispuso en mi camino a varias hijas suyas. Ángeles de la guarda que, a la imagen de los que el maestro Jorge Inglés pintó en el retablo de Buitrago, velaron por mi existencia».

Lo comprendí de inmediato. ¿Cómo podíamos las mujeres de su vida habernos creído ser su Vos? Vanidad de vanidades. Su respuesta no podía ser otra porque, de haberlo sido, hubiese tejido un mar de celos entre sus queridas musas.

Cerré con cuidado el escrito cuando mi marido entró para apremiarme, porque todo estaba dispuesto para salir a enterrarle. ¡Cómo se había pasado el tiempo! Toda una vida en una noche. Me cogí de su brazo con la conciencia tranquila. En el patio, todo estaba dispuesto para salir en procesión hacia la iglesia de San Francisco. Había dejado de llover y el sol iluminaba los charcos espejados que aún quedaban sobre la piedra.

Mis hermanos llevaban en andas el cadáver. Con ellos, los beneficiarios de su culto mecenazgo; hombres como el doctor Pedro Díaz de Toledo, el bachiller Fernán González de Hita, Diego García de Guadalajara, Juan de la Peña y su secretario o su contador Pero López.

Al abrirse las puertas, me sentí reconfortada por el apoyo de todas las almas que allí afuera aguardaban en silencio para unirse a la procesión. Eran hombres, mujeres y niños que venían voluntariamente y en representación de los seis mil vasallos de la casa a despedirle con el corazón en la mano. Y es que para Íñigo López de Mendoza dar era señorío y recibir servidumbre.

APÉNDICE DOCUMENTAL

Fernando del Pulgar, cronista oficial de Isabel la Católica: «El marqués de Santillana», en *Claros varones de Castilla*.

Don Íñigo López de Mendoza, Marqués de Santillana e Conde del Real de Manzanares, Señor de la casa de la Vega, fijo del almirante D. Diego Hurtado de Mendoza, e nieto de Pero Gonzáles de Mendoza, Señor de Álava, fue hombre de mediana estatura, bien proporcionado en la compostura de sus miembros e fermoso en las faciones de su rostro, de linage noble castellano e muy antiguo.

Era hombre agudo e discreto, y de tan grand coraçón, que ni las grandes cosas le alteravan, ni en las pequeñas le plazía entender. En la continencia de su persona e en el razonar de su fabla mostrava ser hombre generoso e magnánimo. Fablava muy bien, e nunca le oian dezir palabra que no fuese de notar, quier para dotrina, quier para plazer. Era cortés e honrrador de todos los que a él venían, especialmente de los hombres de ciencia.

Muertos el almirante su padre e doña Leonor de la Vega su madre, e quedando bien pequeño de hedad, le fueron ocupadas las Asturias de Santillana, e grand parte de los otros sus bienes. E como fué en hedad que conoció ser defraudado en su patrimonio, la necesidad que despierta el buen entendimiento, e el coraçón grande que no dexa caer sus cosas, le fizieron poner tal diligencia, que vezes por iusticia, vezes por las armas, recobró todos sus bienes.

Fué muy templado en el comer e bever, e en esto tenía una singular continencia.

Tovo en su vida dos notables exercicios: uno, en la disciplina militar, otro en el estudio de la ciencia; e ni las armas le ocupavan el estudio, ni el estudio le impedía el tiempo para platicar con los cavalleros e escuderos de su casa en la forma de las armas necesarias para defender, e cuales avían de ser para ofender, é cómo se avía de ferir el enemigo, e en qué manera avían de ser ordenadas las batallas e la diposición de los reales, cómo se avían de combatir y defender las fortalezas, e las otras cosas que requiere el exercicio de la cavalleria: e en esta plática se deleitava por la grand abituación que en ella tovo en su mocedad. E porque los suyos sopiesen por esperiencia lo que le oyan dezir por dotrina, mandava que se fiziesen otros exercicios de guerra, porque sus gentes, estando abituados en el uso de las armas, les fuesen menores los trabajos de la guerra.

Era cavallero esforzado, e ante la fazienda cuerdo y templado, e puesto en ella, era ardid e osado; e ni su osadía era sin tiento, ni en su cordura se mescló jamás punto de covardía.

Fué capitán principal en muchas batallas que ovo

con cristianos e con moros, donde fué vencedor, y vencido: especialmente ovo una batalla contra los aragoneses cerca de Araviana, otra batalla cerca del rio Torote, e estas dos batallas fueron muy heridas e sangrientas; porque pelando e no huyendo, murieron de armas partes muchos ommes e cavallos: en las cuales porque este cavallero se falló en el campo con su gente, aunque los suyos vida ser en número mucho menos que los contrarios; pero porque veyendo al enemigo delante reputava mayor mengua bolver las espaldas sin pelear, que morir o dexar el campo peleando, cometiose a la fortuna de la batalla, e peleó con tanto vigor y esfuerzo, que como quier que fué herido e vencido pero su persona ganó honrra e reputación de valiente capitán.

Conoscidas por el rey don Juan las abilidades deste cavallero, le enbió por capitán de la guerra contra los moros, el cuál rescibió el cargo con alegre cara, e lo tova en la frontera grand tiempo. El cual ovo con el rey de Granada, e con otros capitanes de aquel reino, muchas batallas e grandes recuentros, dó fué siempre vencedor, e fizo muchas talas en la vega de Granada, e ganó por fuerza de armas la villa de Huelma, e puso a los moros en tal estrecho, que ganára otros lagares e fiziera otras grandes fazañas dignas de memoria, salvo que el rey, constreñido por algunas necesidades que en aquel tiempo ocurrieron en su reino, le enbió mandar que cesase la guerra que hazía, e les diese tregua. E como ovo esta comisión, fizo la guerra tan cruda a los moros, que los puso so el yugo de servidumbre, e los apremió a dar en parias cada año mayor cantidad de oro que la que el rey esperava rescebir, ni ellos jamás pensaron dar; e allende del oro que dieron, les constriñó que soltasen todos los cristianos que estavan cativos en tierra de moros, los cuales este marqués redimió del cautiverio en que estavan, e los puso en libertad. Governava asimismo con grand prudencia las gentes de armas de su capitanía, e sabía ser con ellos señor e compañero: e ni era altivo en el señorío, ni raez en la compañía; porque dentro de sí tenía humildad que le fazía amigo de Dios, e fuera guardava tal autoridad que le fazía estimado entre los ommes.

Daba liberalmente todo lo que a él como a capitán mayor pertenescía de las presas que se tomava, e allende de aquello les repartía de lo suyo en los tiempos necesarios: e al que le regradescía las dádivas que dava solía dezir: «Si deseamos bienes al que bien nos da devémoslos dar al que bien nos desea». E guardando su continencia con graciosa liberalidad, las gentes de su capitanía le amavan; e temiendo de le enojar, no salían de su orden en las batallas.

Loan mucho las estorias romanas el caso de Manlio Torcuato, cónsul romano, el cual como constituyese que ninguno sin su licencia saliese de la hueste a pelear con los latinos contrarios de Roma, e un cavallero de la hueste contraria conbidase a batalla singular de uno por uno al fijo de este cónsul, vituperando con palabras a él, e a los de la hueste porque no osavan acebtar la batalla, no podiendo el mancebo sofrir la mengua que de su mengua resultava a los romanos, peleó con aquél cavallero, e lo mató: e viniendo como vencedor a se presentar con los espojos del vencido ante el cónsul su padre, le fizo atar, e contra voluntad de toda la hueste romana le mandó degollar, porque fuese exenplo a otros que no osasen ir contra los mandamientos de su capitán: como si no oviese otro remedio para tener la hueste bien mandada sino matar el capitán su hijo. Dura deviera de ser por cierto, e muy pertinaz la rebelión de los romanos, pues tan cruel exemplo les era necesario para que fuesen obedientes a su capitán: e por cierto yo no sé qué mayor venganza pudo aver el padre del latino vencido, de la que le dió el padre del romano vencedor. Deste caso fazen grand mención Frontino e Máximo e otros estoriadores, loando al padre de buen castigador, e al fijo de buen vencedor: pero yo no sé como se deva loar al padre de tan cruel castigo como el fijo se quexa, ni como loemos al fijo de tan grand trasgresión como el padre le impone. Bien podemos dezir que fizo este capitán crueldad digna de memoria, pero no doctrina digna de exemplo, ni mucho menos digna de loor: pues los mismos loadores dizen que fué triste por la muerte del fijo, e aborrescido de la juventud romana por todo el tiempo de su vida; e no puedo entender como el triste e aborrescido deva ser loado. No digo yo que las constituciones de la cavallería no se deuan guardar, por los inconvenientes generales que no se guardando pueden recrecer; pero digo que deven ser añadidas, menguadas, interpretadas e en alguna manera templadas por el príncipe, aviendo respeto al tiempo, al lugar, a la persona, e a las otras circunstancias e nuevos casos que acaescen, que son tantos e tales, que no pueden ser comprehendidos en los ringlones de la ley. E porque estas cosas fueron bien consideradas por este claro varón en las huestes que governó, con mayor loor por cierto e mayor exemplo de doctrina se puede fazer memoria dél; pues sin matar fijo, ni fazer crueldad inhumana, mas con la autoridad de su persona, y no con el miedo de su cuchillo, governó sus gentes, amado de todos, e no odioso a ninguno.

Conoscidas por el rey don Juan las claras virtudes deste cavallero, e cómo era digno de dignidad, le dió título de marqués de Santillana, e le fizo conde del Real de Manzanares, e le acrecentó su casa e patrimonio. Otrosí confiava dél su persona, e algunas vezes la governación de sus reinos: el cual governaba con tanta prudencia, que los poetas dezían por él, que en corte era grand Febo, por su clara governación, e en el campo Anibal, por su grand esfuerzo.

Era muy celoso de las cosas que a varón pertenescía fazer, e tan reprehensor de las flaquezas que ve ya en algunos ommes, que como viese llorar a un cavallero en el infortunio que estava, movido con alguna ira le dixo: «Oh, cúand digno de reprehensión es el cavallero que por ningún grave infortunio que le venga derrama lágrimas, sino a los pies del confessor».

Era omme magnánimo, y esta su magnanimidad le era ornamento e compostura de todas las otras virtudes. Acaescióle un día que fablándole en su facienda, e ofresciéndole acrescentamiento de sus rentas, como omme poco atento en semejantes pláticas respondió: «Eso que dezís no es mi lenguaje: fablad», dixo él, «esa cosa alla con ommes que mejor la entiendan». E solía dezir a los que procuravan los deleites, que mucho más deleitable devía ser el trabajo virtuoso que la vida sin virtud, cuanto quier que fuese deleitable.

Tenía una tal piedad que cualquier atribulado o perseguido que venía a él, allava defensa e consolación en su casa, pospuesto cualquier incoveniente que por le defender se le pudiese seguir. Considerava asimismo los ommes e las cosas segund su realidad, e no segund la opinión, y en esto tenía una virtud singular e casi divina; porque nunca le vieron fazer acepción de personas, ni mirava dónde ni quién, sino cómo e cuál era cada uno.

Este cavallero ordenó en metros los proverbios que comienzan: *Fijo mio mucho amado,* etc., en los cuales se contienen casi todos los preceptos de la filosofía moral, que son necesarios para virtuosamente bivir. Tenía grand copia de libros, dávase al estudio, éspecialmente de la filosofía moral, e de las cosas peregrinas e antiguas. Tenía siempre en su casa doctores e maestros con quien platicava en las ciencias e lecturas que estudiava. Fizo asimismo otros tratados en metros e en prosa muy doctrinales: en estas cosas pasó lo más del tiempo de su retraimiento.

Tenía grand fama e claro renombre en muchos reinos fuera de España, pero reputava mucho más la estimación entre los sabios, que la fama entre los muchos. E porque muchas vezes veemos responder la condición de los ommes a la complisión e tener siniestras inclinaciones que no tienen buenas complisiones, podemos sin dubda creer que este cavallero fué en grand cargo a Dios por le aver compuesto la natura de tan igual complisión, que fué ábile para recebir todo uso de virtud, e refrenar sin grand pena cualquier tentación de pecado.

No quiero negar que no toviese algunas tentaciones de las que esta nuestra carne suele dar a nuestro espíritu, e que algunas vezes fuese vencido, quier de ira, quier de luxuria, o que excediese faziendo o faltase alguna vez no faziendo, lo que era obligado: porque estando como estovo enbuelto en guerras, e en otras grandes fechas que por él pasaron dificile fuera entre tanto multitud de errores bevir sin errar. Pero si verdad es que las virtudes dan alegría, e los vicios traen tristeza, como sea verdad que este cavallero lo más del tiempo estava alegre, bien se puede juzgar que mucho más fué acompañado de virtudes que dan alegría, que señoreado de vicios que ponen tristeza. E como quiera que pasaron por él infortunios en batallas, e ovo algunos pesares por muerte de fijos, e de algunos otros sus propincos; pero sufriálos con aquella fuerza de ánimo que a otros doctrinava que sufriesen.

Fenesció sus días en edad de sesenta e cinco años con grand honrra e prosperidad: e si se puede dezir que los ommes alcanzan alguna felicidad después de muertos, según la opinión de algunos, creemos sin duda que este cavallero la ovo; porque dexó seis fijos varones, e el mayor que heredó su mayorasgo lo acrecentó e subió en dignidad de duque, e el segundo fijo fué conde de Tendilla, e el tercero fué conde la Curuña, e el cuarto fué Cardenal de España e arzobispo de Toledo e obispo de Cigüenza, e uno de los mayores perlados que en sus días ovo la iglesia de Dios: e a estos cuatro, e a los otros dos, que se llamaron Juan e don Hurtado, dexó villas e lagares e rentas, de que fizo cinco casas mayorasgos, allende su casa e mayorasgo principal.

DRAMATIS PERSONAE

ALDONZA DE MENDOZA. Hermanastra del marqués de Santillana e hija del primer matrimonio de su padre Diego Hurtado de Mendoza, almirante de Castilla, y de María de Castilla, la hija ilegítima del rey Enrique II. Casó con Fadrique de Castro, conde de Trastámara, al cual le fue fiel siempre a pesar de su fama de mujeriego. Mantuvo durante muchos años un pleito contra su hermano por el Real de Manzanares. Después, fue nombrada condesa de Arjona y enterrada en el monasterio de Lupiana.

ALFONSA DE CASTILLA. En realidad es Aldonza de Castilla, pero le he cambiado el nombre por no inducir a equivocación al lector, al llamarse las dos hermanastras del marqués de Santillana Aldonza. Hermanastra del protagonista e hija del primer matrimonio de su madre Leonor Lasso de la Vega con Juan Téllez de Castilla. Se casó con García Fernández de Manrique, titulado conde de Castañeda por el mismo rey Juan II. Luchó contra su hermano Íñigo durante media vida por arrebatarle alguno de los valles de las Asturias de Santillana.

Álvaro de Luna. Condestable de Castilla y conde de San Esteban de Gormaz. Fue uno de los enemigos mayores de Santillana. Nació en Cañete, provincia de Cuenca. Era hijo bastardo de don Álvaro Martínez Luna, señor de Jubera, Cañete, Alfaro y Cornago, y de María de Cañete. A los catorce años y ya huérfano de padre fue protegido por su tío el arzobispo de Toledo, más tarde conocido como el papa Benedicto XIII. Cuando el rey don Juan de Castilla tenía tres años fue nombrado uno de sus pajes, puesto que le sirvió para comenzar a medrar en la corte castellana y para ganarse la confianza del rey. Casó con Elvira de Portocarrero y, después de viudo, con Juana de Pimentel, con la que tuvo dos hijos: Juan de Luna y Pimentel y María, que sucedió a su hermano en todas sus mercedes al morir este muy joven. María, una vez decapitado su padre, se casaría con un nieto mayor del marqués de Santillana, uniendo así las dos familias hasta entonces enemigas. Después de ser desterrado en un par de ocasiones y de intrigar durante toda su vida en la corte, es condenado a muerte el 2 de junio de 1453, siendo decapitado en Valladolid. Murió tan solo un año antes que su máximo protector, el rey. Su fastuoso enterramiento es digno de visitar en la catedral de Toledo.

Catalina Suárez de Figueroa. Es la mujer del marqués de Santillana e hija de Lorenzo Suárez de Figueroa y Catalina de Orozco. Se casó con Íñigo López de Mendoza en 1412, siendo una niña ya huérfana, y a partir de ese momento su vida transcurre paralela a la de su marido, el principal protagonista de esta historia.

Diego Hurtado de Mendoza (1367-1404). Era el padre siempre ausente del marqués de Santillana. Almirante mayor de Castilla y señor de Mendoza, casó muy joven, primero con doña María de Castilla, la hija ilegítima del rey Enrique II de Castilla, con la que tuvo a Aldonza de Mendoza, una de las hermanastras de Íñigo. Este matrimonio le dejó como dote los señoríos de Cogolludo, Loranca y la mitad del Real de Manzanares. Por ello precisamente se dieron los pleitos posteriores entre su hija Aldonza y su hijo Íñigo López de Mendoza. Luchó contra la flota portuguesa por la posesión del estrecho de Gibraltar y no fue muy benevolente con sus presos al resarcir su venganza en ellos. Muchos dijeron que por haber estos matado antes a su padre en la batalla de Aljubarrota. Fallecida su primera esposa, casó de nuevo con Leonor de la Vega. Con ella tuvo a Íñigo López de Mendoza y otros cuatro hijos más: García, muerto de niño, Elvira, Teresa y Rodrigo. Murió en Guadalajara el 5 de mayo de 1404 alejado de su familia y cohabitando con una sobrina y la hija de su primer matrimonio.

DIEGO HURTADO DE MENDOZA, DUQUE DEL INFANTADO (1415-1479). Era el primogénito y heredero del primer marqués de Santillana. Heredó de su padre los grandes señoríos de Hita, Buitrago, Manzanares, San Agustín de Colmenar, Somosierra, Robregordo, Tamajón, Espinosa, Valfermoso, Fresno del Torote, la casa fuerte de Mendoza, las hermandades de Álava, Fondea, Saldaña y la villa de Santillana. Casó en 1436 con doña Brianda de Luna, sobrina de don Álvaro de Luna y, una vez viudo, con Isabel de Noronha. De sus dos mujeres, tuvo un total de siete hijos. Luchó con su padre en Huelma y en la batalla de Olmedo. Más tarde, dudoso entre el bando de la Beltraneja y el de Isabel la Católica, fue, en un principio y como tantos otros, partidario de la princesa Juana la Beltraneja, aunque posteriormente cambiaría de bando para apoyar a los Reyes Católicos tras una entrevista secreta con ellos. En la guerra civil por la sucesión de Enrique IV de Castilla su actuación fue agradecida por la reina Católica con el título de duque del Infantado.

FERNÁN ÁLVAREZ DE TOLEDO. Conde de Alba. Era el primo inseparable del marqués de Santillana, con el cual se crio, creció y educó en casa de su común tío y tutor el obispo Gutierre Álvarez de Toledo. Le acompañó a las Cortes de Aragón y luchó junto a él hasta que fue preso y posteriormente liberado. El rey Juan II de Castilla le otorgó a don Gutierre la villa de Alba de Tormes con su señorío y, al morir este sin descendencia, decidió dejarle a su sobrino Fernán este señorío. El mismo rey sería quien le nombraría después conde de Alba de Tormes por su servicio a la corona. El rey Enrique IV sería el que convertiría el condado en ducado en García, el primogénito de Fernán.

FERNANDO I DE ARAGÓN. (Medina del Campo, 1380-Igualada, 1416). También conocido como Fernando de Antequera. El marqués de Santillana de niño fue su copero cuando acudió a Zaragoza a formarse. Fernando fue rey de Aragón después de haber sido elegido en las conflictivas Cortes de Caspe, a la muerte de su tío Martín el Humano sin descendencia. Al ser el segundo hijo de Juan I de Castilla y de Leonor de Aragón, era tío del rey-niño castellano. Casó con su tía Leonor de Alburquerque, más conocida como la ricahembra, antes de heredar el trono y, al morir su primo el rey de Castilla, fue nombrado tutor del pequeño rey castellano junto a su madre Catalina de Lancaster. Murió dejando siete hijos, de los cuales cinco llegaron a ser reyes. El primero, Alfonso el Magnánimo, que fue rey de Aragón y Nápoles. La segunda, María, que fue reina de Castilla al casarse con su primo Juan II. El tercero, Juan, llegaría a ser rey, primero consorte y después titular, de Navarra. Este, muerto su hermano mayor, más tarde heredaría también el trono de Aragón. El cuarto, el infante Enrique, que tantos quebraderos de cabeza dio a Castilla, fue duque de Alburquerque y marqués de Villena, además de gran maestre de Santiago, y casó, aun en contra de su voluntad, con la hermana pequeña del rey de Castilla. La quinta, Leonor, llegó a ser reina de Portugal al casarse con Eduardo I. Los últimos serían Pedro y Sancho. Tras la muerte de Fernando de Antequera, su mujer Leonor ingresó monja en un convento de Castilla, desde donde fue triste testigo de los constantes enfrentamientos entre sus hijos. La leyenda cuenta que la reina de Aragón murió una noche inesperadamente entre retortijones provocados por el envenenamiento de don Álvaro de Luna que, a su muerte, se hizo con la mayor parte de sus bienes.

ÍÑIGO LÓPEZ DE MENDOZA Y FIGUEROA, CONDE DE TENDILLA (1419-1479). Era el segundo hijo del marqués de Santillana. Se llamaba como él y era el más belicoso. Heredó de su padre Meco, Fuentelviejo, La Armuña y Aranzueque. Se casó con doña Elvira de Quiñones muy joven y su hijo primogénito fue el futuro marqués de Mondéjar, el famoso general que tanto tuvo que ver en la definitiva toma de Granada. Una de sus primeras hazañas aconteció en la toma de Huelma, cuando mató a Aben-Farax, el jefe del ejército enemigo. Participó también en la batalla de Olmedo, en el sitio de Torija cuando fue arrebatada a Castilla por los navarros y en la guerra contra Aragón. Desde muy joven, sirvió en la corte de Enrique IV quien, agradecido por su entrega, acabó nombrándole su embajador en el Concilio de Mantua. Custodió en Buitrago a la princesa Juana la Beltraneja cuando los Mendoza eran partidarios de ella y estaba amenazada. Más tarde, como sus hermanos y otros tantos nobles, se pasaría al bando de Isabel la Católica.

JUAN II DE CASTILLA. (Toro, 1405-Valladolid, 1454). Rey de Castilla a la muerte de su padre en 1406, cuando solo tenía un año. Fue hijo de Enrique III y de Catalina de Lancaster. Los regentes durante su minoría fueron su madre y su tío paterno Fernando de Antequera, el futuro rey de Aragón. Los dos regentes dividieron el reino en dos, pensando que así mantendrían la paz, pero aquello no los libró de los conflictos que los intereses de unos y otros propiciaron durante las minorías de los reyes. Los infantes de Aragón, los hijos del antiguo tutor del rey de Castilla, fueron los que más instigaron. Declarado mayor de edad a los catorce años, casó con su prima, e hija de su tutor, la infanta María de Aragón, pensando que así apaciguaría los ánimos, pero tuvo bastante poca fortuna. Es entonces cuando más demuestra el rey su plena confianza en don Álvaro de Luna, colmándole de mercedes según pasaba el tiempo y a pesar de la enemistad que este tenía con varios nobles castellanos. Cuando en 1445 muere su mujer prematuramente, dejándole un solo hijo varón, el futuro Enrique IV, apodado en el futuro como el Impotente, Juan II se casa con Isabel de Portugal, con la cual tendrá dos hijos: Alfonso e Isabel de Trastámara —la futura Isabel la Católica—, que sucedió a su hermano Enrique en la corona, después de no reconocer a su sobrina Juana la Beltraneja como hija verdadera de su hermano el rey. Juan II falleció el 20 de julio de 1454, solo un año después de haber ajusticiado al condestable don Álvaro de Luna.

JUAN HURTADO DE MENDOZA. Hijo del marqués de Santillana. Fue señor de Fresno de Torote y Colmenar por haber heredado de su padre Colmenar de la Sierra, El Vado, Cardoso y Balconete. Fue contino del príncipe Enrique y casó tres veces. La primera, con Francisca de Rivera y, después, con Leonor de Luján y, por segunda vez viudo, con Elvira Carrillo. A pesar de ello solo dejó tres hijos vivos.

Leonor Lasso de la Vega (1367-1432). Era la madre del marqués de Santillana. Hija de Garcí Lasso II de la Vega y de Mencía Cisneros, la abuela del marqués de Santillana. Casada en primeras nupcias con Juan Téllez de Castilla, II señor de Aguilar de Campoo, sobrino del rey Enrique II de Castilla, quedó viuda al morir este en la batalla de Aljubarrota. Con solo dos hijos, de los cuales sobrevivió una hija, Aldonza de Castilla, hermanastra del marqués de Santillana y a la que he llamado en la novela Alfonsa por no inducir a equivocación al lector, dado que el protagonista tuvo otra hermanastra por parte de padre con el mismo nombre. Una vez viuda, se casó con Diego Hurtado de Mendoza, aportando en su dote la villa de Carrión de los Condes y el importante señorío de las Asturias de Santillana. Al quedar viuda por segunda vez, cuando su hijo Íñigo era muy niño, luchó hasta la muerte por los derechos de su hijo, enfrentándose, incluso, a su primera hija. Fue apodada por ello la Leona de Castilla.

Leonor de Mendoza. Única hija ilegítima, con una amante anterior a su matrimonio, de los once hijos que tuvo el marqués de Santillana. Leonor nació y vivió en un convento de Guadalajara hasta ser nombrada abadesa de las Huelgas de Burgos, seguramente gracias a su hermano el cardenal Mendoza y su hermana Mencía, la condesa de Haro, que vivía en aquella ciudad.

Leonor de la Vega. La hija más pequeña del marqués de Santillana, llamada como su abuela. Fue señora de Cogolludo y estuvo casada con Gastón de la Cerda, hijo del conde de Medinaceli.

Lorenzo Suárez de Figueroa. Fue nombrado conde de La Coruña y vizconde de Torija, y casó con Isabel de Borbón, con la que solo tuvo un hijo, Bernardino.

María de Mendoza. Una de las hijas pequeñas del marqués de Santillana. Casó con Per Afán de Ribera y Portocarrero, adelantado mayor de Andalucía y conde de Molares.

Mencía de Cisneros. Es la abuela materna del marqués de Santillana. Tras la muerte de sus hermanos varones y ya viuda de su marido García Lasso de la Vega, se convirtió en una rica heredera. Señora de la Vega, de Guardo, Cisneros y Manzanedo, señoríos que su hija Leonor acrecentaría por su matrimonio, primero con Juan Téllez y, posteriormente, con Diego Hurtado de Mendoza, almirante mayor de Castilla. Al morir su primer hijo, Gonzalo Ruiz de la Vega, casado con doña Mencía Téllez de Toledo y sin descendencia, su hija Leonor heredaría todo. Fue la que inició de niño a su nieto Íñigo López de Mendoza en la lectura y escritura.

Mencía de Mendoza (Guadalajara, 1421-Burgos, 1500). La musa y voz de esta biografía era la tercera hermana y primera hija del marqués de Santillana. Casada con Pedro Fernández de Velasco, el sexto condestable de Castilla desde 1473, segundo conde de Haro, camarero mayor de Enrique IV, gobernador de Castilla, señor de Medina de Pomar, de Briviesca, de Villadiego, de Belorado, de Salas de los Infantes y su sierra, de los Valles de Soba y Ruesga. Mencía llegó a cubrir las ausencias de su marido en Burgos ejerciendo el gobierno de su poderosa casa mientras este tomaba parte en las batallas de Gibraltar y Archidona, o en las conquistas de Granada, Úbeda y Baeza, hecho que tuvo lugar el día de San Andrés, razón por la cual el rey le otorgó el derecho a añadir a sus blasones una bordura con las aspas propias de este santo, al que a partir de entonces adoptó como patrono. Mencía tuvo siete hijos. Encargó a Juan de Colonia la construcción de la casa del Cordón en Burgos, donde los escudos de los Fernández de Velasco y Mendoza se abrazan en memoria de aquellos tiempos y dicen los legajos que la adornó con los mejores tapices nunca vistos, la capilla de la Purificación o capilla del Condestable en la catedral de Burgos, donde se puede admirar su fastuoso sepulcro, y la casa de la Vega. La tradición cuenta que un día, ya ancianos, se dirigió a su marido diciéndole: «Ya tienes palacio en que morar, quinta en que holgar y capilla en que orar y te enterrar». A la muerte de su padre, heredó veintidós mil florines de oro. Ella es la única de todos los hijos del marqués de Santillana que conserva su sepulcro intacto.

PEDRO GONZÁLEZ DE MENDOZA, EL GRAN CARDENAL (Guadalajara, 1428-1495). Fue el quinto hijo del marqués de Santillana y el único Pedro de los tres que tuvieron sus padres que cumplió con el sueño de su madre de llegar a príncipe de la Iglesia. A sus ocho años de edad ya era cura de Hita y, a los doce, arcediano de Guadalajara. Luego vinieron el obispado de la Calahorra y Santo Domingo de la Calzada, la capellanía Real y el arzobispado de Toledo, llegando a ser conocido como el Gran Cardenal de España. Estudió en la Universidad de Salamanca, llegando a ser el hermano más docto de todos y doctor en Derecho Civil y Eclesiástico. Aun siendo un hombre de Iglesia, tuvo tres hijos. Con Mencía de Lemos, una dama portuguesa de la reina Juana de Portugal, la segunda mujer de Enrique IV, tuvo a los dos mayores. El primero, Diego Hurtado y, el segundo, Rodrigo Díaz de Vivar y Mendoza. La reina Isabel la Católica, con el tiempo, además de reconocerles su legitimidad, les honró con los títulos de marqués del Cenete y conde del Mélito respectivamente. Con otra de sus amantes, Inés de Tovar, de Valladolid, tuvo otro hijo natural. De su padre heredó la Calahorra, Pioz, El Pozo, Retuerta y Yélamos, en Guadalajara, y San Agustín y La Pedrezuela, en Segovia. Fue quien convenció al resto de sus hermanos para que, una vez muerto Enrique IV, se pasasen del bando de Juana la Beltraneja al de su tía Isabel la Católica, convirtiéndose con el tiempo en uno de los consejeros más cercanos a la reina Católica, su confesor y su hombre de confianza. El cardenal Mendoza murió en su palacio de Guadalajara el 11 de enero de 1495 y, posteriormente, su cadáver fue trasladado hasta la catedral de Toledo.

Pedro Hurtado de Mendoza. Hijo del marqués de Santillana, le dejaría en su testamento Tamajón, Palazuelos, Arguecilla, Ladanca, Rebradarca y Cutamilla. Como sus hermanos, también fue continuo del príncipe Enrique.

Pedro Lasso de la Vega. Señor de Valfermoso y Mondéjar. Casado con Inés de Carrillo en primeras nupcias y con Juana de Valencia después, murió en vida de su padre. Sus hijas, una vez huérfanas, fueron a vivir con sus abuelos a Guadalajara y por ello heredaron directamente de su abuelo la mitad de la villa de Mondéjar.

www.ingramcontent.com/pod-product-compliance
Lightning Source LLC
LaVergne TN
LVHW040131080526
838202LV00042B/2866